心理罪 4
暗河

雷米 —— 著

重庆出版社

图书在版编目（CIP）数据

心理罪. 暗河 / 雷米著. — 重庆 : 重庆出版社,
2021.8
ISBN 978-7-229-15870-5

Ⅰ. ①心… Ⅱ. ①雷… Ⅲ. ①推理小说－中国－当代
Ⅳ. ①I247.5

中国版本图书馆CIP数据核字（2021）第106855号

心理罪：暗河

雷米 著

策　　划：华章同人
出版监制：徐宪江　连　果
责任编辑：王晓芹
营销编辑：史青苗　刘晓艳
责任印制：梁善池
书籍设计：重庆出版社艺术设计有限公司
插图绘制：西索千寻 1340989801@qq.com

出　　版：重庆出版社
（重庆市南岸区南滨路162号1幢）
发　　行：重庆出版社有限责任公司
印　　刷：北京博海升彩色印刷有限公司
邮购电话：010-85869375

全国新华书店经销

开　　本：880mm×1230mm　1/32　　印　　张：13.375　　字　　数：345千
版　　次：2021年8月第1版　　印　　次：2025年8月第6次印刷
定　　价：49.80元

如有印装质量问题，请致电023-68706683

为了争取将来的美好而牺牲了的人，都是一尊雕像。

——伏契克

自序

我的宇宙

2015年，《心理罪》系列小说第一季的收官之作《第七个读者》首次出版时，从未给自己的作品写过序的我，用一篇《命运光轮》作为这本书的序言。时隔7年，方木的故事仍旧在市场上长销不衰，并且，又将有装帧更加精美、内容更加丰富的新版《心理罪》面世。所以，我还想说点什么。

走上写作之路纯属偶然。即使由现在的我回望2006年4月的那个下午，仍然不知道是什么样的力量驱使我在空白word文档上敲下“第七个读者”这几个字。最初，我只是把文字当作自己与世界交流的方式，甚至是打算束之高阁的自言自语。然而，当方木这个人物引起越来越多读者的关注时，我才发现，他势必会离开我一厢情愿的约束，迈动双脚，走到阳光之下。

的确，是我赋予他生命，并任由他在纸面上横冲直撞。每当一位读者看到他的故事，并愿意接受他成为记忆中的一部分的时候，就会有一个全新的宇宙对方木打开。他就活在你们的世界里，和你们呼吸同样的空气，沐浴同样的阳光。

说实话，我很嫉妒方木。他可以自由穿梭于不同的头脑中，并在那些世界中被描绘成各种模样。他既可以徜徉于江南烟雨中，也可以跋涉在东北风雪里；既可以向弱者伸出援手，也可以对恶龙拔出利剑。方木是跨越了15年时空的存在，而我，只能做自己的囚徒。

很不甘心。因为，我也想去那些宇宙去看一看。

是的，宇宙。

彼此独立，茁壮生长，在相互碰撞的一瞬间，会爆发出璀璨的光芒。

同时，会不会又诞生出一个新的宇宙呢？

我曾经说过，我是一个不会保持沉默的人。只要还有话想说，我就不会停止去敲击键盘。即使在这彻底改变我的生活的5年中，我也没有放弃写作的想法。只要你们还在等，我就一定会回来。因为，我真的想做一个可以写很久的作者。因为，文字是我的堡垒、我的盔甲。我可以勇敢地做一个小小房间中的堂吉诃德，面向那些看不见的风车。文字永远具有治愈的力量。它是我和现实世界之间千丝万缕的联系，也是灵魂的栖身之所。更何况，在我身后，还有他们。

方木。邰伟。米楠。邢璐。边平。韩卫明。赵大姐。魏炯。岳筱慧。顾浩。苏琳。姜庭。姜玉淑……

以及，其他可能出现在你们宇宙中的人。

那里浩瀚无垠，充满未知，也充满各种可能。那些令我，也令你们意难平的人，实在不应该在某个时空中沦为无名之辈。

没错。我不会让他们沉睡于那些世界中。折叠空间也好，穿越虫洞也好，他们一定会跨越宇宙的边界，来到我的身边，来到你们的身边。

这是我的野心，也是命运中的必然。叹息之墙并非牢不可破。当他们在空中听到异样的声响，那座桥梁已经慢慢浮现出形状。

如果你想看到米楠和岳筱慧一同出现在犯罪现场；
如果你想看到邰伟和顾浩在二十年后对坐而饮；
如果你想看到赵大姐和姜玉淑在晾衣绳的两侧打开同一面床单；
如果你想看到方木和苏琳在深渊的边缘彼此凝望……
欢迎你来到雷米的宇宙。我的宇宙。

2021年7月　于沈阳

目录

第三章

夜行 037

方木操起对讲机："兄弟们，三分钟后开车进小区。"刚放下对讲机，年轻人就钻上车来，还没坐稳，就急不可待地问道："怎么样，我表演得到位么？"

第四章

本源 053

渐渐地，那些数字幻化成一些模糊的场景，那是几天来发生的事情：从502房的客厅到对面的楼顶，到荣福大厦，到那个位于曲折走廊里的女卫生间，到裴岚惊恐的面容和慢慢逼近的汤小美……

宛如一部倒放的电影。

"本源。"方木喃喃自语，"回到本源。答案就在那里。"

第五章

再见，警察 067

米楠忽然笑起来，"那时候，我有了一项特殊的本领：等那些男人出来之后，我发现跟我的猜测居然八九不离十，呵呵。"

第六章

动机 077

被杀的女人是谁，跟丁树成、胡英博是什么关系？胡英博是这次自杀式陷害的工具，他甘愿一死，究竟是出于什么原因？在他那里会不会有突破口？

第七章

局外人 085

方木咬咬牙，强迫自己打起精神来。

老家伙，等着我，我一定还你一个清白。

千万别放弃，我和你都是。

引子

圈套

他把车停在路边，看看右边那条狭窄的小巷，锁好车门下车。

小巷本来就不宽，又挤着十几家占道经营的摊贩。他一边费力地穿过那些廉价的手机链和毛绒公仔摊位，一边向两侧的店面张望着。终于，他在小巷中段一家名叫巴蜀烤鱼王的小店门口停下，仔细查看了招牌后，抬手推开了油渍斑斑的玻璃门。

现在是下午3点半，店里生意冷清。老板娘坐在柜台后昏昏欲睡。挂在门框上的电子感应器随着玻璃门的开启发出一声“欢迎光临”。老板娘精神起来，一边推醒在旁边打盹的女服务员，一边揉着眼睛招呼来客。

客人站在门口，扫视了一下空空荡荡的餐厅，说道：“我订了桌子。”

“哦。”老板娘翻看着手里的小本子，“邢先生对吧？”

客人微微颔首，算是答应。

“7号桌。”

女服务员引领客人来到桌前坐下，摊开菜单说：“先生，您是现在点菜还是等一会儿？”

“等一会儿再说。”客人的注意力似乎不在菜单上，而是上下打量着桌子上的一个圆形物件。

“本店的特色有巴蜀烤鱼、酸果白梨……”

“等一会儿再说。”客人的声音不高，却不容置喙，“先给我来一杯酸梅汁。”

女服务员撇撇嘴，收起菜单走了。

客人拿起桌子上的物件，那是一个推测星座运势的小玩具，粗劣的塑料外壳上印着12个星座，每个星座下有一个投币口，投入一元硬币，就会从下面的小孔里跳出一个纸卷，上面写着本月的运势、幸运数字、幸运颜色等等。

客人笑了笑，自言自语道：“这臭小子，还挺会玩。”说罢，他掏出一元硬币塞进狮子座的投币口，拉动摇杆。“噗”的一声，一个小小的纸卷从小孔里跳了出来。

客人捏起纸卷，凑到眼前细细看着。纸卷被塞在一个细细的塑料管里，顶端塞着另一个更小的纸卷。客人把那卷小纸条挑出来，展开，上面是一行细小的字：城湾宾馆，624。

右下角有一个红色的十字，细细的，如果不仔细分辨，几乎会被忽略掉，他一下子感到全身的血液都涌到了头上。

女服务员端着酸梅汁走回7号桌，客人却已不知去向。桌上留着10块钱和塑料管里那个没有打开的纸卷。女服务员嘟囔了一句“怪人”，把钞票放进托盘里，想了想，好奇地拿起那个纸卷，抽出，展开。

本月灾煞星动，大杀入命。

城湾宾馆位于城郊，不是星级宾馆，投宿者甚少，在这个季节更是显得冷清。他把车开到这里的时候，距离见面的时间还有十几分钟，就坐在车里抽了支烟。

内后视镜下的小挂件随风摇摆，一个女孩的照片镶嵌其中，笑靥如花。

腰里的铁家伙硬硬的，他轻轻地把它拔出来，放在手里细细查看。保养良好的六四手枪在午后的阳光下泛出幽蓝的色泽。他卸下弹夹，逐一检查子弹后，又推弹上膛。做完这一切，手心已微微出汗。

是紧张么？不，不要，你应该感到畅快才对。他这样对自己说，然后，起身下车。

进门，穿过大堂，上电梯，一切正常。越接近624房间，他的心情就越发放松。然而近前抬手欲敲门时，他却发现房门虚掩着。太不小心了。他皱皱眉头，心想待会儿一定要狠狠批评这小子。

房间里没人，洗手间里却传来哗哗的水声。他愈发不满，伸手在洗手间的门上重重地拍了两下之后，坐在靠墙的一张床上，随手打开电视。

几个胖孩子在屏幕上冲一堆花花绿绿的乳酸饮料傻笑着。他的目光落在电视上，却完全没看进去，脑子里满是关于即将要做的这件事的细节：先确认对方的位置、人数……用枪还是不用……事后怎么解释动机？正当防卫或者……

他突然发现，竟有如此多的环节尚未确定——看来这件事也不是那么好做的。

哗哗的水声渐渐低下来，最后完全消失了。一条广告还没看完，洗手间的门就开了。

他板着脸抬眼望去，这一望，手里的遥控器啪嗒一声落在地上。

走出来的是一个女人，赤身裸体的女人。

他愣了两秒钟，接下来的反应却不是闭眼，而是起身拔枪。

因为他看见女人的脖子正被一条毛巾死死勒住，毛巾的另一端，紧紧攥在她身后的一个男人手里。男人矮身躲在女人的身后，既看不清他的脸，也看不到他另一只手上的动作。但是很明显，男人并不是他要等的人。

女人满脸是泪，脑袋后仰，上身极不协调地向前挺着，显然，她的背正被什么东西顶着。

“求你……”她哽咽着开口了，“……救我。”

女人的脸已经因为极度的恐惧和痛苦而变形，被男人看见裸体的羞耻让她想伸手掩住胸部和下体，后背传来的更加剧烈的刺痛感却让她不得不拼命向前挺胸，双手无力地上下遮挡着。

“放开她！”这意外的一幕让他乱了方寸，“咔嚓”一声扳下击锤，“你是谁？”

男人没有回答，只听见他越来越粗重的呼吸。

“你放开她。”他竭力让自己平静下来，小心地挪动着脚步，试图瞄准那个男人，“有事好商量。”

男人始终沉默。没有讨价还价，就无法得知他的意图。

“救我……”女人的脸已经被勒得发紫，刚吐出这两个字，眼睛却突然睁大了。她的喉咙里发出可怕的咯咯声，身体也剧烈地颤抖起来。

他看见一段闪亮的金属物体从女人的左乳下破皮而出。

几乎是同时，男人推开那女人，转身拉开门跑了。

他目瞪口呆地看着被捅穿的女人张开双手向自己蹒跚走来。女人已经说不出话，满眼都是深深的绝望和祈求。刚迈出一步，就一头栽倒在地。

这一刀捅得干净利索，女人甚至没有来得及流血。但是他清楚，女人的心脏已经被捅穿了。

来不及多思考，他咬咬牙，跨过女人还在痉挛的身体，提着枪追了出去。

杀人者并没有试图逃出宾馆，反而沿着楼梯一路向上飞奔。

他紧随其后。突如其来的杀戮让他的大脑一片混乱。为什么会有个女人在房间里？持刀的男人是谁？为什么要杀死她？无数个问号让他一时失去了思考和辨别的能力，心里只有一个念头：绝不能让凶手逃掉！

在每个转角，他都要举枪四下扫视，确认没有埋伏后才继续大步追赶。这本来应该逐渐拉开他和凶手之间的距离，然而凶手似乎也没有继续逃跑的想法。当他猛然意识到头顶急促的脚步声已经消失了的时候，抬头一望，看到凶手正气喘吁吁地站在上面的缓台上。

在那一瞬间，他可以肯定凶手的眼中闪过了一丝悲伤，然而，那神情很快就淹没在一心求死的决绝中。

紧接着，凶手张开双臂，完全暴露出胸腹，双手高举过头——用一种极其愚蠢的姿势，向他猛扑下来。

他只看到男人的手中寒光一闪，就本能地扣动了扳机。

弹头的巨大冲击力让凶手的身体在空中歪斜过来，没等扑到他面前，就扑通一声摔在地上。

他持枪上前，踢开男人手边的凶器，刚一出脚，却愣住了。

那不是什么凶器，只是一把普通的钢勺。

他急忙把目光转向仰躺在地上的凶手，后者的胸前正涌出大股鲜血，目光涣散，呼吸急促。

他心中暗叫不好，蹲下身子，把枪顶在凶手的下巴上，大声喝问道："你到底是谁？谁让你这么做的？"

凶手糊满血沫的嘴角突然露出了一丝诡异的微笑，费力地把眼球转过来，眼中竟满是嘲弄。

"你……完了。"

声音虽轻，他却听得清清楚楚。刹那间，他的大脑一片空白，只是死死地盯着眼前这张濒死的脸。

楼上突然传来纷乱的脚步声，他急忙站起身来，警惕地盯着上方的楼梯。转眼间，几个人已经冲到了缓台上。在双方不约而同的大喝（不要动，放下枪！）和拉动套筒的声音中，为首的一个人诧异地问道："邢局，是你么？"

"小宋？"辨清来者后，被叫做邢局的人放下枪，"你们怎么会在这儿？"

小宋一脸尴尬地示意同伴放下枪："我们接到线报，12楼有人聚众淫乱，所以……"

刚迈下几阶楼梯，小宋就看到了地上仰躺着的凶手。他立刻停下了脚步，疑惑不解地看看凶手，又看看邢局长。

"刚才那一枪是您开的？"

"对。"邢局长有些不耐烦，"他刚才在624号房杀了人。你带几个人过去封锁现场，然后通知局里马上来人。你，还有你，”他点点另外两个警察，“看看他还有没有救。”

小宋应了一声，掏出手机边按动号码边奔下楼去。留在现场的两个警察立刻俯身在凶手身上，一个翻眼皮，一个摸脉搏。几秒钟后，两个人直起身来，不约而同地摇摇头。

“给他做心肺复苏！”邢局长显然不死心，“能说话就行。”

接到命令，二人立刻蹲下身子忙碌起来。按压胸部，嘴对嘴呼气。忙活了几分钟后，凶手的身体始终瘫软着，一动不动。邢局长的脸色越来越阴沉。看到一个警察抹去嘴边的血沫，再次打算给凶手做人工呼吸的时候，邢局长把手一挥：“算了。”

他叉着腰，盯着死者看了几秒钟，低声说道：“你们在这里封锁现场，我去那边看看。”

刚走进六楼走廊，他就迎面遇到了正在打电话的小宋，看见邢局长，小宋立刻挂断了电话。

“怎么样？”邢局长惦记着624房里的女人，边问边走，却被小宋抬手拦住了。

“邢局，请交出你的配枪。”

“什么？”邢局长大为诧异，“你说什么？”

“请交出你的配枪！”小宋把手按在腰间的枪柄上，“这是局里的决定！”

邢局长愣住了，回过神来时，发现已经有四个警察把自己团团围住。他想了想，忍住怒气，顺从地把枪拔出来，递了过去。身后的一个警察麻利地掏出手铐，咔嚓一声铐在了邢局长的一只手上。

钢铁的冰冷质感和勒痛让邢局长本能地有些抗拒，但是很快，另一只手也被铐住了。

“你们这是干什么？”邢局长发火了，“到底怎么回事？”

小宋小心翼翼地把枪放进一个物证袋里，看看怒不可遏的老领导，想了想，低声说道：“我们刚才搜查了624房间。”

他顿了顿：“里面什么都没有。”

第一章

绑架

方木看着窗外广袤无垠的麦田，又点燃了一支烟。

他还是喜欢一个人独处，所以边平派他独自前往S市出差的时候，他很爽快地答应了。站在车厢连接处，初秋的风从缝隙中呼啸着涌入，那种脑中空空的感觉，很舒服。

这种感觉让人慵懒，又有种似曾相识的伤情。方木看看车窗里的自己，已经完全不记得那张脸在无忧无虑的岁月里曾经是什么模样。在经历了那些人、那些事之后，细嫩的地方变得粗粝，柔软的地方变得坚硬。随着岁月不断改变的，也许不仅仅是面容。

方木移开目光，轻轻地吐出一口烟。

悠闲的时光总是那么短暂，一个多小时后，列车在S市火车站停下了。

前来接站的是一个年轻人，方木看着他高举的写着“C市方木”的纸牌，径直走到他面前。

“你好。”

年轻人有些诧异地看了方木一眼，又往他身后瞧瞧，似乎指望还会有其他人出现。

“你是……方警官？”

“嗯，你是市局的？”

年轻人脸上的诧异表情转眼就消失得干干净净，他把纸牌夹在腋下，腾出一只手来跟方木握了握。

“肖望，刑警队的。”方木感觉到了那只手的力度，热情又不失分寸。

坐在肖望开来的桑塔纳轿车里，方木漫无目的地扫视着窗外的街景，不时将目光停留在某个一闪而过的人脸上。那些人的生活与他无关，这让方木感到安全，也让他有足够的空间去揣测对方的一切。

从余光里，方木感到肖望正从后视镜里偷偷地观察自己。方木笑了笑，他很清楚肖望从见面伊始就一直在怀疑他的犯罪心理专家身份。不过无所谓，反正也不是第一次了。

“方哥，结婚了没有？”

“没有。”方木回过头来，“别叫我方哥，我不见得比你大呢。”

“哦，那你今年多大？”肖望马上抓住了这个机会。

“28岁。”方木冲后视镜里的肖望笑笑，“你呢？”

“29岁。”肖望移开目光，“了不得了不得。没想到你这么年轻，前途无量啊。”

“哪里哪里。”方木有些脸红。

“呵呵，错不了的。”肖望大笑起来，“边处长亲自推荐的人，肯定是专家。”

20分钟后，车停在一家宾馆门前。方木看看“绿洲宾馆”的牌子，心里有些奇怪。

“不去局里么？”

“不去。”肖望带着他走进宾馆大堂，边走边解释，“我们局里的招待所条件不好。你是专家，我们得搞好接待工作啊。”

方木想说没必要，可是一想既然来了，还是客随主便。于是他跟着肖望走进电梯，一路上升，最后走进1212号房。房里已经坐了几个人，见方木进来，都站了起来。

“这是省厅派来的犯罪心理专家方木。这位是我们副局长王克勤，这位是支队长邓小森，这是副支队长徐桐。”肖望为双方分别作了介绍。

这几个人，包括肖望都年长于方木，可是却对他异常客气。王副局长更是握着方木的手保证：“今后几天，我们几个就听你调遣了。”

方木不太习惯这种官场上的客套，只能频频点头称是。可是当王副局长粗声大嗓地让肖望去安排饭局的时候，方木不得不开口了。

“我不太饿，再说现在吃饭也太早了。”方木戴上眼镜，“先说说案子吧。”

提到案子，刚才还热情万分的几个人霎时安静下来。王副局长扫视了一下其他几个人，指指邓支队长：“小邓，你来讲讲吧。”

四天前，一名叫裴岚的26岁女子在本市离奇失踪。据报案人也就是裴岚的男朋友讲，当日二人在某餐厅吃晚饭，结账后，裴岚去了一次卫生间。等了20多分钟后，裴岚仍没有回来。男朋友觉得蹊跷，就让一名女服务员去卫生间查看，结果发现卫生间里空无一人。男朋友拨打了裴岚的手机，却发现手机被丢弃在卫生间的纸篓里。裴岚的男朋友立即报警。警方查验现场后，初步推断裴岚被暴力劫持了。第二天出现在裴岚家门口的一盒录像带证明了警方的推断，裴岚被绑架了。然而奇怪的是，绑匪并没有在录像带中提出勒索赎金的要求，而是在第三天晚上才通过手机通知裴岚的父母，勒索赎金200万。警方通过技术手段，确定绑匪是在某闹市区打出的电话，但持机者已不知所终。警方在电信部门的协助下，查明绑匪所用的手机卡系从个体经营者处购得，而此次通话为该号码的首次通话，估计也是最后一次通话。警方汇总了全部线索后，认为案件的突破口在两个点上：一是绑匪如何从酒店将被害人绑走，二是那盒录像带。尤其是后者。警方反复观看录像带，仍无法从中找出有价值的线索。无奈之下，只能向省公安厅求助。

方木听完案情介绍，半晌没有吭声，盯着屋角看了一会儿之后，开口问道：“被害人——是干什么的？”

几个人面面相觑，最后还是肖望开了口：“影视明星，演过不少戏——你不看电视剧吧？”他笑着补充了一句。

怪不得。绑架普通人家的子女顶多勒索个二三十万，绑匪开口就要200万，想必被害人不是寻常百姓。

“打电话勒索的人，是男是女，声音有什么特征么？”

肖望刚要回答，衣袋里的手机就响了。接通后，只说了几句，他的脸色就变了。房间里一下子静下来，所有的人都盯着肖望和他手里的电话。几分钟后，肖望挂断了电话，转过身来，脸上的笑容很勉强。

"绑匪又打电话来了。"他顿了一下，"赎金提高到了400万。"

气氛顿时变得凝重。400万，不是小数目。而且按照这个速度提高下去，警方和被害人家属都会承受越来越大的压力。每个人都沉默不语，空气也仿佛被冻结了一般。

片刻，方木突然笑了笑："有点意思。"

按照方木的要求，肖望先带他回局里看那盒录像带。在一间会议室里，肖望连接好设备，又把遥控器塞进方木手里，转身走到门边说："你看吧，我在门口，保证没有人打扰你。看完了就叫我。"

方木有些莫名其妙，绑匪寄来的录像而已，怎么搞得如此神秘呢？

肖望看出了他的疑问，笑了笑。"我们都看过了，也没分析出个所以然来。而且，"他指指录像机，"越少人看到越好——拍得像A片似的。"

肖望说得没错。录像一共8分47秒，足有4分钟以上是被害人赤裸的胸部和下体特写。乍一看，方木也有些脸红耳热。他定定神，抽出一支烟慢慢地吸。渐渐地，他完全沉浸在思考和判断中，手中的遥控器不断地快进快退。当他最终定格在某一帧画面上时，听到门外的走廊里传来一阵嘈杂声。

方木刚要起身，门就被咣当一声踢开了。一个满面通红的男子闯了进来，身后是一脸紧张的肖望。

"梁子，你别闹事……"

男子甩开肖望的手，看清方木后，不开口，却瞄了方木的裤裆一眼。

“好看么？”男子眯起眼睛问道，声音虽轻却毫无善意，“开眼界了吧？”

方木闻到一股浓烈的酒气。他皱皱眉头，把目光转向肖望。

肖望冲方木勉强挤出一丝笑容：“梁泽昊，受害人的男朋友。”说罢，他用力向外拉拽梁泽昊。

“你先出去，我们在办案……”

“办个鸟案！”梁泽昊不依不饶地向前挣扎着，指着电视机屏幕上定格的画面，“别他妈以为我不知道你们在干什么！看爽了吧？过瘾了吧？”

“梁先生！”方木突然冷冷地开口了，“我理解你的心情。我们正在想办法解救你女朋友。如果你继续闹下去，耽误的是你女朋友的时间。”

“你是谁？”梁泽昊的脸色由红变青，抬脚踢开面前的一只凳子，“你敢这么跟我说话！”

“梁子！”肖望死死拖住梁泽昊的胳膊，低声喝道，“你还觉得不够乱是么？”

“你少他妈吓唬我！”梁泽昊用力搡开肖望，似乎仍怒不可遏，但是，看得出那句话已经起了作用。他站在原地喘了半天粗气，又斜眼看看面前的方木，突然用力点了点头，“看吧，继续看，好好看！”说罢，他一脚踢开房门，扬长而去。

肖望冲方木无奈地苦笑一下，冲录像机努努嘴，小声问道：“怎么样，有什么发现么？”

方木点点头：“我想去案发现场看看。”

荣福天地是本市刚开张的一家大型购物中心，一至六层为卖场，七层是电影院和KTV，八层是餐厅。案发当晚，梁泽昊带着裴岚到刚开业的芭堤雅泰国风味餐厅吃饭，结账后，裴岚在卫生间里失踪。

方木在餐厅里转了一圈，就提出去卫生间瞧瞧。肖望却带着他出了餐厅，边走边解释说餐厅并未设立单独的卫生间，如厕的顾客只能用大厦的公共卫生间。说着话，竟七拐八拐地走出了好几十米，直奔大厦幽静的纵深处。眼见身边的光线越来越暗，顾客也越来越少，方木忍不住嘀咕道："真是个没脑子的设计师，把卫生间安排在这里，增加了多少安全隐患！"

"谁说不是呢。"肖望指指天花板，"为了节约成本，这里也没安装监控器。害得我们在现场一无所获。"

现场的女卫生间已经被封闭，楼层管理员把门打开后，不足15平方米的卫生间尽收眼底。四个隔断，两个洗手台，没有窗户。和外面富丽堂皇的商场相比，这里显得昏暗逼仄。

现场勘验报告显示，这里没有搏斗的痕迹，裴岚应该是被迅速制伏后带走的。这也是警方觉得疑惑不解的地方。其一，裴岚身高1.65米，体重45公斤，能够在短时间内制伏她，并不被人发觉，犯罪嫌疑人应该是一个男性。然而男性进出女卫生间是相当可疑的。案发时隔壁的男卫生间不停有人进出，犯罪嫌疑人是如何做到来去自如的呢？其二，虽然案发地没有视频监控器，但要掳劫一个女性走出大厦，并完全避开所有视频监控器是不可能的。犯罪嫌疑人是如何离开犯罪现场的也是一个谜。

方木边看现场边听肖望的介绍，始终默不作声。良久，他转身对肖望说："查看过监控录像么？"

"查看过，没什么可疑的。"肖望挠挠脑袋，"犯罪嫌疑人想把裴岚弄出去，最起码得弄个大旅行袋什么的——没发现这样的目标。"

方木笑笑："重新看看。"

监控室里，方木要求保安调取案发后一小时内的八楼监控录像，自己在一旁安静地看着。看了不到5分钟，他就离座而起，指着屏幕喊停。

肖望也凑过去看，却看不出个所以然。屏幕上的确有几个静止的男人，但大多两手空空，顶多拎个小小的手包。

“这里，”方木指指屏幕的一角，“这个女人。”

那是个清洁女工，穿着商场统一配发的工作服，正推着一辆清洁车向一条通道走去。

“这条通道通向哪里？”方木问值班经理。后者想了一会儿答道：“八楼西侧……有一家港式茶餐厅、西点屋……还有货梯。”

“好。”方木立刻吩咐道，“货梯出口的录像，快！”

果然，1分33秒后，女工又出现在一楼货梯的出口处，像刚才一样，沿着墙边慢慢地推着清洁车走，最后消失在屏幕上方。

从她吃力的姿势来看，清洁车里似乎装着什么沉重的东西。

肖望犹疑地看着方木：“你的意思是？”

“对。”方木看着屏幕若有所思，“裴岚也许就在那辆清洁车里。”

肖望立刻扑到屏幕前，指示保安员放大图像。看过之后，在场的人却有些失望，女工脸上戴着口罩，完全看不清模样。肖望不死心，死死盯着屏幕看了一会儿后，转向值班经理。

“17号。”他的脸上平静如初，语气里却有按捺不住的激动，“查查当天谁领取了17号清洁车。”

值班经理手忙脚乱地查记录，很快就抬起头来说：“陈娟。对了，她今天还来上班了。”

肖望和方木面面相觑，一时竟无言以对。最后方木挥挥手：“把她叫来，然后你们先出去。”

两个人重新回到桌边坐下，肖望甩给方木一支烟，自己也抽出一支点燃，狠狠地吸了一大口后说：“娘的，还敢来上班，肯定不是她了。”

“问问再说。”方木点点头，“也许会有些发现。”

陈娟很快就被带到了监控室。一看到她本人，方木和肖望就知道录像中的女人肯定不是她。陈娟身高不足1.6米，体态上已经显现出中年人的臃肿。而那个女人足有1.65米，即使穿着肥大的工作服也能看出体形纤细。

她很紧张，一进屋就绞着衣角，怯怯地站在墙边。

肖望上下打量着她，开口问道："9月17号，你在哪里？"

"在大厦上班。"

"你领取的是17号清洁车？"

"对。"

"当天你一直用这辆车干活么？"

"……是。"陈娟的回答有些勉强，同时偷偷地抬头看看他们。

肖望眯起眼睛，冷冷地说："你要清楚，撒谎对你没有任何好处。"

"我……没有……"陈娟的脸顿时白了，"……本来就是……"

"你别害怕。"方木温和地说道，"我们不会冤枉你，但是你必须说清楚当天的事情。"

陈娟犹豫了一下，还是开口了。按照她的说法，当晚她负责清理四楼的卫生间，清扫完毕后，却发现停在门口的清洁车不见了。她怕受到追究，就没有声张，找了一个多小时后，才在一楼西门的垃圾停放点找到。

方木听了之后，想了想，又问道："员工里有没有丢工作服的？"

"有啊。七楼的小苏就丢过一套，自己赔了120块钱。"

"什么时候的事？"

"就是那天。"

方木点了点头，挥手示意她出去。陈娟吞吞吐吐地说能不能为她保密，否则工作就可能保不住了。方木笑笑，答应了。陈娟如释重负地拉开门，却被门外黑压压一片的保安吓了一跳。值班经理摩拳擦掌，大有将绑架犯当场拿下的架势。方木觉得好笑，急忙解释："我们已经查清楚了，这事儿跟她没关系。"

“真的没关系？”回去的路上，肖望手握方向盘问道，“陈娟会不会是同案犯？”

“不会。”方木盯着窗外若有所思，“我感觉她不是。”

“呵呵，感觉。”肖望笑笑，“你在监控录像里发现那女人，也是凭感觉？”

“那倒不是。”方木稍稍坐正了身子，“能自由进出女卫生间而不被人怀疑的，自然是女人。”

“哦？我们当初的思路是：只有男人才能在瞬间制伏裴岚而不被人发现。”

“未必。撂倒一个人，一块浸透乙醚的布就够了。”方木转向肖望，“如果是你在卫生间里，看到什么人拿着一块布向你靠近，而你却不会怀疑？”

肖望不笑了，想了一下，正色道：“清洁工。”

“是啊。犯罪嫌疑人应该是趁裴岚在洗手的时候，从背后捂住她的口鼻，然后塞进清洁车里拉走的。”

“可是录像里出现了好几个清洁工，你怎么就认定是那个女人呢？”

“因为她戴了口罩。”方木用手在自己嘴边比画了一下，“商场里并没有太多的灰尘，她完全没必要戴口罩——这么做的目的只能是为了掩饰自己的外貌。”

肖望不由得扭头看看方木，心想这貌不惊人的家伙果真有两下子。

“打电话勒索的是个男人，所以我们一开始就把绑匪的性别定为男性。”肖望说道，“不过你似乎一开始就认定有个女人参与了绑架。”

“对。”

“你的根据是什么？”

方木把目光移向窗外：“那盘录像带。”

市局会议室里，方木、肖望、王克勤、邓小森、徐桐围桌而坐。电视屏幕上是已经定格的一帧画面。裴岚痛苦不堪地躲避着摄像机的镜头，按住她肩膀的，是一双粗糙的大手。

“从录像里记录的环境来看，这里应该是一个简陋的出租房，也许是犯罪嫌疑人为了实施绑架而临时租住的。录像中出现了一个男性，而拍摄者，应该是一个女性。”方木发现，除了肖望，每个听众的脸上都流露出惊异的神色。“你们看这里。”方木指向画面的右上角，那里呈现的是床头柜的一角，几个大大小小、造型各异的玻璃瓶摆在上面，瓶子上的logo清晰可辨。

“如果我没看错的话，那些应该是Dior化妆品。”方木解释道，“在暂住地仍使用化妆品的，只能是女人。下午我们去现场调查时，也证实了这一推断。”

“一男一女。”邓小森皱着眉头，“这倒是可以帮助我们缩小排查范围，可是……”

潜台词是：实际帮助并不大。

方木笑笑：“大家看了这段录像之后，有什么想法？”

几个人互相看看，最后王副局长说道：“手段很残忍，性质很恶劣！”这是典型的官话，邓小森和徐桐的脸色都有些尴尬。肖望却一直目光炯炯地盯着方木，等着他发言。

“其实是肖望的话提醒了我。”方木友善地迎着肖望的目光，“这录像很不寻常。”

“嗯？”肖望坐直了身子，“哪句？”

“你说这录像拍得像A片。”方木按下播放键，“的确，拍摄者的手法专业而且熟练，镜头主要集中在裴岚的面部，重点记录裴岚痛苦的表情和哭泣。不得不说，女嫌疑人还是很有些艺术天分的，这段录像甚至有点像电影。而那个男人几次干扰了她的拍摄，把镜头拉向裴岚的胸部和下体等隐私部位。这说明了一个问题：这对男女绑架的初衷是不同的。”

“你的意思是，他们之间有矛盾？”徐桐脱口而出。

“对。”方木肯定地说，“女嫌疑人的目的是羞辱并毁掉裴岚，而男嫌疑人的目的是钱。绑匪最初勒索200万，几天后暴涨为400万。这本身就很不正常——哪有这么个涨法？所以，我推测这起绑架案的主犯应该是女嫌疑人，无论是200万还是400万，大概都是女嫌疑人随口决定的金额，目的是安抚男嫌疑人，确保他协助自己绑架裴岚。”

“如果说女嫌疑人的目的是羞辱并毁掉裴岚，那么她应该尽快把裴岚受辱的录像公之于众。”邓小森若有所思地说道，“我们的网警天天蹲守在网上，没发现类似信息啊。”

“是的。”方木笑笑，“我觉得他们也在闹内讧。双方对绑架的主导权也许正在慢慢发生倾斜。男嫌疑人可能不同意把录像公之于众，因为那样势必会让赎金大打折扣。所以，裴岚暂时是安全的。不过，我们在抓捕的时候要提防这件事。”

“抓捕？”徐桐有些泄气，“我们连这两个人的身份都搞不清楚啊。”

“我们可以从绑匪的动机入手，尤其是那个女嫌疑人。”方木点燃一支烟，“从这段录像里，我能感到女嫌疑人对裴岚有一种极度的憎恨，恨不得毁之而后快。是什么会让一个女人对另一个女人如此仇恨呢？”

不待方木说下去，肖望就脱口而出：“嫉妒。”

“我也是这么想的。”方木面向众人，“结合裴岚艺人的身份，女嫌疑人大概也是演艺圈里的人。我觉得可以从裴岚在圈里的社会关系查起，当然，也查查梁泽昊，特别是男女关系方面。”

侦查方向一旦确定，接下来的工作就好办多了。专案组立刻行动起来。方木把录像带交给王副局长，让技术部门尽快提取录像带里的背景声音，并彻底检查所有物证，看能否找到录像地点的线索。邓小森和徐桐则安排人手马上展开调查。

肖望是侦查工作当仁不让的主力军，他刚奔到走廊里，就被方木一把拉住了。

“怎么？”肖望看看面露难色的方木，“还有事？”

“嗯。”方木不好意思地笑笑，从衣袋里掏出一张照片，“你调查的时候，能不能帮我顺便找找这个人。”

肖望看看手里的照片，一个穿着蓝白相间的运动服的少女羞涩地笑着。

“这是？”

“我亲戚家的孩子，叫廖亚凡，一年前离家出走了。”方木不愿道明他和廖亚凡之间的关系，“在本市的可能性也不大，权当碰碰运气吧。”

“包在我身上了。”肖望揣好照片，爽快地说，“找人是哥们儿的强项。”

“多谢了。”方木的脸有些红，和刚才自信冷静的样子判若两人，“如果太麻烦，案子破了以后再说也行。”

“都是自己人，你就别客气了。”肖望拔腿就走，“你先去吃饭，有情况我找你汇报。”

肖望大步流星地消失在走廊尽头。身边的人都在忙碌，依旧站在原地的方木显得有些无所事事。这短暂的闲暇让他有些走神。他看看窗外越来越暗的天色，忽然想起照片上的女孩子。

此刻，你会不会就跟我站在同一片天空下呢？

第二章

抢劫者

在那个男人出现之前，她已经捏着一块三角形的玻璃片目送三个女孩、两位老人先后离去。

每次她都用自认为十分迅猛的姿势冲上去，然后在距离对方三米左右的位置停下来，无比尴尬地看着他们或惊恐或莫名其妙地走掉。最后对自己的软弱表达切齿痛恨。

抢劫，这个号称最没有技术含量的活计，也不是那么容易做的。

可怕的烧灼感再次从空荡荡的胃扩散到全身，她很快就感到头昏眼花，不得不背靠在人行道旁的一棵树上喘息。肚子里的那个小生命似乎还觉得她不够痛苦，又不安分地躁动起来。

你，是不是也饿了？

天色一点点黑下来，随着最后一丝光亮被大地吞没，隧道里的灯光亮了起来。这恐怕是本市最荒凉的一条隧道，只能偶尔看见货车从中疾驰而过，行人却不见半个。

她渐渐感到绝望，而这绝望又在她身体里催生出一丝勇气。她已经一天两夜没有吃过任何东西，如果再不抢到钱的话，她恐怕就再也坚持不下去了。

活下去，一定要活下去。

若有若无的脚步声在隧道中响起，这声音在她听来就是馒头、面条或者其他可吃的东西。美妙无比。不管他是谁，这次一定要下手。

她按按不停鼓胀的肚皮，似乎在安慰那个饥饿的小家伙，然后捏紧玻璃片，摇摇晃晃地迎上去。

那是个穿着西装的年轻男子。他低着头，专心致志地看着脚下的路，似乎也疲惫不堪。然而这都不重要，只要他有钱，只要他肯把钱交出来，什么都不重要。

“钱！”她亮出玻璃片，竭力用一种恶狠狠的语气喝道，“把钱掏出来。”

男子被吓了一跳，脸上随即出现了一种迷惑的表情。他向四周看看，似乎觉得她在跟别人说话。“你……”他终于把头转向这个蓬头垢面、浑身颤抖的女人，“……你刚才说什么？”

“钱！”她歇斯底里地吼道，“我要钱！”

男子并不害怕，也没有显得紧张，而是皱起眉头上下打量着她，脸上渐渐浮现出一种哭笑不得的神情，很快，他的目光变得冰冷起来。

他把手伸进衣袋，再拿出来的时候，手里多了一个黑色的小小皮夹。

女人的呼吸因喜悦而变得粗重起来，随即，她就感到再也无法呼吸了。

那不是钱包，而是一张警官证。

在那一瞬间，女人突然想笑，如果这件事发生在几个月之前，实在是一个让人很开心的笑话。

她真的捂着眼睛笑起来。

好吧，好吧。我还能再倒霉一点么——抢劫都抢到警察头上。

透过指缝，她看见那警察的嘴角牵动了一下，似乎也笑了。

这笑容却让她一下子大哭起来。几个月以来的委屈，猝然爆发在一个陌生的警察面前。

如果此时有人路过渝宁隧道，他会目睹一幅奇异的景象：一个身穿破烂风衣的女人，站在一个西装男子面前，像个小女孩一样放声大哭，手里还滑稽地握着一块三角形玻璃片。

她哭了很久，等她的抽泣不再那么厉害之后，那个警察低声说道：“扔了它吧，你会割伤你自己的。”

10分钟后，她顺从地跟着他走进一家牛肉面馆。

警察点燃一支烟，深深地吸了一口，然后透过袅袅上升的烟雾看着对面的女人。她刚刚以惊人的速度吞下了一碗牛肉面。随着最后一口肉汤消

失在碗底，女人的眼神从狂热和专注变成冷漠，甚至有些无聊的样子。

“再来点吃的？”

女人将目光从窗外转回到警察的脸上，随即又垂下来，点点头。

一盘酱牛肉，一盘口水鸡。女人又风卷残云般将它们一扫而空。

警察结完账，起身说道：“走吧。”

女人乖乖地跟着他出门，上了一辆出租车。她丝毫没有想到逃跑，至于他会把她带到哪里，是公安局还是其他什么地方，她统统不关心。只要能活下去，只要能吃饱饭，怎样都可以。但是当警察把她带进一家宾馆，直接开了一间房之后，她的心里还是有一丝小小的失望。她甚至冷笑了一下：不过如此，不过如此。

她清楚他要干什么，但是看到房间里柔软的大床，她还是觉得亲切。几日来积攒的疲惫似乎一下子席卷而来，加之刚才那一顿饱餐，她几乎立刻感到了眼皮发沉。来不及脱掉衣服，她就一头栽倒在床上。

你要做什么，请自便吧。什么都阻止不了我睡觉。

尽管睡眼蒙眬，但她还是意识到身后的警察并不像她设想的那样脱掉衣服，然后理直气壮地索要她的肉体。相反，他轻轻地关掉了灯，然后小心地退了出去，锁好房门。

门锁发出的“咔嗒”声让她有了短暂的清醒，在那一瞬间，她的脑海里莫名其妙地出现了那张警官证上的名字。

方木。

不到一天，各种信息就陆续汇集到专案组。按照方木的要求，排查的重点是在演艺事业和男女关系上可能与裴岚发生矛盾的女性。随着排查的逐步展开，裴岚的社会关系被逐一捋清。最初专案组将裴岚所属公司的几名女艺人列为嫌疑对象，但方木建议把排查的时间段前移，即裴岚在某省属文艺院校求学的时期。他解释说，如果是裴岚的同事为求上位而绑架她的话，引火烧身的可能性很大。即使是雇凶为之，也难免受到牵连，最后的结局只能是同归于尽。在方木看来，女嫌疑人应该与裴岚熟识，她要毁灭的并不是裴岚的肉体，而是裴岚的前途。至于她和男嫌疑人之间在绑架目的上的分歧，则是本案最特殊的地方。也许，在警方紧锣密鼓进行侦破活动的同时，此二人也在暗暗相互角力。

事实证明方木的推测是正确的，先前确定的犯罪嫌疑人很快都被排除。前往裴岚曾就读学校的调查小组则迅速获取了一些线索，并整理出一份嫌疑人名单。就在专案组彻夜研究嫌疑人名单的时候，裴岚家里传来消息：男性绑匪再次打来电话，要求家属明天备好400万人民币，交钱地点另行通知。按照先前的布置，裴岚的家属以短期内无法凑齐这400万为由，要求对方再宽限两天，并要求和裴岚通话。绑匪说了句再联络，就挂断了电话。蹲守在裴岚家里的技术人员迅速锁定了绑匪打电话的位置，但是对方似乎对通话时间把握得很准，等警方赶到该地点的时候，绑匪已无影无踪。

肖望从鼻子里哼了一声："这混蛋还挺内行，估计没少看美国大片。"

邓小森有些忧虑："绑匪拒绝家属和人质通话……裴岚会不会已经遇害了？"

"应该不会。"方木摇摇头，"绑匪很聪明，他总不能带着裴岚在闹市区打电话。如果在暂住地让裴岚和家属通话，用不了10分钟我们就上门了。而且，"他瞄瞄角落里的电视机，"那女人的目的不是让裴岚痛苦地死去，而是让裴岚痛苦地活着。"

这句话让大家陷入一片静默。的确，对在场的大多数人而言，这么纠结复杂的绑架案还是第一次遇到。不过所有人都清楚，他们没有时间去感慨。绑匪也许还能给警方和家属两天的宽限期，在这48小时里，也许还有更多、更复杂的变数在等着他们。

时间。此刻，时间是最宝贵的。

方木走出会议室时已经天光大亮。经过一夜讨论，嫌疑人名单已经被圈定为四人。肖望要开车送方木回宾馆，方木却问附近有没有商场。

“熬了一夜你还有精神头儿逛商场？”肖望有些难以置信，“缺什么？我叫人给你送过去。”

“不用了。”方木问清了商场的位置，“我自己去转转。”

方木拎着几个纸袋，费力地掏出房卡插进读卡器里。“嘀”的一声过后，他刚要转动门把手，想了想，抬手按响了门铃。没有回音。又按了一次之后，房间里传来一个细微的声音：“请进。”

推开房门的一刹那，方木还以为走错了房间。床边坐着一个穿着浴袍的女人，她垂着头，透过湿漉漉的头发，能看到脖子上白皙的皮肤。眼前这个安静羞涩的女人，和昨晚那个邋遢凶狠的抢劫犯判若两人。

方木把手里的纸袋放在床上，一时竟不知说什么才好。足有半分钟后，才开口问道：“睡得好么？”

又是半分钟后，才听到依稀可辨的回答：“嗯。”

方木看看手表，指着那些纸袋低声说道：“换上吧。我去餐厅等你。”

自助餐厅里人不多，方木拿了几样东西，很快就吃饱了。他边按着隐隐涨痛的太阳穴，边小口啜着橙汁。回想起昨天的所为，自己也不由得哑然失笑。

方木很清楚，自己本应把那个女子就近带到公安局，然后依照法定程序追诉她的犯罪行为。无论性别如何，无论境遇如何，她的行为都已经触犯了刑法，而查处犯罪，是警察的天职。方木当时差一点就这么做了。究竟是什么让他改变了主意，他自己也不清楚。

在那女子痛哭的时候，方木忽然想到，就在此刻，廖亚凡会不会也是如此衣不蔽体，食不果腹，胆怯而绝望地握着玻璃片或者别的什么东西，在某个阴暗的角落里伺机而动？

方木知道他给自己找了一件麻烦事，但是他必须这么做。也许部伟说得对，他骨子里的某些东西，是不适合做警察的。

正在胡思乱想间，她走进了餐厅。

穿着崭新的套头运动衫和牛仔裤、运动鞋，她看起来和正在就读的女大学生没有任何区别。刚迈进餐厅，她的眼睛就开始四处巡视。方木知道她正在寻找自己，然而目光相遇的一刻，她却红了脸，低下头，直奔那些餐盘而去。挑选了几样食物之后，她端着托盘有些犹豫，几秒钟后，终于鼓足勇气坐在了方木对面。

她没有和方木说话，甚至连头都没有抬一下，只是坐着静静地吃饭。方木点燃了一支烟，透过袅袅上升的烟雾打量着面前的女孩。她的年龄不会超过25岁，皮肤白皙，双手却有些粗糙晦暗，上面还有几处没有愈合的伤口。也许是感受到了方木投射过来的目光，她的脸渐渐红了起来，吃饭的速度也骤然加快。尽管如此，她的举手投足间已全然没有了那晚狼吞虎咽的窘相。

吃完饭，她见方木没有动，便也坐着在桌子底下摆弄手指。方木看看空空如也的盘子，低声问道："吃饱了么？"

女孩没有说话，点点头算是回答。

方木摁熄烟头，起身说道："回房间休息吧。午饭就在餐厅吃，账单记在1226号房。"

刚一转身，就听见女孩在背后低声问道："为什么帮我？"

"嗯？"方木一时间不知道该怎样回答，想了一下说道，"我是警察。"

"呵，你要真当自己是警察就应该抓我。"女孩的长发遮住了大半张脸，乌黑的发丝中隐约可见不屑的神情，"虽然你帮了我，但是别指望我为你做任何事情。"

方木皱了皱眉头，重新坐在女孩的面前："你叫什么名字？"

"有必要知道这个么？"

"是没必要。"方木轻笑了一下，"但出于礼貌，我也应该知道怎么称呼你——我总不能叫你抢劫犯小姐吧？"

"抢劫犯"这三个字让她的脸色由白变红，咬了一下嘴唇后，她低声说："米楠。"

"好，米楠。"方木压低声音，"你为什么会去抢劫，我没兴趣知道。但是一个女人肯去抢劫，应该是遇到了大的麻烦。"

米楠扭过头去，长长的睫毛上刹那间布满泪珠。

"你的手臂上没有针眼，所以你应该不是急着筹措毒资。"方木直视着米楠，"你在宾馆安安静静地睡了那么久，应该也不是抢钱救急……"

"没那么复杂！"米楠的声音低哑，"我只是想吃饱肚子而已。"

方木沉默了，片刻，他开口问道："听你的口音不是本地人。从哪儿来的？"

"与你无关！"米楠终于抽泣起来。方木轻叹口气，从桌上的纸巾盒里抽出几张面巾纸递了过去。米楠一把抓过来，在眼睛上胡乱擦着。过了一会儿，哭声渐轻。"哈尔滨。"她嘟囔地说。

"嗯。我忙完手头的事情，就送你回去。"方木的声音柔和下来，"你再安心休息几天。"

"不必了。"米楠断然拒绝，"我没有可去的地方。"

"嗯？"方木有些诧异，"你没有家么？"

"有跟没有毫无区别。我回家了也会被赶到学校去。"米楠呆呆地看着杯子，"回到学校，也迟早被开除。"

"开除？为什么？"

"哈哈。"米楠突然笑起来，转回头来，目光炯炯地看着方木，看似挑衅却充满绝望，"我怀孕了。"

方木愣住了，随即默默地掐灭了香烟："有什么打算？"

米楠似乎从来没思考过这个问题，沉默了良久才低声回答道："不知道。"

方木一时无话，倒了杯水放在米楠面前，想了想，问道："孩子的父亲呢？"

米楠没有回答，只是呆呆地看着眼前的水杯。

"同学？"

"不，网友。"米楠轻轻地说道，"我们在网上聊了半年……后来，他来学校看我，我们……两个月之前，我发现我怀孕了。我都吓死了，就跑来找他。可是我发现他一点也不在意。还让我……"

"让你做什么？"方木皱着眉头，拳头也不由得攥紧了。

"让我和他的朋友睡觉。"米楠咬紧嘴唇，"我不干，他就打我，还把我所有的东西都抢走了。后来，我就找个机会跑了出来。"

"你把他的地址给我。"方木竭力装出平静的样子，脸颊上却可怕地鼓起一块，"别的你就不用管了。"

"不不不。"米楠惊恐万状地叫起来，"我不想再和他有任何瓜葛。我只想离开这里，越快越好……"

方木咬咬牙，重重地呼出一口气，伸手去拿烟，刚抽出一支，想了想，又放了回去。

沉默了一会儿，方木看看对面依旧瑟瑟发抖的米楠，开口问道："你大几了？"

"应该大四了。"米楠的目光空洞，"已经开学快一个月了，可是我……"

方木点点头，拿起两根筷子，在桌面上摆成两条平行线。

"如果这是你的人生之路的话，现在的确发生了一点问题。"他把两根筷子交叉在一起，"看起来好像是条死路。"

米楠看着桌子上形成锐角的两根筷子："你想说什么？"

方木笑笑："但是还没那么糟。"他把两根筷子重新摆好，"让它恢复原状就好了——回到正常的生活中。"

米楠盯着筷子看了一会儿，颤声问道："我……还来得及么？"

"当然。"

"可是……"米楠把手按在肚子上，"我已经……"

"这也是我想要跟你说的。"方木的脸色严肃起来，"别的事情我可以帮你，但这个孩子，你得自己做决定。"

米楠把脸扭向窗外，片刻，大颗的泪珠从脸上滚落下来。

"我想回去。我想做几个月前的自己。"她拼命压抑自己的抽泣，"无忧无虑，快乐健康……"

"你回去慢慢考虑一下。"方木站起身来，"我等你的消息。"

"不必了。"米楠突然停止了抽泣，她擦擦眼睛，斩钉截铁地说，"我去做手术。"

方木凝视着眼前的女孩，忽然觉得她的眉眼真的和廖亚凡有几分相似，尤其是柔弱底下透出的那股子执拗劲儿。

只是，如果她遭遇到同样的事情，会有人帮助她么？

方木暗自叹了口气，低声说："也好。"他做了个劈开的动作，又向旁边一挥，"彻底摆脱这段回忆，重新开始生活。"

米楠用力点点头，勉强挤出一丝笑容："我会的。"

方木看看表："如果你真的考虑好了，我现在就带你去？"

"不用了。我自己去就行。"米楠整整头发，看起来既勇敢又果断，"我不能总依靠别人。我自己走错的路，要自己走回来。"

方木愣了一下，随即舒展开眉头，轻轻地点了点头。

"拿着这个。"他从钱包里拿出几张百元钞票，"手术费应该够了。鸡汤什么的就让餐厅送到你房间里。"

米楠接过钱，却不动，一副欲言又止的样子。

“怎么了？”

米楠咬着嘴唇，似乎下了很大决心似的抬起头来说：“还有件事，能帮帮我么？”

“哦？”方木坐下来，“你说。”

“他叫骆华，经常在城北邮政大厦对面的一家游戏厅里。”米楠低声说，“我的身份证在他那儿。还有……我父亲留给我的一支派克钢笔。”她的声音提高了一些，语调恳切，“那是我父亲留给我的唯一遗物，能……能帮我拿回来么？”

“没问题。”方木立刻说道，“你放心吧。”

这时，餐厅门口突然传来一声“方木”，方木转头去看，肖望正大步走过来。见到桌子对面的米楠，肖望愣了一下，随即礼貌地点点头，一屁股坐在椅子上，毫不客气地拿起米楠面前的那杯水一饮而尽。

“睡一会儿没有？”他抹抹嘴巴，摊开手里的文件夹。

“没有。”方木实话实说，“有消息？”

“那你就别睡了。”肖望看看米楠，欲言又止。

米楠识趣地站起来，冲方木说了声“我去了”，就快步离开了餐厅。

方木以为肖望也许会打听米楠的情况，可是他什么都没有问，直截了当地谈案子。

“今天上午兄弟们对那四个嫌疑对象进行了排查，果真有所收获。其中这个女的嫌疑最大。”肖望拿出一张照片，“她叫汤小美，和裴岚是艺校同学，当时还是一个宿舍的室友。临近毕业时，裴岚和汤小美一起去某剧组试镜，结果裴岚被选中，并一炮走红。而汤小美在影视圈辗转几年后，始终半红不紫，后来转行做导演，但也只能去拍点MV、广告片什么的。”

“嗯，这么说，犯罪动机倒是对得上。”

“是啊。”肖望很兴奋，“而且我们把汤小美的照片和商场里的视频监控录像做了对比，两个人的身形很相似。”

“现在能控制住她么？”

“问题就在这儿。”肖望的脸色稍稍凝重了些，“半年前，汤小美返回本市。一个月前，她忽然和所有人都断绝了联系，手机也打不通了。”

“看起来……”方木若有所思，“汤小美还真是挺可疑。”

“是的，我们已经把汤小美列为重点嫌疑人。”肖望往后一靠，“现在的问题就是，汤小美究竟在哪里？”

方木想了想，开口问道：“送到省厅检验的物证出结果没有？”

“还没有，不过估计快了。”肖望一脸倦色，“你觉得还会有什么线索么？”

“录像里有两处很有意思的地方。”方木笑笑，“也许物证检验部门能帮我们分析出绑匪和人质的藏身处。”

“哦？”肖望一下子精神起来，“什么地方？”

方木刚要回答，肖望口袋里的手机响了起来。

第三章

夜行

市局会议室里烟雾缭绕，与会者个个脸色凝重，眉头紧锁。半小时前，绑匪再次联系了受害人家属，要求他们明天在火车站交付400万赎金，语气强硬，没有回旋余地。专案组经过讨论，决定在火车站设伏，在绑匪领取赎金时进行抓捕。这一决定遭到了受害人家属的强烈反对。因为一旦抓捕行动失败，绑匪很可能选择杀死裴岚。梁泽昊不知从哪里得到了消息，又跑到专案组来大吵大闹，扬言如果裴岚出事，就让整个市局的人都下岗。方木很反感梁泽昊的所为，但是也不得不承认，专案组的计划确实不妥。在交付赎金现场抓捕绑匪的确是侦破此类案件的惯常手段，但本案与一般的绑架案件不同：首先，绑匪经过了周密的策划，并非临时起意；其次，绑架的目的并非单纯求财，还纠缠着其他恩怨；最后，警方的任务目标并不仅是解救人质，抓捕嫌犯，还包括防止录像外流。而要达成这三个目标，最关键的一点是要查明绑匪和人质的藏匿地。

徐桐建议在火车站抓捕嫌犯后，逼问出人质的所在地。肖望摇摇头，连说几个不行。

“火车站人多，拥挤，抓捕行动很容易导致突发情况。再说，这对男女很可能是情侣，万一为了保护对方死活不开口，我们就太被动了。这三个目标只要有一个没达成，我们就算失败了。”

“那你说怎么办？”徐桐看看手表，“时间不多了。”

肖望没回答，而是扭头看看方木。

不止是他，几乎所有人都把目光投向了方木。方木没有抬头，但是他能清楚地感受到那些目光中的期待、怀疑和冷眼旁观。他没有动，甚至没有改变姿势。

方木在等，在等待验证自己的推断。尽管这在别人看来是一种无能为力的表现，但是他必须等，因为那就是钥匙。

门突然被推开了，邓小森匆匆走了进来，手里拿着几页纸和一个U盘。

“省厅有回音了。”

方木一跃而起，几乎是从邓小森手里夺下了那几页纸。

那是一份检验报告和一张照片，省厅的物证鉴识部门从录像带表面和装录像带的信封里提取出了一些粉尘，经检验后确认是氧化铁粉和二氧化硅。

“氧化铁粉……二氧化硅……”方木喃喃自语，“这就对了。”

肖望好奇地拿过那张照片，上面是室内近景，稍加分辨，他就认出那是录像里的一幅截图，通过技术手段还原后，清晰了很多。但他不明白为什么截图：“这是什么？”

方木回过神来，指指照片上的某处：“你看这里。”

那是窗帘的一角。所谓窗帘，大概只是一根铁丝串起的两片花布而已。缝隙间，露出一片蓝天。奇怪的是，窗外不远的地方似乎正有一阵红色的烟雾飘过。

方木把检验报告和照片放在一起，抬头问肖望：“想到什么了？”

肖望有些莫名其妙：“你想到什么了？”

“钢厂。”方木轻轻地说，“这里有钢厂么？”

肖望还是一脸迷惑不解：“你怎么会想到钢厂呢？”

方木把U盘连接在电脑上，里面有一个音频文件。

“这是从录像带里提取出来的声音。”

文件打开后，是一阵嘈杂的声音。方木把进度条拖到某个时间点，音箱里顿时传来“当当”的钟声。肖望想了想，忽然瞪大了眼睛：“这是出钢的钟声！”肖望激动得语无伦次：“本市只有一个钢厂——聚源钢厂！”

“那就对了。”方木点点头，“粉尘、红色烟雾、钟声——我等的就是这个。”

肖望盯着照片，眼珠不住转动，看得出正在紧张地整理思路。很快，他就把照片和检验报告塞进邓小森手里。

“打电话给气象局，查查当时的风向。”肖望拔腿就往外走，“再找人根据烟雾推测一下楼房与钢厂的距离和高度。”

他拽起方木：“走，你跟我去钢厂。”

聚源钢厂位于城郊，坑坑洼洼的路面让方木一行人浪费了不少时间。刚到钢厂，市局就打电话来，从当时的风向看，绑匪和人质藏匿的楼房应该位于钢厂的北面，直线距离在2000米左右，而拍摄地点应该在三楼以上。

肖望站在钢厂高耸的烟囱下，向北望去，指着不远处的一片楼房说道：“就是那里了。”

钢花小区是城郊较早建设的一批楼房，样式陈旧，楼体上的瓷砖也大多斑驳不堪。肖望看看那四排各有五个单元的楼房，低声骂了一句：“靠，够咱们找的了。”

方木却不着急，拿出那张照片说道：“犯罪的人，总会想方设法阻止别人窥视到他的罪行——他应该整天挡着窗帘的。”

肖望一拍脑门：“我怎么没想到呢！”仔细看了照片后，他拿出望远镜，躲在车里逐栋、逐层观察。可是连看了四栋楼后，都没有发现悬挂同样窗帘的住户。肖望不死心，又反复查找了几遍，还是一无所获。

“妈的，怪了。”肖望有些泄气，“难道我们找错了？”

“不会的。”方木向车窗外张望了一圈，“他们肯定就躲在这里。”

“难道他们也意识到窗帘被拍进了录像里……”肖望咬着指甲，“所以换了窗帘？”

方木点点头说有可能。对方既然有了防范，确定他们的藏身处就更难了。4栋楼，20个单元，240个住户，不可能逐一搜查。一旦打草惊蛇，后果也许就是人质被害或者录像被上传至网络。

一时间，车里的人都有些沉默。方木连吸了两支烟后，突然开口问道：“我记得在荣福天地调查的时候，那个叫陈娟的女工说清洁车是在一楼西门发现的？”

“对。怎么？”肖望闷闷地回答道。

“一楼西门……前行几十米就是一条主干道，对么？”

“崇智大街。”肖望扭过头看着方木，“怎么想起问这些？”

“叫几个兄弟过来。”方木盯着车窗外，胸有成竹，“一个便装，两个着装的，再带一台警车来。”

“嗯？”肖望有些诧异，“你想干吗？”

“嘿嘿，”方木眯起眼睛，“咱们来演一场戏。”

半小时后，小区里突然出现了一个醉醺醺的年轻人，一手拎着啤酒瓶，另一只手捏着半块砖头。

“陈璐！陈璐！！”他连灌了几口酒后，扯开嗓子叫起来，“你出来！我是真心爱你的……”

肖望用望远镜窥视着小区里的动静，嘿嘿直乐。

方木也忍不住笑：“陈璐是谁？”

“这小子的女朋友。”肖望放下望远镜，“如果让陈璐知道他用这个名字办案，非挠他不可。”

年轻人喊了半天，自然不会有人出来，倒是有几家人从窗户里探出脑袋来看热闹。年轻人似乎失去了理智，把酒瓶一摔，操起砖头就砸向身边的一辆车，边砸边喊：“你出不出来，出不出来！？”转眼间，楼下停放的几辆车被他砸了个遍，在一片刺耳的警报声中，年轻人把砖头一扔，撒腿就跑。

方木操起对讲机：“兄弟们，3分钟后开车进小区。”

刚放下对讲机，年轻人就钻上车来，还没坐稳，就急不可待地问道：“怎么样，我表演得到位么？”

“不错不错。”肖望拍拍他的肩膀，“你小子手轻点啊，别砸得太重了，将来我们赔不起啊。”

“放心吧，我收着劲儿呢。”年轻人急忙又补充了一句，“肖哥给我保密啊，别回头我女朋友跟我翻脸。”

一车人都笑了起来。

此时，小区里已经聚集了几个车主，纷纷查看自家车的受损情况。有义愤填膺的，也有破口大骂的。很快，一辆警车就开进了小区。两名身穿制服的警察下了车，其中一个翻开手里的记事本：“刚才是谁报警啊，听说这里有人砸车？”

车主们一下子聚拢过来，七嘴八舌地要求警方严肃处理。两个警察一边逐一查看车辆受损情况，一边核对车主。

“1、2、3……6、7。”肖望又确认了一遍，回头对方木说，“8辆车被砸，只出现了7个车主——果真有一个没敢下来。”

“嗯。”方木操起对讲机，“兄弟，查查是哪辆车的车主没来，把车号报过来。”

方木的想法是：女性绑匪将裴岚带到了荣福天地一楼西门后迅速离开了现场，那么肯定有人驾车接应她们，这台车也许就停在小区里。方木安排这场砸车戏，一方面不至于让对方产生怀疑；另一方面，绑匪出于对警方的本能恐惧，即使是与绑架毫不相干的调查，也会刻意回避的。所以，那个没有出现的车主，也许就是绑匪中的一个。

车号被迅速查清了，但是所属车型为蓝色奥拓，而小区里停放的是银灰色马自达。肖望有些失望：“有可能是套牌车。”方木点点头，又要求查询是否有以汤小美的名字登记的车辆。结合她的身份证号码，要查清这个并不难。查询结果显示，汤小美在2006年年底以个人名义购置了一辆车，车型就是银灰色马自达。方木立刻要局里调取裴岚被劫持时崇智大街上的视频监控录像。信息很快反馈回来，当时，那辆银灰色马自达的确出现在了大街上，而从它驶出的方向看，恰恰就是荣福天地大厦西门！

这一情况让大家都兴奋不已。方木指示那两个制服警察撤出小区，其他人留守在车上继续监视。大约40分钟后，一名男子忽然从三号楼二单元走出来。他站在小区的空地上，先是四处张望了一下，随后就点燃一支烟慢慢地吸着，看似悠闲自在，但显然是在小心翼翼地观察着动静。一支烟吸完，男子又朝前后左右看了看，疾步走向那些被砸的汽车。他站在那辆银灰色马自达前，迅速查看了一下车辆受损情况，又摸摸车前盖上的凹陷处，确认四下无人后，钻进去发动了汽车。

肖望立刻松开手刹："准备动手！"

方木一把拽住他："先别急，裴岚很可能还在汤小美控制之下。"

"不抓就来不及了。"肖望一脸焦急，"万一他跑了怎么办？"

"不会！"方木断然说道，"谁也不要动！"

果真，男子只是把汽车开到了二号楼楼下，锁好，然后就一路小跑回到了三号楼二单元。

"要不要跟他上楼？"肖望似乎已经开始信任方木的判断，"也许能查清他住哪个房间。"

"那会惊着他。"方木摇摇头，"这小子挺谨慎的——现在没准正蹲在二楼缓台上听动静呢。"

"那怎么办？"肖望看看窗外，"已经快天黑了。"

方木想了想："去居委会瞧瞧。"

在居委会的调查一无所获。胖胖的居委会主任对本区的住户情况以及房屋出租情况一问三不知。从方木的脸上看不出失望，似乎他对一切早有预料。就在肖望劈头盖脸地批评居委会主任对治保工作不负责时，方木却提出了一个出乎大家意料的要求：他要一套小区垃圾清运员的制服。

肖望最先反应过来，操起电话就要局里派个年龄大的女警过来协助调查。人员到位后，方木指示她假扮垃圾清运员，把三号楼二单元三楼以上门口的垃圾袋都拎下来，并再三嘱咐每个垃圾袋都要标清门牌号。

事情进展得很顺利，不到一个小时，女警就气喘吁吁地推了一大车垃圾回到了埋伏点。

“这么多？”肖望看看几乎满载的垃圾车，“辛苦你了。”

“没事。”女警擦擦脸上的汗水，“我怕嫌疑人在楼上偷偷观察，谨慎起见，我把这几栋楼的垃圾都收了。”

“那我们要的东西呢？”肖望急切地问道。

“在这儿呢。”女警弯腰从垃圾车里拽出一个纸箱，“我特意分开装的——袋子上的胶布标清了门牌号。”

方木顾不上道谢，立刻倒空一个垃圾袋仔细查看起来。翻查到第四个垃圾袋的时候，方木放慢了速度。在仔细查看了每样物品后，方木小心地封好它，又拿过其他垃圾袋进行比对，最后撕下第四个垃圾袋上的标签，递给肖望。

“502？”肖望看看方木，“能确定么？”

“应该就是这里。”方木指指垃圾袋，“你瞧，垃圾袋里大多是快餐盒、方便食品的包装袋和啤酒罐。”

“嗯。”肖望看着标签若有所思，“他们应该无心、也没必要开火做饭。”

“对。”方木擦擦手上的污渍，“把这袋垃圾带回去，如果能验出裴岚的DNA，基本可以肯定他们就在502房里。”

大家立刻行动起来。肖望留下一组人继续监视，然后和方木驱车回分局。

向专案组领导简单汇报了案件进展后，垃圾袋里的物品被加急送检DNA。等待结果的过程中，两天一夜没有合眼的方木感到倦意一下子扑面而来。连抽了几支烟后，眼皮还是不住地打架，方木索性和衣躺在会议室的长椅上，刚一闭眼，就沉沉地睡去了。

蒙眬中，他似乎又回到了天使堂的小院子里。艳阳高照，遍地绿色。二宝和其他孩子们在院子里奔跑、打闹。耳边似乎还隐隐传来赵大姐的呼喝声。在那片草莓地里，红红的果实装点着大片绿叶。廖亚凡半蹲在其中，笑靥如花。方木的整个身心都被一种巨大的满足感和幸福感包围着，甚至有些慵懒。突然，太阳隐没于越来越厚重的乌云中，天使堂的二层小楼正在缓缓坍塌。随着石块不断掉落，那片草莓地也开始逐渐下陷。廖亚凡身上的白裙刹那间变得污浊不堪，她表情悲切，一只手捂住隆起的腹部，另一只手向方木伸来……方木拼命想拉住那只手，却发现自己无论如何也动弹不得。眼看着廖亚凡的手距离自己越来越远，大半个身子都已经陷入那无尽的深渊中，方木又焦急又绝望，忍不住大叫起来。

“啊……”

手脚忽然能动了！方木一时间不知身在何处，噌地一下坐起身来，倒把眼前的人吓了一跳。

“靠！”肖望的手里还拽着一件警用多功能服的一角，他盯着正做出一个向前拉拽动作的方木，“你干什么？”

方木直愣愣地盯着眼前的空气，足有5秒钟后才回过神来。他悻悻地放下手，声音嘶哑地喃喃说道：“没事。”

“做噩梦了？”

“嗯。”方木不愿多讲，“结果出来没有？”

“还没有。”肖望的眼睛里布满血丝，看样子一直没睡，“你再睡会儿吧，有情况我叫你。”

“不睡了。”方木掀开身上的多功能服，向肖望要了支烟。吸了大半支后，他觉得清醒了一些，就站起来舒展手脚，感觉全身都酸疼得要命。

肖望看他龇牙咧嘴的样子，嘿嘿直乐：“妈的，真不是人干的活啊。”

“没办法。”方木随手操起桌上的半瓶矿泉水，咕咚咕咚喝了一大口，“谁让咱是干这一行的——监视点那边怎么样？”

“没消息。502房一直把窗帘拉得死死的，也没见那男的再出来过。”

“这么说，现在只能等DNA的检测结果了。”

“是啊。”肖望疲惫地揉揉太阳穴，“不过邓支队他们已经基本制订好抓捕方案了。只等结果出来，再落实一些细节就好了。”

正说着话，徐桐推开门大步走进来，看见方木喝剩的矿泉水，他二话不说抓过来就喝了个底朝天。

“他妈的，这个孙子。”徐桐抹抹淌出嘴角的水，“他以为自己是谁啊？”

肖望不动声色地看看徐桐：“走了？”

“劝了半天，好不容易让他滚蛋了！”徐桐的脸色很差，“下次跟王局说说，这操蛋差事以后少让我去！”

方木听得莫名其妙：“你们在说谁啊？”

“梁泽昊。”肖望苦笑一下，“刚才这小子不知从哪里得到消息，说我们已经找到了绑匪的藏身处，非要我们告诉他，他要带几十个人去把裴岚抢回来。”

方木皱起眉头，想了想，忍不住问道：“梁泽昊究竟是什么人？”

肖望和徐桐对望了一下，都没有答话。最后肖望说道：“能把女明星搞到手的，你说他是什么人？你也别问了，就当他是臭狗屎就行。”

方木耸耸肩膀，转头问徐桐：“DNA检测结果还得多久能出来？”

“刚打电话问过，”徐桐看看手表，“估计得后半夜了——你们俩赶紧找地方睡一觉，有消息就告诉你们。”

方木在心里估算了一下时间，低声对肖望说：“现在有没有空？”

“嗯？”

“带我去个地方。”

临近午夜的S市一片静谧。空气清冷，路面上几乎看不到行人，偶尔有几辆车从那些孤零零的路灯下一闪而过。肖望把车停在邮政大厦门前，又在后备箱里翻出一根警棍拎在手里。

“走吧。”他指指马路对面一栋还亮着灯的二层小楼，“你要找的就是那里。”

还没走近，就听到小楼里传来纷乱的噪声。推开门，扑面而来的是震耳欲聋的重金属摇滚乐，还有烟草和汗水混合的奇怪味道。游戏厅里塞满了人，每台游戏机前都围着一群十七八岁的少年。陌生人的突然闯入并没有引起他们的注意，他们依旧在各自的幻想世界里搏斗、射击、飞速奔驰，倒是墙角里立刻站起几个人，一脸敌意地看着方木和肖望。这时，其中一个光头男人瞥见了肖望手里的警棍，立刻把手伸向柜台下面。

肖望扫了他一眼，并不理会，径直走向楼梯。马上就有几个人冲过来想阻拦他们。肖望毫不客气地当胸搡开挡在最前面的一个大个子，一脚踏在楼梯上，举起警棍指向蠢蠢欲动的几个人，一边示意方木上楼。

方木快步登上二楼，相对于楼下的灯火通明，楼上要昏暗得多，不明的气味也浓烈得多。这是跟楼下面积相等的一个大厅，南北两侧用木板做成了几个隔断，透过半掩的门，能看到里面是破旧的沙发和茶几。大厅中央也横七竖八地摆着几个沙发，依稀辨得几个面目模糊的人沉默地坐在上面。距离方木最近的沙发上，躺着一个只穿着内衣的长发女人，她在刺耳狂暴的音乐中依然昏睡不醒。方木知道在这大厅里，隔断后面，有很多双眼睛在盯着自己。他冷冷地逐一扫视着那些沉默的人，想到怀孕的米楠在这里心惊胆战地度过了许多日子，心中充满了愤怒。

肖望很快走上楼来，高喊了一声："大斌，出来！"一个细高的男人应声而出，肖望用警棍指指他："开灯。还有，把音响给我关了！"

转眼间，大厅里一片光明，让人烦躁无比的音乐也消失了。

肖望看看一片狼藉的大厅，冷冷地对那个大斌说道："动作挺快啊，东西都藏起来了？"

大斌长着一双狡猾的眼睛，让人联想起某种毒蛇，尽管满脸堆笑，眼神中却一点热度都没有。

"说哪里话啊，肖哥。"足有40岁的大斌开口就管肖望叫哥，"我这里既没有冰也没有粉儿。即使有，也是客人带来的，跟我无关啊。”

肖望哼了一声：“告诉你的伙计，下次再敢按铃给你报信，我就打断他的手。”

“不敢了，不敢了。”大斌连连点头，“肖哥，你今天是来……”

“我找骆华。”

“骆华？”大斌一副冥思苦想的样子，“我不认识啊。”

肖望眯起眼睛：“你再说一遍？”

“我确实不认识啊。”大斌摊开双手做委屈状，向坐在沙发上的几个人努努嘴，“不信你问问他们。”

肖望嘿嘿地笑起来，突然一把揪住瘫软在沙发上的女人的长发，把她摔在地上。他指指那个依旧昏迷不醒的女人，冷冷地问道：“她吸了多少？”

“她没吸粉儿，喝多了。”

“是么？”肖望笑笑，“是喝多了还是吸多了，找人来验验血就知道了。”

大斌的脸色立刻变了，笑容也消失得无影无踪。他咬咬牙，无奈地低声说道：“肖哥，不用这样吧？大家……”

“骆华在哪儿？”肖望立刻打断他的话，“叫他出来。”

大斌瞪着肖望看了几秒钟，怒气冲冲地指了指北侧的一间隔断。肖望走过去，一脚踹开木门，一个染着红头发的女人立刻尖叫着跑出来。沙发上坐着一个年轻男人，光着上身，目光呆滞，对突然闯入的两人视而不见，嘴里兀自喃喃自语着，不时无力地挥动着双手。

“哼哼。”肖望冷笑几声，“还看画片呢？”（吸食毒品后，有的吸毒者眼前会出现幻觉，被称为看画片。）

方木俯下身去，紧盯着年轻人的眼睛问道：“骆华？”

骆华对问话毫无反应，依旧保持着刚才的神态和姿势。

肖望骂了一句，四处看看，最后拎起墙角的一只冰桶。“闪开！”话音未落，一大桶冰水已经劈头淋在了骆华头上。

骆华打了个激灵，眼神也活泛了一些。他抹了一把脸上的水，晃晃脑袋，似乎刚刚看到面前的两个人：“你们……”

“你认识米楠吧？”方木面无表情地说道，“把她的东西还给我。”

骆华没回答，却从脖子后面掏出一大把冰块，他疑惑不解地看看手里正在融化的冰块，很快就明白发生了什么，脸上的表情迅速变为暴怒。

“你妈……”骆华跳起来，甩掉手里的冰块，一句脏话刚吐出口就被憋在喉咙里——肖望当胸一脚把他踹翻在沙发上。

骆华捂着胸口剧烈地咳嗽起来，边在沙发上翻滚边嘶声高喊：“斌哥！斌哥！”

没有人搭理他，甚至没有人过来看看。骆华终于明白了自己的处境，连滚带爬地缩到沙发的角落里，战战兢兢地看着方木和肖望。

方木上前一步，简短却清晰地说道：“把米楠的东西还给我。”

“你……你们是米楠什么人？”骆华惊恐万状地看看方木，又看看肖望，最后把目光停留在肖望手里的警棍上。

方木没说话，而是长时间地盯着骆华。骆华只坚持了几秒钟就放弃了，抓起沙发上的一件外套扔过来。方木把外套里里外外翻了个遍，只找到了米楠的身份证。

“钢笔呢？”方木的眉头皱起来，肖望见状，把警棍直直地指向骆华的鼻子。

“大鑫典当行！”骆华拼命向后缩着，死死地盯着肖望手里的警棍，“我卖给老肥了。”

肖望看看方木，方木略沉吟下，点了点头。肖望把外套摔在骆华身上。

“跟我们走！”

押着骆华下楼时，方木回过头，对一直阴着脸的大斌说道：“送她去医院吧。”他冲依然躺在地上昏迷不醒的长发内衣女人扬扬下巴，“会出人命的。”

大鑫典当行位于城西，赶过去要走20多分钟。三个人坐在飞驰的吉普车里，全都沉默不语。骆华偶尔吸吸鼻子或者呻吟一声，眼珠却不断在方木和肖望身上打转。出于厌恶，方木懒得再看他，一直默默地看着窗外。

夜晚的城市看起来和白天大相径庭。所有的街道和楼宇都陌生无比，似乎是凭空出现的一样。方木忽然有一种行走于地下的错觉。没错，这就是沉睡于地下的另一个世界，在这里，无论是行走的人还是行事规则，统统翻转。

忽然，肖望的手机响了，他把耳机塞进耳朵里，接通了电话。嗯嗯了几声后，他说了一声我知道了，就挂断了电话。方木感觉吉普车骤然提升了速度，抬起头来，恰好迎上后视镜里肖望的目光。

“确定无疑了。”肖望简单地说，“502。”

方木不由得坐直了身子：“先回去？”

“不。”肖望把油门一踩到底，“先办你这件事。”

大鑫典当行早已打烊。肖望用警棍在卷帘门上当当地敲了半天，周围的数家住户都亮起了灯，老肥才骂骂咧咧地披衣来开门。看到肖望手里的警棍，老肥有些哆嗦，结结巴巴地说自己一直奉公守法云云。肖望不耐烦地表明了来意，他才恢复了生意人的嘴脸，开口就要5000块。

“你大爷的！”骆华瞪大了眼睛，“我卖给你才1000块！”

“我又没强迫你卖。”老肥慢条斯理地说，“那是老标派克笔，原厂的。”

肖望说：“少废话，把笔拿出来。”验明正身后，肖望从骆华身上掏出钱包，扔在柜台上，拿起笔塞进方木手里，转身就走。

“等等！”老肥在身后大叫，“这才800块钱啊。”

“那就是你们俩的事儿了。”肖望头也不回地说道，挥手招呼方木上车。开出去好远，方木还能从倒车镜里看到老肥和骆华正在拉拉扯扯。

检验部门从垃圾袋里的一把塑料勺上发现了一些口腔黏膜组织，经DNA鉴定确属裴岚无疑。专案组迅速制订了抓捕方案，将参加行动的人员编为两组，一组由徐桐带队，负责在火车站抓捕，另一组由肖望带队，负责在钢花小区里抓捕兼解救人质。在肖望的强烈要求下，方木被编入这一组。

一切安排妥当后，王副局长命令所有参与行动人员原地休息，随时待命。方木想了想，要求把自己送回宾馆，并保证早7点前肯定归队。王副局长同意了，安排肖望送方木回去。

回宾馆的路上，方木缩在后座，一遍遍地在心中核对抓捕计划。正想着，右手不经意间碰到了衣袋里的钢笔。他伸出手去拍拍肖望的肩膀。

“今天多谢了。”

肖望没回头，却甩了一支烟过来。“客气什么，都是自己人。”

方木点燃香烟，吸了一大口，想了想，笑着问道：“你怎么也不问问那个米楠是我什么人？”

“你要是想告诉我，早就说了。”肖望也点着一支烟，“再说，我帮的是你，那女孩是谁跟我没有关系。”

方木笑笑，默不作声地继续抽烟。的确，如果肖望问起他和米楠的关系，他还真不知道该怎么回答。

在适当的时候保持沉默，这也许是肖望的优点。

也许不是。

房间里还亮着一盏小灯，米楠却已经睡了。空气里弥漫着一股淡淡的消毒水的味道。方木看看床头柜，一只大汤碗已经见了底，旁边的一张纸巾上散落着几根鸡骨头。

米楠的脸颊上还隐约可见泪痕，表情却安详了许多。方木默默地看了她一会儿，掏出钢笔放在她的枕边。

她今天失去了自己的孩子，拿回了这支钢笔，也许会觉得安慰一些吧。

关上房门的一刻，方木轻轻地说道，晚安，米楠。

晚安，亚凡。

第四章

本源

第二天，晴，万里无云。

这样的天气似乎和犯罪毫无瓜葛，花儿依旧开放，鸟儿依旧欢唱。在钢花小区进出的人们丝毫没有注意到身边早已布满了警惕的眼睛。在二号楼的楼顶，一架高倍望远镜被隐藏在太阳能热水器后面，镜头直指三号楼。

方木坐在被晒得滚烫的沥青楼面上，大汗淋漓。肖望蹲在他身边，眼睛凑在望远镜上，身上的衬衫也已经被汗水完全湿透。

这时，手里的对讲机传来徐桐的声音："怎么样了？有动静么？"

"没有。"肖望头也不回地说，"妈的，够沉得住气的。"

"你那边怎么样了？"方木边擦汗边问道。

"都准备好了。"徐桐的声音透着一丝紧张，"就等你这边的消息了。"

徐桐的情绪可以理解，火车站人多、情况复杂，抓捕行动难度极大。稍有不慎就会前功尽弃。所以专案组决定在交付赎金时同时展开抓捕和解救人质工作，以避免犯罪嫌疑人狗急跳墙，伤害人质。

突然，肖望半直起身子，小声喊道："出来了出来了！"

方木精神一振，探出半个脑袋向楼下看去。果真，男性犯罪嫌疑人正走出楼门，四下张望了一圈之后，转身向楼后走去。那里，正是银灰色马自达车的停放处。

肖望操起对讲机，通报了犯罪嫌疑人的衣着特征。半分钟后，银灰色马自达车驶出小区，绝尘而去。在它身后不远，一辆貌不惊人的旧桑塔纳轿车悄然跟上。

一张大网，在不动声色间徐徐拉开。

肖望留下一个同事在楼顶继续监视，然后和方木下楼，直奔楼角的指挥车。按照计划，这一组的任务是坐等另一组的行动进展，如果时机成熟，两边同时动手。

肖望上车后，先询问器材的准备情况，得到肯定的答复后，他关好车门，命令全体人员做好准备，随时候命。

等待是一件最难熬的事情。虽然大家都默不作声，但相信每一个人的心里都不平静。肖望更是一支接一支地抽烟，隔几分钟就看看手上的腕表。侦破此案已经到了最关键的时刻，大家的神经都已经绷紧到了极限，唯有希望一切顺利，大获全胜。

然而，意外还是不期而至。

正当肖望皱着眉头，再一次抬起手腕看表的时候，对讲机里忽然传来了徐桐焦急的声音："肖望，肖望！"

肖望扑到对讲机前："我是肖望，什么情况？"

"我们正在跟踪犯罪嫌疑人，可是他的行进路线并不是去火车站，而是……"徐桐似乎在查看地图，"……而是城外啊。"

"城外？"肖望吃了一惊，回头看看方木。

方木皱皱眉头，开口问道："他现在什么位置？"

"我们在高家屯以西的一条国道上……等等，有重要情况！"

徐桐的声音一下子变得遥远起来，似乎在和什么人通电话。片刻，他又回到对讲机前："裴岚的家属刚刚接到电话，绑匪要求他立刻登上10点05分发车的5301次火车！"

方木看看手表，现在是9点55分，火车10分钟后就要开动了。

"怎么办？"徐桐也有些拿不定主意了，"继续跟么？"

"继续跟！"方木斩钉截铁地说，"保持适当距离。"

说完，他转头对电脑前的同事说："给我查查5301次列车的路线！"

5301是由本市开往Z市的一趟列车，途经不少小站，属于一列慢车。方木看着那些密密麻麻的站点，嘴里喃喃自语："火车……火车……"

忽然，他问肖望："这是辆旧车，对吧？"

“嗯。”

“不是空调车？”

“不是。”肖望有些莫名其妙，“怎么了？”

方木笑笑，操起对讲机对徐桐说：“徐支队，让裴岚的家属上车后，一切按照绑匪嘱咐的做。”

“要不要派人搜查车厢呢？”

“不用。”方木肯定地说，“领取赎金的人，就在车下！”

放下对讲机，方木立刻察觉到肖望正疑惑地盯着自己。

“你的意思是……”

“犯罪嫌疑人肯定知道我们已经在准备抓人了，所以他确信会有警察一直跟在裴岚的家属身边。他也想造成会在车上跟他交接的假象。”方木想了一下，“但是他没料到我们早就摸清他的藏身处了。所以，他应该会在半路要求裴岚的家属拉开车窗，把赎金丢出去。”

“靠，怎么听着像电影情节似的？”

“这就是电影情节！”方木笑笑，“还记得你曾说过绑匪‘估计没少看美国大片’么？汤小美是学电影专业的，而摩根·弗里曼主演的一部电影中，绑匪也是要求在火车上交付赎金——跟本案一模一样。”

“那怎么办？”肖望有些急，“现在只有一组人跟着绑匪，其余的人还在火车站呢。”

“让徐支队他们离开火车站吧，在那儿守着已经没有意义了。”方木顿了一下，“还有，给我弄张地图。”

按照方木的想法，如果要人赃并获，最好的抓捕时机就是绑匪取得赎金的时候，但是如果一路紧随，绑匪很可能有所警觉而放弃取得赎金，那裴岚就很危险了。如果跟得不紧，又很可能使绑匪脱控。如果能搞清绑匪要求把钱箱扔出车窗的大致位置，并事先埋伏的话，应该是最佳的方案。

5301次列车的详细线路图很快就出现在电脑屏幕上，方木目不转睛地看着那些抽象的道路与田野，大脑在快速转动着。

装有400万人民币的钱箱应该很重，即使绑匪能够顺利拿到钱箱，如果不能及时带离现场的话，对他而言仍然是很危险的。因此，他要求投掷钱箱的地点应该紧靠公路，至少也是一片便于离开的开阔地。很快，方木就确定了最有可能的三个地点，分别是一座铁路桥下、104公路旁和107公路旁。

随后，方木要求留在火车上的警察随时通报列车行进情况，一旦绑匪打来电话，马上通报。同时，徐桐带领其他抓捕人员火速赶往以上三个地点集结待命，务必要在绑匪赶到前做好抓捕的准备工作。负责跟踪银灰色马自达车的小组保持适当距离，随时通报马自达车的行进方向。而且，方木也做了最坏的打算，如果绑匪在以上三个埋伏点都没有要求投掷钱箱的话，由负责跟踪的小组立即进行抓捕。

时间一分一秒地过去。狭窄的指挥车里已经烟雾弥漫，每个人都在严密地关注列车和钢花小区的动静。对讲机里不时传来各方的通报：绑匪的车辆已经通过铁路桥……三个埋伏点都已经布置完毕……列车上一切正常，绑匪尚未打电话……

相对于另一个抓捕小组的高度紧张，钢花小区内显得格外平静。502房间始终紧紧地拉着窗帘，从外面根本无法窥视里面的情况。

肖望已经吸光了整整一盒烟，尽管表面上看起来平静如初，但是从他不停看表和向外张望的动作来看，他也很焦躁。

“要不，”他又拆开一包烟，“我们先搞定这边？”

“不。”方木轻轻地摇了摇头，“汤小美和那男的很可能一直保持通讯，如果我们这边先动手，徐支队那边就被动了。”

肖望骂了一句，闷头吸烟。

“耐心点。”方木看看手表，“应该就快有结果了。”

20分钟后，对讲机里再次传来案情通报：绑匪的车辆已经通过第二个埋伏点，依然没有要求投掷钱箱。

所有的目光再次集中在方木身上。他没做声，沉默着吸完手里的烟，然后，扶扶眼镜，平静地说道："走吧。"

15分钟后列车将经过第三个埋伏点，到时无论绑匪是否要求投掷钱箱，抓捕行动都必须实施。

方木、肖望和另三个警察沿着墙脚小心翼翼地进入三号楼二单元，又蹑手蹑脚地登上四层和五层之间的缓台。悄无声息间，子弹上膛，破门槌和网络信号屏蔽器也已经准备就绪。五双眼睛都紧紧地盯着斜上方不远处那扇紧闭的木门，只等待最后的一声命令。突然，肖望按住了耳机，眉头紧锁，随即，表情就变得坚定起来。

"绑匪把车停在107公路旁了，停车点距离铁路路基不超过150米。"他附在方木耳边低声说道。

"我们的人呢？"方木急切地问。

"跟踪的小组为防绑匪怀疑，已经开过去了。不过你放心，附近就有我们的人。"肖望看看手表，"大概3分钟后，列车就要经过那个地点了。"

这个消息让大家都打起了精神，每个人都像一把拉满的弓一样，蓄势待发。肖望仔细地倾听着耳机里的动静，突然，他的眼睛瞪大了。方木注意到他表情的变化，没说话，只投以探询的目光。肖望的脸色很奇怪，似乎难以置信又早有预料。忽然，他在方木肩膀上轻轻地捣了一拳。

"真让你小子说中了！"肖望的声音虽低，却掩饰不住兴奋，"绑匪要求把钱箱从车窗扔出去！"

几个人顿时产生了小小的骚动，有一个警察甚至摩拳擦掌地问道："怎么样，现在动手么？"

肖望急忙用手势示意大家安静，眯起眼睛听着对讲机里的情况通报，边听边小声传达："扔下去了……绑匪已经拿到钱了……正在朝车的方向走……我们的人已经上去了……靠！”

话音未落，肖望拽下耳机，拔腿就冲了上去！

“动手！”转眼间，肖望已经站在了门前，“他一直在跟汤小美通话！”

几乎是同时，一个警察打开了网络信号屏蔽器。另一个警察拎起破门槌向门锁的位置用力撞过去。巨大的冲击力使木门瞬间就被撞开，在一声尖叫中，几个人已经冲进了502房间！

尖叫声来自于一个女人，破门的时候她恰好站在门后，结果被撞翻在地。对于突然闯入的5个人，女人似乎并没有感到惊讶，手脚并用地爬起来，向客厅北侧的一个房间冲去。即使在昏暗的光线下，每个人还是都看到她的手里寒光一闪。

那是一把菜刀。

肖望一个箭步冲上去，揪住她的衣领，右手麻利地夺下菜刀，左手一翻，把女人按倒在地上。

“去那里看看！”

另外两个警察应声冲进了北侧的房间，立刻就传来一声高喊：“人质在这里！”

方木急忙走进去，那是卫生间，两个警察正把裴岚从浴缸里抬出来，不明就里的裴岚拼命挣扎着，眼睛圆睁，被胶带封死的嘴里传出“呜呜”的声音。

“你别紧张，别紧张。”方木伸出手来安慰她，“我们是警察，是来救你的。”

“警察”两个字让裴岚彻底放松下来，她停止挣扎，头一歪，昏了过去。

方木操起对讲机说道：“现场已经控制住，让救援组上来。”

走出卫生间，方木女人脸朝下趴在地板上，双手已经被上了背铐。肖望站在她身边打电话，见方木出来，满脸带笑地说道：“那边也完事了，人赃并获。”

方木点点头，又向地上的女人努努嘴：“确认是她么？”

“没错。”肖望合上电话，“就是汤小美。”

大功告成。方木突然感到说不出的疲惫。他随手拉过一把椅子坐下，静静地看着成批的现场勘验人员和医生进入房间。

证据提取工作有条不紊地进行着，各种物证被依次编号，装进物证袋里。现场一共发现了两台电脑，技术人员正在电脑里仔细检查，防止录像外泄。裴岚在注射了强心剂后，已经慢慢醒转。肖望大声指挥着，一副志得意满的样子。

突然，一个技术人员大喊一声：“坏了。”现场所有的人都愣住了，肖望第一个反应过来，疾步走过去问怎么了。那个技术人员把显示器转向他：“你看！”

这是国内一个著名网络论坛的页面，一个名为“影视明星裴岚遭强暴录像”的压缩文件正处在待上传的状态。屏幕的右下角是一个计时器，时间正由2分39秒开始逐渐归零。

“这是什么意思？”

“汤小美设置了这个软件，也许是重复计时，如果时间到了，系统将默认……”

“简单说！”肖望大吼。

“两分多钟后，系统将自动把这个文件上传到网络上！”

“关掉它！”肖望急了，“快点！”

“关不掉。”那个技术人员无奈地敲敲键盘，一个对话框立刻弹了出来，提示输入六位密码，“我们需要密码。”

“能破解么？”肖望目不转睛地盯着计时器，2分20秒。

“时间不够了。”那个技术人员脸色煞白，“即使现在通知网站也来不及了，网络传播的速度是不可想象的。”

肖望骂了一句，转身走向汤小美，狠狠地问道：“我不跟你废话，密码！”

汤小美的脸上还带着灰土，一副狼狈不堪的惨相，可是她似乎很开心，甚至嘿嘿地笑起来。

“你们以为屏蔽了网络信号就能阻止我么？哈哈……”

“录像如果传出去，你应该知道会给你自己带来什么后果！”

“都这个时候了，我还会在乎这个么？”汤小美声音凄厉地尖声叫着，“要死大家就一起死！”

墙角突然传来一声绝望的尖叫，裴岚已经知道这边发生了什么，她不知从哪里来的力气，一下子扑过来，揪住汤小美又撕又打。

“我究竟做了什么对不起你的事情？你为什么这么恨我？”裴岚看上去已经完全失去理智了，两个警察都按不住她，“你为什么要毁了我，我杀了你！啊……”

场面彻底失控了，六神无主的警察，几近崩溃的裴岚，得意扬扬的汤小美。各种劝阻声、叫骂声和冷笑声充斥在狭窄的客厅里。突然，一声怒喝在众人头顶炸响。

“都给我安静点！”

刹那间，客厅里变得一片静默。就连披头散发的裴岚也停止了撕扯，呆呆地看着方木。

方木坐在电脑前，平静地说：“关掉屏蔽器。”

网络很快接通了，而计时器上的数字已经变成了1分20秒。

没有人说话，所有人都停下了手里的动作，静静地看着方木。而方木眼里，只有那些不断减少的数字。

渐渐地，那些数字幻化成一些模糊的场景，那是几天来发生的事情：从502房的客厅到对面的楼顶，到荣福大厦，到那个位于曲折走廊里的女卫生间，到裴岚惊恐的面容和慢慢逼近的汤小美……

宛如一部倒放的电影。

“本源。”方木喃喃自语，“回到本源。答案就在那里。”

人头攒动的片场外挤满了心急如焚的试镜者，一个少女欢呼着挤出人群，抱着另一个女孩又叫又跳，那女孩只是被动地随着她的动作扭来扭去，脸上写满了失望和嫉妒……

街边的拉面馆里，汤小美小口啜着杯装可乐，墙上的电视机里正在播放一部电视剧。店里的食客们大多抬头看着屏幕上光彩照人的裴岚，没有人注意到汤小美手里的易拉罐已经被捏出了手印……

某颁奖典礼上，在一片闪光灯和粉丝的尖叫声中，裴岚身着华贵的长裙，款款走上红地毯。在她身后，汤小美跟着某剧组主创人员沉默地走来，现场工作人员礼貌地拦住了他们，示意不要影响媒体为裴岚拍照……

方木慢慢地转过头来，盯着汤小美的脸。汤小美用充满挑衅的目光回望着他，似乎打算欣赏他狼狈不堪的表情。

57秒。

“裴岚。”方木稍稍偏过头，轻声说道。

一脸泪痕的裴岚觉得有些突然，本能地应了一声：“嗯？”

“你第一次演戏的时候，”方木的眼睛始终没有离开汤小美的脸，“饰演的角色叫什么名字？”

45秒。

“欧海棠。”裴岚有些不知所措，“怎么了？”

汤小美的脸色一下子变得煞白，她动作极小地挣扎了一下，似乎要做一个挺身跃起的动作。尽管她立刻移开了目光，竭力装出一副若无其事的样子，但这一切已经被方木尽收眼底。

40秒。

“呵呵。”方木笑了，“汤小美，你出生于1980年5月27号吧？”

汤小美再也按捺不住，拼命地挣扎起来，似乎想扑过去阻止方木继续说话。她已经说不出话来，满眼含泪，喉咙里发出呜呜的声音，既像愤恨，又像乞求。

32秒。

“你一直认为欧海棠这个角色应该属于你，对吧？”方木把手伸向键盘，轻轻地按下字母O。

27秒。

“欧海棠这个角色造就了裴岚，所以你就想让欧海棠这个名字毁了裴岚。”说完他按下了字母H。

22秒。

汤小美已经泪流满面，死命地摇着头。

方木面无表情地看着她，内心却愈发坚定，又按下了字母T。

15秒。

“但是这个欧海棠，并不是裴岚扮演的那个，而是你心目中的欧海棠，1980年5月27号出生的欧海棠。所以……”

11秒。

方木眯起眼睛，目光却如利刃般刺向汤小美。

“……所以最后三位密码是527，对吧？”

“你不是人！你不是人！！”汤小美疯狂地号叫起来，满脸恐惧，眼前的这个年轻警察宛若鬼魅。

方木心下一片宁静，他轻叹一声，垂下眼睛。

“嫉妒可以产生仇恨，更可以产生勇气。”他低声说，“你选错了路。”

5秒。

方木在键盘上按下527三个数字，又敲了一下回车。

计时器上的数字停在了3秒上，随即，“嘀”的一声长鸣后，又变成了5分钟，4分59秒，4分58秒……

“哦，看来是每5分钟要输入一次密码。”方木站起身来，拍拍傻站着的那个技术人员，“密码是OHT527。至于怎么彻底关掉它，我就不懂了——还是你来吧。”

汤小美彻底瘫软在地上，歇斯底里地痛哭起来。而其他人，包括裴岚，依旧呆呆地看着方木，每个人的脸上都写着同一种表情。

不可思议。

方木有些难为情，脸也红了，刚才的自信和从容一下子荡然无存。

“都看着我干吗？”方木动作僵硬地一挥手，“干活吧。”

在107公路旁落网的男子叫孙伟，33岁，和汤小美是恋人关系，经汤小美唆使后参与了绑架裴岚。由于证据确凿，即使没有二人的口供，起诉他们也没什么问题。方木自知此时已经不用他再参与工作了，就一个人去收拾东西。

下楼的时候，迎头遇到了梁泽昊。方木本想绕过去，却被梁泽昊一把拽住。方木以为他要表达谢意，刚要推辞，梁泽昊却神秘兮兮地问道：“裴岚被那个没有？”

“哪个？”方木有些糊涂。

“咳，你装什么傻啊？”梁泽昊一脸急切，“就是被人玩过没有？”

一股强烈的厌恶感涌上方木的心头，他一言不发地推开梁泽昊，快步走下楼去。

会议室里空无一人，估计专案组的成员都在忙着进行预审。方木拖过一把椅子坐了一会儿，突然感觉饿得厉害。他在桌子上成堆的文件里翻了几下，发现不知谁剩下的半袋饼干，便抓起几块塞进嘴里，边嚼边整理自己的东西。

这时，有人敲响了会议室的门。方木头也不抬地说了句请进，随即，门被推开了。一阵细碎的脚步声在门口响起。几秒钟后，埋头整理东西的方木意识到来者并没有说话，就抬起头来看。

是裴岚。她局促不安地站在门口，两只手绞在一起，怯怯地看着方木。

“是你啊。”方木有些诧异，“怎么没去医院？”

“我没事。”裴岚有些紧张地捋捋头发，“我是来……向你道谢的。”

“呵呵，别客气。”方木笑笑，“我是警察，应该的。”说罢，他把一摞文件粗略地浏览一遍后，塞进了自己的皮包。再抬起头，裴岚还站在原地。

“你……还有事么？”

裴岚咬咬下唇，声音颤抖：“方警官，我知道，如果没有你，我现在已经完了。可是……”她的眼睛里一下子盈满泪水，“你能不能为我守住这个秘密，永远不对任何人说起这件事。即使……即使这件事能让你升职……”

“裴小姐，不泄露被害人的个人隐私是我的工作职责之一。”方木打断了她的话，“所以在这件事上，请你大可放心。”

裴岚有些尴尬，张了张嘴，却只说了一声谢谢，深鞠一躬后转身就走。方木看着她单薄的背影，心里有些不忍，想了想，又叫住她。

“裴小姐，你能不能……”话说了一半，方木的脸已经有些微红，“……能不能给我签个名？”

“嗯？”裴岚吃惊地瞪大了眼睛，“签名？现在？”

“是的。”方木轻声说道，“我希望，也相信这件事不会给你带来长期的影响——忘记它吧。”

他咧咧嘴，很难为情地又加了一句："我是你的影迷。在我心目中，你是最好的演员。"

泪水终于从裴岚的眼眶里滚滚落下，她看着面前这个忽然显得笨拙的警察，对他的善意，已经了然于心。

"影迷？你连我的成名作是什么都不知道。"

尽管如此，她还是接过方木随手递来的记事本，刷刷地签好了自己的名字。在递还笔记本的同时，裴岚在方木见到她后的几个小时里，第一次，露出了笑容。

第五章

再见，警察

案件顺利告破，方木也提出告辞。肖望和S市局领导一再挽留，让他无论如何也要留下来玩几天。最后，肖望不顾方木再三推辞，硬把他推上了车。

“市郊有个自然景区，有山有水，还有个大溶洞，挺有名的，凡是到我们这里的，那个大溶洞是必看的。”

龙尾洞是S市久负盛名的自然景区，是四五百万年前形成的大型充水溶洞，一条蜿蜒6000米的地下暗河贯穿全洞。其中3500米左右的暗河已对游人开放，其余的则有待开发。洞内空气流畅，常年保持10度左右的恒温，平均水深1.6米，最深处约8米。

虽然现在不是旅游旺季，但是洞内依旧游人如织。方木和肖望坐在游船上，沿着暗河逆流而上。洞内钟乳林立，石笋如画，难得一见的美景让周围的游客啧啧称奇，不时举起相机拍照留念。方木却无心观赏眼前的奇异景观，只想快点结束在S市的行程，尽早离开。

他这么做，主要是为了米楠。

米楠做了手术，原以为还要休息个把月，可是这女孩的生命力旺盛得惊人，就像墙边的小草一样，顽强地自我修复着。当方木问她打算什么时候回哈尔滨时，她想都不想就回答道：“马上。”

尽管方木一心想早点回去，可是当游船在暗河中掉头，返回入口的码头时，他还是意识到在洞内的旅程有些过于短暂了。

“地下暗河的全长不是足有6000多米么？”方木翻翻手里的景区简介，“这么快就结束了？”

“你小子刚才听没听导游的介绍啊？心不在焉的。”肖望笑道，“这条暗河只开发了3000多米。”

方木“哦”了一声，转头望向暗河的上游。那里是尚未开发的河段，一片漆黑幽静，同样的钟乳、石笋，隐藏在黑暗中，不像美景，却似险境。相对于下游的绚烂与繁华，这条暗河的上游宛若另一个世界。

走出龙尾洞，兴致勃勃的肖望又提出带方木去看枫叶，这回方木坚决拒绝了。

“也好。”肖望想了想，一挥手，“安排个饭局，为你饯行。”

警察聚在一起吃饭，有一个不可缺少的环节就是喝酒。方木很不善于此道，但是面对着一张张真诚的脸，似乎不喝下这杯酒，就会觉得心中有愧。而席间那些不无夸张的溢美之词，更是让他觉得浑身不舒服。很快，方木就感觉头重脚轻，膀胱也憋得厉害，逃也似的奔到卫生间里，好好释放了一下。正在他用冷水洗脸的时候，卫生间的镜子上出现了肖望的脸。

“没事吧？”

“你们也太能喝了。”方木勉强挤出个笑脸，“我可坚持不了了。”

“嘿嘿。”肖望也挤过来洗手，“大家都紧张了好几天了，好不容易放松下。”

洗完后，他把手在裤子上马马虎虎地擦几下，从衣兜里掏出一个信封，递给方木。

“这是什么？”方木有些莫名其妙。

“辛苦费。”肖望笑着说，“也不能让你白白辛苦啊。”

“嗨！”方木抬手挡了回去，“我们有规定的，这钱我不能拿——你直接汇到公安厅吧。”

“也好。”肖望把信封揣回衣兜，转眼间，又拿出一个更厚的，“这个你得收下。”

“这又是什么啊？”

“这是梁泽昊个人给你的一点意思。”肖望压低声音，“算是感谢吧。”

“不要！”方木皱起眉头，“你还给他吧。”

“呵呵，别犯傻。”肖望笑着把信封往方木怀里塞，“这王八蛋有的是钱，不花白不花。”

“我不要！”方木几乎是推开了肖望，“你转告梁泽昊，我是有工资拿的——救裴岚不是为了钱。”

肖望嘿嘿干笑了几声，脸色十分尴尬，方木也觉得有些过意不去。

“那个……我委托你那件事怎么样了？”

“嗯？什么事？”

“就是那个女孩，我亲戚家的……”

“哦。”肖望的脸色迅速恢复了正常，“还没消息。你别急，有情况了我马上会通知你。”

“嗯。”方木点点头，心下有小小的失望。其实他心里也清楚，茫茫人海，找到廖亚凡谈何容易？

每当想到这些，他都为自己能吃饱饭、有床睡而感到惭愧。

临近午夜时，方木才摇摇晃晃地回到宾馆。一进房间，他就冲进卫生间大呕起来。直到胃都吐空了，他才勉强站起来，挪到洗手盆边，放了满满一盆凉水，一头扎了进去。

瞬间的冰冷让他短暂地清醒了一下，随即，就是针扎般的裂痛。良久，他把头从洗手盆里拔出来，冰凉的水顺着脸颊流淌下来，他闭着眼睛，细细地感受那些水流钻进衣领，浸透前胸和后背……

“你怎么了？”身后忽然传来一声诧异的问候。

方木睁开眼睛，感觉视线模糊。面前的镜子里，一个女孩若隐若现。

“我看门开着……”女孩怯怯地开口了，“……你没事吧？”

方木没有答话，也没有回头，而是直直地盯着镜子里的女孩。良久，他突然开口了：“为什么要走？”

“嗯？”

“你究竟去哪里了？”方木的声音低哑，“如果大家都在，天使堂就不会散……”

镜子里的女孩不说话了，只是静静地看着方木。

“回来吧。赵大姐很想你，二宝很想你……”方木缓缓地转过身来，“我也很想你……”

这个动作他只做了一半，就悄无声息地瘫倒在了卫生间的地面上。

第二天肖望来接他们的时候，方木还是迷迷糊糊的。肖望对同车的米楠只字不问，还帮她提行李，只是在上车时，叮嘱米楠好好照顾一下方木。

找到铺位后，方木一头栽倒在上面熟睡过去。再醒来时，已经是傍晚了。他费劲地爬起来，一时间竟分辨不出身在何处。

“水。”他舔舔干裂的嘴唇，茫然地在身边划拉着。窗边的一个人马上站起来，递过一瓶拧开的矿泉水。

方木一口气喝掉了大半瓶，然后就坐在床上打嗝。使劲晃了几下脑袋后，他总算清醒了点。

窗边坐着的是米楠，她把长长的头发扎了起来，运动衣牛仔裤，看上去很清新。

“饿么？”米楠轻声问，“我给你弄点吃的？”

“不。”方木咕哝了一声，从衣兜里掏出香烟，起身向包厢外走去。

列车正经过一片麦田。初秋让这片麦田染上了淡淡的黄色，在夕阳的照耀下，更显灿烂、炽热。方木斜靠在车窗边，边抽烟边看着麦田里晚归的农妇，心想这样的日子也不错，无所期待，也不必逃避。

前方总是未知，而背后又总是不堪回首。列车的终点是哈尔滨，但有些事情却无休无止。

比如，寻找。

回到包厢里，米楠已经泡好了一碗方便面，旁边是一袋撕开的榨菜和两枚卤蛋。方木本来没有胃口，看到这些却不觉咽了下口水，低声说了句谢谢，就坐下来埋头大嚼。吃完后，在一旁安静地看书的米楠立刻起身收拾干净，方木举着塑料叉子无所适从，直到米楠又把一瓶矿泉水递到他手边的时候，才抹抹嘴巴，心里嘀咕着我怎么跟个财主似的。

门外始终声响不绝，包厢内却一片安静。这对男女似乎都没有交谈的想法，一个看书，一个看着窗外。夜色一点点降临，窗外的景物从模糊不清变成漆黑一片。方木扭过头来，恰好遇到米楠从书上抬起的目光。四目相对，又飞快地躲闪开来。良久，米楠伸了个懒腰："还有不到10个小时。"

"嗯。"方木接过话头，"的确慢了点。S市没有机场，否则就送你坐飞机回去了。"

"这就很好了。"米楠有些不好意思地笑笑，"我还是第一次坐软卧。"

"以前很少出远门？"

"嗯。即使出去，也是坐硬座。"米楠移开目光，"我妈妈给我的钱，勉强够生活。"

"上次跟你聊天……"方木斟酌着词句，"……似乎母女关系很紧张？"

米楠轻轻地笑了一下，拨弄着桌上的烟盒："是的。"

她的眉头微蹙，声音低沉，仿佛梦呓般自言自语："我的家庭很奇怪，在我看来，我父母的结合是个错误。我父亲是个中学教师，而我妈妈是个商店的营业员。在我很小的时候，我就知道妈妈跟别的男人有染。我父亲心里清楚，又无可奈何，只能忍着。对一个男人而言，这算是奇耻大辱了吧。"米楠的手指渐渐攥成拳头，"后来他抑郁而终，家里只剩下我和妈妈。妈妈变得更加肆无忌惮。很多时候，我放学后却进不了家门，因为她和那些男人反锁了房门。我只能蹲在门口，无聊地看那些男人的鞋子，猜测他们都是些什么样的人。”

米楠忽然笑起来：“那时候，我有了一项特殊的本领：等那些男人出来之后，我发现跟我的猜测居然八九不离十，呵呵。”

方木也笑起来，尽管心里觉得很苦：“你毕业后，可以考虑去做警察了——搞足迹鉴定。”

这似乎是一句荒唐可笑的话，米楠哈哈大笑起来，几乎笑出了眼泪。

“说说你吧。”她好不容易止住了笑，“我还几乎不了解你呢。”

“没什么可了解的。”方木淡淡地说，“我叫方木，是个警察，你知道这些就够了。”

“那，我可以问你一件事么？”

“你问吧。”

“廖亚凡是谁？”

“嗯？”方木瞪大了眼睛，“为什么问这个？”

“昨晚，你喝多了，一直在叫这个人的名字。”米楠紧紧地盯着方木的眼睛，“她是对你很重要的人么？”

方木扭过头去，片刻，艰难地说：“是的。”

“她失踪了？”米楠想了想，“从一个叫……天使堂的地方离开的？”

“是的。”

“她……是你的女朋友么？”

话音未落，包厢里就陷入一片黑暗。熄灯了。

两个人相对而坐，也许都在庆幸黑暗掩盖了自己的表情。长时间的沉默后，方木低声说：“睡一会儿吧。”说罢，他就躺在铺位上，再无声息。

凌晨5点半，方木和米楠走出哈尔滨市火车站，决定先去附近的一家餐厅吃早餐。

整个早餐时间都是在沉默中进行的，米楠吃得很不专心，常常会捏着勺子愣在那里。方木抬头去看她，发现她的眼神中有一丝忧虑和恐惧。

“怎么了？”

“哦，没事没事。”米楠回过神来，慌乱地舀起粥来往嘴里送。可是几分钟后，那复杂的表情又回到了脸上。

“到底怎么了？”方木皱起眉头，“说来听听。”

“我在想……”米楠低着头，“……我到底该不该回去。”

“哦？”

“孩子的事……虽然解决了。可是，”米楠不安地搅着杯子里的咖啡，“我旷了太久的课，我怕学校会给我很重的处分。”

“呵呵。”方木笑起来，“原来你在担心这件事啊。”他在包里翻了一会儿，拿出一张纸递给米楠。

米楠有些莫名其妙，伸手接了过来，那是一份加盖了S市公安局公章的实习鉴定。

“你在暑期去S市公安局实习，结束前参与了一起重大案件的侦破活动。由于事关重大，所以必须予以保密。换句话来说，任何人问你实习的细节，你都可以不回答。下面那个电话号码是S市公安局组织人事处的电话，如果学校不相信，可以让他们打电话核实，你放心，我已经交代清楚了，肯定不会穿帮。还有……”方木从衣袋里掏出一个信封，“这是3000块钱，省着点花的话，应该足够你半年的生活费了。”

米楠接过信封，嘴唇颤抖着，一时竟说不出话来。

“你……”

方木微笑着伸出一只手摆了摆，示意她不必再说了。

“就这样吧，到此结束。”方木起身拿起背包，刚迈出一步，就被米楠拉住了手腕。

“我……”米楠已经满脸是泪，“我什么时候还能再见到你？”

“呵呵，你恐怕再也见不到我了。”方木轻轻地拉开她的手，“见到我，也许就会想起这个多灾多难的夏天。所以，忘了我吧，连同这个夏天一起忘记——好好生活。祝你好运。”

然后，他头也不回地走了出去。

方木走过站前广场，穿过两条街后才放慢了脚步。所有的事情都已经办完了，如释重负的同时，一股隐隐的空虚感渐渐将他包裹起来。他站在路边，漫无目的地看着身边的行人和建筑，盘算着是找个地方住一天还是立刻动身返回C市。

这时，衣袋里的手机响起来。方木拿出来一看，是边平。

方木咧咧嘴，暗叫不好，该怎么跟老先生解释自己的晚归呢？想着，手指按下了接听键。

“你在哪儿呢？”边平的声音很急，“怎么还不归队？”

“嗯……还有点事……”

“快点回来！老邢出事了！”

“啊？”方木瞪大了眼睛，“出什么事了？”

“三言两语也说不清楚，你快回来吧。”边平顿了一下，“而且，老邢指名要见你！”

第六章

动机

9月22日，城湾宾馆发生一起命案。被害人名叫胡英博，男，39岁，无业人员。案发当天，胡英博被枪杀于九楼至十楼之间的缓台上。当时，市局一队刑警接到举报，称宾馆里有人组织聚众淫乱，正在查处时听到枪声。赶到现场后，警方迅速控制住犯罪嫌疑人，并带回市局继续调查。经查，犯罪嫌疑人名叫邢至森，男，53岁，C市公安局副局长。

邢至森声称，被害人胡英博在624房间里杀害了一个女人，在他追捕时，胡英博拿着疑似刀具的东西向其扑来，出于自卫，邢至森才向他开枪。但警方经过现场勘察，并未在624房间内发现尸体和其他可疑迹象，而胡英博所持的所谓刀具，不过是一把不锈钢勺子而已。警方问及邢至森出现在现场的原因，邢至森拒绝回答。

随着调查工作的逐步展开，一些线索浮出水面：被害人胡英博曾是某水泥厂工人，因赌博被单位除名后，一直没有重新就业，并有多次前科，劣迹斑斑。从社会关系来看，他与邢至森并无交叉；而案发现场——城湾宾馆的前台服务人员也证明，当天中午，被害人胡英博独自开了一个房间并嘱咐服务人员不要打扰他。5个小时后，邢至森驾车前来，直奔624房间。鉴于案情重大，涉案人员位高权重，社会影响极坏，纪委已开始介入调查。由于邢至森对与案件有关的重大情节三缄其口，因此，现有证据对邢至森极为不利。

方木听完边平对案情的介绍，沉默了好一会儿，忽然开口问道：“局里什么意见？”

“妥善处理。”边平向后一靠，疲倦地捋捋头发，“你也知道，五条禁令颁布后，对涉枪的事儿很敏感。而且这件事影响很大——公安局长开枪杀人——新闻媒体都紧盯着呢。”

方木骂了一句，腾地一下子站起来，手扶桌面，目光炯炯地看着边平：“你相信老邢会杀人么？”

"信。"边平丝毫没有回避方木的目光，"如果事实真如老邢所说，在那种情况下，别说是老邢，换作是我也会开枪。但是现在的问题就是：没有证据能够证明老邢的话。"

方木无言以对，吸了一支烟后，问道："案子现在到什么阶段了？"

"还在调查。老邢这家伙，死活不开口，也不知他想干什么。不过，"边平意味深长地看着方木，"老邢的老婆去探视时，给我带回来一句话——他要见你。"

方木听罢，一言不发，转身就走，边平在后面问道："你干吗去？"

"我去见老邢！"

由于邢至森被捕前官居要职，所以警方采取了异地关押的措施。6个小时后，方木赶到了看守所。办理完探视手续后，方木坐在会见室里，忽然想起一路上只想着尽快看到老邢，也没给他买点东西。在包里乱翻一通后，只找到了大半包香烟。方木无奈地叹了口气，抽出一支叼在嘴上，小心地封好烟盒，把余下的留给老邢。

刚刚打燃火机，门外就传来脚镣与地面摩擦的刺耳声音。方木抬起头，视线就再也无法移开，手中的打火机蹿出了火苗，却忘记去点燃香烟。

老邢穿着囚服，身形佝偻，满脸都是瘀伤，几乎是一步一挪地挨到桌前坐下。看到目瞪口呆的方木，老邢居然在累累的伤痕中挤出一丝微笑。

"邢局……"方木直勾勾地看着老邢，嘴里的香烟"啪嗒"一声落在桌面上，"你……"

"没事，呵呵，小意思。"老邢摸摸自己脸上的瘀伤，疼得直皱眉头，"有几个小子是我亲手抓进来的，呵呵，不是冤家不聚头啊。"

"操！"方木骂了一句，腾地一下站起来，冲老邢身后的看守大吼，"把所长给我叫来！"

"方木！"老邢沉下脸来，"我让你来不是为了这个，坐下！"

方木咬咬牙，狠狠地瞪着那两个看守，他们没有回应，而是无动于衷地扭过头去。方木强压住火，重重地坐下。

“给我支烟。”老邢伸出手，方木急忙拿烟，点燃。老邢重重地吸了一口，“可把我憋坏了。”

“邢局，到底怎么回事？”方木上身前倾，压低声音问道。

老邢抬头看了方木一眼，又缓缓吐出一口烟，一字一句地问道：“方木，你相信我么？”

“当然！”方木急切地说道，“绝对相信！”

“很好。”老邢笑了，随即又严肃起来，“找到那女人的遗体没有？”

“没有。”

老邢的眉头皱起来，紧接着，居然笑了一下：“妈的，这帮王八蛋，还真有两下子。”

“当天到底是怎么回事？”

老邢叹口气：“我中了圈套。”然后，他就把当天的情形一五一十地讲给方木听。

方木想了一会儿，开口问道：“624房间里……连血迹都没有发现么？”

“嗯。”老邢低下头，“当时刀子从那女人身上穿胸而过，短时间内没有流血倒也说得通，但是不可能一点痕迹都没发现——肯定有人清理了现场。”

方木在心里推算了一下，从老邢出门追赶胡英博到警方进入624房间搜索，前后不会超过4分钟，在如此短暂的时间内能迅速清理好现场，对方一定是做了周密的准备。忽然，他心里一动：“调取宾馆的监控录像了么？”

“事后去问过了，宾馆的答复是当天恰好在调试系统，关闭了监控设备。”

方木在心里暗骂一句，低声问道："你相信这个答复么？"

"不。"老邢的回答干脆利落。

两人对视一下，彼此心里都明白，这个阴谋如此之大，恐怕已经超出了他们的想象。

"还有件事。"方木顿了一下，压低声音，"当天你为什么要去城湾宾馆？"

老邢认真地看了他几秒钟，在桌子上伸出手去，同时示意方木也伸手。

他把手放在方木的手下面，在方木的手心里轻轻地划下一横一竖又一提，然后，用探询的目光看着方木。

丁。方木在心里默念道，同时对老邢点了点头。

老邢笑笑："还记不记得你在师大时，第七个读者那个案子？"

"嗯？"方木不解地扬起眉毛，"记得。可是……"

"当时我的搭档……"老邢紧紧地盯着方木的眼睛，"那个人，还记得么？"

"啊？"方木不由得失声叫起来，"你是说……"

丁树成。这个名字被老邢骤然严厉的眼神生生地拦在了方木的喉咙里。

"帮我找到他。"老邢简短地说，"越快越好。"

方木惊讶得说不出话来。丁树成曾经是老邢的部下，一直得到老邢的赏识和重用。可是大半年前，丁树成因为涉嫌徇私枉法被开除出公安队伍，此后不知所终，据说曾持有的枪支也未交出。当时有不少人在背后说老邢看错了人，方木得知这个消息后也觉得极为震惊。可是，眼下这件事情，和丁树成有什么关系么？

老邢察觉到方木的惊讶，示意他靠过来。"他是我安插在一个组织里的卧底。"老邢用耳语般的声音说道，"当天他通知我去城湾宾馆见面。"

"嗯？"方木吃惊地扬起眉毛，"变节？"

“未必。”老邢的面色凝重，“我最初也是这种推测，但事情发展到这个地步，我反倒觉得应该慎重了。如果他变节，那么整个圈套就很可能是他安排的；如果不是，那……”

“那就说明他已经暴露了。”方木立刻说道，“而且他也很危险。”

“所以尽快找到他是关键。”老邢点点头，“如果他变节了，找到他，一切就水落石出。如果没有，就要把他保护起来，恢复身份。”

“那你怎么办？”

“再想办法吧。”老邢沉吟了一下，“先找到小丁。当初是我派他去的，出了事情，不能扔下他不管。”

方木知道，老邢在心里还是不相信丁树成变节的。他想了想，低声问道：“那个组织……涉嫌什么犯罪？”

“跨境拐卖儿童。”老邢简单地说，“这几年在国外出现多起中国儿童失踪的案件，当地警方怀疑这些儿童已经被秘密送往色情场所。而这些儿童的籍贯，以我们周边的几个省份和地区居多。”

方木点点头：“这次行动还有谁知道？”

“只有我和小丁。”老邢皱皱眉头，“他费了不少力气才渗透进去，刚刚开始的潜伏阶段，只查出组织的幕后还有更高层次的人物——没想到出了这样一个意外。”

方木的心情愈加沉重。老邢摆明了被人陷害，而能够证明其清白的人现在也正邪莫辨。老邢目前的处境极其艰险，要么从此蒙受不白之冤，要么和丁树成一起身处险境。然而即使如此，他仍然首先考虑到丁树成的安危。想到这里，方木不由得又看看满脸伤痕的老邢，感到勇气渐渐充满全身：“为什么要告诉我这些？”

“这件事事关重大，不仅涉及我自己，还事关整个行动的成败。所以我必须要找一个有勇气，又有头脑的人。”邢至森深深地看了方木一眼，“小子，我不会看错人。”

方木暗自捏紧了拳头："找到他之后，我该怎么做？"

老邢刚要回答，一直沉默不语的看守突然说道："时间到了。"说罢，他就走到桌前，伸手拽老邢起来。老邢不能再说什么，只好紧紧地盯着方木，一字一顿地说："拜托了。"

方木紧咬牙关，看着老邢踉踉跄跄地被拽到门口。忽然，他跳起来，一把拉住走在后面的看守，低声下气地说："帮帮忙……他也是自己人……照顾他一下。"

"自己人？"那看守毫不留情地甩开方木的手，"杀了人就不再是自己人了。"

走出看守所的大门，身处初秋灿烂的阳光下，方木感到一阵突如其来的眩晕，脑子也混乱得厉害。

到哪里去找丁树成？无论他是否变节，现在找到他都是一件极其困难的事情。

城湾宾馆里肯定有问题，对手把那里选作陷阱绝非偶然。要不要去追查一下是否真的没有监控录像？

被杀的女人是谁，跟丁树成、胡英博是什么关系？胡英博是这次自杀式陷害的工具，他甘愿一死，究竟是出于什么原因？在他那里会不会有突破口？

问号太多，方木一时也无法理出头绪，只好发动汽车，打算先回去再说。

方木的车刚刚离开，停在路边的一辆深蓝色桑塔纳轿车就悄然跟上。它小心地保持着距离，宛若一匹正在跟踪猎物的独狼，不动声色，伺机而发。

第七章

局外人

梁四海坐在宽大的老板椅上，面无表情地听电话。电话那头的人似乎在请示什么事情，梁四海摆弄着手里的一件纯金镇纸，心不在焉地说道："既然那女的处理完了，男的留着也没什么用，也解决了吧……你看着处理，程序方面你比我明白……嗯，我会让财务去办的。"

这时，桌上的呼叫器里传出一个甜美的女声："金先生来了。"梁四海对电话里说了句"就这样吧"，随即挂断了电话。他按下呼叫器上的开关："让他进来。"

几分钟后，一个高大健硕的男子走了进来，身后跟着一个娇小的女孩。男子在梁四海面前站定，深鞠一躬。梁四海并不看他，而是打量着那个女孩。女孩年龄不大，带着未脱的稚嫩和乡土气息。感觉到梁四海的目光，女孩显得十分紧张，低着头不敢看人，两只手绞在一起，双腿也瑟瑟发抖。

梁四海笑了一下："多大了？"

女孩正嗫嚅着，金先生抢先答道："15岁，错不了的。"

梁四海慢慢地把目光移向金先生："保证是雏儿？"

"保证保证。"金先生连连说道，"这次绝不会出问题！"

梁四海从鼻子里哼了一声："如果再有哪个王八蛋先玩了，我就连你的命根儿一起割掉！"

"是，是。"金先生的汗都下来了，双腿也不由自主地夹了一下。

"带她去吧，把衣服换了。"梁四海指指女孩身上不合体的套裙，"有个学生样儿！"

女孩此刻已经抬起头来，疑惑不解地听着他们的对话。金先生推着她的肩膀示意她离开的时候，女孩不知从哪里来的力气，一下子挣脱了。

"不是……不是做打字员么？"

"就是做打字员。"金先生随口应付着，"走吧走吧。"

"你们骗我！"女孩挣扎起来，"我不干了，我要回家！"

梁四海的脸色阴沉下来。金先生见状，急忙向外拽那个女孩，小声威胁："都收了钱，你说不干？"

"你放了我吧，叔叔，求你了。"女孩的声音已经带了哭腔，"我回去就还钱……"

女孩还在挣扎，却感觉头顶的光线突然暗了下来，抬头去看，发现梁四海不知什么时候站在了自己面前。

他眯起眼睛看着女孩，一言不发，可是那目光却像一盆兜头而下的冰水，刹那间让女孩感到从心底里发寒。女孩感觉四肢在慢慢变冷、僵硬，最后，连哭声都发不出来了。

良久，梁四海低声说道："别闹。听话。"

这四个字仿佛魔咒一般，女孩再不敢发出半点声音，只是圆睁着恐惧的双眼，任由金先生把她拖出门外。

梁四海转过身去，从衣袋里摸出电话，拨通一个号码后，换了一种轻松的语调。

"货已经送过去了。"他的脸上挂满笑容，"现在谈谈我的事？"

方木穿过那些如同蛛网般错综复杂的胡同，边看着墙上斑驳不堪的门牌，边慢慢向前寻找。转过一条小巷，眼前是一条略宽些的街道。一张麻将桌摆在道路中间，可以通行的空隙变得更加狭窄。方木费力地从一个全神贯注打牌的胖老太太身边挤过去，再抬头看门牌的时候，发现自己已经走过了头。这时，一个推着自行车的男子从前面的一扇门里走出来，方木急忙问道："请问胡英博家住在哪里？"

男子上下打量着方木，向斜对面的一间平房努努嘴："那里就是——你找他干什么？"

"哦，了解点情况。"方木含含糊糊地说。

"那你恐怕只能找他弟弟了。"男子冲麻将桌那边喊道，"英伟，英伟。”

一个蹲在桌边的男子懒懒地应了一声。他光着上身，披着一件西服，右手上着夹板，用一条脏兮兮的绷带吊在胸前，左手捏着半包软中华，正费力地叼起一支。

“有人找你。”

胡英伟的手抖了一下，香烟也“啪嗒”一声掉在了地上。他抬起头，惊恐万状地看着方木，对视了两秒钟后，转身就跑。

方木本能地拔腿追上去，好在胡英伟的腿脚不太灵便，跑起来也是一瘸一拐的，还没跑出胡同，就被方木拽住了衣领。

“你跑什么？”方木把他按在墙上，大声喝问道。

“手，手……”胡英伟捧着右手，痛苦不堪地呻吟着。

方木松开他的衣领，胡英伟顺势蹲了下去，左手抱头，一副随时准备挨打的模样。

这时，麻将桌边的几个老太太一窝蜂地挤过来。前面的一个老太太上前查看胡英伟的手，确认无恙后，却一把将胡英伟推到方木面前。

“打，打呀，往死里打！”老太太一脸悲愤，“反正已经死了一个了，把这个儿子也打死吧。”

另外几个老太太也七嘴八舌地附和着：“就是呀，还让不让人活了？”

“让人家过几天消停日子吧……”

“就算是再大的仇也不至于这样啊……”

方木一时有些手足无措，只好掏出警官证说道：“我是警察，我问他几个问题就走，绝对不会打他。”

没想到表明身份换来的是更加激烈的指责：“警察怎么了？警察打人更狠！”

“英博就是被警察打死的……”

方木忍无可忍：“都给我闭嘴！现在是警察办案，你们必须配合！还有你……”他指向胡母，“如果你想让你儿子的事情尽快查清楚，就给我老实点！”

这句话起了作用，胡母撇撇嘴，招呼其他几个老太太回到麻将桌前，又哗啦哗啦搓起来。

方木暗暗松了一口气，抬手把胡英伟拽了起来。胡英伟一边龇牙咧嘴地捂着右手，一边偷偷地瞄着方木。

“胡英博是你哥哥？”

“嗯。”胡英伟干脆利落地说道，“你要是问我哥的事，那你可找错人了——他的事我一律不知道。”

“是么？”方木眯起眼睛，伸手拽过胡英伟的衣领，“这件西服是名牌，你自己买得起么？还有这个……”他踢踢脚边的软包中华香烟，“你哥哥给你留下多少钱？”

胡英伟的眼光开始躲闪：“没有……都是我的……彩票……”

方木的手上暗暗用力：“你最好说实话，否则我会常常来找你。”

“好吧好吧。”胡英伟无奈，狠狠地骂了句粗话，“我告诉你，以后别来烦我了。”

胡英博与胡英伟和母亲生活在一起，但他长期在社会上游荡，很少回家。胡英伟靠在外面打零工维持生计。一周前，已多日不见踪影的胡英博突然回家，留下一口袋钱，又叮嘱弟弟好好照顾母亲，然后就匆匆离开了。以前胡英博也曾有过外出躲避风头的经历，所以胡英伟母子并未在意，谁知几天后，就传来了胡英博的死讯。

方木听后，沉默了一会儿，开口问道：“他留下多少钱？”

“5万。”

方木盯着胡英伟的眼睛，胡英伟的呼吸急促起来，硬撑了几秒钟后不得不承认：“25万。”

方木看着他，他眉眼间和胡英博极其相似。而另一张脸，此刻正躺在冰冷的太平间里。方木想了想，忍不住问道：“你们想没想过，这究竟是什么钱？”

良久，胡英伟才迟钝地摇摇头：“人都死了，还是钱最实在。”

身后的麻将桌忽然传来一阵喧哗，有人和牌了。胡母一边懊恼地嘟囔着，一边从衣袋里掏出一把钱扔在桌子上。

她输掉的是什么？胡英博的一只手，还是一条腿？

方木忽然感到一阵悲凉，他松开一直揪在胡英伟衣领上的手，低声说：“好好活着吧，你和你妈妈都是。”

“我倒是想。”胡英伟苦笑一下，抬起戴着夹板的右手，“别再挨打就行了。”

“哦？”

“前天有人来问我哥的事，我也是这么回答的，结果莫名其妙地挨了一顿打。”

“什么人？”方木立刻问道。

“不知道。”胡英伟似乎仍心有余悸，“反正下手挺狠的。”

方木看了他一会儿，轻叹口气：“我不会再来找你了，放心吧。”

说罢，他转身向巷子口走去，刚迈出几步，就听见胡英伟在身后“哎”了一声。

方木回头看他，胡英伟站在原地，肥大的西服罩在身上，显得他更加羸弱。

“我哥哥……我哥哥他……”胡英伟似乎哽咽了一下，“他不是个太坏的人。”

方木没有答话，盯着他看了几秒钟后，转身走了。

果真不出所料，胡英博是对方重金聘下的“死士”。而老邢所说的那个女人，应该是为了诱使老邢开枪的另一个牺牲品。

25万，两条人命。

尽管天气并不冷，方木还是打了一个寒战。对方欲置老邢于死地的目的十分明显，如果不能证明胡英博的确在房间里杀了人，老邢开枪的动机就无法解释。那么，他在法律上，就真的犯了故意杀人罪。

老邢最后可能倒在他捍卫终生的法律上，这太讽刺了。

方木咬咬牙，强迫自己打起精神来。

老家伙，等着我，我一定还你一个清白。

千万别放弃，我和你都是。

回到厅里，方木先打了几个电话，询问有没有新发现的无名女尸。结果令人失望，但也在意料之中。对手的能量强大，想让一个活人消失都不是难事，更何况是一个死人。刚放下电话，边平就推门走了进来。看到方木坐在办公桌后，边平一愣。

“嗬，你回来了。”

“嗯，”方木急忙起身，“你找我？”

边平并不急着说事，先甩给方木一支烟，吸了大半支后，低声问道：“老邢怎么样？”

“不好。”方木把会见老邢的情况简单描述了一下，边平的脸色越发阴沉。沉默了一会儿，边平起身关好门，小声问道：“老邢找你做什么？”

方木没有回答，抬头看着边平，一脸歉疚。边平笑笑，伸手拍拍方木的肩膀，表示理解。随后，他掏出手机拨通了一个号码，言辞中，方木知道对方正是关押老邢那个看守所的所长。边平语气恳切，甚至有些放低姿态的味道。所长保证“适当照顾”老邢后，他才再三道谢，挂断了电话。

方木感激地笑笑：“多谢了。”

“别那么说，老邢也是我的朋友。”边平叹了口气，“再说，我也只能为他做这点事。”

方木也不免有些黯然，想了想，又开口问道："调查组那边怎么样？"

"还在查，不过暂时也没什么好消息。"边平扬扬手里捏着的一张纸，"老邢始终坚持自己的说法，别的一句都不肯说。所以调查组决定对他进行测谎。"

"哦。"方木一下子坐直了，"我们……"

"你想都别想。"边平立刻猜出了方木的意图，"省内的一律回避——调查组从沈阳请来了专家。"

"妈的。"方木有些泄气，"那要我们做什么？"

"接待，外加学习经验。"边平苦笑一下，"咱俩去吧，争取发挥点作用。"

"专家什么时候到？"

"就这几天。"边平的眉头紧蹙，"希望老邢可以挺过这一关。"

测谎技术对于方木来讲是个陌生的领域。他坐在车里翻看着刚买回来的几本相关书籍，希望能找出些对老邢有用的对策。看了一会儿，感觉越发头大。他看看手表，皱了皱眉头，掏出手机拨通了一个号码。

"老鬼，怎么还没到？"

"就快到了……哦，我看到你的车了。"

片刻，一个男子气喘吁吁地拉开车门钻了进来，刚坐定就毫不客气地拿起方木的烟，抽出一支吸了起来。

"怎么这么晚？"方木边发动汽车边问道。

"去西关那边了，一个傻娘们把钥匙落家里了，锅里还炖着甲鱼呢。"老鬼舒舒服服地靠在椅背上，"你找我什么事？"

"去了你就知道了。"

老鬼耸耸肩膀，不再说话。

丁树成的家在湖东路43号四单元四楼三号。方木在这里蹲守了两天，始终没有人回来，所以他决定把老鬼叫来帮忙。老鬼过去曾是惯偷，出狱后转行做开锁。此人在黑白两道都有些关系，所以，有时警方也找他打探消息。

“听说老邢的事了？”方木在楼下停好车，边四处观察动静边问道。

“嗨，报纸上铺天盖地都是。”老鬼一脸无所谓的表情，“邢局长脾气也太暴了，无论如何也不能杀人啊。”

“帮我打探一下这件事。”方木打断他的话，“有消息就通知我。”

“哦？我很忙啊，方警官。”

方木没有搭话，拿出钱包，抽出5张百元大钞递给他。见到钱，老鬼立刻眉开眼笑。

“好好，有消息就给你打电话。”他把钱揣进怀里，拉开车门就要走。方木一把拽住他：“别走，还有事。”

两个人小心翼翼地登上四楼，方木在三号门上轻轻叩了几下，又把耳朵贴在门上仔细听着，确定室内没有动静后，他低声对老鬼说：“把门打开。”

“嗯？”老鬼瞪大了眼睛，“这是什么地方啊？”

“别问那么多了，打开。”

“这我可不敢。”老鬼抽身要走，“犯法的事儿我不干。”

“你少废话。”方木低声喝道，“你干的还少啊？”

老鬼看着方木的脸色，小声嘀咕道：“我要冒很大风险的……”

方木哼了一声，又掏出300块钱递给他。老鬼飞快地把钱揣进兜里，满脸堆笑：“这可是警察同志让我干的啊。”

说罢，他蹲下身子，先看了看锁眼，然后掏出一个小小的工具袋，从中挑出两根细细的铁条，捅进锁眼里鼓捣了几下，“咔嗒”一声，门开了。

“我先走了啊。”老鬼迅速收拾好工具，“接下来就是你的事儿了，与我无关。”说罢，他向方木挥挥手，疾步走下楼去。

方木四下看了一圈，推门走了进去。

这是一套两室一厅的住宅，客厅在北面，所以光线很暗，从卫生间的气窗射进一缕阳光，能看见灰尘在隐隐浮动。空气中飘荡着一股霉味。方木把门关好，戴上手套，摸了一把门口的鞋柜，满手灰尘。看来房主有日子没回来了。

客厅里陈设简单，一张沙发，一张茶几，一台电视，还有一台冰箱伫立在墙角。方木在茶几上成摞的杂志里翻翻找找，一无所获。拉开电视柜的抽屉，里面只有一些碟片和茶叶。方木站起身来，向卧室走去。推开卧室虚掩的门，面前是一张双人大床。床上的被褥凌乱地卷在一起，床头柜的几个抽屉都被拉开了。方木立刻意识到不对劲，刚要转身，就感到背后被人猛推了一把！

眨眼间，他已经被人双手反剪，面朝下死死地按在床上。一双手迅速在他身上来回搜寻着。方木挣扎着想扭过头来，却难以动弹。随即，一根冰凉的管状物顶在了他的头上。方木的心一惊，随即就停止了挣扎。

那是一支手枪。

“你他妈终于回来了。”持枪者的声音凶狠，“说说吧，到底怎么回事？”

“嗯？”另一个声音响起，“放开他。他不是丁树成。”

方木立刻知道那是谁了。

背后的重压很快就减轻了。方木正要挣扎着爬起来，突然眼前一黑，他马上意识到自己被蒙在了被子里，随后，他被人推倒在卧室的地板上。

方木急了，连蹬带踹地从被子里钻出来，发现卧室里已经空无一人。他奔出门去，听到一阵急促的脚步声正从楼下传来。方木三步并作两步地跑下楼去，刚一冲出门口，就看到一辆深蓝色的桑塔纳轿车发动起来。他顾不得许多，一步跳到车头前，张开双臂……

一阵橡胶摩擦地面的刺耳声响后，桑塔纳轿车紧急刹车，紧贴着方木停了下来。

方木感觉后背一下子沁出了冷汗，他咬了咬牙，上前一步拉开车门，把正要破口大骂的驾驶员拽了出来，又伸手拔下车钥匙，一扬手扔了出去。

驾驶员傻了，忙不迭地跑到路边的草丛里寻找钥匙。方木手指后座："郑霖，下来！"

C市公安局刑警支队副支队长郑霖铁青着脸，拉开车门走了下来。

"你干什么？"郑霖重重地甩上车门，"闹够了没有？"

"这是我要问你的问题！"方木逼视着郑霖，"你为什么会在这里？"

郑霖没有回答方木的问题，而是上前一步，低声问道："老邢跟你说什么了？"

方木一愣，随后就明白了。

"你跟踪我？"方木的手指几乎要碰到郑霖的鼻子，"胡英伟也是你们打伤的？"

驾驶员已经找回了钥匙，怒不可遏地冲到方木面前挥拳欲打。郑霖喝止了他，之后有些无奈地对方木介绍说："小海。"随后，又朝从副驾驶的位置下来的另一个男人努努嘴："阿展——都是我们队里的。"

方木冷冷地打量着他们三个，小海和阿展也充满敌意地回望着他。

"恐吓被害人家属、非法搜查。"方木低声问道，"你们想干什么？"

"这与你无关。"郑霖简单干脆地回答道，"你先告诉我，老邢跟你说什么了？"

"这与你无关！"方木毫不退让。

"这事儿你管不了。"郑霖皱起眉头，"你最好告诉我们。"

"你先说你想干什么？！"

郑霖脸上的肌肉可怕地鼓起来，他盯着方木看了几秒钟，也许是意识到方木不可能告诉他实情，脸上的表情由愤怒渐渐变成无奈。他挥挥手示意小海和阿展上车，这次方木没有阻拦他，侧身闪到了一边。汽车即将发动时，郑霖从车窗里伸出一只手，强硬地指着方木说道："我警告你，别乱来。"

方木哼了一声，扭过头去。

本来事情已经够复杂了，又冒出这三个人。坐在车里，方木突然感到筋疲力尽。郑霖是他的老相识了，在教化场一案中，他们还曾有过默契的合作。换作别的时期，方木一定会对他寄予极大的信任。可是在老邢的事情之后，他突然觉得所有的人都黑白莫辨。郑霖在做的事情，显然和老邢有关。而方木的一举一动，也都在郑霖的监控之下，所以他才能在胡英伟和丁树成家里抢先一步。郑霖想干什么，方木无从知晓，但能够肯定的是，调查老邢的事的人，已经不止方木一个。

该信任谁，又该提防谁，已经完全乱套了。

第八章

重逢

城湾宾馆杀人案的调查已经进行了一段时间，邢至森还是坚持自己的说法。从法律上来讲，如果胡英博的确杀了人，并在楼梯间里手持疑似凶器的东西向邢至森进行攻击，那么邢至森开枪将其击毙的行为就属于意外事件，不能按照犯罪处理。相反，如果不能证明胡英博的确杀了人，那么老邢就必须承担刑事责任。依据现有证据来看，老邢的话无法得到证实。本着谨慎从事的原则，调查组决定对老邢进行测谎，如果老邢通过测谎，案件将继续调查，如果不能通过测谎，则将本案移送检察院审查起诉。为此，调查组专门召开了一个内部会议。作为公安厅派出的协助人员，边平和方木也参加了会议。

政法委书记出席了会议并作了重要发言，措辞严厉，其中不乏警告的味道。他要求调查组必须排除一切外来干扰，秉公处理此事。为了杜绝包庇与袒护，除了邀请沈阳的专家来给老邢测谎，还征调了异地干警参与调查。从市局局长到下面的干警，不少人面露愠色，但事关重大，不好提出异议，也只能接受命令。整个会议都在极度压抑的气氛中进行，除了义正词严的书记，其他人的发言都惜字如金，极其谨慎。所以，当政法委书记宣布暂时休会的时候，立刻有一大半人跑到会议室外面去透气。

方木和边平站在走廊里抽烟，一时无语。身边的人或高谈阔论，或展腰扩胸，方木忽然觉得自己和他们格格不入，因为他不可能把自己和那个“犯罪嫌疑人”对立起来，即使是冷眼旁观也做不到。正当几个人在低声讨论如果老邢入狱，最有可能提拔谁做副局长的时候，方木再也忍不住了，大声插了一句：“老邢会回来的。”

那几个人一愣，随即就讪笑着散开。方木感到有人在拉他的肩膀，是边平。

边平示意他闭嘴，却并不看他，而是盯着院子里的落叶出神。已经是深秋了，又刚下过一场雨，天地间一片肃杀景象。

“天凉了。”边平踉熄烟头，仿佛自言自语般说道，“也不知老邢那边冷不冷。”

方木还有些余怒未消：“老邢还他妈在呢，这帮王八蛋就开始打算要接替他了！”

“你老实点吧。”边平不客气地说，“低调些，否则把你踢出调查组，你还给老邢帮个屁忙！”

他看看那些依旧在窃窃私语的人：“官场就是这样，有人下去，才会有人上来——那些有可能做副局长的自然就希望他翻不过身来。”

方木不说话了，他忽然想到了一个人。

郑霖。

也许他就是那些渴望取代老邢的人中的一个。

复会的时候，书记身边多了几个人，应该就是各地抽调上来的干警。方木心里有事，瞥了一眼，就回到座位上闷头抽烟。书记逐一介绍这些干警时，一个名字忽然让方木醒过神来。

“肖望，S市局的。”

肖望站起身来向众人致意，迎面遇到了方木诧异的目光。他冲方木笑笑，亲切地挤挤眼睛。

方木的心情略好了些。肖望算是自己人，通过他，方木也好掌握调查动向。

散会后，不待方木过去，肖望立刻就凑了过来，先跟边平打了声招呼，就一把揽住方木的肩膀。

“我就觉得能遇到你小子！”肖望嘻嘻哈哈地说，“果不其然！”

“我可没想到。”方木扫视了一下四周，低声问道，“你分管哪些工作？”

“先不谈工作。”肖望挑挑眉毛，“我到了你的地盘了，也不请我喝顿酒？”

晚餐安排在一家炭火生烤羊腿店。肖望张罗着吃本地特色菜，方木对吃吃喝喝的事情不在行，就近找了一家新开的店面。好在肖望也不怎么挑剔，喝着啤酒，吃着羊腿，忙得不亦乐乎。

边平没有参加这个饭局，方木很了解他的想法：肖望算是方木的熟人，没有旁人在场，更容易沟通些。

酒过三巡，羊腿也吃了大半只。肖望心满意足地抹抹嘴巴，似乎意犹未尽。

“真香，到底是省会啊，S市那种小地方可找不到这样的店……哎呀！”肖望一拍脑门，“王局和邓支队，还有徐桐，托我给你带了东西呢，喝点酒，我差点给忘了。”

“嗯？”

“软枣。”肖望从包里掏出一个大塑料盒子，“我们S市山里的特产，你肯定没吃过。”

“太客气了。”方木接过盒子，“回去替我多谢他们。”

“这是小意思。”肖望一挥手，“你可是帮了我们大忙。”

“应该的。”方木笑笑，“案子怎样了？”

“进行得挺顺利。”肖望点燃一支烟，又递给方木一支，“不过据说梁泽昊和裴岚之间弄得挺紧张。”

“哦？”

“裴岚被人拍了那样的录像，梁泽昊心里能痛快么？”肖望懒洋洋地靠在椅背上，“听说裴岚刚被救出来，梁泽昊就私下里委托医院给她做妇科检查。”

方木想起那天梁泽昊在楼梯上的神秘样子，心里一阵恶心。

“做男朋友的，那时候应该多安慰裴岚才是。”方木摇摇头，“这小子太不男人了。”

“咳！”肖望弹弹烟灰，“这种人的心态，我们是理解不了的。”

方木耸耸肩膀：“在C市能工作多久？”

“现在还不知道，我估计案件送到法院之后，我们也就该回原单位了。”肖望凑过来，低声问道，“据说出事的是个副局长？”

“嗯。”

“他杀了人？”

“涉嫌杀人。”方木忍不住纠正道，“给你安排什么任务了？”

“估计是外线调查。”肖望略略严肃了一些，“看起来，这次上头很重视，调查组的人大多是C市市局之外的人——外人调查，大概能放开些手脚。”

“嗯。”方木无奈地点点头，“这样的局面，恐怕在本市还是第一次。”

“我也奇怪了，”肖望突然笑笑，“高官落马，多数是因为受贿、徇私枉法什么的。动手杀人，倒是第一次听说。”

“是啊。”方木盯着眼前依旧红亮的炭火若有所思，“这就是需要我们去查清的事情了。”

“不管怎么说，能再次跟你合作我很高兴。”肖望郑重其事地伸过手来，“我相信，咱们俩在一起，能干成大事。”

方木笑了，在那团滚热的火焰上方握住了肖望的手。

红灯。

梁四海规规矩矩地把车停在等候线以外。此刻的他看起来和那个坐在宽大老板台后面的梁总判若两人——一身工装，头戴棒球帽，宛若一个普普通通的货车司机。

这个红灯持续的时间比较长。他伸手打开工具箱，里面塞着几盒香烟。梁四海犹豫了一下，挑选了最便宜的云烟，抽出一支点燃。很快，烟雾在完全密闭的驾驶室里弥漫开来。他并不喜欢烟草的味道，只是在特别需要保持清醒的时候才会抽上一支。

此刻就是。

红灯变绿。梁四海立刻掐灭香烟，心想找到机会就把那几盒软包中华和苏烟扔掉——一个货车司机抽如此高档的烟，会让人起疑心的。

他亲力亲为，就是不允许这一过程有任何纰漏。

发动汽车的那一刻，他似乎听到后面的车厢里传出某种声响。他立刻紧张起来，仔细去听，那声响似乎又消失得无影无踪。后面的车已经不耐烦地按起喇叭，梁四海迅速调整表情，发动汽车疾驰而去。

经过收费站，上了高速路之后，梁四海略略放松了一些。关注路面的同时，他不时听听车厢里的动静，确认再无声响后，他才彻底放下心来。进口麻醉剂的效果还是令人满意的，下次要多买些。

即使是在下午，晚秋的空气中仍有丝丝凉意。高速路两边是刚刚被收割过的麦田，一些被遗弃的麦秸堆在田边闷闷地烧着。没有风，那些或浓或淡的烟雾垂直升向天空，好似古代报警的狼烟。想到这里，梁四海的嘴角浮现出一丝淡淡的微笑。两边的麦田不就像刚刚经历过生死相搏的战场么？那些燃烧的，就是死难者的骸骨吧。

生活就是战场。

梁四海踩下油门，货车的速度陡然提升起来，把那些荒芜的麦田和浓烟都甩在身后。

幸存者就是胜利者。

大约40分钟后，高速路边上的指示牌显示前方就是S市。梁四海在距离收费站最近的一个路口下了高速，驶上一条国道。道路两边的景色大致相同，梁四海也不再加以关注，脸上的表情显得越发严肃。半小时后，一座山在前方渐渐显出轮廓，梁四海的车再次转入一条坑坑洼洼的土路，一路颠簸着向前驶去。在田里劳作的农人对梁四海的车熟视无睹，顶多抬起头来麻木地瞥上一眼，就又低下头继续摆弄着脚下的土地。

快接近山脚时，一条更为隐蔽的小路出现了。说是路，其实只是两块巨大山石之间的空隙而已。虽然已是深秋，但山脚下的树丛还没有完全枯败，依旧顶着一点点绿垂死挣扎着。在草木的遮掩下，这条小路若隐若现，如果不仔细观察，根本无从发现。

梁四海把车停好，又拿出一支烟慢慢地吸着，同时拉开车窗，仔细观察和倾听周围的动静。确认无人后，梁四海起身下车，沿着齐腰的草丛向右边的山石背后走去。刚刚转过那块山石，他就看到一辆和自己开来那辆完全相同的货车停放在那里。梁四海并不急着上车，而是围着车转了一圈，重点查看车牌，确认连车牌也一模一样后，这才拉开车门跳了上去。驾驶室里弥漫着一股浓重的烟草味道。梁四海看看污渍斑斑的仪表盘，皱紧了眉头。这些人蛮可靠，就是素质太差。他掏出一张湿巾草草地擦拭了方向盘，随即发动了汽车。

于是，梁四海开着一辆完全相同的车原路返回。唯一不同的，是这辆车的车厢里空空如也。至于另一辆车以及车厢里的“货”，梁四海并不担心，因为他知道，要不了多久，就会有人把车开走。

夜幕渐渐降临，山脚下的小路也越发模糊。在田里劳作的农人三三两两地散去，那些零星散布在山脚下的房子冒出股股炊烟。树林里一片寂静，偶尔能听到晚归的乌鸦在枝头鸣叫。货车静静地伫立着，好像在极力配合这幽静的环境，又宛若一个忠实的倾听者。

突然，一声拍击小心翼翼地在车厢后门响起，紧接着，又归于寂静。然而，如果仔细倾听的话，你会听到有人在门里边急促地喘息、哭泣。同时，有几只手在门上惶恐地寻找着可能破门而出的地方。然而，除了用指甲徒劳地抓挠外，一切都无济于事。在那些微弱的窸窣声中，拍击声再次响起。最初，只是断续的一两声，随即就逐渐密集起来，响动也越来越大，最后，一声声细微的呼喊在树林中变得越发清晰。

“救命……救救我……”

几只乌鸦受到了惊吓，在林中某处腾空而起，充满怨恨地在货车上空盘旋了一阵后，哀叫着向夜空深处飞去。

这是这片树林给那些人的唯一反应。在那些拍击和呼喊中，山沉默，树沉默。

天沉默，地沉默。

所有的一切，都保持沉默。

第九章

谎言

第二天，肖望打电话来说被安排调查城湾宾馆那条线。方木问清时间后，决定和肖望一起去。

老邢说当日那女人被钢刀刺穿，而现场却没有发现任何痕迹。如果说被害人因伤口被凶器堵住，暂时没有流血——这的确有可能，但是如果一点血迹都没有留下来，只能说明一个问题：有人在案发后用极快的速度清理了现场。按常理，楼道里的监控设备应该将整个过程摄录下来，但宾馆的答复是当天恰好在调试设备，因此，关闭了视频监控系统。

真的有那么巧合么？

方木赶到宾馆的时候，肖望已经在大厅里等着了。他的手里捧着一个文件夹，正在皱着眉头仔细看。见方木走过来，肖望似乎按捺不住惊讶的心情，劈头说道："这案子也太他妈离谱了。"

"是啊。"方木挨着他坐下，"疑点很多。"

肖望却站了起来："那咱们还等什么？开始查吧。"

按照警方的要求，624房间自案发后就再没有接待过任何客人。楼层经理打开房间后，一股霉味扑面而来。肖望走进房间，来回踱了一圈，边走边用手比画着。

"邢局长站在这里……胡英博和那个女人站在这里……杀人……女人扑倒……"

肖望单膝跪在地面上，轻轻地抚摸着地毯："……那么这里就应该是女人的伤口接触的地方。"

他抬起头来问楼层经理："这是案发当日那块地毯么？"

"对。我们什么都没有动。"

肖望看看方木，方木无奈地耸耸肩膀："在地毯上一点血迹也没发现。"

"这就怪了。"肖望皱紧了眉头，"如果邢局长说的是真的，不可能一点痕迹都没留下啊。"

方木无言以对，转身进了卫生间。根据老邢的说法，胡英博是从卫生间里挟持着女人质走出来的。虽然勘验部门在这里同样一无所获，方木还是不死心。然而上上下下查看了半天后，他也不得不承认，现场的确没有留下有价值的线索。

“有发现么？”肖望靠在门边，翻看着手里的材料，“报告里说这里什么都没发现——连根头发都没有。”

“这就是最大的疑点。”方木扫视着卫生间里的物件，“打扫得这么干净，反倒像有意为之——这种级别的宾馆可能把卫生间搞得一尘不染么？”

“先生！”楼层经理插话了，“请不要质疑我们宾馆的素质！”

“拉倒吧。”肖望不屑地撇撇嘴，“连星级都没有，能好到哪儿去？”

“对不起！”年轻的楼层经理涨红了脸，“我们宾馆的有些房间，即使跟五星级酒店相比也不会逊色！如果您不相信，我可以带您去参观，您看看是不是一尘不染！”

肖望摆摆手：“算了，我没那个时间。你去忙你的吧，有事我再叫你。”

楼层经理欠欠身子，气冲冲地走了。

“集体荣誉感还挺强。”肖望无奈地说。他转身看看一脸阴沉的方木：“怎么样？要不要再看看？”

“算了。”方木有些心灰意冷，“这地方估计查不出什么来，去监控室吧。”

监控室位于二楼，方木和肖望走进去的时候，里面只有一个保安员在值班。看到有人进来，他急忙放下搁在椅背上的双脚，同时关掉了正在看的手机视频。尽管如此，方木仍然听到了男女欢爱的声音。

肖望显然也听到了。他拉过一把椅子坐下，面带调侃之色：“没打扰你吧？”

“没有。”保安整整衣服，“你们是……”

“警察。”

肖望询问的时候，方木打量着小小的视频监控室。左面的墙上是一面大大的监视器，十几个画面在显示屏上依次排开。方木很快就找到了624房间附近的视频画面。他看了一会儿，发现这宾馆虽然不怎么样，视频设备却不错，画面清晰流畅，被摄录下来的人，很容易分辨出长相。他在心里叹了口气，如果案发当日的整个过程都被录下来的话，一切就迎刃而解了。方木暗自骂了一句，收回心思，留神倾听肖望和保安员的对话。

“景旭，你干这个多久了？”

“不到一年。”

看来这个保安员叫景旭，方木斜靠在监视台前，不动声色地看着他。

“案发当日的监控录像还有么？”

“没有，当天在进行系统调试，所有的视频监控设备都关了。”

“这么巧？”

“嗯。”

“谁指使你这么做的？”方木突然插了一句。

景旭转过头来，略显诧异地上下打量了一下方木。“什么叫谁指使的？”他冷冷地说道，“系统需要调试，我们有什么办法——谁也不能预测到那天会出事。”

“关了视频设备，你们怎么掌握宾馆里的治安情况？”

“咳，我们这破宾馆，平时都没有人来，没必要紧盯着。”

“没必要？那为什么安装这么好的视频监控设备？”

“这个……”景旭轻笑一声，“你恐怕得去问老板。”

方木不说话了，眯起眼睛盯着景旭，几秒钟后，轻声问道：“当天，真的没有视频监控么？”

“没有。”景旭不耐烦地咂着嘴，同时用力揉揉脖子，似乎觉得疲惫不堪，“还要我说几遍？”

方木微微颔首。“好。”他掏出一张名片递给景旭，“如果你又想起什么，就打电话给我。”

景旭接过名片，看也不看就放在监视台上。

“好的。”

方木和肖望转身朝门口走去，刚拉开门，景旭就在身后“哎”了一声。

“嗯？”方木立刻回过头去。

“前几天你们有几个人过来调查，拿走了一些旧的监控录像带。”景旭懒洋洋地说，“如果用完了，叫他们还回来。”

“几个人？”方木马上问道。

“三个吧，对，三个。”

回去的路上，肖望一直盯着窗外不说话，方木也无心闲聊。等候一个红灯的时候，肖望忽然扭过头来看着方木，问道：“谁拿走了录像带？”

方木愣了一下，随即缓缓地摇摇头。

其实他很清楚，拿走录像带的是郑霖那伙人。至于他们想干什么，却不得而知。但是有一件事很清楚，那就是调取这些录像带，并不是郑霖职务范围之内的事情。他隐隐觉得，郑霖如此关注老邢的案子，恐怕不仅仅是为了升职。

肖望“哦”了一声，想了想，又问道：“你相信景旭的话么？”

“不。”方木收回心思，目视前方，干脆地答道，“他在说谎。”

“哦？”肖望不由得坐正了身子，“哪句？”

红灯变绿。方木发动汽车：“关于监控录像的事。”

“你的意思是……”肖望皱起眉头回忆着，“确实有人指使他关掉了视频监控设备？”

“对。”

“理由呢？”肖望试探着看看方木，“又是感觉？”

“不是。”方木笑笑，“当时我问他是否有人指使，他表现得十分不屑，这往往意味着质问是真实的。另外，不知你注意没有，当我问他当天是否真的没有监控录像的时候，他用力地揉了揉脖子。”

“嗯，好像是有这么回事。”肖望想想，“这又代表什么呢？”

“人撒谎的时候会去摸脖子。”方木哼了一声，“这是最典型的表现。”

“呵呵。”肖望笑起来，“你小子够厉害！对了，据说要给老邢测谎，干脆你去算了。”

“我倒是想！”方木苦笑一下，情绪却骤然低落下来。测谎专家就要到了，也不知老邢能不能挺过这一关。

沈阳来的专家叫韩卫明，40多岁，花白的头发，脸上沟壑纵横。与其说他像测谎专家，还不如说像混迹职场多年的老推销员。一下车，他就和前来迎接的边平来了个熊抱，又拍又打，显得十分亲热。

边平朝他身后望望：“一个人来的？助手呢？”

“甭提了，那小子回老家结婚去了。”韩卫明笑呵呵地说，“你们给我指派个人当助手得了。”

“没问题。”边平急忙拉过方木，“这是我们处里最棒的小伙子，就把他派给你吧。”

韩卫明笑着打量了一下方木，在那一瞬间，方木突然感到这貌似平庸的中年人一下子把全部的注意力都集中在了双眼里，而那目光宛如X光一般，将自己看了个通通透透。

“不错不错。”韩卫明拍了拍方木的肩膀，“挺机灵的——这几天就辛苦你了啊。”

方木回过神来，急忙回了句客套话：“我是跟着韩老师学习。”

韩卫明哈哈一笑，转身对边平说："走吧，老伙计，请我吃顿好的。"

边平请客，方木作陪。所谓"吃顿好的"，原来是一顿四川火锅。按照韩卫明的话来讲，他就好这一口。席间，韩卫明兴致很高，拉着边平大声谈笑。无心吃喝的方木几次想谈谈案子的事，都不知如何开口。这顿饭直吃到晚上10点半，不胜酒力的韩卫明才提出回宾馆休息。回去的路上，方木埋怨边平为何不趁这个单独相处的机会说说案子，边平撇撇嘴说："你真以为老韩喝多了？他心里清楚着呢。"他解开领口的扣子，呼吸中酒气很浓，"这老小子压根儿就不想给咱们机会，所以才一个劲儿地灌酒。"

方木不作声了，半晌，闷闷地问道："接下来怎么办？"

"走一步看一步吧。"边平看着窗外的夜景若有所思，"省里的专家也不少，你知道为什么请韩卫明来么？"

"嗯？"

"老韩为人耿直是出了名的。给老邢测谎，必须找一个不肯徇私的人。"边平看看一脸阴沉的方木，"不过也没什么可担心的。事实就是事实，而且，方木……"边平的语调骤然严肃起来，方木不由得转头看着他。"……作为警察，伸张正义是必要的，但我们也不能丧失立场。"

良久，方木才点点头，看似接受了边平的指点，其实他的内心更加纷乱。

老邢分明是被人陷害的，而在没有有利证据的情况下，法律却要给他严厉的制裁。

警察要保持忠诚，然而，要忠诚以对的是法律，还是良心？

果真如边平所说，韩卫明第二天闭门谢客，谁也不见，把自己关在房间里研究案卷，选定测试房间和安装测试设备的工作统统交给边平和方木去做。第三天，方木早早去宾馆的餐厅等韩卫明，刚一进门，就看到韩卫明坐在桌前喝粥。韩卫明也立刻发现了方木，远远地挥手招呼他过来。

“吃了么？”韩卫明拿出一张餐巾纸擦擦嘴，“这粥不错，尝尝？”

“我吃过了。”方木无心寒暄，“韩老师，测试方案怎么样了？”

“嗬，老边推荐的人果真有两下子。”韩卫明打着哈哈，“看不出你还挺内行。”

方木不禁苦笑。哪里是什么内行，都是这段时间恶补测谎技术的结果。他知道，测谎程序可以分为测试方案的制订、测试方案的实施和测试数据的整理三个子程序。测试方案包括测试目标、测试对象和测试格式等内容，其中最关键的，就是编制诱发被测人员心理生理反应的问题，以及这些问题的排列组合方式。表面上看起来，韩卫明很信任边平和方木，把一些工作交给他们去做，但是测谎的决定性部分，他是绝不会让外人插手的。方木对此心知肚明，也就打消了提前窥视测试方案的念头。再说，即使他能够提前预知测试问题，也很难为老邢做什么。

吃过早饭，韩卫明又东拉西扯聊了半天，眼看时间已经过了八点半，才起身说道：“走吧，去局里看看。”

虽然此刻已经过了交通高峰期，路面上仍然不够顺畅。吉普车在密集的车流中走走停停，行进缓慢。方木不时从后视镜里观察韩卫明，韩卫明一脸闲散的表情，半靠在后座上，似乎对窗外的景致饶有兴趣。

方木很清楚，韩卫明的放松，其实是一种拒人于千里之外的姿态。不过，他还是想试试。

又是红灯。方木看看前方长长的车队，挂空挡，拉起手刹。

“韩老师，搞测谎多少年了？”方木递过去一支烟。

“呵呵，谢谢。”韩卫明接过烟，“快15年了。”

“那您一定经验丰富，见多识广啊。”方木目视前方，尽量不与韩卫明有目光接触，“遇到过棘手的案件么？也让我长长见识。”

“呵呵，你指什么？”韩卫明扫了方木一眼。

“就是那种……”方木斟酌着词句，“提前做了准备，试图干扰……”

“反测谎是吧？”韩卫明笑起来，“当然有。测谎技术出现的同时，反测谎技术就出现了。苏联在训练克格勃特务的时候，反测谎能力是必须掌握的技能之一。”

“哦？真的可以反测谎啊？”方木尽量显得漫不经心，“采用什么手段啊？”

“呵呵，可以干扰自己的生理心理反应的手段有很多啊。”韩卫明谈了几种方法，都足以使测谎无法进行，或者严重影响测谎结论。

方木不再插嘴，而是用心默记。韩卫明说完了，方木正在心里梳理总结，却突然意识到不对劲。

他抬起头，恰好看见韩卫明正在后视镜里意味深长地看着自己。

“呵呵，韩老师，你太信任我了。”方木垂下眼睛，感觉有些心慌意乱，“你就不怕我向老邢通风报信啊？”

“哈哈，我觉得你会有自己的职业操守的。我们的对话仅仅是学术探讨。”韩卫明笑容满面，目光却如刀锋般锐利，“而且，我知道这些反测谎措施，自然就有反‘反测谎’的办法。”

红灯变绿。方木一言不发地重新发动汽车。刚刚汇聚起来的一点小小喜悦，已经完全消失了。

测试房间安排在市局四楼的会议室，环境整洁安静，撤除了多余的桌椅后，也足够宽敞，方便安排人员备勤，以防出现意外情况。韩卫明背着手溜达了一圈，又仔细感受了一下室内温度后，对边平和方木的工作成果表示满意。

“还需要什么，你就尽管说。”边平言辞恳切，“我们全力配合。”

“呵呵，已经够全面的了。”韩卫明的笑容稍稍收敛了一些，“那么，见见被测人吧。”

因为要接受测谎，邢至森已经被押回本市的看守所。一个小时后，在另一个会议室闲聊的他们被告知：被测人邢至森已经在测试房间等候。

韩卫明慢条斯理地点燃一支烟，起身说道：“走吧，瞧瞧去。”

边平拍拍方木的肩膀，示意他跟上。

为了保证测前谈话不受打扰，四楼除了保留必要警力外，已经被彻底封闭。周围静悄悄的，只能听见二人的脚步声。不徐不疾的属于韩卫明，而略显忐忑的，则属于方木。刚转入四楼的走廊，一直低头想心事的方木忽然觉得眼前一暗，他下意识地抬起头，只见原本空旷的走廊里出现了一个人。

是郑霖。

韩卫明扫了他一眼，想绕过他继续向前走。郑霖却横跨一步，严严实实地挡在了韩卫明面前。

韩卫明的脸上迅速闪过一丝讶异的表情，很快，就被嘴边淡淡的微笑取代了。

“干什么？”他轻声问道，似乎在询问一个淘气的孩童。

“你就是那个专家？”郑霖冷冷地打量着韩卫明，语调低沉，却有着明显的敌意。

“老郑！”方木抢前一步挡在韩卫明身前，“你干什么？”

郑霖看都不看方木一眼，依旧死死地盯着韩卫明，片刻，他缓缓地开口说道：“好好测。”他顿了一下，“如果你乱来，我不会放过你。”

韩卫明眯起眼睛，脸上的笑容顿时收敛了。

“什么叫乱来？袒护、包庇，还是置他于死地？”韩卫明的语气冰冷，“你和邢至森是什么关系，我一点兴趣都没有，我只相信我看到的，以及我认为可信的事实。”

说罢，他就绕过郑霖，头也不回地大踏步向前走去。方木急忙跟上，经过郑霖身边的时候，冷不防被他一把拉住手腕。方木扭过头去，面前的郑霖表情复杂，似乎又焦虑又憎恶。

方木不说话，冷冷地看着他。对视几秒后，郑霖的嘴唇翕动了几下，似乎想说什么，然而最终还是没有开口。方木默默地拉开他的手，转身走了。

拉开会议室的门，韩卫明和邢至森相对而坐，前者正给后者点燃一支烟。方木急忙介绍道："邢局，这位是……"

"呵呵，不用介绍了。韩卫明韩老师，以前我们见过。"老邢笑呵呵地看着韩卫明，"韩老师，这次辛苦你了。"

"谈不上辛苦，工作而已。"韩卫明弹弹烟灰，"最近怎么样，老邢？"

"挺好。"

他一点儿也不好。脸上的伤口不见减少，反而增多，有些地方甚至能看出旧伤未愈，又添新痕。韩卫明也注意到了这些，表情渐渐严肃。

"能测么？"他低声问道。

"没问题。"老邢哈哈一笑，"这点小事，我扛得住。"

韩卫明笑笑，把桌上的烟盒推过去。

"说点正事吧——最近有没有服用药物？"

"没有。"

"有没有心脏、呼吸道疾病？还有……"韩卫明忽然换了揶揄的口气，"你没有精神疾病吧？"

邢至森大笑起来："没有，都没有——我要是有精神病，就不用麻烦你老兄出马了。"

测前谈话的任务之一是测试人员和被测人员之间建立专业、客观和信任的气氛，看起来，老邢和韩卫明已经轻易地达成了这一目标。

“按照惯例，我应当向你展示一下测试原理。”韩卫明依旧笑容满面，“怎么样，用口头的方式还是演示的方式？”

“你就别费那个工夫了。”老邢手里的烟已经燃到了过滤嘴，仍旧恋恋不舍地吸着，“我也干了这么多年公安了，什么心理生理检测过程的科学性、测试指标的客观性、测试结果不受被测人员的主观控制——这些我都懂。”

“行。”韩卫明打开笔记本电脑，“那就谈谈案子吧。”

测前谈话是整个测谎过程中至关重要的一环。从某种意义上来说，测前谈话甚至比正式测试更为重要。被测者在测试中能否出现应有的反应，取决于他在测试前是否处于测试所需要的心理状态，而这种状态正是需要测谎员通过测前谈话来引导和调控的。

老邢先详细描述了案发当天的情景。韩卫明很少插话，更多的时候都在倾听，偶尔在笔记本上敲几个字。方木知道，韩卫明在老邢谈案情的同时，也在修正自己对本案的观点和测谎中的问题。随即，韩卫明和老邢讨论了测谎的相关问题，重点讲解了准绳问题。方木注意到，韩卫明为测谎准备的相关问题大多集中在是否有被害女性出现，以及枪击胡英博的细节上。对此，老邢的回答与之前录取的口供完全一致。

把测试问题写入电脑，并让老邢核对之后，测前谈话结束。

“那就这样吧。”韩卫明站起身来，“咱们明天见？”

“明天见。”老邢平静地说道。

走到门口，韩卫明忽然想起了什么，掏出衣袋里的大半包香烟扔给了老邢：“好好睡一觉。明天精神点。”

邢至森没有答话，举起烟盒致谢。韩卫明笑笑，拉开门走了出去。方木没有急着离开，凑到桌前低声问道：“邢局，还有什么可以帮你做的？”

邢至森瞄瞄屋顶的监视器，忽然咧嘴一笑：“来个肘子吧，越大越好。”

回到走廊里，方木追上缓步前行的韩卫明，小心翼翼地问道：“您觉得……现在邢局的状态适合接受测谎么？”

“他没事的。”韩卫明正在想心事，目视前方，若有所思，“邢至森比你想象的要顽强得多。”

会议室里，肖望正在和一个中年妇女谈着什么。看方木和韩卫明走进来，两个人都站了起来。方木认出那中年妇女是邢至森的妻子，市医院儿科的杨敏护士长，急忙走过去握住她的手：“嫂子……”

“小方，我能见见他么？”杨敏消瘦了不少，整个人也苍老了许多，“一面就行。”

方木有些为难，看看韩卫明和肖望。韩卫明立刻表了态：“我没意见。”肖望拔腿就走：“我去请示一下领导。”

几分钟后他就回来了，一脸无奈。

“领导的意思是……不应该让邢局长在测谎前有大的情绪波动。”

“送点吃的也不行么？”杨敏的情绪有些失控了，“关了这么久了……一点消息也没有……就是杀头，也得吃顿断头饭啊……”话到此处，杨敏自知失言，又悔又气，整个人颤抖起来。

方木咬着牙，一言不发地拽起杨敏，又拿起杨敏带来的手提袋：“嫂子，我带你去。”

“方木！”边平和肖望同时站起来。

“让他去吧。”一直默不作声的韩卫明开口了，“以被测人目前的精神状况来看，家属的探视可以起到情绪稳定作用——就说是我说的。”

方木感激地看了韩卫明一眼，拉起杨敏向留置室走去。一路上，看到杨敏的人无不回避，只有少数几个年长的警察简单地打声招呼，就匆匆而过。方木想起以往杨敏来局里时，大家围过来攀谈的情形，心中五味杂陈。

来到留置室门口，向警卫说明来意后，对方一口回绝："不行。他是重犯，只能吃局里提供的东西。"

方木忍住气，耐心地解释道："这是邢局的爱人，总不会下毒吧？"

"那也不行。"警卫毫不让步，"我必须遵守规定，除非送去化验……"

"化你妈的验！"郑霖从走廊那头大踏步走过来，脸色铁青，"要不要我吃给你看？"

警卫非常尴尬："郑支队……"

"开门！"

"我……"

"我让你开门！"郑霖咆哮起来，"快点！"

警卫无奈地四处张望了一下，伸手掏出了钥匙。杨敏只来得及向郑霖笑笑，伸手抿了抿头发，跟着警卫走进了留置室。

走廊里只剩下方木和郑霖，一时相对无语。片刻之后，郑霖递给方木一支烟，方木犹豫了一下，接过来，默不作声地抽着。

一支烟抽完，郑霖低声问道："明天……你在场？"

方木不想多说，简单地回了句："对。"

"有结果了，告诉我一声。"说罢，郑霖就踞灭烟头，转身走了。

测试时间：11月3日

测试地点：C市公安局第三会议室

案由：故意杀人案

测试人：主测官韩卫明；助手方木。

被测人：邢至森，56岁，男，汉族，大学文化，捕前系C市公安局副局长。

被测人与案件的关系：犯罪嫌疑人。

主测官告知被测人：今天为侦查城湾宾馆杀人案，用心理测试仪对你进行有关心理测试。心理测试能客观测出案件的真实情况。如果你陈述的是事实，则测试结果就会对你有利，如果你说谎，则测试结果就会对你不利。进行心理测试完全是自愿的，你有权拒绝接受心理测试或者在测试过程中随时终止心理测试。

被测人声明：主测官已对测谎过程做过技术性解释，并没有对我采取任何威胁和强迫手段。本人邢至森完全信任测谎程序，明白自己的权利，完全自愿接受这次心理测试，并保证积极配合。本人承认测试结果，并愿以其作为将来的认定依据。

邢至森和韩卫明先后在文件上签好字后，心理测试正式开始。首先进行的是刺激测试。

韩卫明递给老邢一张纸，让他从4至8中随意挑选一个数字写在纸上，然后将纸对折，按在自己的手掌下，保证不被别人看到。

“不用了吧。”老邢笑道，“我绝对相信测试的科学性。”

“要的。”韩卫明正色道，“我需要检测你说谎时生理反应图谱的模式。”

老邢摇摇头，随手写下一个数字，然后把纸对折，按在手掌下。韩卫明向方木摆摆手，方木马上拿起呼吸传感器给邢至森戴好，又把血压袖套套在邢至森左臂上，最后，把手指电极夹在他左手无名指指尖上。在那一瞬间，方木突然感到老邢的身体发出了一丝不易察觉的抽搐。

“呵呵，老伙计，这么快就有反应了？”韩卫明扫了一眼图谱仪，“你的皮肤电上升了。”

“第一次戴这玩意儿嘛。”老邢的笑容有些勉强，“换作你也会紧张啊。”

韩卫明笑笑：“好，现在我要问你刚才所写的数字，无论我问到哪个，都要回答‘不’，明白么？”

邢至森点头称是。然后，韩卫明从4问到8，邢至森都摇头否认。

韩卫明目不转睛地看着图谱仪，几分钟后，开口问道：“是5，对吧？”

邢至森没回答，而是展开了手里的纸，一个潦草的“5”赫然在目。

“你这玩意儿还真灵。”他面朝方木，捅捅那张纸，好像在做一个好玩的游戏。

“好了。”韩卫明靠坐在椅子上，面带微笑，“我还要提醒你，每个问题你都要如实作答，在任何一个问题上撒谎都会对你不利，明白么？”

“明白。”邢至森稍稍坐正。

“嗯，那咱们开始。”

问：你叫邢至森么？

答：是的。（略显诧异，但立刻答复。）

问：你在案发当天下午去了城湾宾馆对么？

答：对。

问：你去了624房间？

答：对。

问：你在624房间里遇到一个人，对么？

答：不，是两个人。（调整坐姿，上身坐直。）

问：是两个男人么？

答：不，是一男一女。

问：你是否愿意说实话呢？

答：我愿意。（点头，表情平淡。）

问：你的职业是警察，对吧？

答：对。

问：你进入房间的时候，那个女人就在房间里么？

答：不是。

问：她从门口进入房间的么？

答：不是。

问：她从卫生间里出来的么？

答：是的。（点头，立刻答复。）

问：你是否曾对公安机关说过谎？

答：没说过谎。

问：你出生于1953年，是么？

答：是的。

问：你以前见过那个女人么？

答：没有。

问：她穿着什么样的衣服？

答：她没穿衣服。

问：她身上有什么特征么？

答：小腹那里有一个文身。

问：文身的图案是鸟么？

答：不是。

问：文身的图案是鱼么？

答：不是。（略低头，眼球向左下方转动。）

问：文身的图案是动物么？

答：不是，是一朵花。（立刻答复。）

问：那朵花是黄色的么？

答：不是。

问：那朵花是蓝色的么？

答：不是。

问：那朵花是红色的么？

答：不是。

问：那朵花是紫色的么？

答：是的。淡紫色。

问：你愿意如实回答我的问题么？

答：愿意。

问：你是C市人，对么？

答：是的。

问：在你进入房间之前，那个男人就已经在房间里了，对么？

答：是的。

问：你以前见过那个男人么？

答：没有。（摇头，表情平淡。）

问：你进入房间的时候，他在床上坐着？

答：不是。

问：他在椅子上坐着？

答：不是。

问：他是从卫生间里出来的？

答：是的。

问：他是一个人出来的？

答：不是。

问：他是和另一个人一起出来的？

答：是的。（点头。）

问：是个男人么？

答：不是。

问：是个女人么？

答：是的。（用力点头，上身前倾。）

问：你清楚说谎可能带来的后果么？

答：清楚。

问：你于1973年参加工作？

答：我想想……嗯，是的。

问：那个男人和你说话了么？

答：没有。

问：他就是你要见的人么？

答：不是。

问：他劫持了那个女人，是么？

答：是的。

问：他用斧子劫持那个女人？

答：不是。

问：他用枪劫持那个女人？

答：不是。

问：他用刀劫持那个女人？

答：是的。

问：担心我问别的问题么？

答：不。没什么可担心的，呵呵。（微笑，右手紧握，拇指在食指第二关节处反复磨蹭。）

问：你在案发前是C市公安局副局长，对么？

答：是的。

问：你愿意如实回答我的问题么？

答：愿意。

问：那个男人在你面前杀死了那个女人？

答：是的。（点头，立刻答复。）

问：用刀子杀的？

答：是的。

问：刺了三刀么？

答：不是。

问：刺了两刀么？

答：不是。

问：刺了一刀么？

答：是的。

问：你隐瞒了其他情况么？

答：没有。

问：你已经结婚了，对么？

答：是的。（立刻答复，眉头微皱。）

问：杀人后，男子继续停留在房间里？

答：没有。

问：他逃跑了么？

答：是的。

问：他向门外的左侧逃跑么？

答：是的。

问：他向门外的右侧逃跑么？

答：不是。

问：他向楼下逃跑么？

答：不是。

问：他向楼上逃跑么？

答：是的。

问：你当时知道他的姓名么？

答：不知道。

问：你熟悉枪械的使用么？

答：是的。

问：你对男子开枪了，是么？

答：是的。（上身坐直。）

问：你开枪时，男子在逃跑么？

答：不是。

问：你开枪时，男子在站立么？

答：没有。

问：你开枪时，男子处于躺卧姿势么？

答：不是。

问：你开枪时，男子向你扑来么？

答：是的。（立刻答复。）

问：你是否曾在非必要的时候，使用过枪支？

答：没有。（答复有迟缓。）

问：你是否对我有所隐瞒？

答：没有。

问：你于1973年毕业于中国刑事警察学院？

答：是的。

问：你愿意诚实地回答每个问题么？

答：愿意。

问：你觉得男子向你扑来时，手里拿着的是棍棒么？

答：不是。

问：你觉得男子向你扑来时，手里拿着的是枪支么？

答：不是。

问：你觉得男子向你扑来时，手里拿着的是刀具么？

答：是的。

问：实际上那是把勺子，对么？

答：是的。

问：你开枪前就知道那是勺子，对么？

答：不是。（摇头，立刻答复。）

问：你开枪后知道那是勺子，对么？

答：是的。

问：你以前见过那把勺子么？

答：没有。

问：担心我问别的问题么？

答：不，我知无不言。（右肩扭动，微笑，目光平视韩卫明。）

问：你从警26年了，是么？

答：我算算……嗯，是的。

问：你是否触犯过刑法？

答：没有。

问：是否有把柄落在别人手里，担心败露？

答：没有。

问：你是否清楚，如果你撒谎，会在测谎仪上有所反应？

答：清楚。

韩卫明的语速很慢，语气和缓，每隔15秒左右才进入下一个问题。方木始终紧张地看着皮电、呼吸、血压和脉搏图谱。韩卫明只是偶尔扫一眼，把更多的注意力都放在邢至森的脸上。邢至森始终平静地面对韩卫明，而从测试图谱来看，他的生理反应变化并不明显。方木渐渐放松下来，心想老邢没有说谎，通过测试应该不成问题。

接近中午的时候，韩卫明宣布第一次测试结束。在征得邢至森同意后，下午进行第二次测试。

邢至森刚刚被带走，方木就迫不及待地问韩卫明：“韩老师，你觉得这次测试怎么样？”

此刻的韩卫明却显得有些疲惫，摘下眼镜揉了半天太阳穴，嘴里敷衍着：“一会儿再说，一会儿再说。”戴好眼镜后，他也不急着回答方木的问题，而是拿起测试图谱细细地看着。这时，门被敲响了，边平探进头来，冲韩卫明说道：“韩老师，先吃饭？”

“吃饭吃饭。”韩卫明立刻扔下手里的图谱，“我都要饿死了。”转过头，看见方木还是一脸期盼的样子，韩卫明笑笑，拍了拍方木的肩膀。“我怎么觉得你比老邢还紧张测试结果啊。”他指指测试图谱，“要不待会儿给你戴上设备，你的反应肯定比老邢大，哈哈。”

午餐安排在食堂的一个小包厢里，几位市局的领导作陪。也许是为了避嫌，大家对测谎的结果都只字未提，只是聊些套话，吃饱喝足后，就各自离去。走出包厢的时候，方木注意到最近的一张桌子边围坐着郑霖、小海和阿展。桌上的餐盘里是早已冷透的饭菜，看得出他们已经在门口坐了很久了。见他们走出来，郑霖马上向方木投以询问的目光，方木垂下眼睛，面无表情地从他身边走过。

距离下午测试开始的时间还有一个多小时，边平建议去休息室喝茶，韩卫明很爽快地同意了。喝了一会儿茶水，又不着边际地扯了一阵闲话后，边平试探地问道：“上午的测试怎么样？”

韩卫明笑笑。“挺顺利，但现在下结论还为时尚早，看看下午的情况再说。”也许是注意到边平略显失望的表情，他又补充道，“不过，从我个人的角度来看，老邢应该没有说谎。”

边平立刻来了精神：“也就是说，老邢的确是被人陷害？”

“呵呵，这我就不知道了。”韩卫明捋捋头发，“我只是认为他没有说谎而已。不信，你可以问问他。”他用手指指方木，“小方一直死死地盯着测试图谱呢。”

方木和边平交换了一下眼神，感觉心里的一块石头落了地。老邢被证明没有说谎，侦查必将重启，也许离帮他洗清冤屈的日子已经不远了。

下午的测试还是在那间会议室里。老邢的精神状态不错，据说中午好好吃了一顿，还睡了一觉。测试前，他还要了支烟，跟韩卫明开了几句玩笑。

下午两点，第二次测试正式开始。

最初，方木还有些紧张，可是很快他就发现韩卫明只是调整了中性问题和相关问题的顺序，准绳问题并没有多大变化。老邢的回答也很从容，测试图谱显示，他并没有明显的生理心理变化。

测试只进行了一个多小时就结束了。无论是测试者还是被测试者，对测试结果都心知肚明。于是，大家都放松下来。韩卫明示意方木把老邢身上的各种传感器都摘下来。方木应了一声，伸手去摘老邢手指上的皮电传感器，老邢急忙指指呼吸传感器：“先把这玩意儿给我拿下去吧——太勒得慌了。”

韩卫明呵呵地笑起来，甩给老邢一支烟：“你这老家伙，减肥吧。”

胸呼吸传感器很快解了下来，腹呼吸传感器的搭扣却出了点小毛病，方木仔细地解着，老邢一边配合方木的动作，一边和韩卫明聊天。

“老邢，快退休了吧？”

“嗯，没几年了。”

“早点儿退了得了，干了一辈子了，回家享享清福，含饴弄孙，多自在啊。”

“呵呵，是啊。”

腹呼吸传感器终于解下来了，方木又摘掉了老邢左臂上的血压套袖。

“你女儿是叫邢娜吧？结婚了么？”

“还没有呢。”

“还在做教师么？”

“不，出国了。”

突然，屋角的图谱仪传来了吱吱的绘图声，方木循声望去，皮肤电曲线正呈现大幅度的上升。

老邢在说谎！

刹那间，方木的大脑一片空白，手却依然伸向了老邢手指上的电极——摘掉这该死的玩意儿！

“别动！”

是韩卫明。此刻，他和刚才那个温和的老朋友判若两人，脸上的笑容也无影无踪。他盯着老邢看了几秒钟，老刑似乎无所畏惧地回望着他，脸色却一点点变白了。

韩卫明：你那天去城湾宾馆是应约而去，对么？

邢至森：是的。

韩卫明：你事先准备好了枪支，对么？

邢至森：我是警察，身上带着枪很正常。

韩卫明：带着枪，就打算使用它，对么？

邢至森：不是。（摇头，但之前有瞬间的点头动作，皮肤电反应异常。）

韩卫明：不是为了对那个男子开枪，而是别人，对吧？

邢至森：这是重新测试么？（微笑，瞳孔急剧放大。）

韩卫明：回答我的问题，老邢。

邢至森：不是。（移开视线，右手食指在右侧鼻翼轻搔，皮肤电反应异常。）

方木突然明白了，刚才韩卫明在盯着邢至森的几秒钟内，已经在心里迅速编制出一套测试问题。

韩卫明：被你击中的男子认识娜娜么？

邢至森：不认识。

韩卫明：那你要枪击的人认识娜娜，对么？

邢至森：请不要提起我的女儿，她跟本案无关！（上身前倾，下巴上扬，皮肤电反应异常。）

韩卫明：你要枪击的人是个男人，对么？

邢至森：我没打算杀任何人！（皮肤电反应异常。）

韩卫明默默地盯着老邢，低声问道："娜娜出事了？"

邢至森：没有！（向后靠坐，移开视线，皮肤电反应异常。）

韩卫明：所以你要对他开枪，对么？

邢至森：不是！（右手握拳，皮肤电反应异常。）

韩卫明：你要枪击的人伤害了娜娜，所以你要报复，对么？

邢至森：不是！（嘴角紧抿，皮肤电反应异常。）

韩卫明：老邢，你带着枪去，就是打算对某人开枪，对么？

邢至森：不是！（重新对视，语调升高，皮肤电反应异常。）

韩卫明：现场出现了令你始料未及的情况，你要枪击的人并未出现，对么？

邢至森：不是，我没打算杀任何人！（坐直，上身前倾，皮肤电反应异常。）

韩卫明：娜娜到底怎么了？

老邢突然跳起来，五官扭成一团，眼珠也似乎要从眼眶里暴出来："不要提到我女儿！"

在那一瞬间，方木几乎认为老邢想当场掐死韩卫明。身后负责保卫的两名警察迅速扑过来，把邢至森死死地按在椅子上。

韩卫明没有躲闪，眉头紧蹙，半晌，他低声对老邢说："你要说实话，我们才能帮你。"

邢至森突然安静下来，似乎刚才的挣扎已经耗尽了他的全部力气。喘了一阵后，他用耳语般的声音说道："我没什么可说的了。"

韩卫明看了他几秒钟，叹了口气，抬头对着屋角的监控器说道："测试结束。"

方木宛若木雕泥塑般，感觉全身都动弹不得，只能怔怔地看着老邢。他知道，在监控器另一端的人们也都被这突如其来的一切惊得目瞪口呆。然而这一切对方木而言都不重要，他的脑子里只有一个问号：

你为什么要骗我？

老邢没有看方木，他甚至没有看任何人，只是低垂着头，整个人似乎小了一圈。良久，他长长地呼出一口气。

"天意，天意。"

第十章

佛与地狱

般若寺地处市中心，原本只是个破败萧条的小寺院，不知从什么时候开始，这城市里的善男信女一下子多了起来，作为本市唯一一个佛教场所，般若寺的香火也日益兴盛，寺院里整日烟雾缭绕。

不知道为什么，物质生活越来越富足，人们的心灵却越来越没有着落。

人头攒动的法物流通处，金先生捧着一大捆香烛，骂骂咧咧地挤出人群："他妈的，怎么这么多人？"

梁四海眉头一皱，嘴边立刻显露出硬冷的纹路。金先生赶紧闭上嘴，小心翼翼地把香烛递到梁四海手里。

"1888元。"金先生注意到梁四海探询的眼神，又加了一句，"最贵的。"

梁四海的表情有所缓和，淡淡地说："最贵，未必最诚心——关键在心。"金先生眨眨眼睛，听得似懂非懂。梁四海笑笑，转身向庭院中央那尊巨大的香炉走去。

燃香的时候，梁四海周围的香客有一些小小的骚动。毕竟，在般若寺里能有如此排场的香客并不多见。梁四海对此视若无睹，双手合十，默立了一会儿后，抬脚去了大雄宝殿。

进殿后，梁四海先对佛像旁执钟的僧人合十致意。那昏昏欲睡的僧人显然很熟悉梁四海，一见到他，立马精神起来，还礼后，重重地敲了一下手中的钟。浑厚的钟声在大殿里久久回响，正在参拜的其他香客不由得向这边看来。梁四海依旧目不斜视，缓步走近拜垫，肃立合掌，两足呈外八字形，脚跟相距约二寸，脚尖距离约八寸，目光注视两手中指尖。随后，他的右手先下伸，左手仍做合掌状，徐徐下蹲，右臂向前下伸，右掌向下按在拜垫的中央，左掌仍举着不动，两膝随即跪下。跪下后，左掌随之伸下，按在拜垫中央左方超过右手半掌处。随后，右掌由拜垫中央右方向前移动半掌，与左掌齐，两掌相距约六寸，额头平贴于地面。

旁边一对参拜的夫妻看得啧啧称奇，妻子更是伸手捅捅马马虎虎磕头的丈夫：“你看看人家，多专业，多有诚心——咱也跟着学学。”

金先生也目不转睛地看着梁四海。梁四海每次叩拜时，嘴里似乎喃喃地说着什么，金先生稍稍侧过耳朵，竭力想去听清那些词句，却丝毫不得要领。

如是几次后，梁四海两手握拳翻转，手掌打开，掌心向下贴地，头离拜垫，右手移回拜垫中央，左掌举回胸前，右掌着地将身撑起，直腰起立，双手合掌立直。

拜完，梁四海才转向早已静候一旁的一位老僧：“静能大师。”

静能住持躬身还礼，满面笑容地说道：“梁施主，你又来了。”

“是。”

“上次你为本寺义捐了30万，贫僧还没来得及向你道一声谢呢。”

“大师别客气。”梁四海急忙说道，“这是我应该做的。”

“你一心向佛，佛祖一定会保佑你的。”

梁四海连称“阿弥陀佛”，一副诚惶诚恐的样子。转身离去时，金先生却在他脸上看到了进寺以来第一次露出的舒心的笑容。

市公安局会议室里气氛凝重，下午出现的突发情况让本来就扑朔迷离的案情更加复杂。韩卫明做出了两份完全相反的测试结论。一份为真阴性（与案件无关的人通过测试），另一份为真阳性（与案件有牵连的人没有通过测试）。在他看来，邢至森关于在城湾宾馆的供述没有说谎，而他去城湾宾馆的真正目的却显然不是与某人见面那样简单。虽然韩卫明对此没有做出明确的说明，但是看过测试图谱以及相关问题的人都明白，老邢去城湾宾馆的目的就是杀人，只不过他杀错了人而已。

除了陈述时语调低沉的韩卫明，似乎每个人都在沉思，就连市局领导也无心评述。听完韩卫明的汇报，领导掐灭烟头，想了想，说了句鉴于案情重大，研究再做决定，就宣布散会。大家纷纷起身离座，转眼间，偌大的会议室里就只剩下韩卫明、边平和方木三人。边平看看始终盯着面前的桌子出神的方木，叹了口气，低声对韩卫明说："走吧，韩老师，先找个地方吃饭。"

"算了，没胃口。"韩卫明的脸色也很难看，"任务完成了，我想早点回去。"

送韩卫明回宾馆后，方木把车停在路边，跟边平默默地抽着烟，彼此一言不发。良久，边平把烟头扔出车窗，长出了一口气。

"我回去了。"

"我送你吧。"方木发动汽车。

"不用了。我脑子很乱，想一个人静静。"边平跳下车，"明天见吧。"

方木无心坚持，低着头坐了一会儿之后，忽然很想喝酒。不远处，有一家小火锅店的霓虹招牌在不停闪亮。方木踩下油门，径直开了过去。

四瓶啤酒转眼间就被消灭得干干净净，桌上的菜却丝毫未动。方木很快就喝醉了，眯缝着眼睛盯着滚开的火锅，感觉自己的大脑也像那锅里的肉片和青菜一样，被搅和在一起，翻转沸腾。

老邢欺骗了自己，这是方木无论如何也想不到的。这些日子付出的辛苦倒是次要的，来自最信赖的人的欺骗，却让方木难以接受。他越发开始怀疑自己的判断：之前的追查是有价值的么？谁是无辜者？丁树成去卧底的目的究竟是查案还是老邢的帮凶？

"这么浪费啊？"

面前的雾气中突然出现一个模糊的身影，方木费力地抬起头来，分辨了半天才认出那是韩卫明。

韩卫明径自在对面坐下，扫视了一下桌子上的菜和空空的酒瓶，笑笑说："没少喝啊，小方。"说完，不待他回话，就扬手叫服务员过来："再来四瓶啤酒，两盘上脑。"

酒菜上齐，韩卫明吃喝起来，看也不看方木一眼。方木盯着他，心情复杂。毋庸置疑，这是个敬业的好警察。但也正是他，揭穿了老邢的真实意图，也让方木感受到被欺骗的痛楚。

也许是感觉到了方木的目光，韩卫明头也不抬地说道："吃点东西吧，再讨厌我，也得吃饭。"

方木一怔，本能地拿起筷子在锅里夹了几块羊肉，放在盘子里，想了想，开口说道："不，我不讨厌你。"

"呵呵。"韩卫明抬头扫了方木一眼，"你我都是研究人的，就别瞒着了——都在你脸上写着呢。"

方木无语，几秒钟后突然把杯子重重一顿，大吼一声："为什么不肯放过老邢！"

几位被惊动的食客扭过头来，诧异地看着面红耳赤的方木和表情始终淡定的韩卫明，很快，又回头推杯换盏。

韩卫明看看方木手中裂开的杯子，皱皱眉头，转身示意服务员再拿个杯子。

这一声吼似乎消耗了方木全部的力气，他垂下头，感觉浑身酸软。直到战战兢兢的服务员把杯子从他手里抽走，他才感觉到手心传来的痛感。

掌心处已经被碎裂的玻璃杯划破了，伤口不深，但血珠很快渗了出来。

面前突然出现一张洁白的面巾纸，韩卫明没说话，只是示意他把手包好。

方木顺从地把纸攥在手心，再抬头看时，韩卫明已经放下了筷子，掏出一支烟慢慢地吸着。

"不是我不放过他，而是他自己不放过自己。"韩卫明缓缓地说，"身为警察，他做了最不该做的事情。"

"老邢不会无缘无故去杀人……"

“无论什么缘由都不能杀人！”韩卫明提高了声音，“什么罪行都可以原谅，唯有杀人，绝不能原谅！”

一字一顿地说完这段话后，韩卫明紧紧地盯着方木，眉头深锁，似乎要把自己的目光刻在方木的脸上。与他对视了半分钟后，方木败下阵来。

“老邢是被人陷害的……”他嗫嚅道。

“这很显然。”韩卫明又点燃一支烟，“如果我没猜错的话，关于这件事你比我们谁知道得都多——不，我没有打探的意思。”他看到方木骤然警惕的表情，“如果老邢信任你，而你又真的值得他信任的话，就把这件事查清楚吧。如果能找出幕后指使者，老邢身上的大部分罪责就会被洗清。然后……”

“然后怎样？”

“然后老邢仍然要承担他应该付出的代价。”韩卫明低声说，“这是你我都清楚的事实，但是无论如何，我认为不应该让他蒙冤——祝你好运。”

方木沉默了几分钟，起身便走，留下韩卫明在身后不满地嘟囔着：“这小子，还没结账呢。”

深夜里，气温骤降。方木站在漆黑的楼道里，借着对面楼里传来的微弱光芒，能看见自己嘴边冒出的一团团白气。他定定神，抬手按下了402室的门铃。

半分钟后，防盗门上的门镜暗了下去。方木知道门后正有人窥探着自己。

“谁？”

“我是方木。”方木尽量压低声音，“嫂子，开门。”

杨敏松了一口气。“咔嗒”一声，门开了。

“你怎么……”

不等她说完，方木就闪进屋内，然后转身面对杨敏，一字一顿地说道：“嫂子，我需要跟你谈谈。”

“谈什么？”杨敏忽然吸吸鼻子，皱起了眉头，“你喝酒了？”

“是的。”方木无心纠缠这个问题，直截了当地问道，“邢娜在哪里？”

杨敏的脸一下子白了，嘴也哆嗦起来。几秒钟后，她的眼睛突然睁大了，似乎一下子想通了某件事。

“邢娜……”

“老邢怎么了？”杨敏一下子抓住方木的手，力气大得惊人，方木感觉她的指甲几乎已经嵌进了自己手腕的皮肤里，“他是不是……”

“邢娜在哪里？”

“你先告诉我老邢怎么了？”杨敏忽然歇斯底里地尖叫起来，“否则我什么都不会说！”

方木盯着她看了几秒钟，那双盈满泪水的眼睛背后，有某种东西，坚不可摧。

“老邢在下午的测谎中……”方木艰难地选择着词句，“测试结果显示，老邢那天下午想去杀人。”

抓在方木手臂上的那只手刹那间失去了劲道，杨敏死死地看着方木，眼泪终于顺着脸颊流淌下来，双脚却不住地向后退着，最后颓然跌坐在沙发上。

“这个老傻瓜……”杨敏哭出声来，整个人蜷缩在沙发上，肩膀一抽一抽的，“这个老傻瓜……”

方木垂着手站在杨敏身边，不知该说些什么来安慰她。等她的哭声小了一些，才低声问道：“邢娜到底在哪里？”

杨敏立刻停止了哭泣，抬手抹抹脸上的泪痕，语气坚决：“你走吧，我没什么想跟你说的。”

方木蹲下身子："嫂子，我想帮老邢……"

"如果老邢觉得可以告诉你，那他早就对你说了。"杨敏站起身来，"我要睡觉了，请你离开。"

方木咬咬牙，迅速扫视了一下客厅，然后出人意料地朝北侧的卧室冲过去。杨敏一愣，急忙阻止他，却仅仅拉住了方木的衣袖。方木甩开她，伸手推开了卧室的门。

一股浓重的香烛味扑面而来，伴随着沉闷的"嗡嗡"声。室内的光线很暗，还有种沁入骨髓的寒意。方木立刻觉得不对劲，而且马上察觉到原因所在。

这根本不像一个少女的卧室。床、衣柜、梳妆台、电脑桌什么的统统没有，只是在房间左侧摆着一个小小的祭台。最怪异的，是房间里停放着一个大大的柜状物，定睛望去，是一台巨大的冰柜。

看到这一切，方木愣住了，随即就不由自主地向那台冰柜走去。他刚迈出两步，就感觉有人死死地拽住了他的胳膊。

是杨敏。她已经泪流满面，花白的头发被泪水打湿，粘在脸上，眼睛里全是恐惧和祈求。

"别打扰她……就让她安静地睡吧……求求你……她受的罪够多了。"

一阵巨大的寒意刹那间贯穿了方木的全身，他突然意识到了冰柜里面装的是什么。

"那是……那是……"方木颤抖着抬起一根手指指向冰柜，却无论如何也说不下去。

杨敏拼命地点头，身体却彻底瘫软下去，只有一双手还努力拽着方木，阻止他去碰那个冰柜。

"到底怎么回事？"

"8月7号……下了班，娜娜却没回来……手机也关机……"杨敏哭

得上气不接下气，“后半夜，有人敲门……没看到人，却看到一个大纸箱……”杨敏爆发出一声撕心裂肺的哀号，仿佛眼前又出现了那可怖的一幕，“孩子……手脚都没了……乳房都被割掉了……下身塞满了乱七八糟的东西……”

方木感觉整个脑袋都麻木了，似乎有两把重锤在反复敲击太阳穴，过了半天，他才意识到自己几乎要把牙咬碎了。

“谁干的？”那低哑、凶狠的声音似乎不属于自己，“谁干的！！”

“不知道……”不知何时，杨敏已经放开了方木，把额头死命地抵在地上，仿佛要把五脏六腑都哭出来一般，“呜呜……不知道……”

“为什么不报警？”方木难以置信地大吼，“老邢是警察！我们是警察！”

“他什么都不跟我说……只让我买了个冰柜把孩子放进去……呜呜……他说他会处理的……”

“可是……为什么要把娜娜放在家里？”

“孩子死得太惨了……呜呜……她那么爱美……一定不愿意让别人看到她这副样子……我们什么都不能给她……只能让她保留最后的尊严了……”

方木转头看着那台冰柜。它就那样无动于衷地立着，对俯卧在地上的母亲的痛哭充耳不闻。方木缓缓地走过去，把手放在柜门上，停了几秒钟后，鼓足全身的勇气拉开了。

这一幕只应该出现于地狱。

女孩静静地躺在满是冰霜的冰柜里，头微微偏向左侧，头发和脸上都是霜花。然而，即使如此，也无法掩盖她脸上那些触目惊心的伤口。由于严重脱水，女孩的皮肤已经萎缩发黑，再也看不出曾经秀丽的模样。也许是怕她觉得寒冷吧，父母给她穿上了色彩艳丽的羽绒服，然而失去四肢的身体让那些衣物显得干瘪不堪，也让她看上去像一个比例失调，又遭遇恶意损坏的玩具娃娃。

杨敏似乎完全没意识到方木已经拉开了冰柜，哭得神志不清的她仍然沉浸在梦魇般的回忆中。

“她那时一定很害怕……怕死了……”

这些话方木都听不到，当他轻轻地合上冰柜的时候，已经做出了一个决定。

老邢仍将被送回原看守所继续羁押。尽管局里下令暂时封锁消息，老邢曾意图杀人的消息还是不胫而走。他离开C市那天，场面冷清。在这个敏感的时期，没有人愿意跟他扯上哪怕一星半点的关系。

警车驶离市局大院，很快融入城市的车水马龙中。半小时后，警车开出C市，一个小时后，在高速公路上的一个服务区停下了。

一直在闭目养神的邢至森睁开眼睛，随口问道：“到哪儿了？”随行的两名负责押解的警察没有回答，而是起身跳下了车。邢至森微叹口气，刚刚闭上眼睛，就听见车外传来一个熟悉的声音：“多谢了。”

“嗯，别太久。”

“好的，不会叫你为难。”

老邢心头微微一震，刚睁开眼睛，就看到方木拉开车门跳了上来。他小心地关好车门，又在驾驶室后窗上敲了两下，驾驶员回过头来，方木用两根食指冲他摆出一个“十”字造型，嘴里无声地说道：“10分钟。”驾驶员点点头，跳下车。

然后，他坐在老邢的对面，先点了一支烟塞进老邢戴着钢铐的手里。老邢满是愧疚，几乎不敢抬头看他，只是机械地任方木摆布。

“好了，现在这里只有你和我。”方木微微躬下身子，“我昨天去过你家了。”

那只夹着香烟的手立刻停在了半空，随即就颤抖起来。

方木看着那只不停哆嗦的手，面无表情地问道："谁干的？"

老邢仿佛用了很大的力气才把烟塞进嘴里，狠狠地吸了一大口后，声音低哑地说道："忘了我委托你的事吧——我是罪有应得。"

方木默默地盯着他看了几秒钟，又开口问道："谁干的？"

"别问了。不要为我做任何事，不值得。"老邢用力摇摇头，"我不能再连累别人了……"

"我并不仅仅是为了你。"方木打断了他的话，"如果我知道了这些，却什么也不做的话，那就不是我了——你说呢？"

老邢抬起头，恰好遇见方木的目光，两人对视了几秒钟，同时嘿嘿地笑起来。

"你想知道什么？"

"我不知道的一切。"方木目光炯炯，"一切。"

"那要从今年年初说起了。记得我上次跟你说过的跨境拐卖儿童的案件么？最初，我们在外围做了一些工作，但是进展非常缓慢，遭遇的阻力也非常大。后来，我决定采用秘密侦查手段。同时，我也收到了一些恐吓信和恐吓电话。你知道，干我们这一行的，这些玩意儿都是家常便饭，我也没当回事。8月初的时候，宽田区发生了一起绑架小学女生未遂案，那个差点被绑走的女孩，就是邢娜班上的一个学生……"

老邢低下头，双手插进头发里来回捋着，铿亮的手铐显得分外刺眼。

"……学校要求家长接送学生。8月7号那天，有三个学生没有家长来接，邢娜就挨个送他们回家。可是她自己却再也回不来了……"

老邢说不下去了，捋头发的动作变成了死命的撕扯，喉咙里也传来野兽负伤般的"呜呜"声。

方木按住他的手，低声问道："为什么不询问那三个家长，也许会有线索？"

"我找过他们，他们什么都不肯说，而且都迅速离开了本市。"老邢的脸色惨白，“这摆明了就是对我的警告。”

“所以你就……”

“对。我派丁树成去卧底，除了查案，还给他一个任务，就是找出幕后元凶后，让我亲手杀了他。”

“这么说……”方木慢慢地说道，“你派丁树成去帮你杀人？”

“对。”老邢惨笑一下，“对我很失望，对么？”

“为什么不让法律制裁他？”

“呵呵。”老邢笑着摇摇头，“的确，如果我当时报警了，也许很快会抓到一个或者两个人。可是那又能怎么样？像胡英博这样为了钱甘愿背黑锅的人有很多。即使真的抓住幕后元凶，证据确凿，又能怎么样？死刑？把他绑在执行台上，先注射巴比妥，等他睡着了再注射氰化钾？让他舒舒服服地像他妈睡着了一样去死？”

老邢突然吼起来：“邢娜的手脚都没了！”

方木默默地看着老邢，忽然很想帮助眼前这个人离开这辆车，然后给他一支枪，让他朝幕后主使者的脑门上痛痛快快地放一枪。

他竭力遏制心中澎湃的情感，努力用平静的语调问道：“后来呢？”

老邢没有立刻回答，而是粗重地呼吸着，等那双几乎要暴出眼眶的眼睛疲惫地合上后，才声音粗哑地回应道：“小丁给了我消息，我们约定，在纸条上画上十字，就意味着可以动手了。结果……后来的事情你都知道了。”

“丁树成告诉你幕后元凶的名字了么？”

“没有——这本身就不正常。”老邢垂下眼睛，“仇恨让我失去了理智，我一看到那十字就什么都忘了。”

方木想了一会儿，开口问道：“就这些？”

“嗯。”老邢抬起头来，语气恳切，“如果我还能求你做事的话，能帮我两个忙么？”

“你说吧。”

“第一，我不知道我是否已经连累了丁树成，如果是，请务必帮我打听到他的消息。”老邢顿了一下，“第二，如果丁树成已经遭遇不测，那么，你就彻底不要管这件事了。对方的强大也许是我们无法想象的，无论结局如何，我都自认倒霉，我不想再连累任何人了。”

方木看着老邢那张尽显软弱的脸，这表情让他感觉陌生，也让他不忍再看下去。方木默默地起身，跳下警车，挥手示意负责押解的警员们可以过来了。在这个过程中，方木知道老邢的目光一直没有离开自己。关上车门的一刹那，他忍不住抬起头来，面对那张骤然苍老的脸认真地说道：“好好活着。”方木眯起眼睛，“一定要好好活着。”

第十一章

录像带

几天后，局里正式作出决定：根据韩卫明作出的测谎结论，专案组继续工作，查清案件事实。邢至森故意杀人案（预备）另案处理。

调查的重点依然是邢至森所说的被杀的女子以及她与本案的关系，首要的任务，是找到她的尸体。专案组在外围做了大量工作，一在本市及周边几个县市发现无名女尸即前往辨认，但无一符合邢至森所描述的特征。每个人心里都清楚，这么做无异于大海捞针。

肖望继续对城湾宾馆这条线展开调查，并随时向方木透露调查进展。据他介绍，城湾宾馆成立于2001年，经理叫金永裕，从税务机关及工商行政管理机关调取的资料显示，该宾馆并无可疑之处及违法乱纪行为。其间，肖望又带领技术人员反复勘察了案发现场及周围几个房间，均一无所获。

与此同时，方木也在私底下进行调查，首要的目标是丁树成。这个已经失踪很久的人也许就是解开所有谜题的钥匙。方木尽量不去想他可能已经被害或者离开了这个城市，只是发动所有他能够发动的力量，全力追查丁树成的下落。

他无法忘记邢至森家里那个房间，无法忘记那个冰柜，无法忘记蜷缩在冰柜里的邢娜。

方木不知道自己这么做是否正确，甚至不知道是否有价值。

然而，做事之前，一定要考虑它是否有价值么？

周三下午，调查组第三次例会。

对邢至森的羁押即将超过法定期限，新闻媒体也始终紧盯着这件案子。如果再不尽快找到邢至森无罪的证据，市局只能以故意杀人罪向检察院移送审查起诉，而案件一旦到了法院，再为邢至森翻案的可能性就微乎其微了。调查组面临的压力很大，案件调查偏偏又毫无进展。所以与会者大多阴沉着脸，空气也非常凝重，似乎随时都会结成硬块，砸在每个人的头上。

正在大家听取肖望的外调情况汇报时，会议室的门忽然被推开了，一个人大踏步闯进来，直奔长桌一端的局长而去。

是郑霖。

局长皱皱眉头："郑霖，我们在开会，你先出去。"

"我知道，我就是为了这个案子来的。"郑霖脚步不停，径直走到局长面前，"我们有重大发现。"

询问室的面积不到10平方米，一下子涌进十几个人，立刻显得拥挤不堪。走在前面的局长感到了背后的压力，回身指指方木、肖望和郑霖等几个人："你，你，你，还有你留下，其他人都出去。"

室内显得稍稍宽敞一点之后，他转身面向桌前的年轻人，心平气和地问道："你是谁？"

年轻人抬起头来，方木马上和肖望交换了一下目光。

是景旭。

面对这么多警察，景旭显得有些局促不安，目光也游移不定。郑霖开口了："他叫景旭，是城湾宾馆的保安员，案发当天就是他值班。"

"哦？"局长转向郑霖，"你说的重大发现是什么？"

"录像带。"郑霖扬扬手里的一个档案袋，"这里清晰地记录了案发当天走廊里的情形。"

方木的眼睛一下子瞪大了，随即死死盯住郑霖手里的档案袋。他突然觉得自己已经知道了郑霖从城湾宾馆拿走的那些录像带的用途，但是方木还心存一丝侥幸……

"录像带？"局长诧异地转过头来，面向景旭，"不是因为监控系统调试，当天没有录像么？"

景旭看看局长，又看看郑霖，嘴唇嗫嚅着，似乎不知该怎么回答。

“是这样，当时有几个摄像头已经调试完毕了。”郑霖替他回答道，“其中就包括六楼南侧的一台——恰好正对着那条走廊。”

局长扫了郑霖一眼，又面向景旭：“当时你为什么不交出来？”

“我……”景旭低下头，“我……”

“他害怕受到报复，也不想让宾馆受到牵连。”开口的又是郑霖。

局长再次回头看了看郑霖，眉头皱了起来。

方木的心跳骤然加速，之前不祥的预感正一点点变成现实。

局长收回目光，挥挥手：“先看看录像带吧。”

录像带一共1小时40分。开头的1小时20分钟毫无特别之处，只是一条空荡荡的走廊，偶尔有穿着宾馆制服的服务员走过。下午4点13分的时候，一个高大的男子忽然出现在走廊里，虽然是背影，但从穿着的衣物来看，应该是老邢。

每个人都兴奋起来，目不转睛地盯着屏幕。男子进入624房间后，屏幕上暂时恢复了平静。然而这平静仅仅维持了2分12秒，624房间的门忽然打开，一个男子从里面疾奔而出，随即，老邢也追了出去。从房间里倾泻而出的阳光照亮了门口的地毯，方木看着那一块光斑，竭力想从那些起伏变化中分析出室内的情况。与此同时，他心中的疑团也越来越大。忽然，他的眼睛睁大了……

郑霖，你这个蠢货！

大约10秒后，画面的下方突然出现了三个人，所穿衣物混杂，但毫无例外地都戴着口罩。他们迅速进入624房间，又把门关上。1分20秒后，先是两人合抱着一个长条物从房间里出来，从外观看，应该是被毯子包裹的一个人。后面的人拎着一个鼓鼓囊囊的黑色塑胶袋。三人脚步不停，迅速从画面下方消失。

局长直起腰来，并没有立刻发表意见，而是用手托着下巴，沉思了半分钟。随后，他挥挥手让其他人出去，唯独把郑霖留了下来。

方木和肖望回到走廊里，肖望一脸兴奋："这下问题就简单了，有了这个证据，就能证明老邢的话了。"

方木苦笑了一下，没有答话，转身面向窗外。

天气已经很冷了，街头的树木都只剩下光秃秃的枝丫，行人们都衣着臃肿，抱着肩膀匆匆而过。他们都觉得很冷了吧，可是方木的心里，却比这初冬的空气更冷。

忽然，室内的声调高了起来，能隐隐听到局长在大吼："……你长着脑子是干吗的……你觉得现在还不够乱么？"

郑霖的声音夹杂在局长的吼声中，低沉却急促，似乎在解释什么，却越来越失去耐心。

方木回过头来，恰好遇到肖望的目光，后者显然也听到了争吵声，点烟的动作做了一半就停下了。两个人面面相觑。正在此时，会议室的门被猛然拉开了，一脸怒色的局长探出头来，在方木和肖望的脸上来回扫视了几遍后，指着方木喝道："你，进来！"

方木急忙走进会议室，听到局长在身后重重地摔上房门。面色同样阴沉的郑霖手叉着腰，扫了方木一眼就把头扭向另一边。

"好，小方，你来说说看，"局长没有面朝方木，而是咄咄逼人地看着郑霖，"你怎么看这录像带？"

方木心里明白，一切已经无法再隐瞒了，可是仍然忍不住看了看郑霖。郑霖终于回过头来，目光不再强硬，甚至有一丝祈求。

"你不用看他！心里怎么想的就怎么说！"局长冷冷地说道。

方木垂下眼睛，却清楚地感觉到局长和郑霖的目光都落在自己身上，甚至锐利到刺痛了自己的皮肤。

"那录像带是假的。"

"看看！看看！"局长夸张地举起双手，然后狠狠地拍在桌子上，"小方不是专业的技术人员，都能看出问题——你以为物证科的人都是傻子？”

郑霖没有理会局长，依旧死死地盯着方木：“你凭什么说是假的？”

方木抬起头，尽量用平淡的语气说道：“案发时间是下午4点左右，太阳应该在西南方，而624房间在正南方，所以，阳光不可能从房间的窗户一直照射到走廊里——你的录像带，应该是下午1点左右拍的。”

郑霖怔了几秒钟，整个人忽然晃了晃，最后倚着桌子勉强站住了。

“中午12点半拍的。”郑霖莫名其妙地笑笑，“好不容易找到的时间。”

说完，他的目光就散开来，盯着脚下的一块地砖，一动不动了。

沉默，在三人之间蔓延开来，渐渐浓稠，最后竟像有了沉沉的重量，压得人喘不过气来。

良久，局长开口了：“那几个演员是谁啊？依我看，有小海还有阿展吧？还有谁？”

面如死灰的郑霖抬起头来，刚要开口，局长就猛地一挥手：“行了，我不想知道——你随便找个什么借口把那小子打发走。这件事到此为止！不要再提了。”

郑霖的语气软了下来：“只要我们相信这录像带是真的，不就行了么？”

局长一脚踹翻了身边的椅子：“你他妈疯了吧？这是伪造证据！徇私枉法！你也想像老邢那样进去啃窝头是吧？”

正在这时，门被敲响了，随即，肖望小心翼翼地探进头来，小声对局长说：“谈完了么？”

“有事？”局长毫不客气地问道，“有就快说！”

“刚才……那个……”肖望一脸尴尬，“您最好下楼去看看。”

局长低声骂了一句，大步走了出去。

房间里只剩下方木和郑霖，气氛却更加凝重。方木默默地站了一会儿，低声问道：“为什么要这么做？”

郑霖重重地呼出一口气：“我跟老邢干了十几年，他出了事，我不能不管。”

“可是你做的这一切毫无意义！”方木忍不住低声吼道，“搞不好把自己都牵连进去！”

“我不怕！”郑霖猛地抬起头，目光炯炯地瞪着方木，“只要老邢没事，我做什么都行！”

“局长说的没错，”方木咬着牙，“你他妈果真疯了！”说罢，他转身欲走。郑霖一把拽住他的胳膊，方木用力甩了两下，竟然挣不脱。

“你告诉我，老邢到底对你说什么了？”郑霖的眼睛里是一种失去理智的狂热，“我们可以帮你！”

“我不会告诉你。”方木停止挣扎，低声说道，“因为我不相信你。”

“什么？你居然……”郑霖的脸扭曲起来，似乎有把自己的心肝挖出来给他看的冲动，“我们认识的时间不算短了……我们还共过事……”

“事情发展到现在……”方木用力掰开郑霖的手，一字一顿地地说道，“我谁也不相信！”

说罢，方木转身向门口走去，刚拉开门，却被当胸推了一把，踉跄了几步才勉强站住。

两个人闪了进来，回手关上了门。方木看看他们，也是熟人。

高个子、皮衣黑裤的是阿展，个子略矮、藏青色风衣的是小海。

“回答郑支队的问题，”阿展冷冷地说道，“否则就别走。”

方木看看他，又扭头看看郑霖，后者正抱着肩膀，皱着眉头回望着他。

方木笑笑，嘴边却立刻现出硬冷的纹路：“我要是不回答呢？”

“那就别怪我不客气。”小海从身后抽出一样东西，啪地甩开，是一把ASP警棍。

郑霖的眉头皱得更紧，却没有阻止小海。

“别让我们为难，方木。”他轻声说道。

“那就试试吧。”

一个声音突然从门口响起，紧接着，一个高大的身影迅速闪进了房间，站在了方木身边。

是肖望。

“新来的，这不关你的事，”郑霖冷冷地说道，“别自找麻烦。”

“关他的事，就关我的事。”肖望面无表情，手一直放在后腰里，“你可以试试看。”

郑霖的脸色变得铁青，他一步步走到肖望面前，几乎碰到了他的鼻子。

“我再跟你说一遍，这不关你的事。别自找麻烦。”

“呵呵，”肖望瞟了小海手中的警棍一眼，毫不退让地回望着郑霖，“在你们局里动手打架，我无所谓，但是你最好先解决你自己的麻烦吧。”

“哦？”郑霖脸上的凶狠一下子变成了诧异，“你什么意思？”

“局长让我叫你下去。”肖望的眼神中满是揶揄，“景旭在询问室里闹呢。”

一进询问室，方木就愣住了。

景旭赤裸着上身，胸口和手臂遍是瘀伤。他面前的桌子上摆着一个敞开的信封，里面是厚厚的一沓钱。

眼前这一幕显然也出乎郑霖的意料，足足半分钟后，他才回过神来。

“你干吗？”郑霖的声音虽低，却寒意十足，“脱衣秀？”

“他举报你暴力取证。”一直站在一旁默不作声的局长开口了，“还有……”

“还有徇私枉法。”

方木循声望去，一个西装革履的高大男子走了进来，身后跟着一个夹着公文包，戴黑框眼镜的小个子。

“金永裕，城湾宾馆的经理。”肖望凑到方木耳边小声说道。

“你是谁？”局长上下打量着他，冷冷地问道。

金永裕做了自我介绍，又指指身边的小个子：“这是我的律师。”

“你有什么事？”局长扫了一眼金永裕递过来的名片，随手放在桌子上。

“景旭是我宾馆的员工，我代他举报警察有暴力取证、收买证人、伪造证据和徇私枉法的行为，并要求追究相关人等的法律责任……”

“这跟你有什么关系？”郑霖打断了他的话，“你凭什么替他出头？”

“呵呵，那就要问你了。”金永裕慢条斯理地开口了，“你伪造了这份证据，接下来肯定要进行子虚乌有的调查，那将会对我宾馆的声誉和正常经营带来极坏的影响——我当然不能坐视不理。”

郑霖的脸红一阵白一阵，双手也捏成了拳头。他扭头看看景旭，后者冻得直哆嗦，看也不看郑霖一眼，脸上却是一副幸灾乐祸的表情。

“我小看你了，是么？”郑霖轻声问道，“你早就计划算计我了，对么？”

景旭盯着桌面，慢慢地说：“你不用威胁我，我是个守法公民。”

“行了！”局长眼见郑霖又要发火，急忙息事宁人，他转向金永裕，低声问道，“你想怎么样？”

“我刚才已经说得很清楚了。”金永裕依旧是一副胜券在握的样子，“如果您处断不公，我会向检察院和政法委反映这件事情。”

局长默默地盯着他看了几秒钟，忽然大声说道：“郑霖、阿展、小海，现在立刻交出你们的配枪和证件，从即日起停职接受调查。”

说罢，他面无表情地转向金永裕：“有结果了我会通知你。”

“好。”金永裕笑笑，站起身来，“我们会保留继续追究这件事的权利。”

景旭穿好衣服，跟着金永裕离开了询问室，走过郑霖身边的时候，他特意停了一下，看着郑霖那张木雕泥塑般的脸，嘿嘿笑了几声，扬长而去。

第十二章

百鑫浴宫

某电视连续剧拍摄现场。

一身时髦打扮的裴岚拖着一只拉杆箱，边走边擦拭着眼角，一个高大英俊的男子从后面追上来，一把抓住裴岚的胳膊，激动地说着什么。裴岚摇头、哭泣，最后把头埋在男子的胸前，双手环绕住他的腰……

“停！这一条过！”一个导演模样的家伙从监视器前站起身来，从脸上的表情来看，似乎并不满意。

“准备下一场。”导演转向裴岚，“裴岚，情绪再饱满点，OK？”

“嗯。”裴岚懒懒地应道。化妆师急忙上去给她补妆，裴岚的视线却被片场外缓缓驶来的一辆黑色奔驰轿车吸引住了，脸上也有了一丝亮色。

车上下来一男一女两个人，女人手里还拎着一个大号的保温壶。男人是梁泽昊，他一边熟稔地和剧组工作人员打招呼，一边指示保姆把保温壶送到裴岚的化妆车里。走到裴岚面前，梁泽昊笑嘻嘻地问道：“宝贝，今天好么？”

不等裴岚回答，旁边的一个女演员插了一句：“梁哥，又来送汤了？对裴姐真好呀。”

“是啊。”梁泽昊上下打量着她，最后把目光停留在对方高耸的胸部上，“紫嫣最近又漂亮了啊。”

女演员咯咯地笑起来，故作媚态地瞟了梁泽昊一眼。裴岚面露愠色，把脸扭向另一边。

女演员不无得意地撇撇嘴，轻描淡写地说了句“不妨碍你们聊天了”，就扭着腰肢款款离去，走出几步，不忘又意味深长地回头抛个媚眼。

梁泽昊一直色迷迷地看着女演员的臀部，直到忍无可忍的裴岚干咳了一声，才恋恋不舍地收回目光。

见裴岚的脸色很难看，梁泽昊低声说了几句好话。哄了一会儿，看裴岚的脸上丝毫没有放晴的迹象，梁泽昊也没了耐心，说了句“记得过来喝汤”，就一头钻进化妆车里。

裴岚不用猜就知道梁泽昊去干什么了，想到他又和那些急于攀上高枝的女演员们打情骂俏，心中越发妒恨。草草打发走化妆师，裴岚感到胸闷气短，站起身来，想出去走走，刚迈出几步，就听到周围一片尖叫和按动快门的咔嚓声。

是围在片场外的影迷。裴岚的脸上迅速更换为自信、欢快的笑容，步履轻盈地走过去。

此刻，也许只有这些狂热的人才能慰藉自己的心灵，裴岚耐心地接过一个个本子，龙飞凤舞地签上自己的名字。忽然，她想起曾在另一个简陋无比的本子上签下的名字，还有那个有着锐利却温暖的眼神的警察。

那一瞬间，她的心也跟着暖了一下。

虽然还没到放学的时间，第六小学门口却已经挤满了等候的学生家长，各式各样的汽车、电动车、自行车满满当当地排列在马路两侧。路过的行人们无不侧目，了解原委后，却都报以宽容的一笑。

儿童频频失踪的事情已经传到了C市，谁也不想让厄运降临到自家宝贝的头上。

街边的一家快餐店里，方木一边盯着人头攒动的第六小学门前，一边小口啜着已经冰冷的杯装豆浆。收银的女孩子不时好奇地看看这个奇怪的客人，他已经在这里坐了一个多小时，除了吸烟，就是喝那杯似乎永远也喝不完的豆浆。天气已经很冷了，快餐店的窗户上蒙着一层水汽，他不时用手擦出一块儿干净的玻璃，似乎是在外面寻找着什么人。女孩子低头看看手里叠得整整齐齐的毛票，心想一定有人欠他的钱。

时针慢慢走向下午5点，女孩子有点急了，再过一会儿，第六小学就该放学了，有不少家长都会带着孩子来这里吃点东西，这家伙在这里占着座位，要影响生意的。她正在犹豫该怎么让他离开的时候，客人忽然起身，一路小跑冲出了门外。

方木在等候的家长中挤来挤去，瞄准一个穿灰色风衣的男子，一把拽住了他的胳膊。

老鬼回过头来，看到是方木，脸上立刻露出一副刚撞了墙似的表情。不等方木开口，他就连连小声告饶：“别在这儿，别在这儿——我儿子就快放学了。”

女孩子刚刚收走那讨厌的客人留下的豆浆，就看见他又拽着一个满脸苦相的男子走了进来。女孩子本能地问了一句“先生来点什么”，却被他毫不客气地一句“等会儿再说”草草打发掉。女孩子噘噘嘴，一脸不高兴地回到收银台前。

方木把老鬼按坐在椅子上，直截了当地问道：“为什么不接我的电话？”

“没听到啊。”老鬼目光游移，“我每天也挺忙的……”

“我让你打听的事情，有消息么？”

“没有。”这个问题老鬼回答得倒干脆利落，说罢就欲起身，“对不起啊——我得接孩子去了。”

方木不由分说，又把他按在座位上。老鬼有些急了，看到方木冰冷的眼神，又软了下来。

“你放我走吧，老大。”老鬼冲方木连连作揖，“我那前妻的脾气你也知道，一个月啊，我只有今天能看看孩子……”

“好啊。”方木慢条斯理地点燃一支烟，“那就跟我说实话。”

老鬼小声骂了一句，看看手表，又换上了一副无赖的嘴脸：“你先给我买杯水——我要喝珍珠奶茶。”

“行。”方木站起身来，一只手指着老鬼的鼻子，“你要是敢跑……”

“哎呀，我不敢啊。”老鬼不耐烦地挥挥手，眼睛始终盯着校门口，“你就快点吧。”

付钱的时候，收银的女孩冲他翻了个很大的白眼，方木有些莫名其妙。当他看到女孩把所谓的“珍珠”倒进塑料杯子时，心中不由得一动。奶茶冲好后，方木向女孩要了一根最粗的吸管，回到了座位上。

老鬼好像真的渴坏了，也不顾烫嘴，连喝了几大口，边嚼着“珍珠”边嘀咕：“你别说，这玩意儿还真好喝。”

“说吧，你都打听到什么了？”

“那个姓丁的没下落，最近谁也没看到过他。估计是跑了。”老鬼压低声音，“至于老邢的事儿，道上的人都知道他被摆了一道，听说跟老邢正在查的案子有关。”

“什么案子？”

“具体的不知道，据说跟丢小孩的事有关系。”

方木想了一下，又问道：“庄家是谁？”

“具体的不清楚，只知道是本地的。”老鬼看看四周，低声说道，“方警官，你这人不错，我好心提醒你一句……”

“嗯？”

“那伙人不好惹，据说根子很深。老邢那样的人物都能被扳倒，更何况你了。”老鬼颇有些苦口婆心的味道，“我看你就别蹚这趟浑水了，别把自己也搭进去。”

“哦？”方木挑起眉毛，“这么说，你还是知道些内情啊。”

“没有没有。”老鬼慌忙移开目光，“我可什么都不知道。”

“跟我说实话。”方木眯起眼睛，慢慢地说道，“你应该清楚你骗不了我。”

老鬼干笑几声，表情却更加紧张。为了掩饰，他端起奶茶大口吸着，忽然，他被一口奶茶呛住了，紧接着就两眼圆睁，用手在喉咙上抓挠起来。

方木扫了一眼堵在吸管里的“珍珠”，一动不动地看着老鬼在面前挣扎。

老鬼的脸已经憋成了紫色，眼珠几乎要暴出眼眶。他站起身来，不顾一切地用手指在嘴里胡乱抠着，下巴和胸前全是黏糊糊的口水，可是那粒要命的“珍珠”依旧卡在气管里。收银的女孩子想过来帮忙，却被方木做出的严厉手势吓得站在原地不敢动弹。老鬼狂怒地瞪着方木，想跑出去找人。刚站起来，方木就一脚把桌子踹过去，正顶在老鬼的胸口。方木死死地踹住桌子，老鬼被顶在椅子上动弹不得，又说不出话，连连对方木合十作揖。方木从衣袋里掏出记事本和笔，扔在他面前。老鬼飞快地抓住笔，在记事本上草草写了几个字后，抬头冲方木疯狂地比画着自己的喉咙。

方木松开脚，绕到老鬼身后，双手环绕他的腰，然后左手握拳，拇指顶住老鬼的胸廓和上腹，用右手抓住左拳，快速向上压迫老鬼的腹部，如是几次后，老鬼终于剧烈地咳嗽起来，一颗“珍珠”也被他吐到桌面上，弹跳了几下后，滚到墙角处。

等到他的咳嗽声稍微减缓些，方木拿起那杯奶茶示意他漱漱口，老鬼连连摆手，上气不接下气地说：“不敢了，不敢了。”方木笑笑，让看傻了的女孩子端一杯清水上来。

老鬼喝了几口水，脸色也恢复了一些。方木递过去一支烟，问道：“没事吧？”

“没事。”老鬼仍然是一副心有余悸的样子，“妈的，差点把我憋死。”

方木拍拍他的肩膀，翻开记事本，指着歪歪扭扭的“百鑫”两个字问道：“这是什么意思？”

“没意思。”老鬼闭上眼睛，向后一靠，“瞎写的。”

方木没有做声，而是一直盯着老鬼的脸。

“你盯着我也没用。”老鬼把脸转向另一侧，“我可不想死得太早。”

这时，一大群小学生涌进了快餐店，叽叽喳喳地买鸡翅、酸奶、冰淇淋，其中一个小学生无意中向这边扫了一眼，迟疑地叫了一声：“爸爸？”

老鬼的身子一震，立刻睁开眼睛，满脸堆笑：“洋洋！”

洋洋满脸狐疑地走过来，很不友善地盯着方木。老鬼眉开眼笑地蹲下，一把抱住儿子。

“想吃什么？爸爸请客！”忽然，老鬼脸色一变，“就是不许喝珍珠奶茶。”

洋洋挣脱了老鬼的怀抱，又看了看方木，皱起眉头：“他是警察吧，你又犯什么事了？”

“没有啊。爸爸一直在……你知道的……”老鬼急得语无伦次，“爸爸跟你发过誓的……”

“你爸爸没做坏事。”方木开口了，他也蹲下身子，拍拍洋洋的头，“他在帮警察执行一项秘密任务。”

“什么任务？”洋洋还是半信半疑。

“我不能告诉你，因为这是秘密任务。”

“行，其实我爸挺能干的。”孩子还显得挺大度，“那我要不要装作不认识你们？”

“那倒不用。”方木笑笑，“你去买吃的吧，叔叔请客。”

洋洋兴冲冲地跑了。老鬼松了口气，臊眉搭眼地说了句“谢了”。方木没回话，伸手从钱包里掏出5张百元大钞递给他：“线人费。”

老鬼没客气，大大咧咧地揣进兜里，转身要走，方木又叫住他：“等等。”

老鬼摆出一脸苦相：“我真的什么都不知道啊，方……”

“拿着。”

老鬼愣住了，递到眼前的是200块钱。

“天冷了，给你儿子买双鞋。”方木向不远处的洋洋努努嘴，“你看看，都露脚趾头了。”

老鬼犹豫了一下，还是接了过来，表情却更复杂，似乎走也不是，留也不是。

“走吧。”方木移开目光，挥挥手，“你儿子等你呢。”

老鬼又站了几秒钟，然后咂咂嘴，把钱紧紧地捏在手里，仿佛下了很大决心似的低声说道：“方警官？”

“嗯？”

“前段日子，有人看见姓丁的去了百鑫浴宫，之后就再没见他出来过。”

方木猛地扭过头来，盯着老鬼看了几秒钟，悄悄地松了一口气：“谢了。”

老鬼耸耸肩膀，似乎挺难为情地嘟囔了一句“你自己多保重”，就拉着儿子走出了快餐店。

百鑫浴宫位于二环外，地处城乡接合部，法定代表人叫李守庆，男，47岁。从税务机关调取的资料来看，百鑫浴宫每个月都按时申报纳税，而且缴税额都不小，似乎经营得红红火火。可是方木第一次来到百鑫浴宫的时候，却吃了一惊。

所谓百鑫浴宫，只是一个二层小楼，从外表看，似乎曾装修得富丽堂皇，但是由于长期缺乏修葺，那些浮雕精饰已经变得斑驳破旧。方木绕着百鑫浴宫走了一圈，发现所有的窗户都被厚实的窗帘遮挡着，里面的情况无从得知。正门处贴着一张已经发黄、变脆的白纸，上面写着“停业装修”。

方木想了想，转身去了马路对面。那里有一个修自行车的摊位。方木给修车的老人点了一支烟，攀谈了几句后，就问他百鑫浴宫的情况。老人说，他在这里修车已经有几个年头了，百鑫浴宫开始建设的时候，他就在场。可奇怪的是，外墙装修好之后，施工人员就撤离了，此后再没有人来过这里，也就是说，这家浴宫从来没有开张营业过。

方木心里有了数，回局里后，他查了一下李守庆的资料，果不出所料。李守庆确有其人，身份证号码也对得上，但他是河北省固安县的普通农民，一生都未曾踏出固安县半步。

很显然，在法律上正常营业且照章纳税的百鑫浴宫只是一个空壳，其存在的价值肯定是违法的，最大的可能是洗钱，还有……

方木不愿再想下去了，因为丁树成很可能就在百鑫浴宫里。

夜晚之所以是夜晚，是因为没有阳光普照大地。然而光还是有的，只不过是从各式各样的灯具中倾泻而出。有的温馨幽暗，比如床头的小小光亮；有的狂暴躁动，充满戾气，比如夜色中的各种霓虹招牌。它们好似这深夜里的城市，蠢蠢欲动，只顾瞬间的绽放，全然不想明天的太阳何时升起。

这样的夜里，总有些人睡不着，有些人不想睡。

他躺在看守所冰冷的床板上，仰望小小的气窗透进的微微月光。

她悄悄离开身边鼾声如雷的男人，在黑暗的客厅里点燃一支烟，思念那个只相处了几个小时的警察。

他坐在吉普车的驾驶室里，疲惫地盯着不远处的二层小楼。

而她们，紧紧地簇拥在一起相互取暖，在已沉默地耸立了千年的石林中，倾听潺潺流水。

每个人都是孤魂野鬼，游荡在葬送一切的时间里。

景旭也没有睡。他想睡，又不甘心去睡。每一秒都是新生，每一秒都是末日。他厌倦身边每一个女人的大腿和乳房，又不停地抚摸，似乎下一刻就会永远失去，实际上却从未真正占有。

在面对最终的宿命之前，他要及时行乐。

金永裕推开包房的门，面前的淫靡景象让他微微蹙眉，又觉得好笑。四个一丝不挂的女人围坐在景旭身边，而包房里唯一一个衣着完整的人也正是他。见有人进来，已经被酒精和K粉彻底麻醉的景旭显得有些迟钝，看清来者后，他只是微微点头，并没有起身。

金永裕挥挥手，女人们识趣地各自寻找自己的衣物，草草穿好后，依次离开了包房。

金永裕坐在景旭身边，看看他面无表情的脸，一时竟不知该说些什么，只得把目光投向包房里不停闪烁的液晶电视上。白种女人在黑人男子身下歇斯底里地叫喊着，虽然刺激，但也很快就让人索然无味。

“爽么？”金永裕点燃一支烟。

景旭依旧呆呆地看着屏幕，隔了好久才微微地点了点头。

“那就好好玩。”金永裕从西装内兜里掏出一个厚厚的信封，放在酒桌上，“老板给你的。”

景旭的眼珠缓缓地转向那个信封，停留了几秒钟后，又扭过头去，几乎难以觉察地点了点头。

金永裕笑笑，按熄了烟头，站起身来说道：“开心点。老板还是赏罚分明的。”说完，他就拉开包房的门走了出去。

这时，一直只用点头表达意愿的景旭突然开口了。

“我要女人。”他一字一顿，清晰地说道，“再换四个。”

金永裕站在门口愣住了，随即就简短地回答道：“好。”

然后，他关上包房的门，转身对门口的服务生说：“再给他找四个小姐，不要刚才那四个。”

“啊？”服务生面露难色，“金哥，小姐们说景哥玩得太狠了……”

金永裕没说话，抿起嘴看着服务生。后者在金永裕的目光下慌张起来，最后倒退几步，垂下眼睛说道：“我现在就去安排。”说罢，就沿着走廊一路小跑而去。

金永裕哼了一声，刚要走，衣袋里的手机就振动起来。他按下通话键，只听了几句，脸色就变了。挂断电话后，他拨通了另一个号码。

“老板，”刚一接通，他就急不可待地说道，“‘笼子’那边有情况！”

时间已经过了凌晨2点，这条本来就人迹罕至的路显得更加幽静。方木捏扁空烟盒，拎起背包，起身下了吉普车。

百鑫浴宫周围已经长起了密密麻麻的荒草，脚踩上去，刷拉刷拉的声音在午夜里显得更加清晰。偶尔响起清脆的碎裂声，估计是踩到了废旧的玻璃碴。每到这时，方木就会驻足四顾，仔细倾听周围的声音。然而周围一片寂静，除了远处隐隐的犬吠之外，再听不到半点声息。

方木缓步来到一面窗户前，伸手从背包里掏出破窗器。他把吸盘固定在玻璃上后，用玻璃刀割出一个直径约半米的圆形，然后小心翼翼地把玻璃取下。刚拨开那厚重的窗帘，方木的手就停了下来。

穿过那布满灰尘的绒布，方木摸到了冰冷的铁条。不出所料，窗子里还有护栏。

方木把破窗器卸下来装好，起身绕到楼后。那里有一座一米多高的室外平台，平台南侧是一扇铁门，估计是后厨的位置。

方木拧亮手电，只见一根粗粗的铁条横贯在铁门中间，一把大铁锁加于其上。方木掂掂铁锁，满手的锈蚀与冰冷。方木从背包里取出撬棍，插进两条锁臂里，用力扭了两下，铁锁应声而开。

方木立刻蹲在原地，确认四周无人后，才轻轻地拉开铁门，走了进去。

进入室内，方木发现自己置身于一个10平方米左右的水泥房间里。没有窗户，四处散落着一些食品包装袋、鸡蛋壳和酒瓶。从地上摆放的煤气炉灶来看，这里的确曾是个厨房，但显然不是为了浴宫的经营所建的。

房间对面是一扇木门。方木走过去，试探着拉了一下，木门吱吱呀呀地打开了。一阵寒气扑面而来，前方似乎是更大的一片空间。

方木边走边用手电四处照射，脚下是一段四阶楼梯，下面则是一个200平方米左右的大厅，从地面中间的两个方形大坑来看，这里应该是浴池。方木一边走，一边留心脚下的水泥块和木条。室内仍然是一副刚刚竣工的样子，甚至都没有清理一下。

走到大坑边，方木随手向坑里照射了一下。所谓“浴池”，里面甚至连瓷砖都没有贴，只是用水泥草草地抹平了事。借助手电筒的光芒，方木看见浴池底部胡乱堆放着一些草垫和被子似的东西，他的心里一动，抬脚跳了下去。

刚一落地，方木就感觉自己踩到了一堆软绵绵的东西，仔细一看，是卷在一起的，脏得分不出本色的被子。方木蹲下身子细细翻看，又拽出草垫中的几根草，用手指捻了捻。

略有潮湿，但并未腐烂。

方木站起身来，皱了皱眉头。这里显然曾经有人住过，但肯定不是当时建设房屋的工人，否则在这么潮湿的环境下，几年时光过去，那些草垫早就腐烂了。方木看看废墟般的大厅，无论是谁住在这里，境遇肯定都凄惨无比。

方木从坑边随手拽过一根木条，翻动着那些破烂的棉絮。因为潮湿，草垫和被子都沉甸甸的，即使在如此的低温下，仍能闻到一阵阵刺鼻的味道。几分钟后，方木挑起一块破烂不堪的布片，在手电光下，破布上仍有些桃红色依稀可辨。这应该是一件衬衫，从尺寸上来看，它的主人似乎身形娇小。

方木扔下木条，咬了咬牙。如果他没猜错的话，这里曾经住过的就是那些被拐卖的女孩。

浴池北侧是一段未封闭的楼梯，方木跳出大坑，沿着楼梯上了二楼。二楼的情形和一楼差不多，遍地是建筑垃圾。中厅的位置是一大片空地，貌似休息大厅。四周则是一圈小房间，估计是做包房之用。方木逐一查看过去，除了一个简易的卫生间之外，其他房间都大同小异。转入东侧走廊时，眼前的情景却大不一样。

相对于其他地方，这里要乱得多。破碎的桌椅、酒瓶随处可见。一段钢架从开裂的天花板上垂下来，泛着幽幽的寒光。手电光从墙面扫过，只见上面布满了痕迹。方木凑过去，能看出有些是砍刀、铁棍之类砍砸出的痕迹。而其中一个圆洞，显然是弹孔。在一面墙上，方木发现了一片干涸的褐色液体，看上去仍有黏稠的质感。从高度分析，应该是面部遭重创后，血液喷溅上去形成的。

方木在四周扫视了一圈，又发现了不少血迹。他的手有些抖。很显然，这里曾发生过一场惨烈的撕斗。喷洒出如此多的血液，无论战斗人数多少，必有伤亡。

至于伤亡者可能是谁，方木不愿去想，他强迫自己迈开脚步，继续查看下一个房间。

刚刚把手电光投射到房间里，方木的眼前却突然一暗，一个人影出现在面前，双手平端，黑洞洞的枪口正对着自己！

中埋伏了！

方木立刻关掉手电筒，转身避开门口，后背死死地贴在墙壁上，同时在背包里疯狂地翻找着。当他把撬棍握在手里的时候，才意识到手心里已经攥满了冷汗。

他同时也发现，对方并没有开枪，甚至都没有移动。

方木用手扶扶顺着汗湿的鼻梁滑下来的眼镜，拼命让自己骤然急促的呼吸平复下来，同时竭力仔细听对方的动静。然而对方似乎很有耐心，始终默默地站在房间里。

方木忍不住了，大喝一声："谁在里面？放下武器出来，我是警察！"

他的声音在空旷的走廊里被放大数倍，在墙壁间弹来弹去，最后消失。之后便是长久的沉默，也许是1分钟，也许是10分钟，或者更久。

对方始终没有回应。

方木渐渐感觉蹊跷，如果对方设伏，应该不止一人，耽搁了这么久，同伙应该早就过来了。而且对方刚才明明有机会开枪，为什么却不动手呢？

方木心一横，蹲下身子，悄悄地挪到门口，转身，猛地按亮手电筒向斜上方照去。

对方的脸被罩在强光下，方木本打算趁此机会把撬棍甩过去，打他个措手不及，然而当他看清那张脸后，却忘记了所有的计划，只发出一声惊呼。

那是一张死人的脸，尽管他半睁的双眼已暗淡无光，尽管整个面部已经肿胀变形，尽管一道横贯脸颊的伤口已经像小孩的嘴唇一样外翻开来，方木还是认出那就是丁树成。

他为什么会在这里？

是谁杀死了他？

是杀人灭口还是因为身份暴露而牺牲？

太多的问题一下子涌入方木的脑子里，他愣在原地，好不容易回过神来，急忙收好撬棍，疾步走到丁树成的尸体旁，用手电筒上下照射着。

丁树成应该已经死了很久了，尸体已经开始腐烂，只不过近期的低温延缓了腐烂的速度，从他的尸体上，仍然能看出死前的惨状。

他的头发纠缠在一起，布满干涸的血块，头皮上的裂伤已经被黑褐色的血痂糊住，看不清具体的大小和深度。他的双眼微睁，眉毛上扬，似乎在生命逝去的前一刻还在努力看清前方。他的脸上有一道被利器砍劈过的伤口，深可见骨，在被劈裂的上唇的缝隙中，牙齿隐约可见。由于尸体已经腐烂，体内充盈的气体让他身上的衣服被绷得紧紧的，也让至少三处贯穿而过的枪伤一览无余。其中任何一处都足以让一个强壮的男人彻底失去反抗能力，而丁树成却始终站着，依托在身前的一个铁架子上，双手握着一支54手枪，直直地瞄准前方。

这个人，在生命离他而去的瞬间还在战斗。

方木顺着丁树成手中的枪所指的方向望去，那里空无一物。然而方木却想起走廊里的一片狼藉和大摊的血迹。

他最后还是死了，不过他的对手肯定也付出了惨重的代价。

方木叹了口气，伸手去拿他手里的枪。拽了两下，竟拽不动，心中更是充满疑虑。再用力时，丁树成的尸体动了动，尸体脚下立刻传来窸窸窣窣的声音。

方木用手电筒照了一下，只见丁树成的脚边散落着一大堆空方便面袋，还有一些被撕开的调料包，能看出里面的肉酱被舔舐得干干净净。方木的心中陡生疑惑，难道……

这时，方木眼角的余光中突然出现了异常：墙角处的一堆破棉絮忽然动了动！

方木急忙用手电筒照射过去，那堆破棉絮下的东西在强光的刺激下停止了蠕动，但是很快又动了起来。几秒钟后，一张脸露了出来。

方木震惊得无以复加，竟忘了拿出撬棍自卫。而那个人似乎也对方木没有敌意，甚至对方木的存在毫不在乎，径自从破棉絮中爬起来，蹒跚着走到丁树成的尸体脚下，蹲下身子在那堆包装袋中翻翻找找。

这是个孩子，而且是个女孩。方木看着她不足1.5米的身高和一头脏乱的长发，越发惊讶。

女孩从那堆垃圾中翻出一个矿泉水瓶，里面还有小半瓶水，颜色污浊。女孩拧开瓶盖就喝，方木连忙想阻止她，可是女孩只喝了一小口就放下了瓶子。不过从她脸上的表情看，不是因为嫌水肮脏，而是不想浪费。喝过水后，女孩继续全神贯注地在垃圾堆里翻找，最后捡起一个方便面袋，用舌尖舔食着里面的一点碎渣。

方木蹲下身子，想了想，低声问道："你是谁？"

女孩对方木的提问毫无反应，一心一意地嚼着嘴里的食物。方木连问了几遍，女孩都没有回应。

方木皱皱眉头，伸出手去，试图把女孩拉起来。指尖刚刚碰到女孩的手臂，女孩就像被烫了一下似的跳起来，连滚带爬地躲在丁树成的尸体后，死死地拽住他的衣角，惊恐万状地看着方木。

方木急忙缩回手，低声解释道："别怕，别怕，我不会伤害你。你叫什么？"

女孩不说话，竭尽所能地把身子缩在丁树成的尸体后面。仿佛那就是自己的保护神。

忽然，方木觉得自己理清了事实的真相。

丁树成站在一楼的大厅里，满脸警惕地看着正在往自己身边聚拢的几个人。他们面目模糊，然而充满杀机。在那个大坑边，女孩正在被另一个男人拽出来，她连踢带打，却丝毫没有作用。

丁树成不住地看向女孩，手慢慢伸向腰间。这时，面前的一个男人动手了，丁树成一脚把他踹翻在地，同时向女孩跑去。抓住女孩的男子急忙松开她，伸手去腰里摸枪。丁树成开枪了，男子仰面翻倒。刹那间，大厅里子弹翻飞，女孩失声尖叫。丁树成一把拽住她，却发现入口已经被拦住，只能向楼上跑去。

二楼曲折的走廊里，丁树成且战且退，弹雨中，身边的墙壁上不时飞溅起火花。女孩跌跌撞撞地跑着，大哭，尖叫。丁树成边护着她边开枪。有人惨叫着倒下去。突然，从一个包房里蹿出几个人，丁树成举枪，却发现子弹已经打光了。寒光闪闪的砍刀迎面劈在他的脸上。丁树成痛极狂呼，随手捡起一根铁条胡乱地抡开来，有人的头被砸中，鲜血四溅。好不容易冲出包围，丁树成拽着女孩躲进了一间包房，又拉过几个铁架堵在门口。他把女孩藏在自己身后，换上弹夹后，推弹上膛。女孩的手拽着他的衣角，在剧烈地颤抖。丁树成回过头，努力想挤出一个笑容，让女孩不要害怕。然而那笑容只是从破裂的嘴唇中，露出被血染红的牙齿。有人在包房门口露头，丁树成毫不犹豫地扣动扳机。没打中，子弹撞进对面的墙壁里，发出沉闷的钝响。这一声枪响后，战场上出现了暂时的平静。有人的手机在响。有人在小声却急促地解释着什么。随即，丁树成听见拖拽尸体的声音，搬动重物的声音，以及楼下铁门发出的沉重的撞击声。

他什么都听得到，却渐渐失去了思考的能力。他觉得冷，从身上的几个洞流淌出去的，是一点点流逝的生命。他只知道要靠在这个铁架上才站得住，只知道端着枪，自己和身后的女孩就暂时没事。他只知道必须得说点什么，才能让自己和女孩有信心撑下去。

“我是警察。没事。别害怕。”

他反复念叨着这句话，尽管在女孩听来，那只是一些含糊不清的音节。

当这些音节越来越低，最后渐渐消失之后，女孩发现挡在她身前的人已经变得冰冷僵硬。她站起身来，在寂静无声的小楼里寻找出口。然而，她摸到的每一扇窗都带着铁条，每一扇门都被紧紧锁住。饥饿和干渴让她忘记了恐惧，忘记了哭泣，转而拼命地搜寻可吃的东西。

她不知道几乎所有的食物和饮用水都被带走了，自来水管也被切断，她不知道日夜都有几只眼睛在监视着这栋小楼，她不知道对方的目的是把他们活活困死在小楼里，她不知道对方只有认为自己的目的已经达到时，才会重新打开大门，处理掉已经毫无威胁的他和她的尸体。

她每天只是竭尽所能地寻找任何一点可能残存的食物，去卫生间接一点水管里残留的锈水。然后，她会回到那间包房，躲在一堆破棉絮里，看着眼前那个依旧站着的人。尽管他始终一动不动，尽管他已经开始发臭，但是只要有他在，她就会觉得安全。

直到一支手电筒把光线投射到她的脸上。

方木深吸一口气，抬头看了看丁树成那张支离破碎的脸，强忍住内心的汹涌澎湃，竭力用一种平静的语气对女孩说：“走吧，我带你出去。我是警察。”

女孩似乎已经失去了对语言的理解能力，然而，仍然有些词语让她感觉熟悉。她的眼神渐渐活泛起来，肮脏的小脸也从丁树成的腿后缓缓露出。

然而方木的表情却一下子僵住了！

他在女孩明亮的双眼里看到两团飞舞的火！

方木急忙转身，刚好看到一个燃烧瓶撞在门口的墙壁上，在发出清脆的碎裂声的同时，大火腾地在房间里烧起来。

方木来不及多想，几步跳到门口，刚迈入走廊，迎面就看见一个燃烧瓶飞过来。方木急忙一闪身，燃烧瓶摔在身后几米处，瞬间就火光一片。

方木向燃烧瓶飞过来的方向望去，浓烟和烈火中，一个人影若隐若现。方木大声喝问道："谁？"

对方没有回应，转身跑下楼去。同时，碎裂声在一楼不断响起，每响一声，就会有一片火光亮起。

方木有些慌了，急忙奔回房间，拎起背包，又拽起女孩的手。女孩却挣脱开来，拼命往丁树成的尸体后面挤。

方木看看丁树成那张伤痕累累的脸，咬咬牙，弯下腰，把他的尸体扛在肩膀上。

兄弟，我带你回去。

走廊里已经烈焰熊熊，刚走几步，方木就感到热浪袭人。走廊两侧的包房里也许有人埋伏，也许没有。方木已经顾不得这些了。对他而言，被活活烧死在这里或者被一记冷枪放倒，也许后者更痛快些。

刚踏上楼梯，方木就看到几个人影在入口的铁门处晃动。情急之下，方木大喝一声"别走"，对方听到后，却齐齐地跑出铁门，随即把门关严。

方木连滚带爬地跑下楼梯，他失去平衡，刚踏上地面就摔倒在地，左膝一阵剧痛。他顾不得查看伤势，连拖带拽地拉着丁树成的尸体和女孩挪到门前，伸手猛推几下，铁门却纹丝不动。方木知道对方已经把自己锁死在小楼里，不禁心头大乱。他掀起丁树成的手，试图把枪拽出来。努力了几次，枪却始终死死地被那只僵硬的手握住。方木只好抬起丁树成的胳膊，尽量瞄准可能悬挂着门锁的位置，连开两枪。“当当”两声脆响后，弹头被反弹了回来，差点打中方木。

看来破门而出已经不可能，方木摸出手机，却发现一点信号都没有，连紧急呼叫都拨不出去。

方木大声骂了一句，半蹲下身子，紧张地在浓烟中四处张望着。辨清方向后，他扛起丁树成的尸体，扯着始终紧紧拽着丁树成衣角的女孩，跌跌撞撞地向后厨跑去。

那里是唯一可能的出口。方木一边气喘吁吁地跑着，一边暗暗祈祷自己撬开的那扇铁门不要被人发现。

充斥在小楼内的浓烟越来越厚重，方木渐渐感到呼吸困难，喉咙里仿佛被人塞了一大把稻草一样。丁树成的尸体似乎有一吨重，从创口中渗出的体液流淌进方木的脖子里，又被火焰烤干，硬硬的像结了一层痂。前方的路已经完全看不清了，浓烟熏得方木睁不开眼睛，只能靠摸索墙壁来寻找后厨的木门。当他终于摸到那个被火焰烤得滚烫的门把手时，几乎要欢呼出声。

方木猛地拉开那扇门，后厨的烟雾相对要稀薄一些，对面墙上的铁门依稀可辨。方木扑到铁门前，用力一拽，心下却立刻一片冰凉。

它也被锁死了。

方木再也支撑不住，一屁股坐在了地上。

完了。

丁树成的尸体侧躺在地上，右臂被压在身下，头微微偏着，看上去很不舒服。可是他感觉不到，不知这是不是该算种幸运。浓烟不停地从敞开的门里灌进厨房，方木看着丁树成的尸体，视线越来越模糊，内心却越发安详。

到此为止吧，我尽力了。

对不起，老邢。

对不起，邢娜。

对不起，丁树成……

忽然，方木从浓烟中看到了两点光亮，渐渐模糊的意识竟有所醒转。

是那女孩的眼睛。

她一动不动地看着方木，目光中有信任，有期盼，还有鼓励。

在那些漆黑的夜里，你也是这样看着丁树成吧。

方木的双脚暗暗用力，一点一点，终于站了起来。

他已经死了，我还没有！

最后的希望在窗户那里——方木勉强理清了思路——如果把那条窗帘拉开，就可以得到新鲜的空气，也许可以撑到救援人员到来。

然而，在浓烟滚滚的小楼里，从后厨走到窗前，已经是一个无比艰巨的任务。

方木费尽全力才把丁树成的尸体弄到肩膀上，女孩依旧拽着丁树成的衣角，乖乖地跟在方木身后。

方木蹒跚着走出门口，摸着墙一步步向外走去。沿着墙走，就一定能找到窗户。浓烟已经让他完全睁不开眼睛，索性就紧紧闭上。谁知刚走出几米却一脚踩空，当他猛地回忆起这是那段四阶楼梯时，已经连人带尸滚落下去。

这下把方木摔得不轻，一时间，体力完全透支的他甚至没有力气爬起来。足有半分钟后，他才慢慢坐起，却发现自己已经失去了方向。前后左右都是浓烟和跳动的火光，严重缺氧也让他的意识越来越模糊，只能徒劳地在原地向四面胡乱摸索着。

唯有身下的地面坚实无比，双手可达之处皆空空如也。

方木生平第一次感到如此恐惧。

这是真正的无能为力。

这是真正的无路可逃。

突然，一阵金属弯折的吱嘎声和大块玻璃的碎裂声在斜前方响起。几近绝望的方木循声望去，只见满屋的浓烟正朝一个方向席卷而去，仿佛那里凭空出现了一个大吸油烟机。方木立刻觉得眼前清爽了不少，等他看清那里的情形时，精神更是为之一振。

那扇窗户被拽开了！

来不及多想，他拽起丁树成的尸体，连滚带爬地向那里奔去。

窗帘已经被拽掉，窗户里加装的铁制护栏也已经被拽得变了形，却仍未脱落，可见初装时有多么坚固。护栏上有一个铁钩，上面还连着一段已经断掉的绳子。方木抬头向窗外望去，刚好看见一辆闪着尾灯的车拐过街角。

看来是有人开着车，从方木割开的那个洞里把铁钩钩在护栏上，然后拽开了它。至于这个人是谁，他的动机和目的如何，方木已经无心去想。他看向已经变形的护栏，虽然还固定在墙面上，但是已经被拉开了一条缝隙，应该可以容许一个人挤过去。方木心想，必须快点出去，身后的火已经越烧越近了，而且，一旦被外面守候的人察觉到这个出口，纵然不被烧死也会被打死。

他把手伸向女孩，示意她赶快出去。女孩不说话，却拼命地摇头，死死地拽住丁树成的衣角。方木顾不得许多，硬是把女孩的手掰开，抱起她顺着护栏间的缝隙塞了出去。女孩刚一落地就急得直跳，竟想爬回来。方木失去了耐心，做了一个噤声下蹲的手势。也许是方木脸上凶狠的表情吓到了女孩，女孩乖乖地照做了。

方木喘了几口粗气，伸手去抱丁树成的尸体，可是，已经精疲力竭的他试了几次，都无法把硬邦邦的尸体搬上窗台。方木想了想，自己先跳到窗台上，挤出护栏后，伸手把丁树成的尸体拽起来，试图把它从护栏中拖出去。那道缝隙对方木来讲要挤出去已经非常勉强，对于已经膨胀的丁树成的尸体来说，更是难上加难。方木费尽全力，也只把丁树成上半身的一小部分拽了出来。眼看火已经烧到了墙角，丁树成的裤子已经开始冒烟了，方木焦急万分，却无法再拽动他分毫。

突然，方木的耳边传来“嗖”的一声，紧接着，头顶的瓷砖就被打得粉碎。

被发现了！

几道手电光交替照射过来，很快就把方木的全身牢牢罩住。随即，几颗子弹“噗噗”地连续打进身边的墙壁里。方木急了，疯了似的猛拽丁树成的手臂，尸体却在护栏里越卡越紧。方木再用力时，却脚下一滑，仰面从窗台上摔了下去。情急之下，方木的手向前一伸，一把拽住了丁树成手里的54手枪的枪管……

那支一直被丁树成死死握在手里的手枪，奇迹般地被方木拽出来了。

方木来不及多想，抬手对手电光射来的方向连开两枪。对方的火力一下子弱了下去，方木趁机返回窗前，试图把丁树成的尸体拽出来。可是对方的枪声再次响起，而且比刚才还要猛烈。方木按住女孩的头，几乎要贴在地面上了，只感觉子弹在头顶嗖嗖地飞过。

没办法了，只能放弃，否则自己和女孩都会死在这里。方木抬头看看丁树成的尸体，它依旧被卡在护栏里，已经开始燃烧了。

原谅我，兄弟。方木咬咬牙，猛地直起上身，连开两枪，然后拽起女孩就弯腰猛跑。刚跑出十几米，对方密集的火力就迫使他们不得不再次卧倒。方木检查了一下枪膛，只有一颗子弹了，无论如何不能再浪费。对方似乎也意识到方木的弹药所剩无几，不再猛烈开火，而是慢慢围拢过来，不时零星地放上几枪。

方木拽过女孩，低声说道：“一会儿我开枪的时候，你就往外跑，有多快就跑多快，哪里有灯就往哪里跑，无论发生什么，都不要停下来，听懂了么？”

女孩不点头，也不摇头，只是怔怔地看着方木。

没有时间再嘱咐第二遍了，方木拍拍女孩的头，既是安慰，也是鼓励。然后，他深吸一口气，准备起身开枪，正在这时，一阵尖利的警笛声在不远处突然响起。

那声音单调、刺耳，然而此刻在方木听来，却如一剂强心针一般。后援赶到了！

警笛声显然也让对方吃了一惊，他们停止了包围，继而迅速四散而逃。方木趁机拽起女孩向警笛声响起的方向跑去，边跑边鸣枪示警。然而，枪声过后，并没有警察赶过来支援。方木正在疑惑，却看见自己开来的吉普车就停在前方，警灯闪烁，而警笛声正是由此而发。

原来，并没有什么后援。

方木放慢了脚步，确认周围没有异常后，才拉开车门让女孩上去。同时，他也注意到自己的车后还拴着半截拉断的绳子。方木捏着那段绳子发了一会儿愣，又掏出手机，屏幕上显示信号满格。他的手指在“1”键上停了几秒钟，最后合上手机。

他不能报警，也不能再回去抢出丁树成的尸体，他甚至不能把发生的一切对任何人透露。

显然，现在不止一人知道他今晚的行动。有人想把他烧死在小楼里，而另外有人开着他的车拽开了护栏，又拉响警笛吓走了那些人。

原本就复杂的案情，现在更复杂了。

方木跳进驾驶室，发动了汽车，在踩下油门的一瞬间，他远远地望向火光熊熊的小楼，似乎还能看见那具燃烧的躯体。心底突如其来的疼痛让他紧紧地咬住下唇，几秒钟后，他强迫自己硬起心肠，迅速消失在夜幕中。

第十三章

比枪

市局会议室。早会。

局长的脸色极差。邢至森的案件已经搞得全局上下焦头烂额，郑霖伪造证据的事情又让警方极为被动。省厅领导已经过问此事，被他以“个别干警工作手段单一，作风粗暴，法制观念淡薄”为由搪塞过去，加之涉案的三名警察均已被停职，假录像带这件事算是暂时告一段落。可是偏偏案件调查毫无进展，如果再找不到证明邢至森所言为实的有力证据，就只能把案件移送给检察院审查起诉。否则，他和市局都要蒙受包庇杀人凶手的责难。重压之下，平日里沉稳果敢的局长也显得心浮气躁，一个调查组成员刚刚结结巴巴地汇报了几句，就被他挥挥手叫停了。

一时间，会议室里的气氛尴尬无比，大家面面相觑，大气也不敢喘。局长意识到自己的失态，勉强笑笑：“大家再加把劲儿，工作做到家了，也就没什么可遗憾的。”他顿了一下，低声加了一句，“尽人事听天命吧。”说罢，他刚要宣布散会，身旁的秘书凑过来低语了几句。局长点点头，又开口说道：“今天下午统一配发92式手枪，在局里的都去试试枪。”

这个消息总算让大家兴奋了一些，会场里也出现了小小的骚动。局长刚要起身，却发现会议室里有几把椅子是空的。他皱皱眉头，转身问秘书：“有人缺席？”

边平急忙说道：“方木没来——今早请假了。”

“谁准他假了？”局长终于有了一个可以发火的理由，“把他给我叫回来——现在还有比案子更重要的事情么？”

方木坐在儿童医院走廊里的长椅上，快速翻看着一份早报。社会新闻版提到了百鑫浴宫“失火”的事情，却只有寥寥百余字。方木逐字读完全文，没有发现“不明尸体”之类的字眼。对这一结果，方木并不感到意外，他已经不止一次领教到对方能量之强大了。至于丁树成的遗体会遭遇怎样的处理，方木不愿去想。

走廊另一头忽然传来急促的脚步声，方木循声望去，杨敏穿过那些面色忧虑的家长和患儿，匆匆地向自己走来。

方木刚要站起来，却被杨敏一把按坐在长椅上。

“那女孩是谁？”杨敏神色严峻，“你从哪里把她带来的？”

“怎么了？”方木眯起眼睛，“体检结果是？”

“严重营养不良，多处软组织挫伤——这都不是最严重的。”杨敏打开手里的几页纸，“你看看这个！”

方木只看了几眼，脸上的肌肉就僵硬起来，那几页纸也几乎被他捏成了一团。

“处女膜陈旧性破裂、急性盆腔炎、外生殖器感染——到底怎么回事？”杨敏目光炯炯，“她最多不超过14岁！”

“你别问了。”方木低声说道，“也别让其他人知道。”

杨敏看着方木，胸口剧烈地起伏着，双眼渐渐盈满泪水。方木知道，她从女孩的境遇想到了邢娜了。

“不用报警么？”

“不用。”方木摇摇头，“帮我给这孩子开点药吧。”

杨敏点点头：“身体上的伤害倒在其次，这孩子现在肯定有严重的心理问题。”

“我知道了。”方木叹了口气，“谢谢嫂子。”

杨敏擦擦眼睛，起身去药房，刚走了几步，又回过身来：“方木。”

方木抬起头来，只见杨敏已是泪流满面。

“无论是谁糟蹋了这孩子，”杨敏的声音因哽咽而变得嘶哑，“绝对……绝对不要放过他！”

方木赶回局里时已经是下午2点，早已不耐烦的边平刚要问他的去向，就被他狼狈不堪的样子惊呆了。

“你这是……跟别人打架了？”边平看着方木脸上的几处伤口，尤其是被火烧伤的地方，“你到底干吗去了？”

“没事没事。”方木不想细说，转身去了局长办公室。

局长的火已经发出去了，也无意再批评方木，草草问了几句之后，就让方木走了。出门之后，方木直接去档案室查失踪人口。

从昨天到现在，女孩始终一言不发，唯一能引起她兴趣的，只有食物。每次有食物出现在她身边，她总会奇迹般地从昏睡中醒来，狼吞虎咽之后，又爬到床上沉沉入睡。除此之外，她并不和方木说话，甚至连眼神交流都不曾有过。方木无从确定她的身份，只能寄希望于失踪人口登记。然而查遍了三个月内上报的全省失踪人口信息，也没发现与那女孩相符的。

是因为没有别的亲属，还是因为亲属压根儿不知道她的境遇？

心事重重的方木走出档案室，刚转入走廊就迎面遇到了肖望，他也被方木的样子吓了一跳。

“你这是怎么了，哥们儿？”他惊讶地看着方木，“怎么好像刚从战场上下来似的。”

方木笑笑，并不回答。

肖望的优点就是，对于别人不想说的事情，绝不多问。他一把揽住方木的肩膀：“走吧，去枪房。”他眉飞色舞地说道，“市局配发了一批92式手枪，92式啊。”

枪房里已经聚集了十几个同事，有的在兴致勃勃地摆弄着新枪，有的双手各持一支54式和一支92式，正仔细对比着。枪房的老秦是个枪迷，正口若悬河地向大家讲解92式手枪的各项技术参数。省厅来的技术员倒落得个清闲，坐在一旁吸烟喝茶。

“……瞄准基线长152毫米，初速350米每秒，弹匣容量15发……”

肖望挤进去，伸手就从桌子上拿枪，老秦急忙按住他，笑骂道：“看你小子猴急的，又不是抢媳妇，没轮到你们部门呢，出去出去。”

肖望嬉皮笑脸的，手上却没松劲，直到把枪拽到手里：“您继续讲，我就是看看，看看……”

方木笑笑，转头问那个正在对比两支枪的同事：“感觉怎么样？”

“还可以吧。”他把两支枪都平端到眼前，“92式不错，不过大概是因为习惯了，还是觉得54更顺手些。”

“呵呵，是啊。”方木顺手接过他手里的54式，轻轻抚摸那已经磨得露出原色的套筒，“老家伙可靠些。”

“这就是你不懂了。”正在摆弄新枪的肖望插嘴道，“还是92式好。设计合理，科技含量高。”他举枪瞄准，扣动扳机，听到清脆的击锤撞击声后，满意地咂咂嘴，“有了这家伙，咱们的战斗力可就突飞猛进喽。”

几个同事也随声附和。方木笑着摇摇头：“决定战斗力的关键还是人，不是武器。”

“手里的家伙不行，再好的射手也发挥不出能力。”肖望立刻反驳道。

“操作武器的毕竟是人。”方木稍稍提高了声音，“武器性能的发挥程度也取决于人。”

“得了吧。”肖望撇撇嘴，“同等级别的射手，武器不同，战斗力肯定高低有别。”

“未必。”

“不信？”肖望目光炯炯地盯着方木，“要不咱俩比比？”

方木苦笑一下，刚要拒绝，周围的同事就哄起来：“比一下，比一下……”

“对嘛，实践是检验真理的唯一标准……”

还有更心急的，已经拉住老秦要子弹了。于是，几分钟后，吵吵闹闹的一群人簇拥着方木和肖望到了地下靶场。

方木看看面前摆放的一支54手枪和一只装满子弹的弹匣，感觉有些骑虎难下：“真要比？”

“怎么，你怕？”肖望把装满子弹的弹匣插进92式手枪里，哗啦一声推弹上膛。

这句话激起了方木的好胜心，他推推眼镜，拿起:手枪，屏气凝神瞄准。几秒钟后，清脆的枪声在地下靶场依次响起。

第一枪，方木九环，肖望九环。

第二枪，方木十环，肖望九环。

第三枪，方木九环，肖望十环。

第四枪，方木十环，肖望八环。

……

八枪打完，方木在总成绩上领先肖望两环。方木手里的54式手枪已经空仓挂机，他刚要把枪放下，好事的同事们早把另一只装满子弹的弹匣摆在了他的面前。方木看看身旁依旧持枪瞄准的肖望，心想肖望的92式手枪里还有七发子弹，再打一轮也好。于是，他取下了空弹匣，刚要伸手去拿新弹匣，却听到周围的同事不约而同地发出一声惊呼。他下意识地抬起头，只见肖望手里的92式手枪正指着自己的脑袋。

老秦最先反应过来，他的脸一沉，伸手去抓肖望手里的枪：“你小子想干吗？射击训练时枪口不能对人，你不知道规矩么？”

肖望一挥胳膊把老秦的手挡开，目光始终停留在方木的脸上，足有5秒钟后，他才一字一顿地说道：“你已经没有子弹了，而我还有——这就是优势。”

一时间，整个地下靶场鸦雀无声。良久，一个年长的警察才若有所思地说道：“小肖说得有道理，这就是优势。”随即，附和声四起。

肖望缓缓地放下枪，忽然笑了笑："旧的必将被新的取代，这是规律。"说罢，他滑稽地做了一个举手投降的姿势："开个玩笑啊，别介意。"

方木看了他一眼，放下枪，转身走出了靶场。

傍晚。方木开车回家，一路上，他不停地从后视镜里观察，直到确定没有跟踪者后，才把车停在了一片住宅小区前。他从小区的南门进入，在密集的楼群间曲线行进，最后从西门走出了小区。他又穿过两条街，然后站在了一栋老式住宅楼前，左右张望一番后，他掏出钥匙开锁进门。

这是一处56平方米的房子，一室一厅。一年前，方木的姨妈举家迁往杭州，这处房产就由方木的父母买下，打算将来给方木用作婚房。老两口的意图很明显，想用这套房子促使方木尽早成家。方木对此颇不以为然，也极少过来住。想不到，如今这套房子派上了用场。

房间里静悄悄的。方木打开客厅的灯，柔白的光顿时盈满客厅，也让四下的凌乱一览无遗。方木看看餐桌，碗筷胡乱地摆放在上面，里面的食物却被吃得干干净净。他轻手轻脚地把手里的购物袋放在厨房里，转身去了卧室。

不出所料，女孩依旧裹着被子沉沉地睡着，似乎对方木的归来毫无察觉。可是当方木伸手去帮她拽好被子的时候，女孩的身体却骤然蜷缩起来。方木缩回手，默默地站了一会儿，低声说："一会儿过来吃饭吧。"说完，就起身去了厨房。

方木不经常做饭，只会用电饭锅煮米饭，做个西红柿炒鸡蛋，所以，下班回来的路上还买了点熟食。他把洗好的米放进电饭锅，又把熟食切好，放在笼屉里，接通电源。随后又把西红柿洗净，放在菜板上切成小块。手上忙活着，脑子里也一刻没停。

毋庸置疑，女孩现在成了方木的一个沉重负担。然而他别无选择。

女孩的身份不明，也就无法找到她的监护人。如果将情况汇报到局里，一来自己无法解释当晚为什么会出现在百鑫浴宫，搞不好会影响到以后的调查；更重要的是，女孩一旦现身，也许会遭遇灭口之祸。把她留在这里，肯定不是长久之计，但也只能暂时如此。

饭菜的香味渐渐从厨房传出来，方木听到客厅里有动静，一回头，只见女孩低垂着头坐在餐桌前，手里早就拿好了筷子。方木的心一软，微笑着说道："别急，饭马上就好。"

女孩吃饭时快且专注，似乎眼前除了食物以外，再没有值得关注的东西。看她狼吞虎咽的样子，方木不由得想起了第一次见到米楠时的情景。也不知她现在怎么样了。想到这些，方木心下一片怅然。回过神来的时候，盘子里的菜已经被女孩消灭了一大半。方木看看手里的大半碗米饭，赶紧夹了点菜。正准备往嘴里扒饭时，却听见女孩发出一阵压抑的咳嗽声。方木抬起头，只见女孩的脸被憋得通红，满嘴的饭菜正伴随着剧烈的咳嗽喷射出来。方木急忙起身在她后背拍击几下，一阵撕心裂肺的咳嗽之后，女孩干呕几声，最后"哇"的一下把刚刚吃下的食物都吐在了桌子上。

小小的客厅里顿时弥漫起一股酸腐的味道。方木在女孩的手里塞了一杯水，又捏着鼻子把女孩的呕吐物清理干净。手忙脚乱之余，心里不由得怨气丛生。他忍不住回头低喝道："吃那么急干吗？又没有人跟你抢！"

女孩吐得无精打采，握着那杯水，垂着头坐在桌前。听到方木的斥责声，整个人似乎缩了缩。她的身上裹着方木的旧毛衣，看上去越发瘦小。看到她的样子，方木为自己的粗暴感到有些后悔，又不知该说什么，只能闷闷地陪她坐在桌旁。几分钟后，呕吐物的酸腐味道渐渐散去，另一股难闻的味道却不住地钻进方木的鼻孔。他意识到这种味道是从女孩的身上散发出来的。他想了想，起身去了卫生间。

卫生间里有一只浴缸，方木粗略地检查了一下，还能用。他放了满满一缸热水，然后把女孩拉进来，挨个指点道：“这是浴液……这是洗发水……毛巾就用这条好了……干净的衣服在这里。你好好地洗个澡。还有……”他掏出一管杨敏拿来的外用膏剂，有些不好意思地说道，“洗完澡之后，抹在那里……”他用手大致比画了一下，“……明白了么？”

女孩毫无反应，只是呆呆地看着浴缸里袅袅升起的热气。

方木轻叹口气，转身走出了卫生间。

他坐在客厅里吸烟喝茶，不时侧耳听听卫生间里的动静。最初，卫生间里一片寂静。十几分钟后，轻微的撩动水花的声音渐渐响起，似乎在小心翼翼地试探。随后，水声越来越响，听上去她已经放心大胆地泡进浴缸里嬉戏起来。方木笑了笑，心里刚觉得宽慰些，目光却落在杨敏拿来的那些药上，情绪又骤然低落。

这个女孩不是第一个受害者，肯定也不是最后一个。不知有多少女孩子从百鑫浴宫被卖到境外。如果不尽快打掉这个团伙，受害者将会越来越多。可是老邢身陷囹圄，丁树成也牺牲了。郑霖他们也曾想查出真相，可惜因为太莽撞而失去了继续调查的机会。方木意识到自己再次陷入了孤军奋战的境地。他苦笑了一下，这样也好，反正自己也习惯了。

一个人，自己似乎一直是一个人。身旁的战友换了又换，也许能陪方木走到最后的，只有自己而已。

卫生间的门开了，一阵踢踢踏踏的脚步声后，女孩擦着头发走了出来。她穿着方木新买给她的一套运动服，衣服有些大，袖口处高高挽起。曾经肮脏纠结的头发，如今湿漉漉地披散在肩膀上，看上去和普通中学女生没什么区别。也许是注意到方木的目光，女孩白净的脸上泛起了红晕，眼神也活泼了许多。

方木把桌上的药瓶推过去，示意她吃药。女孩顺从地坐下，把一直捏在手里的药膏放在一边。方木注意到药膏的封口已经被打开，铝管的上部也瘪了一块，不禁悄悄地松了口气。

吃完药，女孩机械地擦着头发，并不迎合方木的目光。方木想了想，低声问道："你叫什么？"

女孩的动作不停，没有回答方木的话。

"你从哪里来？"

依旧没有回应。

"谁把你带到百鑫浴宫的？"

女孩的身子突然抖了一下，呼吸也骤然加剧，目光却重新变得迷茫，似乎无法聚焦一样。

方木轻叹一声，起身去卫生间的浴柜里拿出吹风机，又把女孩叫过来。女孩站在镜子前的时候显得很紧张，抬头看了镜子里的自己一眼后，就马上低下头来。方木拢起女孩的头发，打开热风徐徐吹着，女孩的身体却在顷刻间变得僵硬，脖子后面立刻暴起一层鸡皮疙瘩。

她的心里还刻着深深的恐惧，对任何身体接触都有着本能的抗拒。

方木想起杨敏曾告诉他，在对女孩进行妇科检查的时候，女孩突然开始反抗，三个医生几乎都按不住她，那近乎绝望的嘶声高喊，让人心惊不已。

也许对于此刻的女孩而言，被一个陌生男子从身后拢住头发，与其说是善意的关照，不如说是令人极度不安的折磨。那遍布全身的战栗，甚至顺着头发清晰地传送到方木的手里。方木下意识地松开手，几乎是同时，女孩快步跑开，紧接着，就听见卧室的门被"咔嚓"一声锁死了。

入夜后，方木躺在客厅的沙发上辗转反侧。倒不是因为身下的旧沙发硬得难受，而是因为对接下来的行动感到茫然。丁树成的牺牲让这条唯一的线索被彻底切断了。今后的调查对象是谁，该从哪里入手统统未知，而留给老邢的时间，已经不多了。

城湾宾馆那条线也许尚有一些突破口，但对手对警方的调查行动已经高度警觉，从景旭和金永裕身上拿到直接证据几乎不可能。案发至今已经多日，找到那女人尸体的可能性更是微乎其微。方木自己也不得不承认，替老邢翻案俨然是一个不可能完成的任务。然而就此放弃却实在让人不甘心，尤其是目睹了邢娜的惨状之后，即使不是为了给老邢脱罪，也不能让那群禽兽逍遥法外。

蒙眬中，方木的意识渐渐模糊。这半睡半醒的状态持续了几小时，也许只有几分钟，眼前突然闪现的一点光亮却让他一下子清醒过来。他警觉地半坐起来，发现客厅里的冰箱已经被打开了，一个小小的身影蹲在冰箱前，正在吧唧吧唧地吃东西。

晚饭时她虽然吃了不少东西，可是都吐出去了，这会儿应该觉得饿了。方木披衣下床，想给这孩子煮两个鸡蛋，同时也觉得奇怪，因为冰箱里并没有什么可吃的东西，她在吃什么呢？走到冰箱前，方木才看到女孩捧着一个大塑料盒子，正把里面的绿色果子往嘴里塞。

方木想起那是肖望带来的S市特产——软枣，自己一直放在冰箱里，都忘记吃了。他皱皱眉头，空腹吃这种东西，肯定会闹肚子的。方木试图从女孩手里拿开盒子，女孩却紧抓不放，往嘴里塞的动作也骤然加快。方木无奈地笑笑，从冰箱里拿出两枚鸡蛋，转身向厨房走去。刚迈出几步，心里却一动，他想了想，转身蹲在女孩面前。

“好吃么？”

女孩神态专注地吃着软枣，并不理睬方木。方木默默地看着她去蒂吐籽的熟练动作，呼吸有些急促起来。

“以前吃过这个？”

女孩还是不说话，然而方木已经肯定了自己的推测——女孩肯定曾在这软枣的产地停留过。

他忽然知道自己该去哪里寻找答案了。

第十四章

陆家村

这一年多来，赵大姐老了很多。方木看着她笑吟吟地把女孩从车上拉下来，虽然满面慈祥，却遮盖不住日益增加的皱纹。让方木感到吃惊的是，女孩并没有出现预想中的激烈反应，只是在赵大姐轻抚她的后背时有些颤抖。很快，她就顺从地牵着赵大姐的手，去厨房拿吃的了。

周老师死后不久，天使堂就整体迁到了这家位于远郊的福利院里。赵大姐成为这里的一名护工，继续照看着天使堂的孤儿们。在这段时间里，有些孤儿被领养，有的被分到外地的福利院，天使堂的规模已经大不如前。然而即使如此，赵大姐依然给方木一种疲惫不堪的感觉。每次看见她，都似乎比上一次要苍老许多。

方木把带来的米面和油拎进厨房，洗手的时候，透过玻璃窗看到女孩安安静静地坐在长条餐桌旁咬着包子，不时瞧瞧身边追逐打闹的孩子们，脸上的神情似乎生动了一些。

赵大姐走出来，递给方木一条旧毛巾，示意他擦擦脖子上的汗珠。

“陆璐好像不太爱说话。”

“陆璐？谁是陆璐啊？”

“你带来的女孩啊。”赵大姐吃惊地睁大眼睛，“你不会不知道她的名字吧？”

“啊？”方木比赵大姐更惊讶，“她跟你说话了？”

“是啊。我刚才问她叫什么名字，开始不说，后来含含混混吐出两个字，好像是陆璐。”

“好嘛，我跟她相处几天了，一个字都不跟我说。这才认识你几分钟，名字都告诉你了。”方木悻悻地说，“早知道就直接领到你这儿了。”

赵大姐有些得意：“跟孩子打交道，你肯定不如我。”

“那我就彻底放心了。”方木告诉赵大姐，他打算外出几天，陆璐就暂时由她照顾。赵大姐爽快地答应了。不过，方木另外提出的要求却让她有些疑惑：不要让陆璐外出，最好别让任何人看到她。

“这孩子到底从哪儿来的？”赵大姐不会拐弯抹角，直截了当地问道。

“你别问了。”方木看着赵大姐的眼睛，“你相信我的为人么？”

“那还用说。”赵大姐毫不犹豫地点头，“你放心吧，这孩子就交给我了。”

从福利院出来，方木打电话去调查组请了一个星期的假，随即就去了火车站，买了一张去S市的火车票。

软枣是S市山区的特产，从陆璐对它的熟悉程度来看，她要么是S市周边地区的居民，要么曾经在那里停留过。也许，那里会有一些有价值的线索。

火车上人不多，大都靠在坐椅上闭目养神。方木对面坐着一个肤色黝黑的小伙子，一直在埋头摆弄手机。火车开动后，方木一直入神地看着窗外。初冬时节，阴霾的天气笼罩着醒来不久的城市。太阳被遮挡在厚厚的云层之外，也许一场大雪即将到来。方木倒更希望是一场大雨，把这城市里的污垢涤荡一清。

火车开出城市，在田野间飞驰，视野开阔了许多，天色也似乎晴朗了一些。方木觉得有些饿，便从包里拿出一包炸鸡翅和汉堡，慢慢吃起来。

食物的香味让对面的小伙子抬起头来，他看看方木手里的塑料袋，吞了一下口水。方木友善地笑笑。小伙子有些不好意思了，小声说：“肯德基，我吃过。”

方木这才注意起这个小伙子。他看上去20岁出头，皮肤黝黑粗糙，双手粗短，指甲剪得马马虎虎，有些地方还藏着黑垢。头发粗硬，染成俗气的黄色，其中几绺又染成红色。整个人显得单纯热情，却又粗鲁无知。显然，这是一个进城游玩的农村青年。可是让方木感到奇怪的是，小伙子的衣着打扮却与他的身份不符，且不说名牌的运动服和球鞋，一直在摆弄的手机也是诺基亚的最新款式。

小伙子注意到了方木的目光，显得有些局促不安。方木意识到自己已经让小伙子不舒服了，心下有些歉然，也怪自己职业病发作。这大概只是一个偷拿了家里钱的小孩，何必大惊小怪。

方木低下头继续吃东西，刚吃几口，衣袋里的手机就响了起来。方木急忙把手里的食物塞进嘴里，掏出手机一看，原来是肖望发来的短信。

“怎么没来上班？不会是还在生我的气吧？”

方木笑笑，回复道：“我哪会那么小气，感冒了，在家休息几天。”

肖望很快就回了短信：“没事吧？我去看看你。”

方木急忙回复：“不用，有事打电话就好。”

抬起头，方木发现小伙子一直在盯着自己的手机看，觉得有些奇怪，就晃晃手机：“怎么了？”

小伙子一笑，指指自己的手机，又指指方木的：“咱俩的手机是一个牌子的。”

方木觉得有些好笑：“嗯，不过你的比我的要贵多了。”

“那是。”小伙子有些得意了，“我让他们给我拿一个最贵的——日本货。”

“诺基亚不是日本的品牌。”方木忍不住纠正道，“是芬兰的。”

“哦？”小伙子似乎很疑惑，“日本的东西不是最好的么？”

“可能吧。不过诺基亚是芬兰产的。”

“管他是什么兰，反正最贵就行。”小伙子大大咧咧地一挥手，又兴致勃勃地摆弄起手机来，不时发出轻轻的笑声。这时，火车上卖食品的小车推过来，小伙子叫住售货员，买了几罐啤酒和一大堆猪蹄烧鸡什么的，摆了满满一桌子，还盛情邀请方木对饮。方木婉言谢绝了，小伙子也不再坚持，一个人大快朵颐。也许是因为食物不新鲜，小伙子吃了没一会儿就眉头紧皱，接着就连放几个响屁，惹得周围的旅客纷纷蹙眉掩鼻。小伙子臊得满脸通红，在身上翻了又翻却一无所获，只能捂着肚子坐在椅子上连连哎哟。方木看不下去，掏出一包面巾纸递给他，小伙子感激地说声谢谢，一溜烟跑到卫生间去了。

小伙子虽然离开了座位，难闻的气味仍在，方木起身去车厢连接处抽烟。一支烟抽了一大半，就看见小伙子一脸轻松地从卫生间里走出来。见方木在抽烟，小伙子忙不迭地从衣袋里掏出一盒中华烟，抽出一支递给方木。方木看看他明显没洗过的手，坚决拒绝了。见小伙子的脸上有些挂不住，方木又打了个圆场："我习惯抽这个了，太好的烟消受不起。"

得意的神色又回到小伙子的脸上，他点燃一支烟，拍拍方木的肩膀："大哥，人生在世，就要活得潇洒一些，别舍不得，抽点好烟。"

方木连连称是，假装弹烟灰，把肩膀上那只手甩掉。

小伙子人虽粗鲁，却也单纯。言谈间，把自己的底细交代得清清楚楚。他叫陆海涛，20岁，家住S市龙尾坳乡陆家村。

方木和他有一搭没一搭地闲聊着，目光扫过窗外那些收割完毕的麦田，随口问了一句："今年你们家收成不错吧？"

"咳，我家不种地，种地有啥出息啊？"

"哦。"方木瞧瞧陆海涛一身的名牌，心想这小子的爹不是村长就是个暴发户。

回到车厢里，陆海涛又拿起手机把玩起来。玩着玩着，他"咦"了一声，随即拿出手机的说明书，来回比对着。看了半天，还是不知所以，他就把手机递到方木面前，小声问道："大哥，这东西是啥意思？"

方木接过手机："哦，这是蓝牙开启的标志。"

"什么牙？"

"蓝牙。"方木耐心地解释道，"两个开启蓝牙的手机可以互相传送文件。"

陆海涛想了想，恍然大悟道："就像发报机一样？"

方木笑了笑："差不多。"

陆海涛兴奋起来："大哥，你给我发点东西，我看看好玩不。"

方木有些为难，自己的手机里既没有音乐也没有电影，给他发点什么好呢？忽然，他心里一动，立刻在手机上操作起来。

半分钟后，陆海涛的手机"叮"的一响，他低头看着手机屏幕，嘴里念道："来自方木的信息，是否接收？"

"嗯，按接收。"

很快，一个文件传到了陆海涛的手机上，小伙子兴奋得大呼小叫。打开一瞧，是一张女孩子的照片。

"这是谁啊？大哥，是你女儿么？"

"不是。"方木凑过去问道，"她也姓陆，是不是你们村的？"

"你这么一说，我瞅着倒是挺眼熟的。"陆海涛仔细看了看照片，"不过想不起在哪里见过。"

"哦？你再好好看看。"方木一下子急了，"能不能想起来？"

小伙子又看了一会儿，摇摇头："对不住啊，大哥，实在想不起来。"

方木有些失望，小伙子却热情不减，非要给方木传首歌听听。方木接收了，打开一看，是《两只蝴蝶》，随手就删掉了。

一个多小时后，火车驶入S市火车站。方木和陆海涛一起下车。小伙子还兀自说个不停。方木无心和他闲聊，只好加快步伐，希望能快点甩开他。刚走到出站口，方木却忽然发现一直在身边萦绕的噪音消失了。回头看时，陆海涛已经不见了踪影。方木正在奇怪，就看见几个农民打扮的人从身边匆匆跑过。来不及多想，方木就被出站口汹涌的人流挟裹着走出了火车站。

方木径直去了距离火车站最近的公安分局，在户籍科查询陆璐的户籍资料，可惜一无所获。看来陆璐并不是S市的常住人口。方木有些失望，但并不灰心，转身去了长途汽车站。

陆海涛曾说对陆璐有点印象，而且两人姓氏相同，这也许不是巧合。方木决定去陆家村碰碰运气。

他在长途汽车站买了一张S市地图，却找不到陆家村的位置。方木捏着手机犹豫了一会儿，决定还是别给S市局的人打电话。虽说和王副局长以及徐桐他们仅仅相处几天，但相信他们是很乐意帮忙的。不过方木觉得，这件事越少人知道越好。

他意识到，自己已经越来越不信任别人了。

权衡再三，方木还是上了去龙尾坳乡的长途车。颠簸了一个多小时后，他在山脚下的一条公路边下了车。路边一个卖山货的老者告诉了方木陆家村的大致方位，方木看看行将落山的太阳，拔腿便走。

走出半里多地，方木才发现，其实刚才下车的地方已经接近公路的尽头。再往前，都是曲折不平的山路。而有些“路”，根本不能称之为路，只是隐藏在山石间的狭窄小径而已。老者告诉方木，这座山叫龙尾山，相传在上古时期，有一条龙被上苍贬斥下凡，一头扎进大地，只剩下尾巴露在地面以上，就成了龙尾山。而方木要去的陆家村，就在龙尾山的另一侧。方木无心欣赏龙尾山的苍凉山景，只顾埋头赶路。最初，他还能在那些乱石间的小路上依稀辨得方向。然而，随着天色渐暗，周围的景物显得惊人地一致。方木有些慌了，乱冲乱闯一阵之后，终于不得不承认，自己迷路了。

方木摘下沉重的背包，靠在一块大山石上喘气，待呼吸平稳一些，就掏出烟来默默地吸。看来今晚恐怕要在野外过夜了，方木爬上山石四处张望，心里嘀咕着，也不知这鬼地方有没有狼什么的。正在忐忑之际，却看见不远处的前方似乎有手电光在闪动。方木心头大喜，那里有人！

方木来不及多想，拎起背包就向前跑去。穿过一片密林后，终于在前方的一片开阔地上看到了一个黑乎乎的大家伙，仔细一看，原来是一辆厢式货车。两个人影蹲在货车旁，不知在忙些什么。

方木走过去，大声打了个招呼：“嗨！”

这两个人的反应却大大出乎方木的意料，其中一个被吓得一屁股坐在地上，另一个显然也受惊不小，随手从地上抓起一件东西，直指方木。

方木也觉得自己有点太冒失了，毕竟这是在荒郊野外，急忙放慢脚步：“别怕别怕，我没有恶意。”

“你谁啊？”坐在地上的人是个小个子，摸着胸口长出了一口气，“吓死我了。”另一个人始终死死地盯着方木，并没有放松警惕。

“我迷路了。”方木慢慢走近货车，“你们在干什么？”他看看货车敞开的机盖和满地的修车工具，“车坏了？”

“是啊。”小个子一脸懊恼地站起来，“倒霉。”

方木放下背包，挽起袖子：“我瞧瞧。”

方木略懂些汽车修理，捣鼓了一阵后，货车又能发动了。小个子颇为惊喜，忙不迭地掏出烟来道谢。方木接过烟，发现是软包的中华，他转头看看另一个人手里始终捏着的大号扳手，笑笑说：“干吗啊，兄弟，还当我是坏人呢？”

对方尴尬地笑笑，也凑过来吸烟。

小个子很健谈，聊了一会儿，方木已经知道他叫陆三强，拿扳手的叫陆大春，都是陆家村的。陆三强看看方木脚边的背包，问道：“方大哥，你到这儿干吗啊？”

“哦，我是省摄影家协会的，到这儿来拍一些旅游宣传方面的照片，结果三转两转就迷路了。”

“这地方有啥好旅游的？”陆三强最初有些疑惑，随后一拍脑门，“我知道了，你要去的是龙尾洞吧？”

“是啊是啊。”方木忽然想起上次和肖望去过的那个天然溶洞，就随口附和。

“那你可走错了。”陆三强哈哈大笑起来，“在山的另一侧呢。”

“哦？那怎么办？”方木装模作样地向远处看看，“前面……离你们陆家村不远了吧？”

陆三强听出了方木的意思，显得有些为难，和陆大春交流了几次眼神后，勉强说道：“这样吧，我带你回我们村，明天一早再送你去龙尾洞——明天一早就走啊。”

方木连连答应，拎起背包就上了货车。

货车行驶在逶迤的山路间，陆三强开车，方木坐在中间，陆大春坐在最外侧。刚才还说个没完的陆三强此刻却出奇地沉默，握着方向盘一言不发。方木有心引他们开口，可是回应寥寥，也只好作罢。

夜色越发深沉，除了前方被车灯照得一片惨白之外，四周皆是不见五指的黑暗。穿过成片的密林后，偶尔能在微弱的月光下看到龙尾山的峥嵘面貌。货车驶近山体的时候，仿佛整座山都以不可阻挡之势猛压下来。方木感到莫名的心慌，似乎置身于一个完全未知的世界里。不知不觉中，冷汗已经悄悄地布满了方木的额头。他定定神，一边暗自嘲笑自己的胆小，一边伸手去衣袋里拿烟。刚一动作，陆大春就开口了：“干吗？”

“哦？”方木抬起头，“找烟。”

“抽这个吧。”陆大春掏出一盒没启封的软包中华。

方木抽出一支，点燃，忽然笑了：“你们村是不是挺富裕啊，怎么都抽这么好的烟？”

陆大春笑笑，然后像想起什么似的问道：“你还认识我们村的其他人么？”

方木正在犹豫要不要告诉他自己认识陆海涛，就听见身后的货厢里传来“咚”的一声，似乎是什么东西滚动起来，又撞在了货厢壁上。

“三强抽的也是软包中华啊。”方木看着陆大春明显放松的表情，又问了一句，“后面装的是什么货啊？”

没有人回答他。几秒钟后，陆大春淡淡地说：“猪肉。”

说罢，他伸手拧开了收音机，震耳欲聋的舞曲在驾驶室里猛然响起。

夜里9点多的时候，颠簸了一路的货车终于驶进了陆家村。没有月光，方木只能凭借车灯扫过的光线来分辨房屋和街路。这似乎是个不大的村子，而且家家都黑着灯。几分钟后，货车在一间祠堂门口停下了。

陆大春让方木在驾驶室里等着，自己跳下车去打了个电话。挂断电话后，他上车对陆三强简单地说了句：“崔寡妇家。”

陆三强应了一声，重新发动了货车。

崔寡妇家离祠堂不远，有两间瓦房和一个小院子，面积不大，可是收拾得干干净净。崔寡妇是一个瘦小干枯的中年女人，面色蜡黄。她听陆大春说明来意后，上下打量了方木几眼，开口说道：“在这儿对付一宿吧，委屈你了，小伙子。”

方木赶紧说些麻烦了之类的客套话。崔寡妇面无表情地问道：“吃点啥不？我去给你做。”

方木真有些饿了，点点头。

崔寡妇转身去了厨房，陆大春也起身说道：“明天一早我就送你去龙尾洞，你早点起来。”说罢，就出门上了货车，轰鸣而去。

方木独自坐在堂屋里吸了支烟，觉得有些无聊，就漫无目的地四处打量着。

看得出，这两间瓦房是最近盖起的，处处透着一股新劲儿。室内的陈设也大都比较考究，虽然搭配起来不伦不类，但仍能看出价值不菲。

这是个家底殷实的富裕之家。

正想着，崔寡妇端着一个大托盘走了出来，七碟八碗的，甚是丰富。方木有些惊讶，更觉得有些过意不去。崔寡妇倒是不以为然，从柜子里拿出一瓶五粮液，问方木喝不喝。方木连连摆手，心想此地待客之道怎么如此豪放。

崔寡妇也不再坚持，自己坐在一旁看用影碟机播放的《还珠格格》。方木看看那台45英寸的索尼液晶电视，不禁皱了皱眉头。

正吃着，院门外传来踢踢踏踏的脚步声，紧接着，就看见一个披着棉衣的男人推门走进来。

崔寡妇站起来：“村长。”

方木也急忙站起来，被称作村长的男人伸出手来和方木握了握。

“听大春说，村里来了客人，我就过来看看。”村长掏出烟来，递给方木一支，“我叫陆天长，你怎么称呼？”

方木做了自我介绍，所用身份当然还是摄影师。陆天长边听边点头，一直在大口吸烟。透过袅袅上升的烟气，方木知道他在不停地打量着自己。

对这样的目光，方木早已习以为常，谈笑间，他也在暗暗观察对方。

陆天长的年龄在50岁到60岁之间，头发短且粗硬，饱经风霜的脸上沟壑纵横，眼睛不大，却很有神，双手粗糙，腰板很直。

看得出，这是个阅历丰富、意志坚定的人。

陆天长也注意到方木正在观察自己，又聊了几句之后，便起身告辞。

“我们这里是农村，条件不好，小方你就委屈一下。”

“很不错了。”方木指指托盘，“崔大妈很热情，弄了这么多菜。”

陆天长看看崔寡妇，笑道：“她家生活条件好，我们可比不了，呵呵。”

崔寡妇低下头，身体似乎抖了一下。

“早点歇着吧。”陆天长整整身上的棉衣，“明天一早我就叫大春来接你。”说罢，就转身走出门去。

崔寡妇送他出门，方木也回到桌前坐下，盯着手里的“红梅”烟头若有所思。忽然，眼角的余光中，里屋的门动了一下。

方木下意识地扭头看去，只看见一根长长的辫子一甩，紧接着，里屋的门就被“嘭”的一声关死了。

足有10分钟后，崔寡妇才面无表情地回来了。方木问道：“崔大妈，你家里还有别人啊？”

“嗯？”崔寡妇似乎有心事，“哦，我女儿。你吃完了么？”

“吃完了。”方木连忙说，“谢谢款待啊。”

崔寡妇似乎无心客套，手脚麻利地收拾起饭桌：“你早点歇着吧，明天一早还要赶路呢。”

入夜后，陆家村的一切都归于平静，远处偶尔传来的几声犬吠，更给这个夜晚平添几分乡村的宁静。

方木躺在床上辗转反侧，虽然一整天的奔波已让他身心俱疲，然而似乎总有个疑团在胸中挥之不去，而且越变越大。

从表面上看，这是个再普通不过的村子，而且地理位置偏僻，从常理上讲，这里的物质生活水平应该不会太高。可是到目前为止，方木接触到的所有陆家村人，从陆海涛到崔寡妇，每个人的吃穿住用都不错。相反，作为一村之长的陆天长却看起来最寒酸。

这样的村庄，靠什么维系如此高的生活水平？

陆天长的寒酸，是实情如此，还是有意隐瞒？

如果是后者，那么他想隐瞒什么呢？

这小小的村庄，诡异之处越来越多了。

直到凌晨时分，方木才迷迷糊糊地睡着。他没有听到窗外不时传来的细微的窸窣声，也没有听到隔壁有人在低声饮泣。

在这样的夜里，失眠的，不止他一个人。

第十五章

盲鱼

第二天一早，方木在睡梦中猛然醒来，眼前似乎有朦胧的白光。稍稍清醒点之后，方木意识到那道白光来自于窗外，他起身下床，拉开薄薄的窗帘，看到漫天大雪正从铅灰色的天空中徐徐落下。

半个小时后，陆大春踩着厚厚的积雪来到崔寡妇家。他告诉方木，出山的路已经被大雪封死了。“看来你得多待几天了。”他不无遗憾地说。

方木倒暗自庆幸——这下有机会调查陆家村了。

崔寡妇热情地留陆大春吃早饭，陆大春摆手拒绝了，说还得赶回去。方木看看陆大春脚上几乎被雪水浸透的鞋子，随口问道：“还麻烦你跑一趟，打个电话不就行了？”

“她家没电话。”陆大春冲崔寡妇努努嘴，“村里就一部电话，在我爹家。”

“你爹是？”

“呵呵，我忘记告诉你了，我爹就是村长陆天长。”陆大春笑笑，“有事就去我爹那儿打电话吧。”

“那倒不必，我有手机。”

陆大春又笑了：“那玩意儿在咱这儿没用的，不信你看看。”

“哦？”方木掏出手机一看，果真一点信号都接收不到。

“你就安心待着吧，路一通了，我就送你出去。”陆大春顿了顿，又强调道，“我爹让我告诉你，没事别出去瞎转悠。封山了，山里的狼找不到吃食，有时会跑到村子里来。”

方木连连答应，陆大春又扭过脸去嘱咐崔寡妇好好招待方木，说罢，就起身走了。方木送他到院子外，看着他深一脚浅一脚地消失在雪幕中。也许是大雪的原因，村子里静悄悄的，一个人都看不见。方木看看左右的民居，惊奇地发现除了崔寡妇家之外，周围的几间房子都是新盖的，连样式都几乎一模一样。

大雪很快就在方木身上覆盖了薄薄的一层，越来越重的寒意也透过衣物沁入方木的体内，他不由得打了一个寒战。随后，恐惧感也油然而生。

大雪封山。

没有手机信号的村庄。

这就是与世隔绝。

吃早饭的时候，餐桌上多了一个女孩，不用说，这一定是崔寡妇的女儿。

崔寡妇只是简单地说了句“这是我女儿，陆海燕”，就不再说话了。陆海燕的话也不多，一直在闷头扒饭，不时偷偷地从眼角瞟方木一眼。

早餐很丰盛，有鱼有肉，方木却食不甘味。母女二人的沉默让他觉得有些尴尬，没话找话地说了几句，却回应寥寥，最后干脆放弃，专心吃饭。吃过饭，又无事可做。陆海燕放下碗筷就躲进自己的房间里，崔寡妇收拾好碗筷后，又在看《还珠格格》。方木觉得无聊，就搬了把椅子坐在堂屋门口看雪。

漫天的雪幕给人一种视线无限延伸的错觉，似乎所有的事物都远在天边，又近在眼前。方木看着不断落下的雪花，心情也渐渐低落。

帮老邢脱罪的事至今也没什么进展，而原本看似简单的案情却越来越复杂。城湾宾馆里的女尸下落不明，景旭的证词一下子废掉了郑霖三人，丁树成被害，百鑫浴宫被焚毁……似乎每一处疑点都有一个线索，又统统无法追查下去。陆璐的凭空出现让这一切有了转机，而一切谜团的答案，也许就在这个小山村里。

想到这些，方木略略提起些精神，刚一抬头，却发现陆海燕正站在自己身边，神情寂寥地看着大雪。

她看起来不会超过25岁，穿着打扮有着农村姑娘特有的乡土气息，身上的衣物虽然时髦，却并不合身。看得出她在不久前刚刚哭过，眼睛周围尚未消肿。

也许是注意到方木正在观察她，陆海燕显得有些不安，似乎随时打算抽身离去。方木不想放过这个攀谈的机会，开口问道："你叫陆海燕吧？"

姑娘低下头，"嗯。"

"多大了？"

"23岁。"

"我比你大，你叫我方哥吧。"

"嗯。"陆海燕抬起头，充满好奇地看着方木，"你是从城里来的？"

"嗯，C市。"

"C市……"陆海燕低声念叨着，似乎是一个很陌生的词汇，"比S市还大吧？"

"是的，去过C市么？"

"没有。"姑娘的神情更加寂寥，"我连S市都没去过。"

"哦？"方木扭头看看堂屋里的液晶电视，"你家的条件并不差啊，怎么会连这么近的城市都没去过？"

陆海燕撇撇嘴，仿佛自言自语般说道："有钱有什么用？待在这里，跟坐牢似的。"

方木一愣："坐牢？"

陆海燕笑笑，并不作答，而是开口问道："你来这里做什么？"

"哦，我是摄影家协会的，来拍几张照片。"

"这破地方有什么好拍的。"

"当然有，今天的雪景就不错。"方木想了想，"要不，你带我四处走走？"

陆海燕犹豫了一下，答应了。

她让方木在院子里等一会儿，自己去披件衣服。再出来的时候，陆海燕身上多了一件貂皮大衣，同其他衣物一样，奢华，却并不适合她。也许是方木眼中的诧异被她误解为惊艳，陆海燕最初还有些小小的自得，竭力想让自己看上去富贵典雅，然而越这样做，反而越显得无知和俗气。

大雪仍在纷纷扬扬地下着，丝毫没有停歇的迹象。陆海燕和方木在村子里并肩缓行，所到之处，只留下他们的足迹。已经接近晌午了，村子里依然静悄悄的，如果不是那些房顶飘出的炊烟，几乎让人认为这是一个无人居住的村庄。陆海燕目不斜视地走着，似乎对周围的一切都漠不关心。方木为了展示自己所谓摄影师的身份，不得不时常拍几张照片来充数。

即使在镜头中，方木也意识到了这个村庄的不同寻常。不仅所有的房屋都大致相同，而且在农村很常见的猪圈鸡舍在这里都看不到。从各家门前丢弃的垃圾来看，日常消费品中不乏高档烟酒。

他们靠什么获得如此富裕的生活？

村子很小，方木和陆海燕不到半个小时就走了一遍。站在村口，陆海燕转过身对方木耸耸肩膀："我说吧，这地方很没意思的。"

方木不这么想，他觉得恰恰相反——陆家村很有意思。

这时，临街的一栋房子开了门，一个头发蓬乱的矮胖女人拎着一只塑料桶踉跄而出，刚走到门口，就把满满一桶脏水泼在街面上。方木连忙拉着陆海燕向后躲，还是被溅到了几滴。

"哎呀呀，对不住对不住。"女人抬头一看，语气立刻变得满不在乎，"是燕子啊，这丫头，走路也不看着点儿。"

陆海燕看着矮胖女人，一脸怨气，而当她看到女人身上穿着跟她一模一样的貂皮大衣时，神情中又多了一丝不屑。

矮胖女人毫无顾忌地上下打量着方木，嘎嘎地笑起来："你家姑爷啊，燕子？"

"说什么呢？"陆海燕的脸一下子变得通红，"人家是城里来的摄影师！"

矮胖女人倒不关心方木的身份，凑过来问陆海燕："燕子，不是今天发东西么？咋还不送来？"

陆海燕没好气地答道："我哪知道？"

"你去问问大春嘛。"矮胖女人促狭地挤挤眼睛，"你开口，大春肯定听。"

陆海燕的脸色一变，拉起方木就走。

一直走出百余米，陆海燕才放开方木，一个人晃晃悠悠地在前面走。方木追上去，看看她的脸色，小心翼翼地问道："带我到地里看看？"

"哦？"陆海燕似乎在想心事，有些心不在焉，"啥也没种，有啥好看的？"说罢，她就像下了决心似的，在一个路口右转，疾步而去。

方木不明就里，只能快步跟上。

几分钟后，陆海燕径直走进一个大院子，还没走到门口，就大喊："陆大春，陆大春。"

很快，陆大春披着外套，趿拉着鞋奔了出来，看见陆海燕，顿时满面喜色。"燕子……"忽然，他看到了尾随而至的方木，笑容顿时僵在嘴角，"你……你怎么也来了？"

陆海燕走到陆大春面前，劈头就问："大春，我弟弟……"

"进屋说，进屋说。"陆大春立刻打断了她的话，转头对方木说，"你要打电话是吧？右边第三家就是我爹家，你去那里打吧。"说罢，就把陆海燕拽进屋里，"嘭"的一声关上了门。

方木四下看看，躲在旁边房子的屋檐下，点燃了一支烟。

第二支烟刚吸完，就看见陆海燕从陆大春家里大步走出，边走边抹眼泪。方木见陆大春没有出来，急忙跟过去："你怎么了？"

陆海燕没有回答他，几乎是一溜小跑地回了家。

此后的整整一个下午，陆海燕都躲在房间里没有出来。崔寡妇依旧木雕泥塑般坐在堂屋里看《还珠格格》。方木试着问她为什么不看别的节目，崔寡妇答这里根本没有卫星信号，只能看影碟。

"哦？"方木吃惊地扬起眉毛，"这日子岂不是……太单调了。"

崔寡妇移开目光，表情木然地看着那台液晶电视的屏幕。

“我岁数大了，习惯了。”

晚饭依旧丰盛但沉闷，不过大家似乎都习惯了这种气氛，方木也不觉得那么别扭了。吃过晚饭，方木回到自己的房间，掏出手机一看，还是没有信号。他扭头看看窗外，大雪似乎小了点，一直灰暗的天空中，隐隐有了些亮色。再仔细去分辨，方木才意识到那些光其实来自于村子里的某个角落，而且不时有嘈杂的人声传来。

方木想了想，穿过堂屋走到院子里，看到陆海燕正面向那片亮光，若有所思。

“这是干吗呢？好热闹。”方木问道。

“哦，今天是分东西的日子。”陆海燕淡淡地说，“瞧着吧，今晚男人们又会闹大半宿。”

“分东西？”方木想起上午那矮胖女人的话，“难道你们村是按需分配啊——共产主义？”

“呵呵。”陆海燕笑笑，“每个月的今天，村里都会把吃穿用的东西分给我们。”

“哦。”方木点点头。他扭头看看堂屋里的液晶电视，又看看陆海燕身上的貂皮大衣，疑惑仍在。

“那……购置这些东西的钱，从哪里来呢？”

“不知道。”陆海燕耸耸肩膀，“有吃有喝就行了，谁在乎这个？”

方木无语。过了一会儿，他忽然想起一件事：“你们家不去领东西么？要不要我帮忙？”

“不用。”陆海燕的表情变得有些无奈，“一会儿就会有人送来的。”

果然，十几分钟后，陆大春和陆三强就抬着几个鼓鼓囊囊的编织袋走了进来。看见方木站在院子里，陆大春一怔，随即点了点头，算是打招呼。陆三强倒是挺热情，递支烟过来，又攀谈了几句。

“这么多东西啊？”方木指指编织袋。

“是啊。你住在崔寡妇家里，我爹特意让我拿过来的——不能委屈了你啊。”

方木愣了一下，下意识地看了看陆海燕。陆海燕并没有回应方木，而是表情复杂地看着陆大春。陆大春的目光有些躲闪，和陆三强一起把东西抬进堂屋里，和崔寡妇打了声招呼就走了。路过陆海燕身边时，陆大春抬起头来，看着她欲言又止，方木正要转身回避，他已经大步走出了院子。直到他的背影消失在雪幕中，陆海燕才收回自己的目光，重重地叹息了一声。

崔寡妇坐在堂屋里整理着送来的东西，大多是些吃食和日常用品。翻着翻着，崔寡妇拎出一个黑色的提包，上下端详着，一脸不解。

“这是个啥东西，这么沉？”

“笔记本电脑。”方木随手接过来，看了一眼牌子，“索尼的，好东西。”

“哦，那是给我的。”陆海燕懒洋洋地拎起电脑，转身回了自己的房间。不一会儿，陆海燕又半打开门，脸色微红：“方哥，有空么？”

陆海燕的房间不大，却收拾得干干净净，透着一股单身少女的特有味道。房间里摆着一张单人床，一张书桌，还有一个很大的衣柜。床上有一台索尼随身听，旁边散落着几盘磁带，都是90年代初的流行歌手专辑。书桌上有一个小小的书架，几本全日制初中教材整整齐齐地码在一起。一切都显得整洁却刻板。唯一给这个房间带来些生机的，是书桌上的一个鱼缸。

方木之所以会注意到这些鱼，是因为它们体形细长，呈淡淡的粉红色，细细看去，这些鱼的身体都是透明的，能清楚地看到它们的脊椎和内脏，宛如一条条玻璃鱼一般在水中畅游。

陆海燕注意到方木在观察那些鱼，莞尔一笑："好看么？"

"哦，好看。"方木回过神来，"你找我有什么事？"

陆海燕有些难为情地指指电脑包："麻烦你了，方哥。"

电脑的包装已经打开，电源线、说明书什么的摊了一桌子，陆海燕却一脸茫然。方木帮她连接好电脑，开机，屏幕亮起的时候，陆海燕的脸上有一点兴奋的神色，却依旧手足无措。追问之下，方木才知道陆海燕几乎对电脑一无所知。

方木教了她几样简单的电脑操作，帮她在屏幕上打出了"陆海燕"三个字。陆海燕高兴得像个孩子，由衷地说道："方哥，你实在是太厉害了。"

方木却感到一丝悲哀，陆海燕的物质生活不可谓不丰富，精神生活却贫瘠得可怜。

"可惜不能上网，否则你的电脑就可以物尽其用了。"

"上网？什么是上网？"正在兴致勃勃地玩自带小游戏的陆海燕一脸茫然。

方木微叹口气，详细地给她解释了互联网。陆海燕听得一脸神往，不时发出轻轻的惊叹。"坐在家里就能知道全天下的事……还能和各地的人交往……"陆海燕眼神迷离，仿佛喃喃自语般说道。忽然，她起身环顾四周，最后把目光定格在方木身上，苦笑了一下："我像个古代人，是吧？"

方木只能笑笑，不置可否。

"再给我讲讲外面的故事吧。"陆海燕转身面对方木，规规矩矩地坐好，"我很想知道。"

所谓"外面的故事"，相对于方木而言只是日常生活，而对陆海燕而言则是难以企及的梦境。方木讲的每一件事，都让陆海燕如醉如痴，哪怕只是地铁、ATM机、超级市场这样的寻常事物。她对于这个世界的了解，似乎依旧停留在十几年前，按她自己的话来说——就像个古代人。

方木的心中却疑窦丛生，陆家村虽然位置偏僻，但也不至于完全与世隔绝。从陆海燕的年龄来看，正是对这个世界充满好奇心的阶段，是什么让她十几年都不肯踏出这个小山村一步呢？

想到这里，方木再次上下打量着陆海燕。她的受教育程度不高，然而依旧对知识有所渴求，这一点从她细心保存初中时的课本就能看得出来；她的面部和手部皮肤都白皙细腻，显然不曾从事过长期的体力劳动；大号的衣柜显示出她对物质生活的追求，而那些磁带和这台笔记本电脑又意味着她并不仅仅满足于现有的富足生活。

问题是：既然陆海燕有这样的想法，为什么不肯出去见见世面呢？

陆海燕没有注意到方木的目光，依旧沉浸在对那个世界的美好畅想中，嘴里还喃喃自语："怪不得，他一定要出去看看……"

"哦？谁要出去看看？"

"哦，没什么。"陆海燕回过神来，急忙岔开话题，"方哥，你简直是无所不知，无所不晓。"

"哪里。"方木没有追问，随手指指那个鱼缸，"这种鱼我就没见过。"

"呵呵，这叫盲鱼。"也许是发现自己知道方木不了解的东西，陆海燕显得有些得意。

"盲鱼？"

"是啊。"陆海燕把鱼缸捧到方木面前，"你瞧，这种鱼是没有眼睛的。"

"嗬，那这种鱼可够稀有的。"方木也来了兴趣，"你在哪里弄到的？"

"大春送我的。"陆海燕的脸有些微红，"他是在龙尾洞里捞的。老一辈人讲，龙尾洞里有一条地下暗河，那里的鱼因为永远都看不到光，眼睛就慢慢退化了。”

“那……你把它们养在有光的环境里，它们的眼睛会不会恢复功能呢？”

“我不知道。”陆海燕的目光变得柔和起来，“但是我希望可以。”

两个人一直聊到10点多，最后崔寡妇来敲了门，陆海燕才恋恋不舍地送方木回房间。方木关好房门，把两天来的所见所闻写在了记事本上，最后在陆家村三个字旁边打了一个大大的问号。

这个偏僻的小山村里肯定隐藏着某些秘密，而这个秘密，也许就与陆璐，与老邢有关。

可是，破解这个秘密的时间，也许不多了。

方木走到窗前，雪更小了，看上去很快就会停下来。透过越来越稀薄的雪幕，村子里的灯光显得更加耀眼。和方木初到时不同，今晚的陆家村显得十分热闹。到处都有光亮和男人们大声的谈笑，似乎狂欢在村子里随处可见。如果在晚风中仔细分辨，还会嗅到酒肉的香气和女人身上的脂粉味道。

也许，这注定是一个不寻常的夜晚。

第十六章

缄默条约

面前是一条长长的走廊，方木站在一端踌躇不前，那种久违的心悸感觉仿佛又回到了身上。然而，前方似乎有某种声音在召唤着他，他不得不打起精神，强迫自己一步步向前走去。

走廊里弥漫着淡淡的雾，一切都影影绰绰，触手可及又似乎远在天边。两侧的墙壁上遍布砍痕、弹洞和血渍。方木仿佛又回到了百鑫浴宫那个可怖的杀场。他尽力不去看那些紧闭的房门，假装听不到那些门后的细微声音，也不去想那后面可能隐藏的东西。然而那声音越来越大，似乎每扇门后都有几十双手在抓挠着门板，同时发出凄厉的呼救声。

方木再也忍受不住，他奔向最近的一扇门，用力拉拽，然而门却纹丝不动。几乎是同时，所有的抓挠声和呼救声都集中在了这扇门上。随着那恐怖声响的骤然增大，整扇门都剧烈地颤抖起来，方木几乎能分辨出指甲断裂和木屑扑簌而下的声音。他清楚地知道，门背后的人正遭遇着难以想象的苦难，然而无论他怎么努力，都无法打开那扇门。冷汗渐渐浸湿了方木的衣服，他疯狂地环顾四周，希望能有人相助，或者找到一件称手的破门工具。然而除了那些冰冷的墙壁之外，走廊里一无所有。正在方木几近绝望之时，走廊的尽头忽然出现一道光，而所有的声响也在那一瞬间消失得无影无踪。

那道光柔和、明亮，驱散了一直笼罩在走廊里的迷雾，眼前的一切变得清晰起来。方木不由自主地向那道光走过去，越接近，内心越觉得平静安详，仿佛卸下了承担已久的重负，又好像在长途跋涉后终于找到了理想的归宿。

那道光的尽头，是一扇打开的门。

穿过那扇门，眼前是一间硕大无比的厅堂，从天花板到墙壁，再到地板，都是白色，散发着淡淡的白光。厅堂中央摆放着一张餐桌，十几个人默默地围坐在旁边，低着头一言不发。

方木小心翼翼地走到桌前，赫然发现那些人中，有几张熟悉的面孔。

廖亚凡，裴岚，陆璐。

方木惊讶得无以复加，正要开口询问，身后却传来了一个似曾相识的声音：“你来了？坐下吧。”

方木下意识地回身，眼睛顿时瞪大了。

是米楠。

她的手里端着一个托盘，里面的物体不明，直觉告诉方木那应该是某种食物。

米楠步履轻盈地把食物分发给餐桌边的人，扭头发现方木还愣愣地站着，笑笑说：“坐下啊，还愣着干吗？”

方木仿佛失去了思考的能力，顺从地拉过一把椅子坐下来，很快，一份冒着热气的食物就摆在了他的面前，虽然看不清是什么，但闻上去香气扑鼻。

方木正在犹豫要不要拿起勺子尝尝，就听到门口传来了急促的脚步声。

他下意识地抬起头，脑子立刻清醒过来。

门口站着的，是老邢。

他的怀里横抱着手脚尽断的邢娜。

老邢的表情悲戚，步伐踉跄，直勾勾地看着方木，嘴里含混不清地嘟囔着：“救救……救救……”

方木离席而起，直奔老邢而去，刚迈出几步，猛然发现一个黑影站在老邢身后，在他手里，一支手枪正缓缓指向老邢的后脑……

这身影……

方木已无暇多想，因为他看见那支枪的枪口正如慢镜头一般迸出火光……

“嘭！”

方木一下子从床上坐起来，仿佛脱水的鱼一般大口呼吸着。那声沉闷的枪响似乎还在耳边萦绕，眼前的火光也仍在兀自跳动着。

足有半分钟后，方木才确认自己已经脱离了梦境重返现实，他舔舔几近干裂的嘴唇，费劲地翻身下床，想去厨房拿一杯水。刚走到堂屋，方木突然发现院子里火光隐隐闪动，还伴随着嘈杂的人声。

方木立刻明白了，刚才的声响和火光都不是梦！

他推开堂屋的门，立刻被眼前的火光晃得头晕目眩。足有几秒钟后，他才看清陆天长带着几个村民正在院子里寻找着什么。每个人手里都拿着火把和木棒，一副如临大敌的样子，陆天长更是半蹲在地上，像条猎犬似的仔细搜寻着。

崔寡妇和陆海燕站在雪地里，只穿着单衣和拖鞋，似乎没来得及披件衣服就从屋子里跑了出来。可是她们好像都感觉不到寒冷，只是哀哀地看着陆天长，眼神中充满了恐惧和绝望。

方木刚要走过去，立刻就被两个村民挡在了身前。方木看看他们满脸的敌意，大声朝陆天长问道："陆村长，出什么事了？"

陆天长没有回答他，继续聚精会神地在地上查看着。片刻，他抬起头，招呼院子里的几个村民离开。

"走吧。"陆天长指指不远处的龙尾山，"他的确回来过，估计往那面跑了。"

村民们鱼贯而出，方木赶上去一把抓住陆天长的胳膊："到底出什么事了？"

陆天长甩掉方木的手，精明客气的表情已经荡然无存，在火把摇曳的光亮中，一脸凶狠决绝。

"没你的事儿！回去睡觉。"他冷冰冰地说道，"明天一早就送你出去。"

说罢，他就转身大步离去。

方木正在疑惑，就听见背后突然爆发出一阵哭声。他下意识地扭头去看，只见崔寡妇和陆海燕已经双双瘫倒在雪地上。他急忙上前扶起她们，好不容易拖拽到房间里，崔寡妇已经不省人事。

陆海燕彻底慌了神，一边哭一边原地乱转。方木把她按坐在椅子上，又把崔寡妇拖到沙发上，掐了几下人中，崔寡妇长长地呼出一口气，又大哭起来。

方木扭头问陆海燕："到底出什么事了？"

"我弟弟……"陆海燕哭得上气不接下气，"我弟弟……他杀人了。"

"什么？"方木皱紧了眉头，"杀人？"

这个词刺激了崔寡妇，她哀号一声，第二次昏厥过去。

又是一阵手忙脚乱，崔寡妇再次苏醒后，已经全身瘫软，只剩下低声啜泣之力。方木给她拿了一杯水，转身低声问陆海燕："你详细说说，到底怎么回事？"

"我弟弟……前几天进城了，村长带人四处找他……"由于不断地哽咽，陆海燕的话变得断断续续，"刚才，村长来砸门，说我弟弟……我弟弟杀人了……"

方木听得一头雾水。进城而已，有必要带人去抓么？再说，怎么又出了人命呢？

突然，方木的眼睛瞪大了，似乎有一道闪电在脑中闪过！

他一把抓住陆海燕的胳膊，急切地问道："你弟弟是不是叫陆海涛？"

"对啊。"陆海燕的眼神先是迷惑，随即就变得疯狂，"你认识我弟弟？你是不是在哪里见过他？"

方木没有回答她，而是连连责怪自己的愚蠢。陆海燕，陆海涛，自己怎么早没想到呢？

陆海涛杀人的事，一定与陆家村的秘密有关！

方木奔回自己的房间，飞快地穿好衣服，刚迈出门口，就被陆海燕堵了个正着。

“你去哪里？”陆海燕的目光炯炯。

“我去找你弟弟。”方木无心和她纠缠，“你和阿姨在家里等我。”

“我和你一起去！”

“不行！”方木直截了当地说道，推开她，疾步走出院子。

刚转到街上，方木就看到村子西南角有一处亮光，隐隐还有人声传来，他想了想，快步跑了过去。

那里有一棵老树，虽然高大，但在这个季节里也早已枝叶尽枯。几个人站在树下，手中的火把照亮了周围的一片雪地，反射出奇异的黄色光芒。在他们脚下，一个横卧的人影若隐若现。方木已经猜到那是什么，可是跑到树下的时候，还是吃了一惊。

被陆海涛杀死的，是陆三强。

尸体头东脚西，呈仰卧状，双臂展开，右腿蜷曲，头部左侧血肉模糊，可见颅骨塌陷。尸体四周遍布脚印和烟蒂，现场已遭严重破坏。

方木刚要蹲下身子仔细查验尸体，就有一个村民拽住他的胳膊：“你干吗？”

方木甩开他的手，毫不客气地问道：“谁第一个发现尸体？什么时间发现的？”

那个村民被方木严厉的语气吓住了，犹豫了一下说道：“俺们也不知道，村长叫俺们来看着死人，俺们就来了。”

方木捏捏陆三强的尸体，由于无法查看尸斑，加之温度的影响，现在还不好推断陆三强被害的具体时间，只能从尸体的僵硬程度上做个粗略的判断。

他在心里盘算了一下，皱起了眉头。随后，方木仔细查看了死者头部的伤口，眉头锁得更紧。

他拿过旁边村民手里的火把，在尸体周边数米的范围内来回查看了一会儿，抬头问那个村民："村长他们往哪个方向去追了？"

那个村民指指龙尾山的方向："那边。"

方木随手捡起一根树枝，绕着尸体画了一个圈，然后盯着那个村民的眼睛，一字一顿地说："在我回来之前，任何人都不能走进这个圈，也不许任何人碰尸体，你听懂没有？"

那个村民已经彻底被方木的气场镇住，连连点头。

方木看看不远处黝黑的龙尾山，咬咬牙，举起火把跑了过去。

连日的暴雪让方木举步维艰，每前进一步都要费很大的力气。本以为很容易就可以穿越山脚下那片密林，可是走到一半，方木就筋疲力尽了。他背靠在一棵树上大口喘息着，一边擦汗，一边留心观察四周的动静。

从尸体的僵硬程度来看，陆三强至少已经死了6个小时以上。但是今晚村里彻夜狂欢，如果陆海涛在那棵树下杀人，尸体应该早就被发现了。而且，从陆三强头上的创口来看，致其死地的凶器应该是一把锤子之类的东西。陆海涛从城里回来之后，一直在外面躲着，不可能也没必要带着锤子在身边。再者，如果陆三强确系钝器击打头部致死，那么尸体附近应该有大量的喷溅型血迹，可是方木在现场并没有发现这些。

因此，村子西南角未必是第一案发现场，即使陆三强真的是被陆海涛所杀，那么尸体也应该是由别处运至此处的。

问题是：谁运的尸体？这么做的目的又是什么？

忽然，身后的树林里传来一阵"咯吱咯吱"的踏雪声，还伴随着细微却急促的喘息。方木警觉地回过头去，看见不远处正有一个人影蹒跚而来。

"谁在那儿？"方木大喝一声，俯身拾起一根树枝。

"方……方哥，是你么？"

是陆海燕。

她走得满头大汗，脸色绯红，看到方木的一瞬间，似乎有些高兴。

“总算追上你了。”

“你来干什么？”方木很惊讶，“我不是让你在家里等着么？”

“不。”陆海燕的眼神坚毅，“我得去救我弟弟。”

“救他？”方木眯起眼睛，“你弟弟杀了人。”

“那他也是我弟弟！”陆海燕的声音带了哭腔，“我怕……我怕他们会伤害我弟弟。”

“不会的，事情没有你想得那么复杂。”方木安慰她，“村长找到他后，会移交给司法机关处理，到时，一切就会水落石出了。不过……”方木想了想，“有件事我想不清楚，你弟弟只不过是出去玩玩而已，村长有必要带人去抓他么？”

陆海燕的身体微微震动了一下，起身说道：“快走吧，一会儿天就要亮了。”

说罢，她就踏着积雪向龙尾山走去，方木不再追问，举起火把跟在她的身后。

艰难跋涉了半个小时后，龙尾山终于在方木跟陆海燕二人面前露出了全貌，在铁灰色的天幕下，龙尾山显得巍峨险峻，高不可攀。方木一边擦汗，一边竭力睁大双眼扫视着大山。忽然，他拉拉陆海燕的胳膊。

“你看。”他指指山腰东侧的林地，在那里，一串亮点正在缓缓移动。

陆海燕一下子就急了，转身就往山上跑。

“我弟弟一定在那儿！”

话音未落，她已经消失在前方的山林里。方木来不及多想，快步跟了上去。

山路并不好走，不仅路径隐蔽，而且松软的积雪下到处都是石子。方木紧盯着前方陆海燕若隐若现的身影，深一脚浅一脚地前行。

才走出几十米，就听到陆海燕哎呀一声，方木暗叫不好，一边加快速度，一边尽力让火把照亮更远的地方。

陆海燕站在几米开外的前方，身子怪异地倾斜着，走到她附近，方木却松了口气。

她跑得太快，又看不清路，头发缠绕在路边的树枝上了。

陆海燕急得要命，歪着头，揪着那根树枝连掰带拽，可是除了疼得直吸冷气外，丝毫也脱不了身。

方木急忙把火把插在旁边的一棵树上，试图帮她把头发解下来。四只手纠结在一起，头发反而越缠越紧。陆海燕又急又气，干脆把那根树枝一把折断，不顾头发里还缠着断枝，转身就走，不料，脚下又绊着一块山石，“扑通”一声摔在了地上。

这一下似乎抽走了陆海燕全身的力气，挣扎了几次竟爬不起来，情急之下，她放声大哭。

方木急忙去搀扶她，手指刚刚触碰到她的肩膀，她就像抓住救命稻草一样缠绕过来，死死地抱住了方木。

方木大窘，推了几下竟推不开，只能半蹲在地上任由她抱着。

陆海燕哭得撕心裂肺，边哭边含混不清地说：“我怎么办啊……我弟弟怎么办啊……”

即使穿着厚重的棉衣，方木也能感觉到陆海燕手上超乎寻常的力度，她的绝望与无助，似乎通过这几乎嵌入方木体内的手指传导了过来。在这寂静的山林里，唯一可以寄托希望的，居然是这个仅仅相处几天的陌生人。不知这是她的幸运，还是不幸？

方木在心底发出一声叹息，双手合拢，轻轻地放在她的肩膀上。

几分钟后，陆海燕的哭声渐轻，彻底恢复平静后，她推开方木，一言不发地清理被断枝缠住的头发。方木也觉得有些尴尬，取回火把后，不知该说些什么，只能默默地看着陆海燕。

在火光的映照下，陆海燕的样子狼狈不堪。不仅披头散发，貂皮大衣被树枝挂破了好几处，脸上的灰尘也被泪水混合成大片的污渍。她大概也意识到自己的窘态，一直低着头，头发整理好之后，就飞快地爬起来，擦擦脸，小声说：“走吧。”

“你认识路么？”方木问道。

陆海燕点点头。方木把火把递到她手上：“你在前面。”想了想，方木又加上一句：“小心看路。”

陆海燕的脸一红，默默地接过火把。

越往山上走，山林越茂密，加之到处是一片苍茫的白，方木很快就失去了方向。好在陆海燕一直在前面带路，渐渐地，终于接近了半山腰。

那串亮点越发分明，几乎能看出火焰的跳动。方木注意到他们仍在缓缓地向上移动，这说明追击者们还没有抓到陆海涛，否则早就下山了。

这让他勇气大增，如果能找到陆海涛，也许就能揭开这里的秘密。

陆海燕也意识到了这一点，一边死死盯住那些亮点，一边在那些密林中的小路上快速前进。然而让方木感到奇怪的是，那些追击者明明在山的东侧，陆海燕选择的路径却是一直向西。

“等等！”方木气喘吁吁地说，“方向搞错了吧？”

“没错。”陆海燕头也不回，“这里有条近路。”

说是近路，方木却意识到他们离那些追击者越来越远。陆海燕似乎并不想追赶上他们，而是要前往另一个地点。

方木不由得心生疑惑，正打算问个究竟，就听见自己的衣袋里传来“滴滴”两声。

有短信。方木下意识地去摸手机，刚把手伸进衣袋里，整个人就僵住了。

这地方是没有手机信号的。

谁发来的短信?

方木掏出手机，立刻注意到自己始终没有关闭蓝牙。这是一条来自诺基亚手机的短信，方木急忙选择接收，几秒钟后，一张图片出现在方木的手机屏幕上。

这似乎是一张用手机拍摄的图片，拍摄者的技术很差，图片不仅暗，而且非常模糊，根本看不清拍摄的对象。方木翻来覆去地看了半天也不明就里。

忽然，方木的眼前一亮，仿佛有一道闪电在脑海中亮起!

他知道这是谁发来的短信了!

他编辑了一条短信：你在哪里?然后用蓝牙搜索，果真，搜到了一部诺基亚手机。他把短信发送过去，一边留意倾听附近是否有短信提示音。

陆海燕见方木盯着自己的手机，也凑过来看："怎么了?"

"有人给我发了条短信。"

"用手机?"陆海燕好奇地拿过方木的手机，"这地方没有手机信号啊。"

"嗯。他用蓝牙发过来的。"方木看着陆海燕的眼睛，"据我所知，在这山里带着手机，而且懂得用蓝牙传输文件的，只有一个人。"

"谁?"

"你弟弟，陆海涛。"

陆海燕的眼睛一下子瞪圆了，愣了几秒钟后，疯狂地在手机上乱按着。

"他跟你说什么了?他在哪里?他安全么?"

方木替她把图片翻找出来："你知道这是什么地方么?"

陆海燕看了半天，摇摇头："不知道。"

在手机屏幕微弱的灯光下，陆海燕的脸隐藏在黑暗中，看不清她的表情，只看到眼中的光芒隐约一闪。

这时，方木的手机又滴滴地鸣叫起来，几秒钟后，又一张图片发了过来。陆海燕抢先一步打开来看，图片仍然是用手机拍摄的，虽然这次陆海涛打开了闪光灯，但拍摄对象仍然是模糊一团。

“怎么回事？”陆海燕一脸迷惘，“怎么拍成这样？”

“只有一个解释。”方木缓缓地说，“拍照的时候，他的手在抖。”

“啊？”陆海燕失声叫道，“你的意思是……”

“不会的。”方木朝还在移动的那串亮点努努嘴，“你弟弟肯定还没落到他们手里，不过他应该离咱们不远。”

陆海燕的表情骤然松懈下来，整个人也无力地靠在一棵枫树上，嘴里喃喃自语：“那就好……那就好……”

方木看看四周，嘱咐陆海燕拿着手机别动，然后试探着向密林深处走去。十几米后，脚下就没有路了。方木把手放在嘴边，小声喊道：“陆海涛，陆海涛。”

密林里毫无回应。

方木不死心，矮下身子又向前走了几米，几乎是半蹲在地上呼喊着陆海涛的名字，可是四周依旧一片寂静。

方木皱起眉头，蓝牙传输的距离不过十几米，陆海涛应该就在附近，可是为什么没有回应呢？

忽然，身后的陆海燕传来一声小小的尖叫。方木急忙回过头去，低声问道：“怎么了？”

陆海燕举起手机：“你的手机……不亮了。”

方木快步跑过去，拿起手机一看，电池已经用光了。

“你弟弟又发来图片没有？”

“没有。”陆海燕怯怯地回答，似乎手机没电完全是她的责任。

方木暗骂一声，低声嘱咐道：“咱们俩分头找找，你弟弟应该就在附近。”

“别找了。”

“嗯？”转身欲走的方木惊讶地停下脚步，“不找了？”

陆海燕变得异常平静，她指指手里的火把：“火把就快烧尽了——附近到处是悬崖和断壁，不等找到我弟弟，我们就摔死了。”

继续搜寻已经不可能，摸黑下山同样危险。借助火把的最后一点光，陆海燕带着方木找到一个避风的小山洞，决定等天亮再下山。

两个人都不说话，默默地看着火把上随时可能熄灭的小小火苗。它摇曳着，跳动着，似乎在做最后的挣扎。陆海燕蜷起身子，抱着双膝，把下巴放在膝盖上，一脸忧戚。火焰在她的双眸里燃起两个亮点，眼波流转间，隐隐有泪光闪动。

方木也在想心事。陆海涛应该不知道自己就在附近，而用蓝牙传输图片，也许是他当时唯一想到的对外联络方式。

是什么让他如此急切地想让外面的人了解呢？

陆海涛一定是看到了让他无比震惊的东西。

“你是怎么认识我弟弟的？”忽然，陆海燕开口了。

方木想了想，把他和陆海涛在火车上的相遇一五一十地告诉了陆海燕。陆海燕沉默了一会儿，眼中又有了泪光。

“这个傻小子……这个傻小子……”

方木想了想，开口问道：“你弟弟仅仅是进了一次城，为什么引来这么多麻烦？”

“村长不让我们进城，平时采购什么的，都是由大春他们负责。”

“为什么？”

“你也看到了，这是个小村子，就那么十几户人家。过去这里穷得厉害，只能在地里刨食吃。大概几年前吧，村长忽然召集我们开了个会……”陆海燕把身子蜷得更紧了，“……说从此由村里负责大家的吃喝穿用，任何要求都能满足，但是有一个条件……”

“所有人不许外出？”

“对。”陆海燕轻叹了口气，“当时大家都答应了。果真，各种见过的、没见过的好东西源源不断地送到各家各户。我们再也不用下地干活，愁吃愁喝了。但是，代价是——没有电视，没有电话，与世隔绝。”

方木沉默了，对于一直挣扎在贫困线上的人而言，自由与富足的生活相比，真的一钱不值。

“最初一段时间还好，大家都安安分分地过着日子。可是，对有些人来讲，吃喝并不是生活的全部。”

“比方说你弟弟？”

“对。”陆海燕痛苦地闭上眼睛，许久才重新睁开，“有一次，大春送东西来的时候，落下了一本从城里带来的画报。海涛把它偷偷藏起来，反复看了好多遍，然后就跟我和我娘说，要进城里去看看。我娘吓坏了，急忙阻止他。可是这小子第二天留了张纸条就走了。”

“后来呢？”

“我和我娘拼命捂着这件事，可是你也知道，这么小的地方，一个大活人不见了，哪能瞒得住？第二天下午村长就上门了，问清我弟弟的去向后，二话不说就走了。后来大春告诉我，村长要杀一儆百，狠狠收拾我弟弟一顿。”

陆海燕把额头顶在膝盖上，又小声抽泣起来。方木不知道该说些什么安慰她，只能拍拍她的肩膀。等她的情绪稍稍平静些了，方木低声问道：“村里的钱，到底是从哪里来的？”

陆海燕抬起头，却并不望向方木，而是出神地看着黝黑的山林，良久，才缓缓答道：“我不知道。”

那拼命挣扎的小小火苗终于熄灭了。

同时熄灭的，还有陆海燕瞳仁里的最后两点光。

一切归于黑暗。黑暗宛若幕布般扑来，刹那间铺天盖地。陆海燕发出一声短促的惊叫，紧接着就把手伸过来。

“你在哪儿？”终于，一只冰凉的手抓住了方木的衣袖，随后就不肯放开，似乎那是唯一能抵抗黑暗的神器。

方木挪过去，尽可能靠近她，同时又尽力不使她产生不安感。

女孩不停战栗的身体最初有些躲闪，几秒钟后，完全贴附了过来。

亲密的身体接触让两个人都觉得有些尴尬，体温也随之升高，既温暖了自己，也温暖了对方。这微妙的变化让他们本能地靠得更紧，宛如两只露宿雪地的小兽。

许久，方木打破了沉默：“天快亮了吧？”

“嗯。”

“你休息一下吧。”

“嗯。”

又是长久的沉默，四周的山林里，种种异动却更加明显。

有风吹过树梢的声音。

有积雪扑簌簌落下的声音。

有踩裂断枝的脆响。

有野兽粗重的鼻息。

方木一直警觉地看着周围，试图在那些异响中辨别出来自陆海涛的信息。有几次，他几乎相信陆海涛就躲在不远处的某片树丛中，然而，轻声呼唤他的名字后，却总是毫无回应。

每次听到弟弟的名字，陆海燕都会紧张地抬起头来四处张望，如是几次之后，她重新蜷起身子，轻轻地对方木说道：“你别费劲了，他不在这儿。”

方木不甘心地又张望了一阵，最后悻悻地坐好。黑暗中，他仍能感到陆海燕在看着自己。

“你怎么……这么关心我弟弟？”

“哦？”方木被问得猝不及防，“好歹有一面之缘。”

“是么？”陆海燕显然并不相信这个理由，“你到底是做什么的？”

“摄影师，我不是告诉过你么？”

“是么？”陆海燕的眼神突然变得咄咄逼人，“那你手机里为什么会有陆璐的照片？”

“嗯？”方木猛地扭过头来，“你认识她？”

陆海燕被吓了一跳，本能地向后缩了一下：“嗯。”

“她是你们村的？”方木一把抓住陆海燕的胳膊，“她的父母在哪里？”

“曾经是我们村的……哎呀，你松开我！”陆海燕惊恐万状地向后躲着，拼命想甩掉方木的手。

方木急忙安抚道：“好，好，你别怕，你告诉我，陆璐的家人在哪里？”

“你先告诉我照片的事！”

“好。”方木的脑子飞快地转动着，“我是在城里一家孤儿院认识陆璐的，院长告诉我，陆璐是救助站送来的，委托我们帮助她寻找家人。所以我把她的照片存在手机里，出差的时候就在当地查找一下——就是这样。”

“哦。”陆海燕将信将疑地看看方木，“原来如此。”

“该你回答我的问题了。”

“你别找她的父母了。”陆海燕揉揉胳膊，“陆璐的父母在她很小的时候就去世了。她一直跟着她爷爷生活，几年前老爷子也走了。后来陆璐也不见了踪影，原来是跑城里去了。”

黑暗掩盖了方木的表情。他既兴奋又愤怒。陆家村果真和跨境拐卖儿童有关，而他们居然连同村的孩子都不放过！

陆海燕感到方木的身体在微微颤抖，有些诧异地问道：“你怎么了？”

“哦？”方木竭力平复自己的情绪，“有点冷。”

“那……”陆海燕低下头，“你靠过来点儿吧，挤一挤，会暖和些。”

见方木坐着没动，几秒钟后，陆海燕轻轻依偎过来。

“天快亮了。”她盯着微微泛白的东方，喃喃说道。

“嗯。”

“天一亮，我们就得回去了。”

“嗯。”

陆海燕忽然轻轻地叹了口气。

“以后，你会经常来看我么？”

不等方木回答，她又无比幽怨地答道：“不会，肯定不会。他们一直不让外人进来。”

“不。”方木缓缓地答道，“我一定会再回来的。”

“真的？”陆海燕有些惊喜，“那可太好了。”

她试探着把头靠在方木的肩膀上，几分钟后，睡着了。

方木毫无睡意，他一直盯着前方的山林，看着山脚下的村庄一点点露出轮廓。

我一定会回来。一定。

下山的时候，方木才知道昨晚走了多么远的路。从天色微明，一直走到天光大亮，两个人才回到陆家村。方木让陆海燕先回家，自己直奔村子西南角。刚走到那棵树下，方木就愣了。

树下空空如也。

方木急忙环顾四周，没错，就是这里。可是，尸体呢？

他蹲下身子，仔细查看着地面，雪地上明显有被清扫和翻铲过的痕迹，一点可供固定和提取的证据都没留下。

方木咬咬牙，拔腿就向村子里走去。

没走多远，就看见一个村民提着裤子，哈欠连天地从自家院子里走出来。方木认得他就是昨晚在树下看守尸体的其中一个，不由分说，上前一把抓住他。

“尸体呢？”

那村民吓了一跳，使劲揉揉眼睛，看清方木后，猛地甩开他的手。

“什么尸体？我不知道！”

“你不知道？”方木逼上一步，“昨晚在树下的尸体，陆三强的尸体！”

“没有什么尸体。”那村民忽然怪异地笑笑，“根本没有陆三强这个人。”

趁方木目瞪口呆的时候，那村民小跑回院子，“咣当”一声锁上了院门。

方木在原地站了一会儿，脑子里一片空白，回过神后，转身向陆天长家走去。走了一半，他改了主意，转道去陆海燕家。

他本想去陆天长家打电话报警，但是，显然是陆天长指使村民们转移了陆三强的尸体，完全破坏了现场，而且意图彻底掩盖这件事——让陆三强这个人从未存在过。

到他家去打电话报警，无异于与虎谋皮。

陆海燕家的院子里一片狼藉，到处是脚印和燃尽的火把。方木奔回自己的房间，翻出手机充电器，接上电源后，按下开机键，手机却毫无反应。方木连换了几个插座，都是如此。方木想了想，起身按下电灯开关，电灯也不亮。

方木骂了一句，疾步走出房间，在堂屋里迎面遇到了崔寡妇。

“阿姨，家里怎么停电了？”

“别说停电了，”崔寡妇一脸苦相，“连水都没了。”

断水断电。

方木明白了，陆天长要“教训”的，不仅是陆海涛，还有他的家人。

“海燕呢？”方木问道。

“出去了。”崔寡妇忽然压低声音，“她让我告诉你，一会儿去祠堂见她。”

祠堂地处村子东北角的一片空地，是一座高约6米的仿古建筑，黑瓦白墙，木门木窗，占地大概200多平方米，历史不长，却因缺乏定期修缮而显得破败不堪。方木推开因潮湿而变形的木门，立刻被扑面而来的大团灰尘呛得喘不上气来。他不敢大声咳嗽，用手捂住嘴，细细打量着面前的空旷厅堂。

祠堂里面石砖铺地，堆了厚厚一层灰尘。一些破旧的桌椅横七竖八地摆放在地上。偶尔有冷风从窗户的缝隙吹进来，四面墙上悬挂着已辨不清颜色的族谱、画像，摇摇欲坠。纵使外面阳光明媚，祠堂里却仍然幽暗阴森，似乎推开那扇门，就跨入了另一个世界。

方木蹲下身子，立刻在那厚重的灰尘上辨别出一些脚印。他抬头向前看看，祠堂的北侧是一个简易的木台子，似乎是临时搭建的戏台。木台子尽头是一面夹墙，出口处挂着一面脏兮兮的棉布帘子。方木蹑手蹑脚地走过去，轻轻爬上木台子，立刻听到棉布帘子后面有人在说话。

“姐……我们在作孽啊……我都看见了……太惨了……”

方木听出那是陆海涛的声音，带着哭腔，似乎无比恐惧。

另一个声音是陆海燕的，她也在哭，边哭边小声劝解着陆海涛。

“我不管……我不能再花这样的钱了……姐，我得去报官……我们一定会遭报应的……”

突然，方木脚下的一根木条发出断裂的脆响，声音虽小，但在幽静的祠堂里，无异于一声惊雷。棉布帘子后面的对话戛然而止，紧接着，就听到陆海燕颤巍巍地问道："谁？"

方木心知已经无法再继续偷听了，就大步走过去，一把掀起棉布帘子，钻进了夹墙里。

"是我。"

满脸恐惧的陆海燕直愣愣地看了方木几秒钟，松了一口气，似乎又活过来一样。一直躲在姐姐身后的陆海涛探出脑袋，惊魂未定的他仿佛看到了救星。

"大哥，大哥，我就知道是你。"陆海涛激动得语无伦次，"我用那什么牙……大哥，我看到了……我一定得告诉你……那些女孩子……"

"海涛！"陆海燕突然一把将弟弟的头抱在怀里，用手死死地捂住他的嘴，"别说，别说，姐求你……"

方木急忙去掰陆海燕的手："放开！你让他说，到底看到什么了？"

撕扯中，陆海燕忽然松开手，当胸猛推了方木一把。这一下的力度如此之大，让方木瞬间就失去了平衡，仰面摔倒在地上。他手脚并用地爬起来，却看见陆海燕直挺挺地跪在自己面前。

"方哥，我相信你是老天派下来救我们的。"陆海燕已是泪流满面，"我求你一件事，你务必要答应我。"

说完，不等方木回答，她就"咚咚"地磕起头来。

方木急忙阻止她，陆海燕却固执地磕个不停，一时间，方木心头大乱，只能先答应她。

"好吧。"方木尽力拉住她的肩膀，"你先说什么事。"

"你带我弟弟走吧，随便帮他找一个工作，让他自己能养活自己就行。"陆海燕依旧跪在地上，"我只有一个要求，什么都不要问他，什么都别问！"

"嗯？"方木慢慢直起身子，眯起眼睛盯着陆海燕，"你弟弟杀了人……"

"我没有！"陆海涛急得几乎要跳起来，"我和我姐小时候常去那里玩……我就想去那里躲躲……"

"海涛！别说，别说！"陆海燕又扑过去堵陆海涛的嘴。

陆海涛急于还自己一个清白，拼命拉开姐姐的手，大声说道："是大春！我拍照的时候，被三强和大春看到了。我和三强从小玩到大，他拦住大春，让我快跑，大春就抄起锤子把三强打倒了……"

陆海涛说的不像假话。方木逐渐意识到问题的严重性：陆天长诬陷陆海涛杀人，其目的之一是为陆大春开脱，之二就是要除掉陆海涛。如果不尽快把陆海涛转移到安全的地方，他就很危险了。

何况，陆海涛是很重要的证人，有了他，也许能使案件有很大进展。

方木转头对陆海燕说："你快起来，我答应你。"

"真的？"陆海燕一脸惊喜，她一骨碌爬起来，"你们先在这里躲躲，我回家给你拿东西。"

"不用了。"方木拦住她，"我现在就带他走。还有……"他顿了一下，"你和阿姨最好也一起走。"

"我们？"陆海燕苦笑一下，"出去了都养不活自己。"

"我养啊。"陆海涛一梗脖子，"姐，我一定行的。"

"傻弟弟，他们不会难为我们的。"陆海燕摸摸弟弟的脸，"只要你没事就好。"

陆海涛叫了一声"姐"，就搂住陆海燕大哭起来。

方木皱皱眉头，拉拉陆海燕的衣角："别哭了，得抓紧时间离开这里。"

陆海燕连连答应，擦擦眼泪，一把推开了弟弟。

三个人快步走下木台子，穿过厅堂，来到门口，陆海燕让他们先别动，自己出门查看一下动静。

刚推开那扇木门，陆海燕就愣住了。

方木心知不好，把身边的窗户推开一道缝隙，刚瞄了一眼，心底就一片冰凉。

祠堂的院子里，挤满了手拿锄头、铁叉和棍棒的村民。

躲藏已经没有任何意义，方木咬咬牙，拉着陆海涛走出了祠堂。

陆天长站在所有村民的前面，歪着头，眯着眼，饶有兴味地看着方木，好像一个猎手在欣赏掉进陷阱的猎物。

一个头发花白的老妇踉踉跄跄地冲上来，一把揪住陆海涛连咬带挠。

“没良心啊……三强跟你光屁股一起长大……你咋忍心下手啊……”

陆海涛连连抵挡，一边哭丧着脸辩白：“不是我啊……婶子……哎哟……”

陆天长丢掉烟头，挥挥手，立刻有几个村民冲上来架走了老妇，同时把方木和陆海涛拉到院子里。

转眼间，方木和陆海涛身上的东西就被搜罗一空，扔在雪地里。陆天长拣出陆海涛的手机，嘿嘿冷笑了几声。

“你小子长见识了，还会用手机拍照了。”他不紧不慢地踱到陆海涛面前，忽然压低声音，“说出去了？”

“没……没有。”陆海涛已经脸色煞白，“我不敢……叔……你饶了我……”

陆天长盯着他看了几秒钟，转头望向方木：“你为什么会在这儿？”

“海燕让我把她弟弟带走，就这么简单。”方木知道这件事根本瞒不住，“别的我不知道。”

陆天长打量了方木一会儿，转身面向村民。

“还记得我们讲好的约定吧？”

村民们互相看看，“记得”的答复声在人群中此起彼伏地响起。

“要想过好日子，就得信守约定。”陆天长提高了声音，“如果有谁违反了约定，那就是把全村老小往死路上逼。”

人群有些骚动，能看见锋利的铁叉在阳光下闪闪发亮。

陆天长转身看看陆海涛，似笑非笑地说：“海涛，你差点毁了咱们的好日子。”

陆海涛的脚一软，如果不是有两个村民死死地抓住他的胳膊，恐怕就会瘫在地上。

“叔，我不敢了，再也不敢了……你饶了我吧……”

陆天长笑笑，从一个村民手里拿过一把斧子，递给陆海涛，又朝地上的两部手机努努嘴。

陆海涛哆哆嗦嗦地接过斧子，看看陆天长，又看看方木，一步步蹭过去，跪在雪地上，举起了斧子。

“啪！”手机的屏幕上立刻出现了裂痕。

“用点劲儿！”陆天长喝了一声。

陆海涛抖了一下，又挥起斧子。

“啪！”这一下，陆海涛和方木的手机都四分五裂了，几个零件散落在一旁。陆海涛用手把破碎的手机拢在一起，一下又一下地拼命砸着，似乎越用力，活命的机会就越大。

方木目不转睛地盯着那堆几成齑粉的电子零件，感觉每一下都敲在自己的心上。

最后的线索也没了。

直到两部手机的残片几乎都被砸进了泥地里，陆天长才心满意足地让陆海涛停手。他在那片泥地上跺跺脚，低头看着依旧跪着的陆海涛。

“嗯，总算挽回点过错。”

陆海涛的眼睛亮起来，半是乞求半是感激的目光中，似乎生机重现。

陆海燕呜咽着，走过去想把弟弟扶起来，却被陆大春一把拽住。

“但是，还有一件事没完。”陆天长眯起眼睛，“三强的命。”

刚刚在陆海涛眼中闪现的亮光又熄灭了，他挣扎着想站起来，却被几个村民按倒在地上。

“不是我……我没有！”陆海涛的脸埋在雪地里，只能发出模糊不清的嘶喊。

陆天长的声音远远高过他的。

“大家说，怎么办？”他转身面对村民们，“三强的命，怎么办？”

人群一片沉默。突然，那老妇尖厉的声音在众人头顶炸响：“弄死他！”

就像是一滴水落入烧滚的油锅一样，村民们立刻骚动起来。

“这王八犊子，差点让我们过以前的穷日子……”

“谁能保证他以后不跑，不杀人？”

“弄死他……”

陆天长扭头看看已经瘫作一团的陆海涛，居然笑了笑：“海涛，没办法，做错了事，就要付出代价……”

“不！”

一声凄厉的呼喊后，崔寡妇踉踉跄跄地从人群中挤出来，扑倒在陆天长的脚下，死死地抱住他的腿，连声哀求：“村长，村长，你饶了他吧……你不是说，只要我把海涛交出来，你要了他两条腿就完事么……”

一直在试图挣脱束缚的陆海燕猛地瞪大了眼睛，几秒钟后，失声叫道：“妈！你为什么出卖我们？那是你儿子，那是我弟弟啊！”

陆海涛仿佛失去了思考和行动的能力，只是呆呆地看着母亲，一脸难以置信的模样。

崔寡妇已经哭得趴在了地上：“妈没办法啊……咱们得活命啊……妈不能连你都失去啊……”

陆天长慢慢扶起崔寡妇，表情柔和，语气却冰冷："老嫂子，孩子犯了错，就得自己承担，他杀了人，又差点毁了咱们村，我不惩罚他，今后就没有这样的好日子过了。"

村民们也七嘴八舌地附和道："是啊，村长说的没错。"

"老子可不想再去地里刨食吃……"

"一人做事一人当……"

陆天长细细地帮崔寡妇掸去身上的泥土："老嫂子，规矩就是规矩，坏了规矩，咱们就都得过以前的穷日子。乡亲们都得活命，你得活命，海燕也得活命。"

最后两句话让崔寡妇浑身一颤，她看看已宛若木雕泥塑般的陆海涛，慢慢转过身去。

陆天长抬起头，扬扬眉毛，村民们立刻围拢过来。

陆海涛已经意识到了自己的命运，极度的恐慌和绝望让他说不出话来，只能大张着嘴，手脚并用地向后挪着。

陆海燕疯了似的又踢又咬，却被陆大春死死抱住，半点也动弹不得。陆天长皱皱眉头，用手指着陆海燕，缓缓说道："你想让你妈活命，你想活命，就老实点。"

"叔啊，我求你放了海涛吧。"陆海燕已经双脚离地，放声大哭，"我和大春……我什么都答应你……"

"燕子！这是两回事！"陆天长暴喝一声，"你弟弟犯了死罪！他不死，我们全村都得完蛋！"

"对！不能因为你们一家，害了我们大伙！"一个拎着木棍的村民大声喊道。

附和声再起。

"大江，你先来！"陆天长的手一挥，"以后，陆海涛那份儿就归你！"

叫大江的村民却犹豫起来，猫着腰，盯着陆海涛，捏着木棍原地转圈。

“法不责众，你怕什么！”陆天长大吼道，“每个人都得打，谁先打，2000块钱！”

大江彻底红了眼，“啊啊”大叫着举起棍子猛击过去。

陆海涛的头挨了重重的一棍，整个人都侧翻过去。鲜血猛地喷溅出来，泼洒在雪地上，触目惊心的红。

也许是这红色，也许是那2000块钱，也许是那句“法不责众”，似乎所有人的兽性都在那一刹那间被激发出来，在大江身后，棍棒、铁叉和锄头举起来，直奔地上的陆海涛而去……

“住手！”方木再也忍不住了，拼命挣脱身后的两个村民，连滚带爬地扑过去，拽起陆海涛就向后拖。尽管冲在前面的村民匆忙停了手，方木的身上还是重重地挨了几下。

“你们疯了么？”方木难以相信眼前的一切，尽管他知道陆天长想置陆海涛于死地，但万万想不到他会选择在光天化日之下，由全体村民来执行。

“你别多事！”陆天长沉下脸，“这是我们村里的事！”

方木本想揭穿陆三强为陆大春所杀的真相，但是现在看起来，不会有人相信他。村民们要杀掉陆海涛，不是为了替陆三强报仇，而是为了维持不劳而获的生活。

物质能让人变成野兽，无论在繁华都市，还是穷乡僻壤。

和野兽讲道理，绝不是好方法，但是方木也只能一试。

“大家冷静点，不管你们之间有什么盟约，也不能杀人。”方木一边尽力护住陆海涛，一边张开双手，以示自己没有敌意，“三强已经死了，这事再也无法挽回，你们应该……哎呀！”

方木突然感到小腿一阵剧痛，低头一看，陆海涛的双手伸进自己的裤管，指甲已经深深地嵌进了自己小腿的皮肤里。

“啊——”满脸都被血糊住的陆海涛毫无意义地低吼着，在血污下面，一双眼睛正放出前所未有的光芒，死死地盯着方木。

方木疼得脚一软，几乎摔在地上。

“他已经疯了！打死他，打死他！”人群中传出一声怪叫，刚刚后退的村民们又重新逼上前来。

“大家别冲动！”方木急忙站稳脚跟，“杀人是要偿命的！你们杀了陆海涛，谁也跑不了！”

“放屁，还能把我们都抓走？”有人大声喊道。

“你们要相信我！”方木满头大汗，“千万冷静点，现在的社会是讲法律的……”

“什么法律，法律能管我们吃喝么，能管我们钱花么？”

“钱和命哪个重要？”方木吼起来，“为了你们自己有吃有住，有钱花，就要杀人吗？”

“他不死，我们就都得死！”陆天长大喊，“别听他的，上，上！”

这句话刺激了所有的村民，无数的棍棒和铁叉又在方木面前挥舞起来。很快，方木的头上和身上又挨了重重的几下。

剧痛之后，就是麻木。恍惚中，方木意识到，面前已经不是人类的面孔。

他们没有眼睛。

脸颊上本该闪烁光芒的地方，只有一团黑雾萦绕。

盲鱼。方木忽然想到那些因为见不到阳光而失去眼睛的鱼。

当人的心灵被欲望彻底蒙蔽，和盲鱼又有什么分别？

方木突然从心底感到弥漫至全身的绝望，这绝望又催生起无边的愤怒！

一根棍子打在方木的肩膀上，方木就势抓住它，奋力夺了下来，随即就在身前挥舞起来。

突如其来的反抗让人群稍稍退却，也为方木争得了一点空间。血从头上流下来，糊住了他的眼睛。方木一边用手擦拭，一边举起棍子指向蠢蠢欲动的村民。

“都给我老实点儿！”无论如何也得把陆海涛带出去，方木横下心，“我是……”

“咚！”

身后突然传来一声闷响，方木面前的村民不约而同地发出一声惊呼，他下意识地回过头去，立刻感觉全身的血液都冻住了。

半坐着的陆海涛正软绵绵地倒下去，脑浆混合着血液从头顶的窟窿里咕嘟嘟地冒出来。他的嘴巴大张，双眼圆睁，似乎对面前的那个人充满疑惑。

那个人，是握着一把斧头的陆海燕。

陆海燕依旧保持着击打的姿势，上身前倾，牙关紧咬，双眼直勾勾地盯着还在抽搐的弟弟。

不，那不是眼睛。

那是一团黑雾。

院子里彻底静了下来，静得连风声都清晰可辨。

每个人都像雕像一般，默默地看着不住喘息的陆海燕，以及地上那具支离破碎的躯体。

直到陆海涛呼出最后一口气，陆海燕才晃了晃身子，低着头慢慢走到陆天长面前。

陆天长显然也受惊不小，看到陆海燕向自己走来，竟做出要逃跑的姿势。

陆海燕却万分顺从地把斧子交到陆天长手里，陆天长下意识地接过来，一时竟不知说什么，嘴唇翕动了几下，挤出几个字：“好……好孩子。”

陆海燕猛地抬起头来，遮挡脸庞的长发后面，骤然射出两道寒光。紧接着，她的嘴唇就像野兽一样翻卷起来，露出一口森森白牙。

“啊——”她尖叫起来。

这叫声仿佛一把利剑，刺进每个人的鼓膜里。不远处，一片密林中的乌鸦也被惊扰起来，嘎嘎叫着飞向远方。

直到胸腔里的空气似乎全被呼了出去，陆海燕的尖叫才渐渐停止。她的牙齿还露在干裂的嘴唇外面，一丝涎水从嘴角流淌下来。

她低下头，俯身背起已经昏死过去的崔寡妇，看也不看方木一眼，缓缓离去。

直到她们消失在村庄里，人群才开始慢慢活动起来。没有人说话，一个接一个地离开。很快，院子里就只剩下陆天长、陆大春、方木和几个村民。

还有已经僵硬的陆海涛。

陆天长对陆大春耳语了几句，随即，陆大春就指挥两个村民把陆海涛的尸体拖走了。另外几个则走过来围住了方木。

方木从极度震惊中渐渐回过神来，他呼出一口气，看看陆天长，笑了笑：“轮到我了，是么？”

“不。”陆天长居然摇摇头，“我不想杀你——你走吧。”

“嗯？”方木瞪大了眼睛，“你为什么不杀我？”

“是啊，我为什么不杀你？”陆天长一脸轻松地点燃一支烟，“如果你把今天的事情说出去，别人也会这么问。”

“哦。”方木想了想，点点头，“没有人会相信我，对么？”

“我可以让这个村子里从来就没有陆海涛和陆三强这两个人。”陆天长吐出一口烟，“但是你不同，你如果失踪了，你的家人或者朋友会四处寻找你，也许会找到这里来——我不想这样。”

“所以……”

“所以你忘了这里吧。”陆天长打断方木的话，“就当一切都没发生过——如果你不想给自己找麻烦的话。不过我要警告你，如果你再到这里来，我就不会再客气了。”

方木盯着他看了几秒钟，垂下眼睛：“好。”

“把你所有的东西都留下。”陆天长扬手招呼陆大春过来，“我安排车送你出去。”

说罢，他就踩过地上那一摊已经冻住的血液和脑浆，转身走了。

第十七章

谢谢，警察

这个烛台造价不菲。底座是一团祥云，朵朵缭绕，丰盈又不显厚重，台柱是一尊飞天神女，眉眼安详，体态俏丽，衣裙飘曳，巾带飞舞。神女左手置于胸前，右手高举一尊莲花，亦即台座。整个烛台由纯金打造，专为某领导夫人生日所制。

只是这件生日礼物上沾满了鲜血，不知那位夫人在点燃香烛时，会不会闻到隐隐的血腥气？

鲜血来自地上横躺着的一个男人，他四肢摊开，一动不动，不知是装昏还是真的昏死过去。不过对他而言，此刻的姿势才是最安全的。

因为梁四海在发脾气。

“笼子”出事后，梁四海白白损失了一栋楼，又花了一大笔钱安抚各方。可是，夜探百鑫浴宫的人到底是谁，至今没有查清。

最让他恼火的是，上次做掉丁树成的时候，居然还留下了一个活口。尽管手下拼命解释当时丁树成的火力太猛，他们早晚会死掉云云，梁四海还是动了手。

做错事，就要接受惩罚。

梁四海丢掉那个烛台，指指站在一旁不住筛糠的金永裕。“拿去冲洗干净，重新打好包装。还有，”他踢了躺在地上的那个男人一脚，“把他给我拖走，一周之内查出那个女孩的下落，否则就不会像今天这么客气了——都给我出去！”

房间里转眼只剩下梁四海一个人。他回到桌前重新坐好，觉得指间依稀有黏稠的感觉，低头一看，原来是血。

梁四海骂了一句，揪出一块湿巾反复擦拭着。擦干净后，他用力把湿巾丢进垃圾桶。做完这一切，他觉得微微有些气喘，就从抽屉里拿出一串念珠，低声背诵《般若波罗蜜多心经》。

良久，梁四海意识到自己依旧无法心安。

他在想，帮助闯入者逃脱的那个人是谁？

护士有些紧张地看着这个患者，刚才换药时动作有些重，要是别的患者，早就大叫起来，可是他依旧一动不动，若有所思地盯着前方的空气。

自从那天深夜被一辆过路的客车送来之后，他似乎一直是这副模样。当时他身上只穿着一套衬衣衬裤，头皮多处裂伤，身上多处软组织挫伤，下肢也有开放性创口。给他做缝合术时，他似乎没有痛感，只是直勾勾地盯着地面。清理完所有创口后，医院本打算把他当做走失的精神病患者送往救助站，没想到他突然要求打电话，随后就躺在病床上，不吃，不喝，不睡。

换完药，护士收拾好托盘，想了想，又替他掖好被子，转身向门口走去。刚拉开门，一个青年男子就急匆匆地闯了进来，差点和她撞个满怀。

"对不起。"男子连忙道歉，目光却始终落在病床上的那个人身上。

他只看了一眼，眉头就紧皱起来："方木，你怎么搞成这个样子？"

那个安静的患者笑笑："肖望，给我带套衣服没有？"

肖望的优点是，不该问的绝对不会问。这也是方木叫他来接自己的原因。可是再沉默的人，看到方木的惨相都会忍不住好奇。回C市的路上，方木注意到肖望一再从后视镜里看自己。他笑笑，立刻感到头皮缝合处传来的痛感。

"谁把你弄成这样的？"

方木摇摇头，没有作答。

"遇到麻烦了，怎么不去市局找人？"肖望甩了支烟过去，"这是我们的地盘。"

方木点燃烟，吸了一口，缓缓吐出。

"不想麻烦大家。"

肖望看出方木敷衍的态度，不再多问，把油门一踩到底。

回到C市已经是中午时分，方木拒绝了肖望的午饭邀请，让他直接送自己回家。

熟悉的地方，熟悉的味道，熟悉的床铺，这一切让方木身上积攒的疲惫再也无法隐藏。他一头栽倒在床上，转眼间就酣然入睡。

被伤口疼醒的时候，已经是华灯初上。方木静静地躺了一会儿，起身从冰箱里拿出两个鸡蛋煮了吃掉。又在屋子里翻了半天，才找到半包受潮的香烟。

没有开灯，他点燃一支烟，坐在客厅里细细体味伤口传来的刺痛。

明天应该去上班了，可是他不想见任何人。如果可能，他宁愿一直这样坐在黑暗里。

从在燃烧的宿舍楼里面对吴涵开始，一直到在百鑫浴宫身陷烈焰与浓烟，身处生死关头，似乎对方木已经不是什么新鲜事，但是他从未在对手面前退缩过，即使是再凶残的人，也要与之血战到底。

可是在陆家村的祠堂前面，他退缩了。

他不知道一群人可以那样公然地剥夺另一个人的生命！

他不知道物欲可以让人集体变成野兽！

他不知道亲情可以转眼就变成杀机！

他不知道难以证实的罪恶可以这样肆无忌惮！

是的，方木被这些难以置信的事实震慑住了，以至于当陆大春剥掉他的外衣，饱以老拳，最后把他从飞驰的货车上推下去的时候，他连一点反抗的意识都没有。

他甚至相信，这就是人间——弱肉强食，这就是规则——金钱加暴力。

就好像那个沉睡于地底的世界在一瞬间翻转于地上，从此黑白颠倒，魑魅魍魉招摇过市。

如果真的如此，拯救老邢还有什么意义？

如果真的如此，丁树成的牺牲还有什么意义？

如果真的如此，警察这两个字还有什么意义？

的确没有意义，面对陆天长的挑衅，方木选择了活下去。在他做出这个选择的几分钟前，陆海涛就在他这个警察面前被杀死。

一个良知尚存，把全部生的希望都寄托在自己身上的年轻人，就这样无助地死去。

泪水，终于夺眶而出。

半包烟很快就只剩下一堆凌乱的烟蒂，方木却依然无法停止对自己灵魂的鞭挞。也许邰伟对自己的评价只是一种客气的说法。方木并不是不适合做警察，而是不配做警察。

也许很多事在冥冥中早已注定。老邢注定要身陷囹圄，丁树成注定要死于非命，陆海涛注定要在目睹真相后惨遭毒手，陆海燕注定要在集体的癫狂中蜕变成野兽。

那么，我为什么还要抗争？

方木突然想喝酒。

他本来就不善饮，家中自然没有藏酒的习惯。考虑再三，方木决定去一趟杂货店。在漆黑一片的走廊里艰难地行走时，方木突然意识到，自己已经懦弱到连门都不想出了。

拎了两瓶白酒，扔给老板一把零钱，不想与任何人有目光交流的方木低着头快步离开，快要出门的时候，眼角的余光却瞥到柜台上的电话机。

他想了想，拿起话筒，拨通了一个号码。

“喂？”赵大姐疲惫的声音从听筒中传来，似乎还能听到哗哗的水声。

方木的鼻腔刹那间就被泪水堵住，一点声音也发不出来。

“谁呀？”

足足10秒后，方木才艰难地应道：“大姐，是我。”

"是你啊，回来了？"赵大姐的声音快乐起来，"你在哪儿呢？怎么没用你的手机打啊？"

"大姐，那孩子怎么样？"方木竭力不让赵大姐听出自己的哽咽。

"挺好的，怎么，放在大姐这里还不放心啊？"

"放心放心。"方木擦擦眼泪，"你多费心，千万别让别人看到她。"

"嗯，忘不了。"赵大姐顿了顿，语气越加柔和，"方木，你在做什么，大姐不知道。你不想说，大姐就不问。只要我能帮上忙的，你尽管开口。不过，无论你在做什么，都要多加小心，知道了么？"

"嗯嗯。"方木连连点头，任凭泪水滴落在柜台上。

"那好——你等会儿啊，陆璐过来了……"赵大姐的声音变得遥远，"是方叔叔，跟他说几句话吧。"

一阵沙沙的杂音后，听筒里传来细微而急促的呼吸声。

方木屏气凝神，仔细捕捉着电话那边的动静。

"这孩子，怎么不说话呢？"赵大姐似乎在催促她。

"陆璐，你好么？"方木尽力用平静的语气说道，明知对方看不到，还是毫无意义地挤出了笑脸。

女孩依旧毫无回应。

"听赵阿姨的话……叔叔很快就去接你……"方木完全不知道该和她说些什么，"让你去上学……一切都会好起来的……"

"谢谢。"

声音虽小，却很清晰，随后，电话就挂断了。

谢谢？

方木捏着听筒愣住了。

良久，他才茫然环顾，目光漫无目的地从那些食品、饮料、笔记本和剪刀上依次滑过，最后定格在一脸诧异的杂货店老板身上。

方木盯着他看了很久，似乎想向他求证：刚才，这孩子是不是对我说了一句谢谢？

一头雾水的老板一伸手："电话费，一块钱。"

出了门，方木依旧神情恍惚，全然不知自己正朝回家的反方向走去。他越走越快，最后，奔跑起来。

他跑过灯火辉煌的街道，跑过阴暗潮湿的小巷，跑过人头攒动的闹市，跑过空无一人的荒地。

直到喉头发甜，直到精疲力竭，直到发现手里还可笑地拎着那两瓶白酒。

方木手扶着一根电线杆不住喘息，呼吸稍稍平复后，他后退两步，把那两瓶酒狠狠地砸向电线杆。

在一片骤然升起的浓郁酒香中，方木仰起头，冲着乌云密布的城市上空发出震耳欲聋的呼喊：

"啊——"

我要把一切错误统统纠正！

我要让那些恶魔重返地狱！

因为——

我是方木。

我是责任。

我要坚持。

第二天一大早，方木就去上班了。他直奔边平的办公室，询问老邢案子的进展。边平看了他的模样也是一脸惊讶，方木简单解释说自己出了车祸，边平半信半疑地看了他几眼，也就不再追问。

案子几乎停滞不前。知道老邢曾意图杀人，尤其是郑霖等人被停职的事情，让所有人都小心翼翼，生怕给自己惹上麻烦。在政法委的压力下，调查组已经将案卷材料整理完毕，准备近期就报送检察院。

情况和方木估计的差不多，听边平介绍之后，却依旧觉得压抑。事不关己的时候，每个人都保持沉默和回避，相比之下，鲁莽的郑霖等人似乎更值得尊敬。

从边平那里出来，方木径直去了户籍部门。果真，陆家村的人几乎都没有户籍资料。陆天长所说的，让陆海涛和陆三强从未存在过，的确不是虚妄之言。

方木忽然想笑，救了自己的，居然是一张身份证。

想到身份证，方木才想起应该清点一下自己的损失。相机和财物都是小事，身份证必须补办一个，还有，应该去买一部手机。

左腿被陆海涛抓伤的地方缝合了三针，因为没拆线，走路还有些费劲儿。方木考虑了一下，决定还是不开车。刚走出市局大门，迎面遇到肖望驾车归来。他摇下车窗，挥手招呼方木。

"去哪儿？"

"分局。"方木凑过去，"身份证丢了。"

肖望二话不说，拉开车门，"上车。"

前来办理身份证的人还不少。方木排了半天，彻底没了耐心，就找到一个熟人，很快就拍完照片，填好表格。拍照的女警看着方木头上的伤疤直皱眉头，最后在那熟人的授意下，把照片修改了好几遍。

从分局出来，肖望又问："回市局，还是回家？"

"都不回。"方木从衣袋里掏出现钞，数了数，"我去买个手机。"

"原来的手机呢？"

"丢了。"方木不想多说。

"我说呢。"肖望一踩油门，"今早就开始打你电话，一直关机。"

买手机之前，方木先去移动公司补了张手机卡，然后和肖望一起去商场。选好手机后，方木去交款，拿着交款凭证回来，看见肖望正摆弄着新手机，直皱眉头。

“怎么买了个和旧手机一模一样的？”肖望撇撇嘴，“差钱？我这儿有。”

“的确差钱，呵呵。”方木把手机卡插进手机，“再说，用惯了，不爱换。”

“你小子，用旧手机，用54枪。”肖望笑笑，“一点也不与时俱进。”

从商场出来，时间已是傍晚。方木在车上端详着新手机，不住地发愣。

陆海涛发给自己的两张照片虽然模糊，但是如果能带回来，让技术部门处理一下，也许能知道他究竟看到了什么。只不过，现在想这些，已经毫无意义了。

肖望见方木神色黯然，想了想，低声说道：“一起喝点？”

方木也想摆脱阴郁的情绪，笑笑：“好。”

肖望找了个颇有档次的酒店，方木看着酒水单直咋舌，不过，环境确实挺安静。

酒菜上齐，方木闷头吃喝，感觉肖望一直在看着自己。两个人有一搭没一搭地聊天，直到喝掉了七八瓶啤酒，话才渐渐多起来。

“你最近在忙什么？”肖望甩给方木一支烟，自己也点燃一支，“还在查老邢的案子？”

方木“唔”了一声，算是回答。

“你可真执着。”肖望笑笑，“现在像你这样的人可不多。”

“也不是。”方木费力地挪挪双脚，感觉伤口仍在隐隐作痛，“大家不都在查这件事么？”

“你说调查组？”肖望哼了一声，“名存实亡。”

“哦？”

“看现在的形势，谁还敢惹祸上身？郑霖他们最积极，怎么样？全折了。”肖望倒了一杯酒，自顾自喝下，“你查这案子，就有人查你。干咱们这一行的，有几个敢保证一点毛病没有？所以，自保还来不及，哪有心思干活了？”

方木无语。肖望说的没错。一边是切身利益，另一边是希望极小、风险极大的工作，无论是谁，恐怕都会做出一样的选择。

“所以说，”肖望给方木倒满酒，“该放下的就放下吧——我知道你和老邢关系好，但是有这样一句话，天作孽，犹可恕，自作孽，不可活——咱们都尽力了。”

“也就是说，”方木看着酒杯里缓缓上升的气泡，“你也不肯帮我？”

“我劝你放手就是在帮你。”肖望提高了声音，“再说，你什么都不肯跟我说，我怎么帮你？”

方木半天没有说话，最后举起酒杯：“喝酒吧。”

结账之后，肖望像忽然想起了什么似的说道：“对了，有件事忘了告诉你——我调到市局来了。”

“哦？”方木有些惊讶，“什么时候的事儿？”

“前段日子，还差几个手续没办完。”肖望笑笑，“人往高处走——领导对我的工作能力也挺认可。”

“恭喜你了。”方木也挺高兴，“在这儿你可以大展拳脚了。”

“嘿嘿。”看得出，肖望有点兴奋，“其实我选择调到市局，有一部分原因是你。”

“我？”方木瞪圆了眼睛。

“嗯。”肖望坐正了身子，郑重其事地说道，“你是个不可多得的人才，咱俩并肩作战，肯定能干一番大事。”

方木不由失笑：“哥们儿，你也太抬举我了。”

“不是抬举你。”肖望严肃地摇摇头，“我不会看错人。所以我希望你——不，要求你保重自己，别浪费自己的才华。”

方木的脸微微泛红，起身说道：“自己人，就别忽悠我了。”

刚走到酒店门口，就听到楼上传来一阵喧嚣。方木抬头望去，刚好看到一个人从楼梯上滚落下来，重重地摔在大堂的地面上。

几个年轻男子从楼梯上疾步而下，为首的是一个又高又壮的男子，理着平头，左前臂文着一条鱼。几个人冲到刚刚跌落的那个人身边，围着他又踢又打，文身的男子边踢边骂：“死变态，踢死你……”

方木皱皱眉头，抬脚上前准备制止，却被肖望一把拉住。

“你看。”肖望冲地上那个鼻青脸肿的人努努嘴。

方木定睛一看，心中竟涌上一股快意。

是城湾宾馆的保安员景旭。

“这种人渣，打死一个少一个。”肖望惬意地拉过一把椅子坐下，掏出一支烟来慢慢地吸，“就当给郑霖他们报仇了。”

方木虽然无心制止，但也不想看着景旭被打得满地乱滚、连连惨呼的样子。他扭过头，低声对肖望说：“走吧。”

“再等会儿再等会儿。”肖望却看得挺起劲，“多解气啊。”

这时，一个穿短裙的年轻女孩也从楼梯上跑下来，抡起手里的提包，对着景旭一顿乱砸。

“死变态，看你还敢不敢往死里抠老娘了……”砸了一阵，女孩累得直喘气，嘴里依然不依不饶，“老公，给我狠狠地打！”

文身男子应了一声，下手愈加凶狠。

酒店的经理和几个保安很快赶过来，好不容易才拽住几个施暴的男子。余恨未消的文身男子指着经理的鼻子说：“没你事儿啊，给我滚远点！”

经理倒是很镇静：“大哥，要打你们出去打。打死人了，我们倒无所谓，你们哥几个可就麻烦了。”

文身男子看着几近昏迷的景旭，也有些犹豫起来。女孩显然还觉得不解气，她一把拽过文身男子，低声耳语了几句。文身男子的表情先是诧异，随后露出一副忍俊不禁的样子。

“好，我不打这孙子了。”他满脸坏笑地看看四周，“不过，大家想不想看看太监是什么样？”

几个男子先是一愣，随后立刻哄笑起来：“看，看！”“扒了他！”

见他们不再打人，酒店的经理松开了文身男子，抱着肩膀，饶有兴致地看着景旭。就连女服务员们也不像刚才那样惊恐万状，而是聚在一起，一边窃窃私语，一边偷笑着瞄着景旭的下体。

景旭此刻却突然清醒过来，一边手脚并用地往外爬，一边苦苦哀求：“不……别……我不敢了……”

文身男子拽住他的双腿，像拖一条狗一样把他拖回来，转身招呼那几个男子：“兄弟们，把他给我扒了！”

几个男子一拥而上，按腿，解腰带，扒裤子，很快，景旭的下身就只剩下一条平角内裤。景旭死死地抓住内裤，先是哀求，然后哭骂，最后只能像野兽一样高声嘶叫。

文身男子见景旭不松手，干脆用力扯开他的内裤，随着“哧啦”一声，景旭下体旺盛的体毛露了出来，只差一点，就彻底曝光了……

没有人阻止他们，也许是好奇，也许是刺激，每个人的注意力都在那个丑陋的部位上，都希望那最后一块遮羞布被快点撕掉。

方木却再也忍受不住了，他快步走上前去，一脚踹在正努力撕扯内裤的文身男子后背上。

文身男子猝不及防，一头栽倒在景旭身上。等他爬起来，转身欲骂时，顶在他鼻子上的是一张警官证。

文身男子立刻愣住，几个想要冲上来助拳的男子也傻在原地。

“要么现在离开，要么跟我去公安局。”方木冷着脸说道，“告你故意伤害……”他瞄了景旭一眼，“相信他也愿意告你侮辱罪。”

文身男子气鼓鼓地看了方木几秒钟，转身又踢了景旭一脚，对同伙喝道：“走！”

肖望看着他们走出酒店，转头对方木半是埋怨半是无奈地耸耸肩。围观的人们似乎也很失望，三三两两地散开了。酒店经理毫不客气地踢踢景旭：“喂，你也赶紧走吧，别耽误我们做生意了。”

景旭慢慢地爬起来，低着头，把裤子穿好，一摇三晃地向门口走去。经过方木身边时，他抬起头，已经破裂肿胀的嘴唇翕动着，似乎想说些什么。

方木看着他面目全非的脸，冷冷地问道：“你没事吧？”

话音未落，景旭哇地吐出一口鲜血，一头栽倒在方木脚下。

市第二人民医院的走廊里，方木坐在长椅上，远远地看着肖望捏着几张纸向自己走来。

“他怎么样？”

“一根肋骨骨折，一根肋骨骨裂，肺挫伤，嘴唇破裂。”肖望懒洋洋地说，“没事，死不了。”

方木草草看了看诊断书：“通知他家人了么？”

“问他了，在本市没有亲属。”

“那怎么办？”

“还能怎么办？送他回去呗。”肖望撇撇嘴，“这王八蛋身上还有不到三百块钱，住不起医院——你该不会想帮他掏住院费吧？”

“呵呵，那不会。”方木笑笑，“走吧。”

景旭的家住在原机床厂职工家属楼，估计是父母留给他的。这几栋楼房建于上世纪90年代，没有物业管理，处处显得破败不堪。

肖望绕过那些杂草丛生的花坛，把车停在景旭家楼下，回身对景旭喝道："下车！"

一路上时而昏睡时而清醒的景旭勉强睁开眼睛，先是茫然地环顾四周，认出是自家后，费力地抬脚下车，刚踏上地面，整个人就瘫软了下去。方木一把拽住他的胳膊，才没让他摔个狗啃泥。

"快点！"肖望不耐烦地喝道，"别他妈磨磨蹭蹭的。"

"算了。"方木看看不住呻吟的景旭，"我送他上去吧。"

景旭住在三楼。短短几十级台阶，却足足用了5分钟。与其说是扶他上去，还不如说是方木背他上去。把景旭放在沙发上躺好，方木也累出了一身大汗，一屁股坐在景旭对面喘粗气。

景旭的家是那种老格局的房子，客厅昏暗狭窄。满地乱丢的内衣裤、啤酒罐、烟蒂和黄色杂志，显示出主人的颓废生活和低级趣味。方木把目光落在如死狗般瘫在沙发上的景旭，感到说不出的厌恶。

忽然，景旭动了动，随即就在身上乱摸。

看他摸得急切，方木问道："你找什么？"

"烟……烟……"

方木想了想，掏出烟盒，自己点燃一支，又甩给他一支。

"你不该抽烟。"方木补充了一句，"小心咯血。"

景旭急不可耐地点燃烟，狠狠地吸了一大口，果真剧烈地咳嗽起来。方木一动不动地看着他佝偻着身子抽搐，等他的呼吸稍稍平复些了，就把脚边的一卷卫生纸踢过去，示意他擦擦嘴边的血。

"别作践自己了，"方木看着他揪下一块纸，在脸上马马虎虎地蹭着，"如果你不想早死的话。"

"嘿嘿。"景旭忽然笑起来，随即把卫生纸揉成一团，狠狠地摔在地上，"我现在和死了有什么分别么？"

方木沉默了一会，问道："那些人为什么打你？"

"哈哈。"景旭仰面靠在沙发背上，似乎很陶醉，"那骚娘们是个小姐，我用手指头把她抠惨了，这臭婊子就找她男朋友……你不知道……"他忽然来了精神，直起身子盯着方木，双眼闪光，"……我把她捆起来抠的，那骚货喊得那叫一个惨，哈哈，像个大肉虫子似的……扭来扭去……"

性虐者，多是性无能者。方木冷冷地开口："你果真是个死变态。"

"死变态？"景旭脸上的笑容渐渐褪去，目光变得阴冷绝望，忽然，他站起身来，飞快地解开裤带，脱掉裤子。

他的阴茎被齐根斩去，只留下两个睾丸在可笑地晃荡着。

"你以为我愿意这样？"景旭的声音里带了哭腔，"如果我有家伙，我会用手抠她们？"

方木移开目光，低声问道："谁干的？"

"我老板。"景旭颓然跌坐在沙发上，裤子还堆在脚踝处，丝毫没有遮羞的想法。

"姓金的那个？"

"他？他算个屁！"

割去阴茎，还保留睾丸。这让景旭的身体还能继续分泌雄性激素，继续产生性欲，却无从发泄。

比宫刑还要残忍。

"你老板为什么要这么对你？"

景旭没吭声，似乎也不愿回想起往事，半晌，才艰难地开口：

"有个雏儿，老板本来留着有用的，被我先玩了。"景旭的目光空洞，语调也毫无起伏，"一个S市的农村丫头，平时我是根本看不上的……那天看了A片，憋坏了……"

"那女孩叫什么？"方木打断了他的话，上身突然挺直，拳头也攥得紧紧的。

“好像姓陆吧。”景旭伸出两根手指，摆出一个要烟的动作，“玩了就玩了，我哪记得。”

方木猛地把整盒烟都甩过去，然而烟盒只是轻飘飘地落在景旭的怀里。景旭又抽出一支烟点上，丝毫没有注意到方木全身绷紧，脸上的肌肉在不住地跳动，更不知道他正在懊悔手里为什么是一盒烟，而不是一块砖头。

杨敏曾嘱咐他，一旦找到糟蹋陆璐的人，绝对、绝对不要放过他。

我为什么要阻止那些人?

我为什么要送他去医院?

我为什么要背他上楼，还他妈的给他烟抽?

但是，现在不是报复的时候。

方木紧紧地闭上眼睛，几秒钟后，低声问道：“你老板是谁?”

听到这句话，景旭半闭的眼睛忽然睁开了，上下打量了方木几眼，旋即又仰头闭目。

方木知道他的想法，上次丢了命根子，如果这次再多说，丢掉的恐怕就是脑袋。

怎么能撬开他的嘴?

方木正在想办法，景旭却突然开口了。

“你为什么要帮我?”

方木被问得猝不及防，仓促中只能回答：“我是警察。”

“警察，呵呵。”景旭干笑几声，“那个姓郑的也是警察——你比他们好点。”

“他们也是好警察。”方木冷冷地回答，“当然，假录像带那件事除外。”

“那件事他们没做错。”景旭突然上身前倾，目光咄咄逼人，“那些录像带其实是真的。”

方木盯着景旭足足看了半分钟，低声问道：“你说什么？”

“我的意思是，那些录像带的内容其实是真的。”景旭的表情变得很严肃，“那三个警察很聪明，他们几乎完完整整地复制了案发当天的情形。”

“你怎么知道当天的情形？”方木的呼吸急促起来，“当天的视频监控系统并没有关闭，对么？”

“老板让我关闭，但是我没有。”景旭忽然笑了，“我不仅有那天的录像，还有好多别人的录像。”

“嗯？”方木更加惊讶，“还有谁的？”

“城湾宾馆其实是一个点儿，好多房间都是为老板的客人准备的。”景旭的表情渐渐硬冷，“那些房间里都装了摄像头，把那些客人干的好事录下来，将来就是捏在手里的好牌。”他嘿嘿地笑起来，“我私下又复制了一份——必要的时候，得给自己留条后路。”

方木想起那个楼层经理曾提到的那些“跟五星级酒店相比也不会逊色”的房间。

他不说话了，静静地看着景旭，景旭也不说话，歪头看着方木。

接下来的肯定是一个交易，谁先开口，谁就被动了。

但是方木不想，也不可能坚持太久，他是买家，这是不可否认的。

“你为什么要对我说这些？”

“第一，你让我免于当众受辱；第二，这件事不能就这么算了。”景旭用手在裤裆那里比画了一下，“第三，我需要一笔钱离开这里。”

“你要多少？”

“50万。”

“不可能。”

“嗤！”景旭冷笑一声，“公安局不差钱……”

“这不是公安局的事儿！”方木猛地提高了声音，“是我的事儿！”

景旭惊讶地看着双眼圆睁的方木，几秒钟后，语气软了下来：“30万，不能再少了。”

“好。”方木站起身来，“我尽快筹钱，这几天你哪也不要去，等我电话。”

走到楼下，早已等得不耐烦的肖望劈头就问：“你他妈干吗去了？跟他谈理想呢？”

方木没回答，他在想，到哪里弄30万块钱呢？

第十八章

逼供

梁四海的货车刚刚转入那条山间小路，就看见那辆一模一样的车停在一块巨石旁边。梁四海停车、熄火。几乎是同时，那辆车的车门也开了，几个人跳下车，向这边走来。梁四海没有下车，静静地看着他们慢慢靠近，一边留神周围的动静，一边伸手打开了腰间手枪的枪机。

他们来得比平时要早几个小时，因为今天车上还装了特殊的货物。

陆天长拉开车门，跳上副驾驶座，伸出手来："梁老板你好。"

梁四海也伸出手去，迅速和他握了握。

其他几个人直奔货厢，清点梁四海带来的各种货物。梁四海的目光在他们身上一一扫过，皱了皱眉头。"怎么换人了？"他想了想说，"那个叫陆三强的呢？"

"病了。"陆天长指指那个正急不可待地拧开一瓶五粮液的新面孔，"他叫陆大江，也很可靠。"

梁四海从鼻子里"哼"了一声，不再说话。陆天长在驾驶室里上下打量了一遍，似乎在找什么东西，一无所获后，低声问道："带来了么？"

梁四海看了陆天长一眼，伸手从座位下掏出一个黑色塑胶袋，递给他。

陆天长撕开塑胶袋，拆开报纸，里面是四支54式手枪，还有几盒子弹。

陆天长双眼放光，手指一一拂过那四支枪，嘴里啧啧有声。

"这才是好玩意儿。"他拿起一支枪，哗啦一声拉动套筒，取下弹夹，又插回去，然后按下复位卡笋，套筒复位。

梁四海冷眼旁观陆天长兴致勃勃地把玩，心中暗自好笑，没文化就是没文化，不认识"隆化制造"这几个字，想了想，他开口问道："怎么忽然想起要这个？"

"以防万一嘛。"陆天长的眼睛始终离不开那几支枪，"老是靠棒子、铁叉，也不是个办法。"

"万一，什么万一？"梁四海警惕起来，"你那里出事了？"

“没有，你放心。”陆天长急忙解释，“合作这么多年了，还信不过我么？”

梁四海看了他一会儿，笑了笑，语气也缓和了许多：“会用么？”

“会。”陆天长把枪收好，“我以前当过兵的。多谢了。”

“不客气。”梁四海缓缓地说，“把活儿干好最重要。”

“这个你放心。”说罢，陆天长把头探出车窗，喊道，“大春，货怎么样？”

“清点完了，没问题。”

陆天长嗯了一声，转头对梁四海说道：“那，梁老板，去我那里坐坐？”

“不了，我这就回去。”梁四海拉开车门，犹豫了一下又补充道，“不管出了什么问题，一定要第一个通知我。”

陆天长点点头。梁四海跳下车，对站在车旁讪笑的几个村民视而不见，径直上了另一辆货车。

直到那辆货车的尾灯消失在山石间，陆天长才挥手让其他人上车。看着手里沉甸甸的塑胶袋，他的眉头舒展开来。

无论是陆海涛私自进城，还是那个姓方的摄影师的事，陆天长都对梁四海隐瞒了。一旦梁四海对自己失去了信任，陆家村就会一夜之间重返贫困——他可不想失去这个财神爷。不过，前几天发生的事让陆天长感到自己的威信有所动摇，他必须让自己更强悍有力。对付那些村民，只靠钱显然是不够了，恩威并施才是硬道理。陆天长捏捏塑胶袋，能感到枪支的轮廓，顿时感到腰杆硬了不少。

货车上了高速公路，一路畅通，梁四海却感到胸口有些发闷。他扯扯领口，突然很想抽支烟。他打开储存箱，翻出来的仍然是软包中华。

梁四海咒骂了一句，反复提醒这群土包子好几次了，还这么嚣张。

当初选定这里，就是因为陆家村环境闭塞，而且靠近国境线，方便转移那些“货”。不过这群人的确不像当初那么简单了，现在要枪，将来指不定还会要什么。

犹豫了一下，梁四海还是抽出一支软中华点燃，吐出几口烟，思路也渐渐清晰。

也许是时候考虑换个地方了。

钱。

方木是个从不把钱财放在心上的人。但是，此刻他却不得不面临这个问题。30万，不是小数目，他到哪里去弄这笔钱呢?

不能指望市局的办案经费，能否审批成功且不论，如果走漏了消息，后果不堪设想。方木只能自己想办法。可是他从警几年来，积蓄甚少，每月的工资除了必要的生活开支外，都交给了孤儿院。找边平借？那老家伙也是穷光蛋。

方木坐在桌前愁眉不展，面前的烟灰缸里插满了长长短短的烟蒂。电话本翻了好几遍，他发现自己的朋友没有一个有钱的。郁闷之余，方木急得在客厅里来回乱转。刚走了几步，方木站住了。他环视了一下斑驳陈旧的墙壁，轻叹了一口气。

为了老邢，只能这样了。

第三天下午，方木坐在一家餐馆里，不时焦急地向窗外望去。直到一个西装革履的男子快步走过来，他的脸色才稍稍缓和。

“拿来了么？”不等那男子坐稳，方木就急切地问道。

男子拿起桌上早已冷透的茶水一饮而尽:“你好歹让我先喘口气嘛。”

方木笑笑。杜宇没变，虽然银行职员的制服让他少了些几年前的青涩，但是一开口，仍然是那个没心没肺、大大咧咧的家伙。

“事情办得还顺利吧？”

“顺利个屁！”杜宇没好气地说，“就你那破房子还想抵押30万？再说，房产证上是你妈的名字，怎么？偷出来的？”

说到这个，方木有些黯然。前天晚上，久未归家的他给了父母一个惊喜。在他们手忙脚乱地张罗饭菜的时候，方木却把那套房子的房产证偷偷拿走了。

“那怎么办？”

“幸亏信贷处那小姑娘一直对我有点想法。”杜宇从提包里拿出两个现金袋，“我都快出卖色相了！”

“好，好。”方木转忧为喜，忙抢过现金袋，粗略数了一下后，伸手在杜宇肩膀上捣了一拳，“多谢了。”

“你这衰人。”杜宇笑笑，“几年没见了，开口就是找我办事，没义气。”

“跟你还客气什么？”方木顿了顿，脸上的笑容有所收敛，“成家了么？”

在J大的时候，一个连环杀手为了逼方木精神崩溃，杀害了杜宇的女朋友。两人也几乎为这件事反目。虽然时过境迁，杜宇也早已原谅了方木，可是每每想到这些，方木总是觉得对杜宇有说不出的愧疚。

“没呢。”杜宇冲方木挤挤眼睛，“我结婚时会告诉你的——你小子必须给我封个大红包。”

“那没问题！”

“你呢，几年不见，还好么？”杜宇的表情稍稍正经了些，“到底做警察去了。”

“还不错。”方木摸出电话，拨通了景旭的号码。

“不错个头！是不是遇到麻烦了，要不怎么会这么急着用钱？”

方木没有回答，眉头却越皱越紧。

景旭的电话无人接听。最后，方木挂断电话，沉吟了一下，开口说道："我说兄弟……"

"走吧走吧。"杜宇悻悻地一挥手，"记得欠我一顿饭啊。"

方木不再多说，用力在杜宇肩膀上拍拍，起身就走。

来到街上，方木挥手叫了一辆出租车。坐在后座上，他沉吟再三，拨通了肖望的电话。

赶到景旭家楼下的时候，肖望已经在等候了。方木跑过去，低声问道："没告诉别人吧？"

"没有，你特意嘱咐的，我怎么能忘。"肖望一脸疑惑不解的表情，"到这儿来干吗？"

方木没回答，示意他跟自己上楼。

今天交易情报，方木本想让边平来做个见证。景旭没有接听电话，这让方木有了一丝不祥的预感，于是临时决定把边平换成肖望。如果遇到紧急情况，肖望显然要比边平更管用。

两个人蹑手蹑脚地登上三楼。方木观察了一下周围的动静，抬手敲门。

毫无回应。

冷汗一下子从方木的额头上沁了出来。他几乎是哆嗦着摸出电话，再次拨通了景旭的号码。

千万别出事，千万，千万！

忽然，一阵隐隐约约的手机铃声从门那边响起。方木立刻如遭遇雷击般呆住了。肖望把耳朵贴在门上听了听，看看方木，用手试着推了一下房门。

那扇门吱呀一声开了。

肖望一言不发地拔出枪，扳下击锤，快步冲入室内。方木急忙挂断电话，尾随其后。

现在虽然是下午，但是房间里门窗紧闭，还拉着厚厚的窗帘，除了被门口的光照亮的地方外，客厅里的大部分事物都隐藏在黑暗中。肖望吸了吸鼻子，和方木交换了一下眼神。

是血腥味。

方木的手抖了起来。他快步走向右侧的卧室，一把推开紧闭的房门，眼前的一切依旧只是一些模糊的轮廓。方木在墙上疯狂地摸索着，终于摸到了电灯开关。刹那间，卧室里一片明亮。方木顾不得被突如其来的强光刺痛的眼睛，急切地搜寻着。

卧室和客厅里一样凌乱不堪，方木掀起床上胡乱卷在一起的被子，没人。他跪在地上向床下看看，还是没人。

他暗骂了一句，刚走出卧室，就听见肖望叫了一声“方木”。

方木循声过去，看见肖望站在卫生间门口，直愣愣地向里面看着。

方木的心底一片冰凉，他快步走过去，感觉双腿已经不属于自己了。

和肖望并肩站在卫生间门口，方木终于知道肖望为什么发愣了。

景旭蜷缩在浴缸里，头南脚北，左手握拳置于胸前，头向右侧，双眼半闭，嘴巴微张。一截晾衣绳勒在他的脖子上，缢痕已经发黑。

方木的大脑一片空白，本能地要上前查看，却被肖望一把拽住了胳膊。

肖望把方木拖到沙发前坐下，然后半蹲在他身前，目光炯炯。

“到底是怎么回事？”

方木知道已经瞒不住了，就把那天的事一五一十地告诉了肖望。肖望越听脸色越阴沉，最后站起身，把枪插回枪套。叉着腰站了半分钟后，肖望一字一顿地问道：“你当时为什么不告诉我？”

方木无言以对，把脸埋在手掌里，长叹一声。

“不信任我，对吧？”肖望越说越气，“如果你当时告诉我，我们可以一个人去筹钱，另一个人保护景旭。可是现在呢？”他一脚踢飞了地上的一本黄色杂志，“差一步就能破案了！”

“别说了！”方木腾地站起来，推开他向卫生间走去。

“你别添乱了！”肖望低声喝道，“咱们快走，否则真的说不清了！”

方木没有理他，径自来到景旭的尸体旁。从尸体的表征来看，景旭至少已经死了24小时以上，死因应该是机械性窒息。方木看看景旭衣服上已经干涸的血迹，眉头皱了起来。

置其于死地的应该是脖子上的晾衣绳，那他身上的血迹是从何而来呢？

方木想了想，从墙角拎起一根马桶搋子，把木柄插进尸体身下，用力撬动。景旭的尸体僵硬地翻转了过来……

方木倒吸了一口凉气。

景旭的右手除拇指和食指外，全被斩断。断指处血肉模糊，残骨隐约可见。仔细看去，每根被斩断的指骨旁边的肌肉层里，似乎还有东西。方木用一只手撑住尸体，另一只手掏出钥匙，打开钥匙圈上的指甲钳，凑过去夹住其中一个不明物体，慢慢拔了出来。

是一根牙签。

凶手斩断了景旭的手指，又把牙签一根根插进去。

“逼供。”肖望不知何时站到了方木身后。他小心地拈起那根牙签看了看，又照原样插了回去，“那天的事，你还对别人讲起过么？”

“没有。”方木摇摇头。

“凶手在找什么东西。”肖望若有所思地看着景旭的尸体，“也许就是他对你提到的那些录像带。”

方木面如死灰，放下景旭的尸体就要进屋去寻找。

“别费劲了。”肖望朝景旭的尸体努努嘴，“他这种人，挺不了多久的——三根手指肯定就招了，否则也不会给他留下两根。”

方木停下了脚步，斜靠在门框上，觉得全身无力。肖望说得对，那些录像带肯定已经不在了。

“来帮忙吧。”肖望捡起一条毛巾，反复擦拭着那根马桶搋子，“把我们碰过的东西都擦干净，还有地面——别留下我们来过现场的痕迹。”

15分钟后，肖望和方木驾车来到了一个僻静无人之地。肖望看看四周，把用过的那条毛巾在油箱里浸透，然后点燃烧掉。

方木静静地坐在车里，看着那条毛巾变成一堆黑灰，刚刚燃起的一点希望也像它一样，灰飞烟灭了。

肖望回到车里，甩给方木一支烟，自己也点上一支，盯着前方出神。几分钟后，他开口问道：“这小子应该已经死了24小时以上，案发当天，你没给他打电话吧？”

“没有。”方木的声音暗哑。

“今天呢，打了几遍？”

“两遍。”

“嗯，咱们的人会查他的电话单。”肖望发动了汽车，“今天下午我和你在搞外调，打电话给景旭，想再核实一下监控录像的事——记住了么？”

方木点点头。

开出去几公里，肖望看方木仍然是一副极度消沉的样子，笑笑说道：“往好处想吧，至少你省了30万——对了，说到这笔钱，我想问问你，你从哪里弄来的？”

方木舔舔干裂的嘴唇：“我抵押了房子。”

“哦？”肖望惊讶地挑起了眉毛，“你真他妈义气——不，不是讽刺你。”他看到方木望向自己，急忙补充道，“我这是真心话——老邢有你这样的朋友，真是福气。”

他顿了一下，低声说：“我也希望有你这样的朋友……”

“别说了！”方木打断了肖望的话。现在想到老邢，只会让自己更加难受。

邢至森把白菜豆腐汤倒进餐盘里，和米饭混合在一起，搅拌了几下，一口口吃起来。有时咀嚼的动作过大，脸颊上的伤口还隐隐作痛。

昨天在浴室洗澡的时候，几个犯人故意把肥皂扔在他的脚下，邢至森一头撞在了水管上，顿时满脸是血。被送到医务室简单包扎后，管教问他是怎么回事，他只能回答是自己不小心摔倒了。

说实话，只能招致更猛烈的报复。

现在必须要忍，直到那小子查个水落石出。

几个人端着餐盘坐在邢至森对面的桌子上，边吃边看着他。邢至森没抬头，但是也注意到了对方的目光。这几个犯人没见过，应该是新来的。虽然不可能与他们有什么过节，但是前公安局长的身份，总会在这里引起大多数人的敌意。邢至森不想多惹麻烦，就背过身去继续吃饭。

这时，一个管教走过来，敲敲邢至森面前的桌子。

“老邢，有人来探视。”

一到看守所，杨敏就想哭，看着邢至森从玻璃幕墙那边走过来，刚刚擦干的眼眶又湿润了。

“老婆子，哭什么啊？”邢至森拿起送话器，“我正吃饭呢。”

“吃得好么？”杨敏勉强挤出笑脸，邢至森脸上的伤赫然在目，她不想问，也不敢问。

“不错啊。”邢至森装出意犹未尽的样子，“有鱼有肉。”

杨敏擦擦眼睛，起身费力地拎起一个大塑胶袋，对邢至森说道：“我给你带了些东西，有吃的，还有烟和茶。”她想了想，又加了一句，“别自己用，也给别人分点。”

她很清楚丈夫的性格，让他主动讨好那些人是绝不可能的。以“分享”的名义让他们占点便宜，邢至森能少遭点罪。

邢至森当然明白妻子的心意，笑着点点头。

一时间，两个人拿着送话器相对无语，彼此在对方的脸上寻找着最熟悉的表情。夜那么深，夜那么长，高墙内外，只有这些回忆才是支撑彼此熬到天明的信念。

杨敏先落泪了：“老头子，你什么时候能回家啊？”

一只曾经白皙光滑，如今皱纹丛生的手抚在玻璃幕墙上，似乎能抚平对面那张脸上的累累伤痕。

邢至森也伸出手，隔着玻璃按在妻子的手上。

“别担心，会还我一个清白的。”邢至森看看四周，压低了声音，“最近见过方木么？”

“见过。”杨敏眼泪汪汪地点点头，“前段日子他还带了一个女孩去医院，那女孩被欺负得很惨。”

“嗯？”邢至森的心里燃起一丝希望，看来这小子还真查出一些东西了。

“不过，他好像也受伤了。”杨敏的声音充满忧戚，“也不知道他究竟在做什么——要不，我让他来看你？”

“算了。现在只能让家属探视，不会批准他来的。”邢至森皱紧了眉头。方木显然为查清此案冒了很大的风险，这是他不想看到的。可是，除了方木，他想不出还能信任谁。而且，他正隐隐地感到更大的不安。

“过段日子，找个机会把孩子安葬了吧。”邢至森缓缓地说，“这么久了，也该让娜娜入土为安了。”

“嗯。”杨敏答应道，想了想，眼睛突然瞪大了，“你干什么？临终遗言么？”

“不是，你想到哪里去了……”

“你可不许胡来！”杨敏彻底急了，“我们不是约好了么，娜娜是我们一起带来的，也应该由我们一起送走——你可得好好的。”

“好好好，你放心吧。”邢至森急忙安慰妻子，心中的不安感却越发强烈。

他突然想起了食堂里那几张陌生的面孔。

第十九章

暗河

本月27日下午，C市红园区原机床厂职工宿舍1号楼二单元303室发现一具成年男尸。报案人为302室居民焦某，因死者家中传来臭味，焦某在敲门询问时发现房门未锁，入室后发现臭味更加浓烈，遂报警。警方到达现场后，在卫生间的浴缸里发现一具成年男性尸体，经焦某辨认后，为303室屋主。经初步现场勘查，303室内凌乱不堪，有翻动过的痕迹，但未留下有价值的足迹及指纹，疑案发后被人为清扫过。

死者景旭，男，29岁，未婚。生前系城湾宾馆保安员。尸斑颜色浓重，呈暗红色，主要分布于右腰背部、右臀部、右大腿外侧、左大腿上段内侧等处，并有密集的点状出血，指压不褪；全身尸僵缓解。颜面部青紫。双眼结膜片状出血，角膜浑浊。头皮多处陈旧裂伤，颅骨、颅内无异常。舌骨、甲状软骨无骨折。一条晾衣绳环绕于颈部，颈部深层软组织出血。气管腔内有血性泡沫状液体，双肺部明显淤血，心、肺表面有出血点。第七肋骨骨折，第八肋骨骨裂。食道内有乳糜状液体，胃内容物约80克，可见成形的桔梗及乳糜状液体。膀胱空虚。阴茎缺失，创面凹凸，瘢痕形成。右手腕关节处小片状皮下出血，小指、无名指、中指离断，肌肉层内发现木质牙签。

分析意见：

死因：死者系被晾衣绳环绕颈部致机械性窒息死亡。

损伤成因：头皮陈旧裂伤符合硬物作用所致；第七肋骨骨折，第八肋骨骨裂符合硬物作用所致；阴茎缺失符合硬物作用所致；颈部损伤符合扼压所致；右手腕关节处小片状皮下出血属挣扎抵抗时形成；小指、无名指、中指离断属锐器切割所致。

死亡时间：根据尸检发现尸斑已经固定、尸僵缓解、角膜浑浊等情况，死亡时间在首次检验尸体前24小时以上。胃内有成形的桔梗及乳糜状液体，推断死者在餐后两小时左右死亡。

被害状态：从头皮多处陈旧裂伤及骨折和骨裂情况来看，死者在被害前72小时左右曾遭暴力殴打；手指离断伤为被害当天所留，从浴缸及墙壁上多处喷溅血点来看，作案地点就在卫生间的浴缸内。

被害场所：死者家中。

犯罪分子人数、特征及与被害人的关系：犯罪分子人数不明；从手段的残忍程度看应属男性作案，且与被害人相识。

犯罪动机：死者系宾馆的保安员，接触人员层次复杂。根据调查走访，死者生前生活作风糜烂，有多次前科劣迹，结合死者在案发前曾遭暴力殴打，以及断指及插牙签等虐待手段，报复杀人的可能性很大。

案件上报到市局后，警方迅速锁定几名犯罪嫌疑人并一一展开调查。其中，市局刑侦支队副支队长郑霖（已停职）、队员冯若海（已停职）、展鸿（已停职）嫌疑最大。经调查，三人均有不在场证明，嫌疑被排除。

警方从电信部门调取死者的通讯记录后，发现公安厅犯罪心理研究室的方木曾与死者联系过，经调查，方木在案发当天与同属“9·22”专案组的组员肖望外出查案，嫌疑被排除。后经群众反映，死者景旭曾在案发前几天在丽华酒店与人冲突并遭殴打。经调查，打人的是徐合喜（男，26岁，无业，曾因故意伤害罪被判处有期徒刑两年六个月）、徐合喜的女友程艳波（女，22岁，牵牛花歌城从业人员）及徐合喜的几个朋友。据查，死者在牵牛花歌城消费时曾与程艳波发生过摩擦。至此，徐合喜等人的作案嫌疑上升。

这么长时间以来，方木还是第一次在市局看到郑霖。他整个人瘦了一大圈，皮衣穿在身上显得空空荡荡的。看到方木走过来，郑霖那双布满血丝的眼睛顿时放出鹰隼般的光芒。

“你好。”郑霖的语气冷冰冰的，问候中丝毫没有善意。

“你在这儿干吗？”方木停下脚步，站在距离郑霖一米左右的地方。

“讯问。”郑霖简短地回答，向旁边的第二讯问室努努嘴，“小海在里面。”

“哦。”方木低下头，准备绕过他走开。

“你为什么会被当做嫌疑人？”郑霖横过身子，拦住方木的去路，“你给那小子打过电话？”

“这与你无关。”方木直盯着郑霖的眼睛，“别忘了你也是嫌疑人。”

“嘿嘿。”郑霖咧咧嘴，“我倒真希望是我干的。断指、牙签——真过瘾。”

方木苦笑了一下，垂下眼睛：“你他妈是疯子。”

“哈哈哈。”郑霖大笑起来，连连在方木肩膀上拍打着。路过的人无论是警察还是办事的群众，无不侧目。

郑霖的笑声戛然而止，那只拍打的手转而死死抓住了方木的肩膀。“他们在找什么？”郑霖微眯着双眼，语调中透出刺骨的寒意，“断指、牙签，那是逼供——你也在找，对吧？”

方木并不觉得诧异。一般刑侦人员会把景旭被杀的现场解读为报复杀人，但是绝对骗不了郑霖。方木曾想过把实情告诉郑霖，可是以他现在的心态，搞不好又要出事。拯救老邢已经是难上加难，不能再失去郑霖了。

“我不知道。”方木面无表情地拉开他的手，转身就走，刚迈出几步，就看见一个大个子从卫生间里甩着湿漉漉的手走出来。是阿展。

阿展只瞄了郑霖一眼，就挡住了方木的去路。

这时，郑霖的声音从方木的身后响起，和刚才的冷酷不同，他的语调中充满了感伤。

“1995年，我和老邢在杨家店抓毒贩子，我刚冲进院子就被撂倒了。对方有三支五六式全自动，还有两支五连发。我趴在地上，身边的子弹就跟下雨似的。我心想完了，这下交待在这里了。”他呆呆地看着墙壁，“是老邢把我拖出了院子，他那件防弹衣里嵌着的子弹，抠都抠不出来……”

方木转过身，看着喃喃自语的郑霖。

“所以，我这条命是老邢的。”郑霖收回目光，转而盯着方木，“无论怎样，我也要救老邢！”

方木默默地看了他几秒钟，低声说道：“现在，你还是先保住你自己吧。”

“方木！”郑霖暴喝一声，目光渐渐阴冷下来，“你不要逼我。为了老邢，我什么事都做得出来！”

“我知道。”方木毫不退让，“这就是我不信任你的原因！”

景旭被害实在出乎方木的预料。当时只有他和景旭在场，不存在泄密的可能。究竟是谁抢先一步？看到景旭的惨状时，方木第一个想到的的确是郑霖，正如他所说，为了老邢，什么事都做得出来。但是这种想法很快就被方木排除了，郑霖虽然几乎失去理智，但是还不至于下这么狠的手。而且，郑霖刚才的问话，也证明他的确不知道录像带的事。徐合喜那些人虽然凶狠，但是不会有杀人的胆量。干掉景旭的，应该是那个组织里的人。方木心里清楚，不管是出于什么原因，交易录像带的事情已经暴露，自己在暗中调查的事肯定也已经被对方知晓。现在最危险的，就是方木自己。

三个人僵持在走廊里，谁都一言不发，气氛却越来越紧张。这时，一间办公室的门开了，边平探出脑袋，看到垂手肃立的三人，不由得愣了一下：“你们这是在干什么？”

方木把目光从郑霖脸上移开，问道：“有事？”

“有事。”边平招手让方木过去，等他走近，小声说，“有人打电话去公安厅找你。”

“嗯？”方木吃惊地瞪大了眼睛，“谁啊？”

“不知道，只留了一个电话号码。”边平递给方木一张纸，“你小子的电话怎么关机了？”

方木摸出手机，原来是没电了。

“在这儿打吧。”边平把桌上的电话机推过去。

接电话的是一个年轻女人。方木自报身份，对方却有些慌乱起来。

“嗯……我是S市第二人民医院普外科的护士，你……你有东西落在这里了。”

“哦？”方木感到奇怪，当时自己被陆大春暴殴一顿后，又被扒掉衣服推下车。那个好心的货车司机把他送到医院时，身上已经再无他物了，“是什么？”

“从你左腿里取出来的……一张手机存储卡。”

沉默而危险的男人似乎总是容易引起那些情窦初开的少女的青睐。S市第二人民医院普外科的丁燕护士很想再见那个安静的患者一面。他的突然离去，让那张本来应该归还给他的存储卡被当做了医疗垃圾处理。可是，丁燕却把它悄悄留了下来，还通过医保系统查到了这个患者的姓名和工作单位——一个年轻的警察。

受伤的警察，清纯的护士，一次邂逅，一个小小的信物——多么像爱情电影里的情节啊。

丁燕护士的美好幻想在几个小时后被击得粉碎。那个警察用近乎粗暴的动作从她手里夺过那张手机存储卡，完全没有注意到她精心修饰的指甲。丁护士有些委屈，可是看到他望着手心里的存储卡发愣的样子，丁护士又心软了。

“怎么了？”她好奇地问道，“这是你的东西么？”

那不是方木的手机存储卡，它和方木的手机完全不能匹配。

那么，它就一定是陆海涛的！

方木的呼吸急促起来，他想起当天陆海涛曾经毫无缘由地抓伤了自己的小腿，这也被那些村民当做他已经发疯的证据。

事实上，陆海涛在用手拢那些手机碎片的时候，一定把存储卡捏在了手里，然后，他撕开了方木小腿上的皮肤，把它塞了进去。

储存卡里到底有什么？

方木急切地四处张望着，丁护士小心翼翼地问道：“怎么了？”

“哪里能找一台电脑用用？”

丁护士犹豫了一下：“我有一台小上网本。不知道……”

“好。”方木又想起一件事，“你有读卡器么？”

“值班护士那里也许有，你等等。”丁护士拔腿就走，心里充满了美女助英雄的甜蜜感觉——越来越像电影了。

显示器右下方弹出“新硬件已经安装并可以使用”时，方木感觉已经过了好几个小时。他急不可待地点开存储卡，挨个文件夹查看。看到“图片”时，方木的手都有些抖了。

文件夹里有11张图片，前几张都是陆海涛在S市的商场、街道和餐馆里的自拍，看到那张兴奋的脸，再想到他几天后的可怕命运，方木的心里不免黯然。

第八张是方木传给他的陆璐的照片。第九和第十张分别是陆海涛用蓝牙传输给方木的照片。方木将图片放到最大，也看不出他究竟拍的是什么。

那么，第十一张呢？

方木把鼠标放在第十一张照片上，双击。几乎是同时，他感觉完全无法呼吸了。这状态持续了足足半分钟，以至于丁护士好奇地凑过来想看个究竟。

方木回过神来，“啪”的一声合上电脑，拔掉读卡器，抽出存储卡。

他转身面对吓了一跳的丁护士，一字一顿地问道：“这张卡你看过没有？”

丁护士连连摆手：“没有没有。”

方木盯着她看了几秒钟，确认她没有说谎后，语气缓和下来：“这件事，不要对任何人提起，就当你从来没有见过我，好么？”

丁护士的脸白了，一腔热情，换来的就是这句话：“我们……不能认识一下么？”

“你还是不要认识我为好。”方木笑笑，真诚地说，“谢谢你。”

对有些人而言，相遇即是告别。就像流星划过天际，发出耀眼光芒的同时，也燃烧殆尽。他们唯一能做的，就是让那道划痕尽可能地浅。丁护士目送那个神秘的警察消失在走廊尽头，年轻的心已经在悄悄愈合。她把手插在衣兜里，耸耸肩膀，心想儿科的小张医生也不错。

方木回到车上，并没有急着发动，而是点燃一支烟，默默地注视着窗外的街景与人群。

宽容博大的城市，你目睹了多少罪恶在地底暗暗滋生？

善良无知的人们，为什么对与己无关的事情选择麻木不仁？

你们不知道，当静静的暗河从地下喷涌而出时，就是日月陨落、黑暗永驻的时刻！

这个城市对他而言已经不算陌生了。第一次来的时候，带着胜利和一份意外的善举离去；第二次来的时候，带着怯懦和绝望惨败而归；这次来呢？

方木扔掉烟头，紧紧地握住方向盘。

要给陆海涛一个交代。

他在生命即将结束的时候，用当时能想到的唯一办法保存了最后的线索。

要给他的勇气和良知一个交代。

方木发动汽车，直奔商业区而去，他要找一间户外用品店。

再回龙尾洞。

方木已经不是第一次来到这里，尽管身份仍然是游客，此时彼时，心境已大不一样。

虽然已经入冬，洞内的游客仍然络绎不绝。方木坐在一条游览船上，一边默记船只行进的路线，一边用GPS校对位置。

暗河沿洞体一路蜿蜒，时而开阔，时而狭窄，迂回曲折。洞内的景象光怪陆离，千姿百态，极具观赏性。游客们不时对那些惟妙惟肖的“雪山”“玉象”发出赞叹之声。在铺设的灯光的映射下，洞顶钟乳高悬，晶莹斑斓，水面上还有淡淡的雾气飘荡，当真宛若人间仙境。

方木俯下身去，掬一捧清澈见底的水在手心，又任由它在指间滑落，被安置在水底的射灯碎成点点繁星。

美。即使是心事重重的方木也不得不承认，这的确是少见的美景。

游船已经驶到开发完毕的暗河尽头，开始掉转船身，向码头驶去。与一路所见的灯火辉煌、人声鼎沸不同，余下的河段一片漆黑，目光可及之处不过十几米。方木在手里绘制的草图上标清位置，再次抬头看看那黑暗幽静的所在，表情渐渐凝重。

仙境。炼狱。就在同一条河中。

从龙尾洞里出来，已经夕阳西下。方木驾车绕到龙尾山的另一侧，在上次进山的地方停下。简单吃了点东西后，他检查了一遍背囊里的物品，然后放倒坐椅，躺在上面闭目养神。

几分钟后，方木意识到自己根本无法平静心绪。在他的脑子里，一直萦绕着存储卡里的第十一张照片。

在龙尾山上的那一夜，最让方木百思不得其解的就是陆海涛的藏身之处。以蓝牙的传输距离来看，陆海涛的位置离自己不会超过20米，然而周围就是不见人影。

是第十一张照片揭晓了答案。

照片里，几个蓬头垢面的女孩紧紧地挤在一起，惊恐地看着镜头，闪光灯让她们的双眼变成暗红色的亮点，看上去宛若困兽。在她们背后，倒挂的钟乳石清晰可辨。

当时，陆海涛就在方木脚下的暗河里。

毫无疑问，陆海燕骗了方木。陆海涛一定也将这张照片发到了方木的手机上，而陆海燕趁方木四下寻找陆海涛的时候，将这张关键的照片删除，并谎称陆海涛只传来两张照片。

此外，在祠堂见她们姐弟的时候，陆海涛曾经提及自己和姐姐小时候常去“那里”玩，而当晚陆海燕引领方木上山的时候，也显然是有确定的目的地。陆海燕一定知道弟弟可能会藏身的地点，然而当她洞悉其中的秘密后，决定要保守这个秘密。她阻止方木继续搜寻，也是这个原因。

也就是说，还有别的入口可以进入龙尾洞，这也是陆海燕姐弟俩小时候经常去的地方。

这个入口，一定就在他们过夜的地方附近！

午夜刚过，方木的手机就振动起来。他关掉闹铃，拎起背囊，悄悄地下车。此时已是零下二十几摄氏度，寒风掠过面前的密林，发出呜呜的声音，似乎在警告这个外来入侵者。方木扶扶眼镜，大踏步走去。

今晚没有星星，月亮却不错。借着月光，方木穿过那些山间小径，凭借记忆寻找和陆海燕一起走过的那条上山的路。穿过这片密林，前面应该还有一片。那里，就是上山的地方。

这里罕有人迹，林中的积雪仍然很厚。方木在雪地里艰难地跋涉，很快就觉得精疲力竭。他不得不时常靠在某棵树上喘息一阵，待体力稍稍恢复后，才继续向前走。每到这时，他就特别想抽支烟，可又唯恐火光会暴露自己的位置，只能作罢。

好不容易走出这片密林，面前是一段长长的低洼坡路。方木回忆起当初坐在陆三强的货车里时，的确曾经过一条下坡路。这证实自己并没有走错路，心中不由得一阵兴奋。

下坡路虽然同样不好走，但行进速度毕竟要快许多。只是由于天黑路滑，加之方木心急，摔跟头是不可避免的。每当他在雪地里气喘如牛地爬起，感到手肘和腰背处钻心的剧痛时，内心的勇气就会减弱一分。

我能找到那个入口么？

我能坚持到最后么？

为什么要一再孤身闯入险境？

为什么要把那些不属于自己的责任扛在肩膀上？

只是，人在做出选择的时候，一定要考虑是否有意义么？

如果都这样想，那就没意义了。

方木笑笑，用力擦去睫毛上已经凝结的冰霜，伸手从背囊里掏出折叠手杖，奋力站起。

走吧，走下去，因为这才是你。

连摔带走地下到坡路的最底端，第二片密林就在面前。方木看看手表，默默地估算了一下时间，这里应该就是那晚和陆海燕上山的地方。他一边看着那片密林，一边向龙尾山走去。越接近山脚，方木的脚步越慢，同时留意着身边的动静。确认山脚下无人把守后，他才躲到一块巨石后边，稍作休整。

站在这个位置，眼前的大山显得高不可攀。方木回头看看一路走来的低洼坡道，如果减去这个高度，暗河贯穿山体的位置应该就在半山腰。这也再次验证了方木的推断。他擦擦额头上不断渗出的汗水，戴好帽子和手套，起身爬山。

方木努力回忆着当时和陆海燕上山的路径，一边向上走，一边四处查看。终于，在走出几十米后，他看到了那根带着一大片树皮的断枝。方木把手电筒放进帽子里，拧亮，上下查看着树枝。陆海燕的一些头发还缠绕在上面，丝丝可辨。这让方木信心大增。他想起当晚陆海燕是一路向西走的，便掏出指南针，一边看方向，一边奋力向山上走。

山路大同小异，好在月光够足，映照在雪地上，让山上的亮度增加了不少。攀登了近一个小时后，方木目测了一下高度，已经接近山腰了。他停下脚步，一边擦汗，一边向四周张望着。

如果能找到当晚过夜的山洞，就能找到那个入口。

环视一周，方木却有些失望，目光可及之处，并没有发现那个小山洞。他想了想，决定横向找找看。

向西走了十几米，方木忽然发现，被月光镀上清冷银边的山体出现了一块缺口。他掏出夜视望远镜，看到了一个小小的山洞。

方木急忙奔过去，踏入山洞的一刻，他松了口气。

洞口处，那根燃尽的火把还在。是这里了。

方木稍稍休息了一下，就开始着手在山洞附近寻找那个入口。按照他的预想，当时是在这里收到了陆海涛发来的照片，那么入口就应该离这里不远。可是，他在方圆几十米的范围内反复搜索，几乎掀开了每一块石头，扫荡了每一片树丛，那个入口还是丝毫不见踪影。方木看看手表，已经是凌晨2点15分了，再过5个小时左右，天就要亮了。

难道自己找错了地方?

方木有些气馁，一屁股坐在了地上，立刻感到冷风钻进了衣领，被汗湿的内衣刹那间变得冰凉。他打了个激灵，急忙起身向那个山洞走去。

山洞把呼啸的寒风挡在了外面。方木看看洞外的山林，除了风声，再无其他动静。他拿出烟，点燃，狠狠地吸了一大口，又缓缓地吐出，然后，闭上眼睛，细细地品味疲惫从全身的毛孔里一点点沁出来。

蓝色的烟雾从方木的口鼻里漫出，在他眼前打了一个旋，然后撞碎在他的脸庞上，丝丝缕缕地飘向他的身后。

方木想象自己周身缠绕着烟雾的样子，不免觉得好笑：如果此刻有人看见他，会不会把他当做修炼的仙人？

忽然，他的心里一动。

方木掏出打火机，掀亮，小小的火苗喷出，随即就摇摆起来。山洞里应该是没有风的啊。方木下意识地看看手里的烟头，烟雾虽然微薄，却固执地飘向同一个方向。方木看看自己的身后，心跳开始加速。

他掏出手电筒，向山洞深处照射过去。这个洞不大，纵深不过几米，上下左右都是光秃秃的崖壁，只有右下方堆着一丛枯草。

方木走过去，蹲下身子，同时用力地吸了一口烟喷出去。

烟雾丝毫没做停留，很快就渗入枯草中。

方木用力扯开那些枯草，没有想象中的根茎相连，显然是人为放上去的。

在枯草下面，一个洞口赫然在目。

方木看着这个洞口，愣了足有半分钟。他万万没有想到，入口就在他和陆海燕曾经栖身的小山洞里。也许当晚方木苦苦寻找陆海涛的时候，陆海涛就躲在他身后几米处，大气都不敢出。

方木回过神来，用手电筒仔细照射着洞口。洞口直径大约一米，洞壁上的青苔明显有近期剐蹭的痕迹，但并不太多。距离洞口大约两米处有一个弯，再往下深度不明。

方木丢掉烟头，直起身来，抬头望望洞外的月光。

也许，这是我最后一次看到月亮了吧。

方木深吸一口气，钻进了洞口。

青苔的滑腻程度超过了方木的想象，刚一踏上去，他就摔倒了，整个人就势滑了下去。跌落到弯道处，方木顾不得被擦伤的脸，伸手去抓甩脱的电筒。在强光手电的照射下，一个长条状的黑色山洞展现在方木面前，高约1.5米，长度不明。方木把手电筒的光调至最弱，弯着腰，小心翼翼地向前走去。

山洞里弥漫着一股淡淡的臭味，脚下也有黏腻湿滑的感觉，偶尔还传来几声“咔吧”的脆响。方木用电筒照照脚下，只看见乌黑杂乱的一团，其间混杂着些许细小的白色物体，看上去像动物骨骼。正要看个究竟，方木却觉得眼前一黑。随着一阵扑腾腾的响声，洞内忽然飞起了一大群不明生物。方木急忙用手护住头面，却仍然感觉有几双翅膀拍打在脸上，还有尖利的脚爪在身上抓挠。这群不明生物来得快，去得也快，转眼间就消失在山洞的另一侧。

方木惊魂未定地靠在洞壁上，心似乎都要跳出嗓子眼了。好不容易回过神来后，他意识到那些会飞的动物应该是蝙蝠。更大的忧虑随后袭上心头：不知这山洞究竟有多长，也不知这群被惊起的蝙蝠会不会让洞里的人有所察觉？

方木蹲下身子，关掉电筒，屏气凝神。几分钟后，山洞里依旧一片寂静。他这才拧亮电筒，重新上路。

又走出大约几百米后，面前出现了岔路。除了向前的洞体，还有一左一右两条分支。方木犹豫了一下，拿出笔记本，咬着电筒画了一张草图，然后选择中间的路继续向前。

前行了几十米后，方木发现这是一条死路，面前除了粗糙的崖壁外，再无别的出口。方木原路退出，又选择左边的路前行，行进一段后，发现同样是一条死路。只不过在山洞的尽头是一汪水潭。方木掬起一捧水看了看，水质清澈，应该是活水，用折叠手杖探探，不可见底。

方木再次折返，从右面洞口进入。洞内依旧漆黑一片，情形与之前并无二致。因为左边山洞里出现了水潭，为了避免失足落水，方木着意留神脚下。走了十几分钟后，耳边忽然传来了隐隐的水声。方木的心一凉，前方莫非又是一个水潭，那就真的无路可走了。

方木举起电筒向前照去，光线所及之处却不是粗糙的崖壁，似乎前方是一个更广阔的空间。方木立刻把电筒的光调至最弱，同时放慢脚步，一点点挪过去。

终于，方木站到了一个洞口的边缘，凭借水声和电筒的微光，方木意识到，下面不足3米的地方，就是那条贯穿龙尾山的暗河。

方木照照脚下，洞口的青苔仍有剐蹭的痕迹，顺着这些痕迹望去，几块凸起的岩石从洞口一路延伸至脚下的暗河边，只要稍加小心，就能下去。

方木不由得一阵兴奋，终于到了。

他并没有急于下到暗河边，而是蹲在原地仔细观察周围的动静，确认无人后，才慢慢地踩着那几块岩石，小心地走下去。

说是河边，其实距离水面足有半米的距离。方木看看GPS，自己所在的位置就在暗河的上游，也就是那些尚未开发的河段。方木打量了一下四周，没有了那些流光溢彩的射灯，眼前的溶洞显得阴森可怖。那些历经数百万年的钟乳石，宛若一只只从天而降的巨爪，而那条静静流淌的暗河，则像一张吞噬一切的巨口。方木注视着面前的一切，忽然感到不寒而栗。相对于这片史前就已形成的景致而言，还不到30岁的方木实在是太渺小了。几千年前，或者更久以前，也许有人类曾踏入这条暗河，展现在他眼前的，和方木此刻看到的，一模一样。数百万年来，钟乳石就这样默默地伫立，暗河就这样默默地流淌。不管外面如何岁月更迭，改朝换代，一茬一茬的人都已灰飞烟灭，而它们却依然还在，亘古未变。

所谓不朽，都是扯淡。没有人知道，永恒，是一件多么可怕的事情。

方木看看手表，已经快凌晨3点了。他必须抓紧时间。方木再次拿出GPS，推算了一下距离。自己目前所处的位置离已开发的河段更近一些，

相信藏匿那些女孩的地方应该不会在下游，否则会很容易被发现。

方木转身向上游走去，才迈出几步，就发现路并不好走，因为根本就没有可以称之为路的地方。山洞里虽然黑暗，但脚下还算平坦。而在河边，可供下脚的地方只有那些高低错落的岩石，稍有不慎，就可能滑入暗河里。方木把电筒装在帽子上，手脚并用地一路上行。很快，他就出了一身大汗。也难怪，这里的温度大约有10℃，和外面足足差了几十摄氏度。方木在一块略显平坦的岩石上脱下外套，塞进背囊里。再出发时，觉得整个人都轻快了许多。

考虑到对方的藏身处也许就在前方不远，方木不敢让手电筒的光过亮。因此，光柱所及之处，都是一片灰黑。在爬过一块较矮的岩石时，余光里突然出现的一抹亮白色让他觉得有些意外。他取下电筒，朝那里照射过去，看见水中一块凸起的岩石后似乎藏着什么东西。

方木想了想，从背囊里取出折叠手杖，左手扳住一根垂下的钟乳石，左脚勾在岩石的石缝里，上身尽量向暗河里倾斜过去，尝试了几次后，终于用手杖把那件东西挑了过来。

站稳脚跟后，方木看看手里的东西，原来是一片矿泉水的包装膜。从它所处的位置来看，应该是从上游漂下来，又卡在那块岩石后面的。

上游一定有人！

这让方木信心大增，看来自己选择的方向并没有错。同时，也让他产生了一个想法。

方木从背囊里掏出半瓶矿泉水，喝干，然后从笔记本里撕下一张纸，匆匆写下：

如果有人捡到这张纸，就证明我遇到了危险，请拨打1351428★★★★，谢谢。

那是肖望的电话号码。上次没有把和景旭交易情报的事情通知肖望，结果自己无暇顾及景旭的安全，导致棋输一招。而且，肖望曾供职于S市公安局，调动人手比较方便。如果这次自己遭遇不测，肖望一定可以沿着这条线索查下去。

方木把纸条折好，塞进矿泉水瓶里，又小心地放入背囊。这张宛若遗言的纸条反而让方木卸下了包袱。他整整行装，继续前行。

一路攀登，下坡，瞭望，细听。方木渐渐忘记了时间的概念，只知道一直向前。直到手里的GPS显示自己即将走到暗河的尽头时，他才意识到，已经快走了一个小时了。

方木放慢速度，把注意力放在监控附近的动静上。前方不远，也许就是目的地。果真，在转过一个河弯后，眼前的河水忽然泛起了粼粼波光。前方有火光！

方木立刻关掉电筒，放低身子，一步步悄悄地走过去。

越接近那里，河水越亮，还隐隐有人声传来。方木看看前面，一块足有十几吨重的巨大岩石横在河道里。他躲在岩石后面，上下打量了一下，靠近岩壁的地方，有几块凸起，似乎可以攀爬上去。他想了想，轻手轻脚地踏上去，左手扶住岩石，一用力，整个人就贴附在岩石上。他的左脚在岩石上触碰了几下，找到一个浅浅的石窝，踩住后，右脚又踏上一块凸起的岩石。方木深吸一口气，猛地向上用力，双眼就看到了岩石后面的情景。

不远处，崖壁下有一大片空地，几处火光散落其中，隐隐有人影闪动。

方木不敢多看，快速缩回头来。刚才一瞥之下，除了前方的情景，方木也看清了岩石上的状况，上面很平坦，最理想的是靠近岩壁一侧，还有个凹洞，容纳一人应该没问题。

方木双手扒住岩石的边缘，暗暗用力，同时右脚又踏上一块更高的岩石，用力一蹬，大半个身子就趴在了那块岩石上。他全身伏地，慢慢匍匐到那个凹洞前，侧身一滚，将自己隐藏在那个洞里。

做完这一切，方木已经气喘如牛，他不敢大声呼吸，只能慢慢调整。待气息平复了一些，他掏出夜视望远镜，向那一片火光望去。

这里应该是暗河的尽头，崖壁下的空地足有上百平方米，就像一个大厅。那些火光来自于散落四处的蜡烛。两个男子围坐在河边，正在喝酒吃东西。在他们身后，靠近崖壁的地方有一块巨大的岩石，一条铁链缠绕其上，铁链的另一头是一堆蓬乱的枯草，四个女孩子或躺或卧，蜷缩其中。从她们脚上的铁环来看，应该都被锁在了那条铁链上。

方木脸上的肌肉渐渐绷紧，牙齿咬得咯咯直响。这时，视野的右上角忽然又出现了动静。

他把望远镜移过去，视野中出现了一男一女两个人。

方木的眼睛一下子瞪大了。

男的，是陆大春，女的，是陆海燕。

陆大春脸色潮红，脚步虚浮，似乎喝多了酒。他把陆海燕拖到另一堆干净些的枯草上，一阵没头没脑的狂吻乱啃后，就开始上下其手。

陆海燕的表情麻木，一动不动地任他凌辱，似乎早已习惯。

那两个男人却坐不住了，开始哄笑起来。

“大春，你小子不好好干活，把燕子弄到这里来玩，小心我告诉你爹！”

这声音方木认得，是那个叫陆大江的村民。

另一个村民也随声附和：“是啊，你他妈自己玩得痛快，让俺哥俩在这里干靠！”

“干你们娘的，你们敢！”陆大春推开陆海燕，晃晃悠悠地站起来，从身后拔出一支54式手枪，“老子崩了你们俩！”

话说得半真半假，手里的枪却是真的。陆大江和那个村民讪笑着继续吃喝，不再回嘴。

陆大春似乎也被自己的“英雄气概”感染，一把拽起陆海燕，向一块岩石后走去。

陆海燕丝毫没有反抗的表示，依旧呆呆地目视前方，胸口敞开的衣襟也无意扣好，一对乳房半露半掩，惹得陆大江和那个村民不住地偷看。

那块岩石遮挡了旁人的视线，却依旧处在方木的视野中。陆大春粗鲁地把陆海燕的身子掉转过去，让她双手扶在岩石上，弯下腰，然后把她的裤子褪到膝盖下，自己也解开裤子，贴了过去……

方木放下望远镜，闭上了双眼。

救她？陆海燕已然是一具行尸走肉，甚至很难说不是自愿的。何况，现在动手只会打草惊蛇。

不救她？又怎能眼睁睁地看着一个曾有过单纯幻想的女孩遭到这样的凌辱？

偏偏那空旷的溶洞又将男人禽兽般的喘息和肉体交合的撞击声无限放大！

方木紧紧地捂住耳朵，心中感到比陆海燕还要强烈的屈辱。

终于，一切归于平静。陆大春心满意足地提起裤子，晃到那堆枯草前，四仰八叉地躺下。陆海燕全身颤抖着，无力地滑跪下去，过了片刻才哆嗦着提起裤子，扣好裤带。

方木的牙都要咬碎了。他掏出GPS，标注好现在的位置。尽管心中的怒火已几乎让血液沸腾，但是方木明白，此刻必须保持克制和冷静。在这里是没有手机信号的，要想办法离开，争取在天亮前组织警力包围这里。届时，将把犯罪分子一网打尽！

方木四肢伏地，打算顺原路爬下岩石。这时，陆大春懒洋洋的声音传了过来：“现在几点了？”

陆大江看看手表：“4点15分。”

“哦。货车5点半就到。”陆大春翻身坐起，“不睡了。”

货车？方木停下动作，想了想，又退回洞口。

陆大春招招手，陆海燕顺从地走过去，坐在他身边。陆大春把她搂在怀里，又肆意摸弄起来。

陆大江看着他们，显然受了不小的刺激，他一口喝干瓶子里的酒，揉揉裤裆，起身向那几个女孩子走去。

他站在枯草旁，俯身看了一会儿，选定一个女孩后，不由分说，扑上去就撕扯她的衣服。女孩被惊醒了，拼命地挣扎。脚上的铁链被牵动，其他几个女孩也被惊醒，霎时间，哭喊声在溶洞内响成一片。

陆大春骂了一声，随手捡起一块石头扔了过去，正中陆大江的后背。陆大江哎哟一声，气急败坏地回过头来："娘的，你干啥？"

"给我滚下来！"

"老子又不动你的女人，玩玩她们怕啥？"

"放屁！梁老板特意嘱咐过，不能动她们！"

"反正都已经不是雏儿了，玩一下谁知道？"陆大江的双眼被欲火烧得通红，俯下身子继续撕扯那女孩的衣服。

这时，只听"哗啦"一声，陆大江不禁打了个激灵，慢慢回头——陆大春手里的枪机头大张，黑洞洞的枪口正对着他。

"给我下来！别逼老子翻脸！"

陆大江蔫了，小声骂了一句，悻悻地爬起来："行行行，算你狠。"

陆大春大概觉得自己做得有些过火，语气也稍稍缓和："你个喂不饱的驴货，等把这几个小妮子送走，回去让你老婆陪你弄个痛快。你要是觉得不过瘾，下次拉货我带你去，让你尝尝城里女人的滋味。"

陆大江的脸色好了些，可是看着陆大春手里的枪，仍是一副心有余悸的样子："让你爹跟梁老板说说，也给咱哥几个弄几支真家伙。"

陆大春一笑，表情倨傲。

"这东西还能随便给？"他合上枪机，反复端详着手里泛着幽蓝光泽的枪，“老人家说得好，谁有枪，谁就是爷！”

方木的眉头越皱越紧。看来五点半的时候，将有货车把这些女孩送走。龙尾山靠近边境线，她们被送往境外做性奴前的最后一站，应该就是这里。

方木想起自己第一次进山时，就坐着陆三强驾驶的一辆货车。当时他听到货厢里有动静，问及是什么东西，陆大春回答说是猪肉。

所谓“猪肉”，就是这些被拐卖、被锁住的女孩。

想到自己曾和这些可怜的女孩近在咫尺，方木在心里连骂自己迟钝。随即，一个更大的疑问在脑海中浮现。

梁老板是谁?

从他们的交谈来看，梁老板应该就是跨境拐卖儿童的幕后主使，也正是他，向陆家村的村民们提供了钱物。至于其他的，方木无从去推断，一来所获信息太少，二来，他也没有时间去思考这些了。

方木很清楚现在的局势——不得不修改计划了。如果他现在离开，那么不等他带着警察到这里，这四个女孩就已经被带上货车，运往境外了。以后再解救她们，也许会难于登天。

是救人，还是抓人，必须要立刻做出决断。

方木暗自苦笑了一下，以自己的性格，还有得选么?

救人，难度同样很大。首先，对方是三个人（方木只能寄希望于陆海燕不要和自己作对），己方只有一个；其次，陆大春手里有枪，自己最有力的武器不过是那根折叠手杖。最后，四个女孩的脚都锁在岩石上，除非有钥匙，否则，不可能在不惊动他们的情况下把这些女孩带走。

可是，有得选么?

方木慢慢地挪出洞口，悄无声息地滑下那块岩石。走了几十米后，他掏出那个装着纸条的空塑料瓶，扔进了暗河里。看着它随着水流向下游漂去，方木暗自祈祷这个瓶子能快点被人看到。

回到那块岩石上，方木检查了一下身上的装备，把折叠手杖放在方便抽出的地方，然后，就静静地躲在山洞里，间或看看那片空地上的动静。他只有等待时机，如果实在没有机会，就只能硬来了。

只是，胜算微乎其微。如果真能全身而退，那才是奇迹了。方木尽力不去想失败后可能招致的后果，反正漂流瓶已经放出去了，无论如何，总能留下一些线索。想到这些，方木渐渐平静下来，甚至还有一丝轻松。

起初，还能听到那三个男人有一搭没一搭地聊天，后来声音渐渐低下去，最后就是一片寂静了。

方木悄悄地探出头去。陆大春搂着陆海燕，躺倒在枯草里呼呼大睡。陆大江和那个村民大概因为酒喝多了，也靠在一起打盹。

方木屏住了呼吸，也许现在就是个机会。他悄悄地向岩石的另一端爬去，心里不由得一阵惊喜：那里有一个和空地相连的斜坡。方木掉转身子，一点一点地滑下斜坡，终于踏上了那块空地。

方木没有马上行动，而是躲在暗处观察那四个人的动静，确定他们还在酣睡后，才踮着脚尖，小心翼翼地走过去。距离那些女孩所在的位置不过十几米远，方木却感觉走了好几个世纪一样。好不容易走到那些女孩身边，方木正要俯身查看那些铁链，其中一个女孩就被惊醒了。她看见弯着腰的方木，刚要失声发出尖叫，就被方木紧紧地捂住了嘴。

“别叫，我是警察。”方木在她耳边轻声说道，“我来带你们离开这里，听懂了么？”

也许是被关久了，女孩的反应有些迟钝，几秒钟后，才圆睁着一双惊恐的眼睛连连点头。

“叫醒其他女孩，小声点。”方木松开手，指指正在打盹的陆大江和那个村民，“别惊动他们。”

趁女孩推醒同伴的时候，方木看了看她们脚上的铁链。每个人的脚腕上都有一个合二为一的铁环，接口处是一个直径3厘米左右的圆孔，一根单头弯曲的铁条插在里面，另一头被一把锁头锁在铁链上。如果要抽出铁条，必须打开这把锁。虽然不用连开四把锁，方木还是懊恼当时为什么不和老鬼学几招开锁的技术。

硬撬肯定会惊动那三个看守，唯一的办法是找到钥匙。方木想了想，钥匙应该在陆大春身上。他冲那几个满脸期待地看着自己的女孩做了个噤声的手势，转身悄悄向陆大春身边走去。

陆大春仰面朝天，呼吸均匀，正睡得香甜。陆海燕侧身蜷在他的左臂弯里，双眼紧闭。方木上下打量了一阵陆大春，他穿了一件羽绒服，牛仔裤，全身足有六七个衣袋。钥匙会藏在哪里呢？方木想了想，俯身悄悄摸向羽绒服右侧的下衣袋。没有。方木暗骂一句，正要去掏他的左下衣袋，陆海燕的眼睛忽然睁开了。

刹那间，四目相对，周围的一切仿佛都停止了。

陆海燕的眼神依旧是呆滞的，仿佛眼前的方木只是一块石头或者其他没有生命的东西。几秒钟后，她似乎认出了他，瞳孔猛地缩小，两道逼人的光芒瞬间投射在方木的脸上。

他没有说话，她也没有说话。

只要有这短暂的目光相接就够了。

有多悔恨，就有多惊喜；有多愤怒，就有多慰藉。

方木冲她微微点了点头，做出一个开锁的手势。陆海燕似乎不舍得把目光从他脸上移开，手却伸向了陆大春身上的牛仔裤。当她的手从右侧前方的裤袋里拿出来的时候，手心里已经多了一把钥匙。

方木接过钥匙，只来得及给了她一个感激的眼神，就匆匆走向那几个女孩。

开锁。轻轻地抽出铁条。逐一打开那些铁环。每做完一样，方木心中的狂喜就会多增加一分。终于，四个女孩都脱离了铁链，战战兢兢地挤在一起发抖，眼中却多了一份劫后余生的期盼。方木看着她们身后空旷的溶洞和依旧不动声色的暗河，却猛然意识到一个大问题：该往哪里走？

方木看看自己的来路，让这四个女孩爬上那个斜坡也许不是难事，可是不被察觉地从那块岩石下去却绝非易事。再者，从这里到那个洞口，一路高坡险崖，自己还能勉力应付，这几个女孩能做到么？天就快亮了，这些看守又能给他们多少时间从容逃离呢？

冷汗布满了方木的额头，没时间责怪自己的考虑不周了，现在要做的就是冷静和思考。

从刚刚进入的洞口的痕迹来看，这条路应该不是陆家村的人经常使用的，也许只有陆海燕姐弟俩才知道。那么，陆家村的人是从哪里进入溶洞的呢？

一定还有别的出口！

方木把询问的目光投向陆海燕。她一直默默地注视着方木的动作，四目相对时，彼此的想法早已了然于心。

陆海燕抬起一只手，指向身后的某处。

方木望过去，一个洞口在崖壁间若隐若现。顿时，他感觉全身都充满了力量。他转过身，示意几个女孩跟自己走，然后——

他再次转过身，看着陆海燕，伸出一只手。

我说过，我一定会回来。现在，我要带你走。

别顾虑过去，也别担心未来。这无关男女之情，甚至无关曾经的一面之缘。

仅仅是，责任。

陆海燕一动不动地看着那只手，几秒钟之后，她浑浊的双眼明亮起来。

我已经死了。是的，在挥起斧头砸向我弟弟的那一刻，我就已经死了。

可是，你来了。

也许，我能继续活？

陆海燕慢慢地坐起身，双眼片刻也不愿离开那只手。它能带我去哪儿？

哪里都可以，只要那里没有回忆，没有耻辱，没有麻木的欢愉，没有痛苦的呼喊。哪里都可以。

自己所在的仍是可怖的地狱，但是向前一步，就是天堂。

陆海燕站起来，伸出一只手。

随后，她就感到自己的脚腕被死死地抓住了。

陆大春打了个哈欠，坐起来，不耐烦地问道："你去哪儿？"

随即，他就看到了方木和那四个女孩。

陆大春的眼睛一下子瞪大了，直勾勾地看着方木，似乎难以置信。

"你……"

看到陆大春醒来的一瞬间，方木感觉全身的血液都冻结住了，然而此刻已容不得犹豫。他大吼一声："我是警察，放下武器！"

这是法律上的必经程序，他知道这根本吓不住对方。话音未落，他已疾步冲到陆大春面前，抽出折叠手杖狠狠地砸了过去。

陆大春下意识地抬起左手去挡，"嘭"的一声闷响后，铝合金材质的手杖弯成了L型，陆大春一声惨叫，手脚并用地滚向一旁。

方木甩下折叠手杖，不用看，他就知道身后的两个看守已经被惊醒了。他冲那四个被吓傻的女孩大吼一声："跑！"随即就转身向那堆铁链奔去。刚迈出一步，就看见陆大江手足无措地挡在自己面前，似乎还没有完全搞清状况。于是方木飞起一脚，踹在他的胸口。趁他大叫倒地之时，方木已经冲到了那堆铁链前，伸手抄起那根铁条。

就在此时，身后传来"砰"的一声枪响，几乎是同时，一颗弹头撞在他身边的岩石上，火星四溅。

方木把心一横，转过身来。

陆大春的左手半悬着，右手握着手枪，黑洞洞的枪口正指着自己。

“我跟你说过吧，再来就整死你！”陆大春的表情凶狠狂暴，扳机上的手指猛地用力，“你给我死……”

话音未落，陆大春就感到身上的重量突然增加，整个人失去了平衡，那颗子弹射到了溶洞顶上。紧接着，他的脸颊和脖子传来一阵剧痛。

是陆海燕。她像一头发疯的母豹一样扑在陆大春身上，连抓带咬。

方木正要上前夺枪，陆大江捡起一块石头丢了过来。趁方木侧身闪开，他拎起一根木棍，在原地跳来跳去。看上去，他比方木还要紧张，那双死死盯着方木的眼睛里满是恐慌。

方木不想长时间纠缠，拎起铁条就冲过去，陆大江连抵挡的勇气都没有，连连后退。方木只用了一下就把他手里的木棍打掉，第二下直接砸在了他的头上，霎时鲜血飞溅。

必须先解决掉一个！方木上前正要再砸时，却被另一个村民从后面死死地抱住了腰。方木用力甩了几下，竟无法摆脱。眼看陆大春已经把陆海燕从身上扯开，摔在了地上。方木咬咬牙，突然向后猛退了几步，那个村民被撞得猝不及防，也只得向后退。

忽然，身后的村民发出一声惊呼，方木感到自己腰上的力量一松，紧接着，一脚踏空！

两人都摔进了暗河里。

被河水漫过口鼻时，方木只来得及深吸一口气，眼前就一片黑暗了。他屏住气，一边划水，一边用脚尖向下面探，很快就碰到了坚实的河底。方木用力一蹬，头部露出了水面。正要向岸边游时，他感觉身上的背囊被人死死拽住，正用力向水里拖。方木再次被拉进了水下，他慌忙打开搭扣，把背囊甩脱下去，可是衣领又被那个村民拽住。

两个人在水里缠斗，对方的水性显然比方木要好，一心想把方木淹死在水中。撕扯中，方木感到气息越来越不够用，情急之下，心里的狠劲一下涌了上来。他一把揪住那个村民的头发，向上提起，用另一只手的指尖对着他暴露出来的咽喉处猛戳了一下。对方的喉咙吃痛，气息一松，大股河水立刻灌进肺里，瞬间就瘫软在河水里。

方木摆脱了束缚，心脏也仿佛要憋炸了。他用仅存的一点力气浮上水面，还来不及喘口气，就感到眼前一黑。他抹掉脸上不住向下流淌的水，定睛去看面前的黑影，立刻感到心底一片冰凉。

岸边，陆大春直挺挺地站着，手里的枪正对着方木的脑门。在他身后，是捂着脑袋不住咒骂的陆大江，以及满脸是血，不省人事的陆海燕。

陆大春扭曲的脸上血痕遍布，一只眼睛被血糊住，另一只眼睛里正放射出野兽般的光芒。

“你真行啊，连我的女人都帮你。”陆大春脸上的肌肉不住地跳动着，“现在，你他妈的去死吧！”

结束了。

这一次，是真的要死了。

不，不要闭上眼睛。不要露出任何一丝软弱给他们看。祠堂前的怯懦，只有一次。

像丁树成那样去死，像陆海涛那样去死。

方木死死地盯着那黑洞洞的枪口，等待那一颗子弹射穿自己的头颅。

“砰！”

方木的眼前爆出一团火光，他的心底一片安详。

在这电光石火的一瞬间，他知道那颗弹头已经旋转着飞出了枪管，它将穿透自己的颅骨，空腔效应会把自己的脑组织搅得稀烂，然后再从后脑穿出，射入身后这条静静的暗河中。届时，自己的头部将变成血肉模糊的一团。

可是，这一切并没有发生。

方木从那炫目的火光中恢复视觉的时候，发现自己依旧浮在河水中。脑袋完好无损。而在他上方，是目瞪口呆的陆大春。

陆大春似乎还没有从刚才的巨响中清醒过来，只是定定地看着残缺不全的手掌，在他脚下，已经破裂变形的手枪还在冒着缕缕青烟。

方木明白了，这一定是一支非法自制的黑枪，在连续射击后发生了炸膛。

冥冥中，难道真的有神佛庇佑？

方木扒住岸边的岩石，一用力，爬上了河岸。

陆大春的右手掌几乎被完全炸飞，只有丝丝缕缕的筋肉和手腕相连。他完全无视从身边走过的方木，只是直勾勾地看着瞬间消失的右手。

方木用警告的眼神看了一眼完全吓傻的陆大江，疾步跑到陆海燕身边，蹲下身子，用力摇晃着她："海燕，海燕，你醒醒。"

陆海燕的头随着方木的动作来回摇摆着，双眼却始终紧闭。

"啊——啊——"

方木下意识地回过头去。是陆大春。他终于明白自己已经永远失去了右手，发出了两声绝望的哀号后，扑倒在地上昏死过去。

方木移开目光，转向正在筛糠的陆大江。

"你去把他捞上来，"他指指那条暗河，"也许他还有救。"

陆大江答应了一声，连滚带爬地跳下了河。

这时，方木怀里的柔软身体动了一下。

再看陆海燕，她已经悠悠醒转，浑浊的眼球转动了几下后，就定定地盯在方木的脸上。

"你……你真的回来了。"陆海燕破裂青肿的嘴角荡起一丝笑意，似乎身处的不是生死相搏的杀场，而是春意盎然的帷帐。

"能走么？我带你离开这里。"方木用力扳起陆海燕的上身，试图把她扶起来。

"不，我动不了。"陆海燕摇摇头，"你快走吧，去找那些孩子……这里很快就会来人了。"

“不行。”方木竭尽全力地搬动陆海燕的身体，“我不能把你留在这儿。”

“你快走！”陆海燕固执地推开了方木，“大春不会把我怎么样的……毕竟我是他的人……”

进退维谷。方木手足无措地蹲在陆海燕身边，心如刀割。

陆海燕闭上眼睛，抬起一只手，轻轻地做了一个“快走”的手势。

方木咬咬牙，低声说道：“你多保重。”

说罢，他起身向那个洞口跑去。刚跑出几步，就听见身后又传来一声呼唤：“方木。”

方木急忙停下，回过头去。

陆海燕的眼睛又睁开了，清亮无比，宛若初见。

“这一次，我做对了……”她轻轻地问道，“是么？”

方木盯着她看了几秒钟，视线渐渐模糊。

他用力地点了点头。

陆海燕笑了，双眼重新闭合，一滴眼泪在脸上轻轻滑落。

方木最后看了她一眼，转身，快步离开。

第二十章

血战

刮了一夜的风，快天亮时，天上飘起了雪花。赵大姐拉开窗帘，想起院子里还晒着过冬吃的白菜，急忙披衣下床。

刚推开门，赵大姐就看到院子外停着一辆深蓝色的桑塔纳轿车。车没熄火，隐约可见车上还坐着几个人。

赵大姐没在意，抖开手里的一块塑料膜，盖在白菜堆上，又找来几块砖头仔细地压好。

她不知道，车里的几个人正在看着她。

“是她么？”

“没错。”

“好，你们……”

“等等，我接个电话……喂，南哥……嗯……还在移动？知道了……保持联系……多谢，回去请你吃饭。”

“怎么样？”

“找到他了。”

“好，动手吧。”

干完活，赵大姐感到腰有些酸，她费力地直起身来，忽然听见背后传来脚步声。

她下意识地回过头，看见三个男人向自己走来。

“你们是？”赵大姐的问话刚出口，突然意识到一个问题：他们是怎么打开院门上的铁锁的？

为首的男子并没有回答，而是反问她一句：“你姓赵，对吧？”

“嗯。”赵大姐有些糊涂了，“你们……”

男子微微俯下身，一字一顿地问道：“你认识方木么？”

洞口不大，只可供一人勉强通过。走进去不远，方木的眼前就一片漆黑了。他伸手去掏电筒，这才意识到背囊已经留在了暗河里。幸好打火机还在，方木用力甩甩上面的水珠，暗暗祈祷它还能用。按动了几次后，小小的火苗终于蹿了出来。

面前是一条长长的山洞，深度不明。方木看看手表，已经5点40分了。他既不知道那几个女孩跑出去多远了，也不知道洞口是否还有人把守，只能硬着头皮一路前行。

每隔一会儿，方木就不得不灭掉已经滚烫的打火机，向前摸索一段之后，重新点亮。走出百余米后，那几个女孩依旧毫无踪影。想到现在已经不存在暴露与否的问题了，方木索性喊起来。

就这样边走边喊，前行一段后，面前出现了岔路。方木暗骂一句，选择了右面的路。刚转过一个弯之后，他忽然听到了一个细小的声音。

“警察叔叔。”

方木又惊又喜，急忙用打火机照亮周围。

“你们在哪里？”

“在这儿。”

声音来自岔路那里。方木急忙跑回去，沿着左边的路钻进山洞，刚走出十几米远，就看见一个小小的凹洞，四个女孩子紧紧地挤在一起，看见方木，其中一个哇地哭了出来。

方木松了口气，挥手示意她们出来：“怎么躲在这里？”

“我们跑到这里，前面没路了。”一个看起来稍大的女孩回答道，“我们不敢走了，就躲在这里。”

方木点点头，看来自己选择右路是对的。

“你叫什么？”

“我叫田笑。”

“好，田笑，你带着其他小朋友，紧紧地跟着我，好么？”

“嗯。”叫田笑的女孩伸手拉住方木的衣襟，用力点了点头。

四个小女孩，一个大人。前进的姿势宛如躲避老鹰的母鸡和小鸡。虽然还没有完全脱离险境，方木的心里却踏实了不少。可惜这轻松的心态并没有维持多久，拐了无数个弯，碰了几次头后，眼前又出现了岔路。

方木想了想，转身问田笑："你们记得被带进洞里时的路线么？"

"不记得了。"田笑摇摇头，"我们都是被蒙住眼睛的。"

"嗯。"方木咬咬牙，只能一条条试了。

"叔叔，你看！"忽然，刚才哭鼻子的女孩叫了起来，"你看那边！"

方木循声望去，在一条山洞的尽头，似乎有光亮在隐隐闪动。

方木的心狂跳起来，他随手拉起一个女孩，朝那光亮跑去。

离那里越近，方木就越肯定那是日光。

日光，意味着太阳，意味着人间。

那是一个距离洞底半米左右的洞口，上面覆盖着枯草和树枝，方木急不可待地把它们捅开，温暖的阳光一下子倾泻下来。

方木把四个女孩挨个举上去，每个女孩爬出洞口后，都会发出一声小小的欢呼。这让方木也充满了期待。在太阳下行走，似乎已经是很久以前的事了。等他费力地从洞口钻了出来，立刻被眼前的阳光晃得头晕眼花。

太阳正从地平线上缓缓升起。

终于走出那条暗河了！

方木突然感到筋疲力尽，一屁股坐在了地上。

喘了几口粗气，方木意识到现在还不是放松的时候。他勉强站起来，观察四周的环境。

他们所处的位置应该在龙尾山的东侧，半山腰处。方木向山下望去，刚好看到一辆货车的尾部在山石间一闪而过。

也许那就是所谓"买家"的车。方木看看手表，6点半了。久候不来，"买家"大概会意识到出事了。也许，追击者很快就会赶到。

方木掏出手机，心立刻凉了半截。由于刚才在暗河里的搏斗，手机已经进水关机了。必须尽快和警方联系上，否则，即使走出暗河，自己和这四个女孩仍然是不安全的。

方木看看山下，山脚下没有村庄，也没有公路，再往远处看，就看到了一根正在冒出红色烟雾的烟囱以及貌似厂区的一片建筑。

方木突然知道那是什么地方了。聚源钢厂。

钢厂里一定有电话。方木打起精神，带着四个女孩向山下走去。尽管太阳已经升起，但是山上的温度仍然在零下20℃左右。溶洞里虽然黑暗，却比外面暖和得多。乍一出来，全身湿透的方木很快就感到刺骨的寒冷，外衣也冻得硬邦邦的。为了不至于被冻坏，他不得不加快步伐，可那几个女孩却跟不上他的速度，只好时常停下来等候她们。就这样走走停停，下了龙尾山，穿过一大片荒地，方木一行五人来到聚源钢厂门口的时候，已经快8点了。

钢厂门口静悄悄的，一个人也没有。方木觉得奇怪，现在虽然还没到上班时间，但是也不应该如此安静啊。

正想着，面前的电控铁门缓缓打开了。一个保安员模样的男子从值班室里走出来，上下打量着方木。“你有事么？”

“能让我用一下电话么？”方木掏出警官证，“我是警察。”

“哦。”保安员淡淡地应了一声，指指值班室，“去那里打吧。”

“谢谢。”

方木带着四个女孩走进院子，向十几米外的值班室走去。忽然，他的目光被地上的几样东西吸引住了。

那是几个散落在地的包子和一杯打翻的豆浆，还在冒着热气。

似乎这里刚刚有人匆匆离开。

方木皱皱眉头，对田笑说：“你们待在这里，我很快就回来。”说罢，就走进了值班室。

值班室面积不大，里面只有一张床和一张桌子。保安员跟进来，冲桌子上的电话机扬了扬下巴。

方木看了看一直在他手里握着的塑胶棍，转身拿起话筒，眼睛却始终盯着电话机旁边的一只不锈钢水杯。

光滑的杯壁上，清晰地倒映出方木身后的情形。

方木的手指伸向按键——1，1……

还没等他按下“0”，就看见杯壁上的人影一晃，紧接着，耳边传来“呼”的一声。

方木向旁边一闪，刚好看到塑胶棍从身后擦过自己的肩膀，狠狠地砸在了电话机上，霎时就把它砸得四分五裂。

方木来不及多想，用力向后挥肘，只听“哎哟”一声，再回头时，那个保安员已经捂着眼睛倒在了地上。方木冲出值班室，随手抱起一个女孩就向门口跑去。刚跑出几步，就看到电控铁门已经关闭，几个人正向这边跑来。

中埋伏了！

方木转头对另外三个女孩狂喊一声：“快跑！”

跑出大门已经不可能，当下唯一的办法就是先躲进工厂里，再寻找机会突围。

方木带着几个女孩冲进一间厂房，刚一进去，就感到一股热浪扑面而来。方木看看厂房顶棚上并列的几道钢铁滑道以及两个巨大的电解熔化炉，意识到这里应该是铸型车间。他一边示意女孩们找地方躲起来，一边环顾四周，大声喊道：“有人么？”

刚一开口，就感觉灼热的气流冲进咽喉，呛得方木剧烈地咳嗽起来。然而，除了机器的轰鸣声外，厂房里没有半点回应。

方木明白了，这是一个仍在生产，工人却被全部驱散的钢厂。目的只有一个，就是让方木和四个女孩毙命于此。

来不及多想，方木转身关上车间的大门，随手捡起一把铁锨插进门闩里。刚做完这一切，铁门就被猛然撞响，接着，撞击声越来越猛烈。

方木环视四周，这是一间400平方米左右的厂房，被一条宽约4米的水泥铸锭平台一分为二。厂房里到处是散落的钢渣，几个闲置的钢包和巨大的模具凌乱地堆放着。几个女孩已经不见踪影，估计各自寻找僻静处躲起来了。

车间里温度极高，每一次呼吸都像在灼烧自己的肺。方木很快就感到口干舌燥。被河水浸湿的衣服还没来得及干燥，就被汗水重新湿透。方木索性甩掉外套，只留一件绒衣。他擦擦脸上不断滑落的汗珠，看到那把插在门闩里的铁锨已经可怕地弯曲起来，门缝也越来越大，追击者们凶狠的面孔清晰可辨。

他们是什么人？

上次在祠堂门口，方木已经见过陆家村的大部分村民。这些人并不是陆家村的。那么，也许就是那个“梁老板”派来的手下。

可是，他们怎么知道我会来聚源钢厂呢？

容不得方木多想，一声清脆的断裂声后，木柄铁锨断成了两截，大门洞开。

追击者闯了进来。

方木急忙闪到一个钢包后面，屏住呼吸。

追击者们并不急于搜索，在门口静立了几秒钟后才迈开脚步。在鞋底与地面摩擦的沙沙声中，拉动手枪套筒的声音显得格外刺耳。

对方有枪，而且还不止一支。

方木暗骂了一声，四下寻觅着可以抵抗的武器。可是手边除了钢渣，什么都没有。忽然，他的目光落在了一截软塌塌的水管上。

这应该是给熔炉降温的高压水管。方木想了想，悄悄地走过去。

追击者共有六人，装束各异，表情却个个警惕而冷酷。两个人把守门口，另外四个握着枪，小心地向前搜寻。车间的面积并不大，可供藏身的地方更是屈指可数。追击者们的目标很快就集中在那些闲置的钢包和巨大的模具周围。一个追击者捡起一块钢渣，用力向其中一个钢包砸去。“当”的一声之后，立刻传来一声尖叫。

一个女孩捂着耳朵从钢包里跳出来，看到那个追击者，吓得几乎瘫倒在地。

追击者毫无表情地举起手里的枪，瞄准了女孩的头部。

突然，他眼角的余光中出现了另一个身影，是那个老板交代务必要除掉的人。看到对方平端着的水管，他的嘴角露出一丝嘲弄的笑。怎么，要打水仗么？

随即，他就看到对方打开了水管上的开关。

几乎是同时，他的脸上感到了一阵剧痛。这是水么？不，分明是无数根冰冷的钢针！

喷涌而出的高压水流霎时就把追击者冲了个满脸开花，他大叫一声，捂着脸躺倒在地上，鲜血顺着指缝汩汩流淌。方木丢下水管，俯身捡起他丢下的手枪，再起身时，一个闻声而来的追击者恰好探出半个身子。方木没有犹豫，抬手就是两枪，其中一颗子弹射穿了对方的大腿。追击者栽倒在地，抱着自己的大腿高声惨呼。

顷刻间，数发子弹打在方木的身边，他半蹲下身子，一把拽起那个女孩，连滚带爬地躲到一个模具后面。

短暂的弹雨冲击后，对方再无声息。厂房里只有两个伤者痛苦的呻吟声。几分钟后，呻吟声变得断断续续，伴随着重物拖拽的声音。估计是同伴把他们拖到了其他地方。方木卸下弹夹，还有五颗子弹，加上枪膛里的一颗，只有六颗子弹了。但是想到放倒了对方两个人，方木的心里宽慰了不少。从声音上判断，其余四个人应该在门口附近。双方都忌惮对方手里的枪，都不敢轻举妄动。虽然现在处于相持局面，但是方木知道，优势并不在自己这一方。

尽管踩下了急刹车，桑塔纳轿车仍在路面上滑行了几米才停住。郑霖看着不远处的厂房，愣了几秒钟，转头问阿展：“是这里没错么？”

阿展也看着厂房。“没错。南哥说方木的手机就在这里，一直没离开过。”

郑霖沉吟了一下，低声说：“小海，去看看。”

小海应了一声，拉开车门下车，四处观察了一下后，快步向厂区跑去。

那里刚刚传来了枪声，想必是出事了。

郑霖的目光须臾不敢离开那片厂房，他伸手去衣袋里拿烟，刚伸进去，就感觉手背上的挠伤传来阵阵刺痛。

妈的，姓赵的那个娘们够狠的。

想到这些，他转头看看坐在副驾驶位置上的女孩。她呆呆地看着窗外，似乎其他人的紧张情绪丝毫也没有影响到她。

郑霖想了想，开口问道：“你叫什么？”

其实，这个问题已经问了她无数遍。此外，诸如“你多大了？”“你从哪里来？”“你和方木是什么关系？”之类的问题也问了一路。可是，女孩始终一言不发。甚至那些稍稍温和的问话，例如“你读几年级了？”“你将来想做什么？”之类的问题，也丝毫没有引起女孩的回应。

这一路上，女孩的表情甚至都没有变化，始终目光散漫地看着窗外。

不管这女孩和老邢的案子有没有关系，她始终不说话，能做证人么？但是方木负伤把她带回来，又将其秘密藏身于孤儿院，肯定是有原因的。

郑霖点燃香烟，狠狠地吞吐着。也不知这女孩救不救得了老邢。

忽然，仪表盘上的手机振动起来，郑霖急忙按下免提键：“喂？”

“头儿，我看到了。”小海的声音虽然低，却很清晰，“方木和几个女孩在里面，对方有六个人，有一个是金永裕，两个挂彩了，但是手里都有家伙。怎么办？”

“你在哪里？”

“我在后窗，没人发现我，放心。”小海顿了一下，“头儿，怎么办？”

郑霖却犹豫起来，他转头看看阿展，阿展也回望着他，几秒钟后，轻轻地摇了摇头。

郑霖的眼睛微眯了一下，却始终没有离开阿展的脸。阿展知道自己需要给出一个解释。

“头儿，我们三个都在停职。如果再捅娄子，就真的完了。”他轻声说道，“再说，方木和对方是什么关系，我们也不清楚。如果和邢局的事无关，我们冒这个险就太不值得了。”想了想，阿展又补充了一句，“你们是我的兄弟，方木不是。”

郑霖扭过头去。阿展的话有道理，再说，对方有六个人，手里有枪，己方只有四个，那几个女孩只能是累赘，胜算并不大。

郑霖俯身对手机说道：“小海，你隐蔽好，待命。”

“可是，头儿……”小海显得很为难，“……里面还有几个孩子。”

“现在顾不得那么多了——让方木先拼一下。”郑霖打断了他的话，“等打完了，我们去收拾残局。”

手机里一阵沉默，几秒钟后，传来小海迟疑的声音：“头儿？”

郑霖垂下眼睛，缓缓说道：“就这样吧，隐蔽，待命。”

说罢，他就向后靠坐在椅子上，闭上了双眼。

等到双方火拼完毕，也许各有死伤（郑霖尽量不去想方木或者那几个女孩会被打死），到时再出手，是最安全的做法。即使不能因此救出老邢，至少也能告金永裕故意杀人罪。

不是不采取行动，而是等待时机。

也许，这么想能让自己心安理得些？

车厢里是令人难堪的沉默，郑霖和阿展都回避和对方交流目光，各自倾听着那部手机里的动静，竭力从那嘈杂的“沙沙”声中捕捉厂房里的情况。

突然，一个细微却清晰的声音在车厢里响起："当警察，抓坏人。"

郑霖愣住了。他猛地扭过头去，盯着女孩问道："你刚才说什么？"

女孩依旧是那副茫然的表情，看着窗外一动不动。

郑霖死死地盯着女孩的眼睛，脑子里却沸腾起来，似乎被点燃了一样。

他完全搞不懂女孩究竟在想些什么，却知道她已经回答了自己的一个问题。一个无关紧要到近乎可笑的问题。

"你将来想做什么？"

片刻，郑霖扭过头，全身放松下来，似乎卸下了一个重重的包袱。

"当警察，抓坏人。"他轻声念着这句话，笑了笑。

郑霖抬起头，从后视镜里看看阿展，阿展也回望着他，眼中满是坚毅和决绝。

郑霖俯身面向仪表盘上的手机，简短地说道："小海，救人。"

蒸笼一般的铸型车间里暂时陷入死寂。双方都屏气凝神，小心翼翼地推断着对方的位置和可能采取的行动。方木最担心的却不是追击者们何时发动攻击，而是另外三个女孩的安全。

他低声问那个女孩："其他人呢？"

女孩满脸都是汗水和泪水，持续一整夜的惊吓似乎让她失去了思考和表达的能力，哆嗦了半天，才结结巴巴地说："不知道……一进来，大家就跑散了……"

方木咬咬牙，这么拖下去肯定对己方不利。但是除了大门，仅有的出口就是那些离地足有两米高的窗户，让这些女孩爬上去显然不可能。现在，只有暗自祈祷另外几个女孩不要被发现。

仅仅几分钟后，方木的担心就变成了现实。几发子弹毫无征兆地打在方木身旁，方木一惊，本能地缩到模具后面。随后，他就意识到对方的目的并不是杀伤，而是压制他的火力。伴随着一阵急促的脚步声，两个追击者已经离开门口，躲开他的射击范围，直扑那些女孩的藏身处。

方木急了，拼命想跑过去，可是刚探出半个身子，就被一阵更猛烈的射击压得抬不起头来。

就在此时，那堆钢铁中传来一声惊恐的尖叫，接着，一个让方木感觉熟悉的声音响了起来："给我滚出来，快点儿，否则我杀了这丫头！"

方木暗骂一声，心里却在激烈斗争：出去，还是不出去？

出去，肯定是死路一条；不出去——难道眼睁睁地看着那女孩被杀？

"快点！"话音未落，枪声又响。那女孩的尖叫已经变成了号哭。

方木心一横，起身走出了藏身处。

是金永裕，他的左手揪着田笑的头发，右手握着枪指着女孩的头。

"是你？"看到方木的瞬间，金永裕吃了一惊。那天在市公安局看到的文弱警察居然会有这么大的胆子？

不管他是谁，都必须要干掉他。

"把枪扔掉。"金永裕揪起田笑的头，枪口紧紧地顶在女孩的太阳穴上，"快点！"

方木看看几乎瘫软的田笑，叹了口气，扬手把枪扔在了地上。

看到方木已经解除了武器，另外三个追击者都站起身，慢慢围拢过来。

金永裕笑笑，把手里的枪对准了方木。

警察就是警察。正义感就是这些所谓主持正义者的致命软肋。那天在百鑫浴宫，如果不是为了救那个叫陆璐的丫头，丁树成就不会死。

同样，如果这个文弱警察能看着我们杀了这几个丫头，那我们也没有能干掉这个警察的把握。

金永裕不知道，善良不是怯懦，而是力量！

“警察！把枪放下！”

一声炸雷般的怒吼在门口响起。金永裕打了个激灵，本能地循声望去。只见两个男子正从门口冲进来，为首的正是那个曾经被自己整得狼狈不堪的警察。

大惊之下，金永裕把枪口转向那个警察，却没有注意到方木已经一头撞了过去。

刹那间，三个人翻滚在一起。方木一边和金永裕撕扯，一边猛推了田笑一把：“快躲起来！”

扭打中，金永裕的枪脱手而出。方木眼角的余光瞥见郑霖正和一个追击者厮打，对方握枪的手被他死死拽住。

方木掉转身子，大喊一声：“郑霖！”飞起一脚把地上的枪踢了过去。郑霖推开那个追击者，一个侧滚翻，捡起手枪，对着身后正欲扑过来的追击者连开两枪，后者应声而倒。

阿展在另一侧以一敌二，一个追击者脱开纠缠，抬手就是一枪。阿展的身子一抖，向后跌坐在地。对方抬手正要再打，就听见身后的玻璃窗传来哗啦啦一阵脆响。他下意识地回头一看，刚好看到一个男子从天而降，扑倒在他身上。

是小海。

这边，金永裕还在与方木缠斗。已经奔逃了一夜的方木很快体力不支，手上的力道一松，就被金永裕一脚踹开。金永裕并不与方木继续纠缠，而是转身向门口跑去。就在这时，厂房里枪声大作，那个曾被方木击伤大腿的追击者躺在门口，向这边连连开枪。

方木急忙蹲下身子，和郑霖一起跑到阿展身边，把他拖到一堆模具后。

再看另一侧，那个追击者已经被小海制伏，满脸是血地躺在地上呻吟。小海缴了他的枪，伏地躲在一辆手推车后面。

方木略松口气，转头问不住喘息的郑霖：“你怎么知道我在这儿？”

郑霖没理他，脸色铁青地看着阿展。阿展平躺在地上，右手捂住的下腹部一片殷红，鲜血还不停地从指缝间流出。

“你怎么样？”郑霖问。

“没事。”阿展费力地半坐起来，伸手摸摸后腰，“子弹穿过去了，死不了。”

方木看着阿展惨白的脸，心中一阵愧疚：“真对不起，多亏你们……”

“少他妈说这些屁话！”郑霖不耐烦地打断方木的话，“那几个孩子呢？”

方木把头探出去，四下张望了一下。右前方的一个钢包里，能看见几只瑟瑟发抖的小脚。

钢壁很厚，抵挡住子弹没问题。

“在那边。”方木缩回身子，指指那个钢包，“暂时安全。”

“她们是什么人？”郑霖点点头，扯开自己的绒衣下摆，堵在阿展的伤口上，“到底是怎么回事？”

“老邢的案子和跨境拐卖儿童有关。这几个孩子就是被害者，被关在龙尾山的溶洞里。”方木尽量说得简短，“幕后主使是一个姓梁的人。”

“哦。”郑霖突然和阿展对视了一下，“这一仗还真打对了。”

郑霖好像被注入兴奋剂一样，刹那间精神抖擞。他检查了一下手枪，转头对方木说：“我已经报警了。对方有战斗力的，应该还有三个。你，我，加上小海，咱们三个，对付他们问题应该不大——一定得把这几个女孩带出去。——你就躺在这里，不要动。”他挥手制止正欲挣扎起来的阿展。

这时，躲在另一侧的小海突然叫起来：“头儿！”

郑霖循声望去，看见小海的手正指向斜上方。方木顺着他手指的方向望去，眼睛一下子瞪大了。

那四个女孩藏身的钢包正在移动！

那钢包在吊轨上！

方木正要起身看个究竟，几颗子弹飞了过来，打在头顶的模具上当当作响。

方木急忙伏低身子，和同样趴在地上的郑霖交换了一个疑惑的眼神。

他们想干什么？

藏身于钢包里的女孩们也意识到自己正在移动，不时发出小声的尖叫。几秒钟后，尖叫声陡然提高！

方木咬咬牙，再次冒险探出头去。

那个钢包已经倾斜过来，开口端正缓缓向下，四个女孩手刨脚蹬，却只能一一落在下方的一个巨大模具中。

方木的心一惊，下意识地向上面看去，巨大的电解熔化炉正在发出轰鸣声。

一种从未有过的恐惧感刹那间贯穿了方木的全身。

他知道对方的意图了！

郑霖见方木发愣，急忙把他拽下来，劈头问道："怎么回事？"

方木像打摆子一样全身哆嗦着，好半天才挤出几个字："她们在模具里……钢水……他们要……"

尽管方木的话断断续续，郑霖还是听懂了，他也犹如遭到电击般愣住。几秒钟后，郑霖先回过神来，眼中却仍是难以逐散的恐惧。

"这群畜生！"郑霖拎起枪就要冲出去，刚一起身，就有几颗子弹嗖嗖地飞过来。他不得不再次伏低身子。

怎么办？

方木焦急地思索着，必须尽快把那几个女孩从模具里救出来，否则，再过一会儿她们就会被铸在1500℃的钢水里！

那个钢包继续上升，咣当一声停在电解熔化炉下面。熔化炉开启，沸腾火红的钢水缓缓注入钢包里。

郑霖靠坐在地上，看着那如瀑布般倾泻而下的钢水，胸口不住地起伏。突然，他大吼一声："小海，开枪！"

随即，他站起身来，对着门口连连扣动扳机。几乎是同时，小海也从隐藏处跳出，举枪射击。

一阵疾风骤雨般的对射后，枪声终于平息下来。门口的两个追击者已经身中数弹，倒毙在地。郑霖的脸颊被擦出一条长长的血痕，小海右臂中弹。他们扔下已经打空的手枪，疾步向水泥铸锭平台跑去。

枪声一停，方木就跑到了那个模具旁。他跳上铸锭平台，探头向模具里望去。这一望，心里立刻凉了半截。

这个模具呈圆柱形，底部是半圆，内径大约3米，却足有4米多深。几个女孩挤在一起，八只手都高高地伸向自己，却怎么也爬不出来。

方木看看头顶，钢包已经被注满钢水，正沿着滑道缓缓逼近。

没时间犹豫了，方木纵身跳进模具，背靠钢壁蹲下，让一个女孩踩在自己肩膀上，奋力起身。

"不够！"头顶传来郑霖的喊声，"再高点！"

方木感到两腿的肌肉都在打战，他勉力又挺了挺身子，感觉肩上的女孩又高了一点。

还是不够!

郑霖俯身趴在模具边上，几乎把上半身都探了进去，可是，他的手距离女孩的手还是有很大一段距离。

方木还在咬牙坚持着，他看不到头顶的情况，但是肩膀上丝毫没有减轻的重量让他明白，郑霖他们依旧无法把女孩拽上去。

怎么办？怎么办？怎么办！！

突然，方木的眼前一暗，一个身影重重地落在了自己身前。紧接着，

“嗵”“嗵”两声，又有两个人跳了进来。

是郑霖、小海，还有负伤的阿展。

八个人挤在模具里，显得拥挤不堪。郑霖推开一个已经完全吓傻的女孩，一言不发地蹲下身子，拍拍自己的肩膀：“方木，上来！”

方木犹豫了一下：“你……行么？”

“别他妈废话了！”郑霖破口大骂，“要不还能怎么样？快点！”

方木咬咬牙，踏上了郑霖的肩膀。郑霖深吸一口气，猛地站起，然后抱起那个女孩，尽量举过头顶。方木接过女孩，再奋力举起，让她踩在自己的肩膀上。陡然增加的重量让郑霖的腿一软，他的脸憋得发紫，勉力站稳。

女孩的小半个身子终于探出了模具，求生的本能让她用力向上攀爬着……终于，跳出去了！

方木来不及高兴。他看看头顶上渐渐逼近的钢包，向下喝道：“老郑，快点！”

小海和阿展组成了另外一个人梯。小海在下，阿展在上，如法炮制，第二个女孩也逃出去了。

每升高一厘米，身上的力气都会被抽走一分。每过去一秒钟，年轻的生命就远离死神一步。

只是，头顶上那灼热的钢水，越来越近了。

第三个，第四个。

终于，最后一个女孩也逃出了模具。

方木已经没有一丝力气了，踏在郑霖肩膀上的双腿不住地颤抖着。他勉强靠在模具的钢壁上，把手伸向已经瘫软在模具底部的阿展。

“你的伤重，你先来！”

阿展半睁开眼睛，看了一眼方木的手，又看看郑霖和小海。

三个人彼此交换了一下眼神，同时嘿嘿地笑了笑。

“快点！”方木看看头顶，钢包已经停在模具上方，逼人的热浪正一波接一波袭来。

阿展却并不理会他，而是挪过去，搬起郑霖的一只脚，用力向上举。小海受伤的手臂已经使不上力气，他沉下肩膀，用另一只手竭力把郑霖往自己的身上抬。

郑霖失去了平衡，方木也跟着摇晃起来，却感到自己的身体向上升了一些。

方木立刻明白了他们的意图，急得大叫起来：“不行！你们……”

“闭嘴！”郑霖的吼声也变得有气无力，“我们已经没劲了，大家不可能全逃出去。”他停下来喘了口气，“我和我这两个兄弟死在一起，也值了。”

泪水，终于夺眶而出。慢慢倾斜的钢包，也在视线里渐渐模糊。

“老郑……”

“别说了。”郑霖的声音越来越低，“老邢的事……拜托了！”

方木已经说不出话来，也看不到郑霖的脸，眼前只有小海和阿展涨红的脸和脖子上暴起的青筋。

郑霖低声喝道：“1——2——啊——”

难以相信这巨大的吼声居然是从三个濒死的人胸中发出，也难以相信这最后一举居然有如此大的力量。方木顿时感到整个人飞了起来。

在那令人震耳欲聋的吼声中，方木被郑霖三人生生抛出了模具。

几乎是同时，钢包完全倾斜过来，1500℃的钢水倾注在模具里。

方木跌落在水泥铸锭平台上，立刻感到了后背上的灼痛。周围的温度霎时升高了几百摄氏度。方木不敢耽搁，翻下平台，踉踉跄跄地向门口跑去。

他不能回头，也不敢回头。

在钢水翻滚，引燃空气的瞬间，那响彻云霄的吼声，戛然而止。

第二十一章

沉默的证人

边平抱着肩膀，静静地看着窗户里面的方木。他趴在病床上，上身赤裸，两个护士正在帮他换药。后背上被烧伤的地方露出红肉，看上去触目惊心。

“边处长。”

边平循声望去，看见肖望带着两个人从走廊另一端向自己走来。

“这位是我们副局长王克勤，这是副支队长徐桐——这位是省厅的边处长。”肖望为边平一一介绍，双方握手寒暄后，边平直接询问目前的情况。徐桐递给边平一个文件夹，让他边看边听。

“今早我们接到报警，称聚源钢厂发生枪战。我们的干警赶到现场后，发现三具男性尸体，还有一名男子和四个女孩。”徐桐朝病房里的方木努努嘴，“我们也没想到是他。此外，在现场附近还发现了一辆桑塔纳轿车，车上有一个女孩。其他情况还在调查中。”

边平点点头。这时，方木已经穿好上衣，从病房里走了出来。

他顾不得和边平打招呼，直接向徐桐问道：“那几个孩子呢？”

“都在我们局里，你放心。我们从户籍部门调取到了四个孩子的信息，已经分别通知了她们的家长。你也知道，询问未成年证人必须要通知监护人到场。所以，暂时还不能对她们进行询问。不过，”徐桐看看手里的笔记本，“我们查不到那个在桑塔纳轿车里的女孩的任何信息资料，也不知她的监护人是谁。”

看到方木紧锁的眉头，边平插了一句：“按照你的要求，我把赵大姐也带来了，那个叫陆璐的女孩和她在一起——你的伤怎么样？”

“我没事。”方木转头面向徐桐，“龙尾坳乡陆家村的几个村民涉嫌故意杀人和跨境拐卖儿童，首要分子叫陆天长，其他主犯分别是陆大春和陆大江，尽快把他们控制起来。还有，”他补充了一句，“有个村民叫陆海燕，对她要妥善保护。”

虽然GPS已经和那个背囊一起沉入了暗河，但是方木稍稍回忆了一下，还是把那个地方的大致位置告知了徐桐。

“那里曾是关押被拐卖的女孩的地方，必要的时候，带那几个女孩去指认一下。”

事不宜迟，徐桐和王副局长匆匆告别，肖望也自告奋勇前去协助。刚走出几步，又被方木叫住。

“今天……有人给你打电话没有？”方木仔细观察肖望的表情。

“有。”肖望回答得干脆利落。

“谁？”方木的心立刻提到了嗓子眼。

“你呀。”肖望看上去有些摸不着头脑，“不是你打电话让我和边处长来的么？”

“哦。”方木想了想，心中既宽慰又疑惑，冲肖望挥挥手，“没事。辛苦你了。”

看来没有人捞到那个漂流瓶。那么，金永裕等人又是如何知道自己的行踪呢？

走廊里，只剩下方木和边平。

“金永裕抓到没有？”

“已经在C市和S市两地展开搜捕。”边平说道，“逮住他是早晚的事。”想了想，他又问道，“今早是你报的警？”

“不是我。我的手机报废了。”方木神色黯然地摇摇头，“是老郑他们。”

“老郑他们？你是说，还有郑霖、冯若海和展鸿？”边平四下里看看，“他们在哪里？”

“你在现场，有没有看到一个注满钢水的模具？”方木的声音骤然低哑。

“嗯？”边平翻开手里的文件夹，其中一张现场图片上，一炉尚未冷却的钢水仍在兀自散发着热气。

“老郑、小海和阿展……”方木看了一眼图片，旋即紧紧闭上双眼，“……就在里面。”

边平手里的文件夹“啪嗒”一声落在地上，他的双目圆睁，死死地盯着方木，似乎完全不能理解他的话。

良久，他才俯身捡起文件夹，目光却依旧不肯离开方木的脸，一字一顿地问道：“到底是怎么回事？”

坐在医院的长椅上，方木把事情的原委一五一十地告诉了边平。边平是一个心地纯良，喜怒不形于色的人。然而，听着方木的讲述，惊惧、宽慰、愤怒、哀伤的表情却清晰地在他的脸上依次呈现。

听罢，边平默默地坐了许久，然后，霍然而起。

“你还需要休息多久？”

“嗯？”方木惊讶地看着老好人边平，此刻的他却宛若一尊怒目金刚，“不，不需要休息。”

“走吧。还有好多事情要做呢。”边平转身就走，步伐有力，“一定要让他们付出代价！”

侦查工作紧锣密鼓地展开。不到一天的时间，一部分调查结论和物证检验的结果就已经出来了。在现场发现的三具尸体已经分别核实了身份，都是S市的无业人员，且素有前科劣迹。现场一共发现了五支手枪，共发射子弹若干。在其中一支手枪上，发现了方木的指纹，另外两支手枪上的指纹与三名死者中的两名吻合。而其他两支手枪上的指纹不明，且相互覆盖。根据方木的说法，其中有一支枪上的指纹，一定是金永裕的。对比资料正在C市提取中。

只有方木知道，另两个指纹，是郑霖和小海的。

那炉钢水终于彻底冷却。钢锭被工人从模具里取出，摆放在聚源钢厂的院子里。粗糙巨大的钢锭看起来敦厚朴实，似乎完全忘记自己曾经在瞬间就吞噬掉三个警察。方木围着钢锭走了一圈，伸手去抚摸那粗糙的表面。触感冰凉。他把耳朵贴在钢锭上，似乎想从里面分辨出他们剧烈的心跳声。然而，一切只是徒劳，它就那样沉默地站着，一如它所禁锢的生命。

“真难以相信。”不知何时，边平站在了方木身边，“三个大活人，就这样……”

良久，方木长出一口气，低声问道：“这边的情况怎么样？”

“钢厂的老板叫彭忠才，44岁，据钢厂的工人讲，当天就是他驱散了工厂的所有工人。”边平递给方木一张照片，方木看了看，认得是那个被自己射穿大腿的追击者。

“人呢？”

“在逃。”边平的话虽简短，语气却前所未有地坚决，“但是和金永裕一样，肯定跑不了。”

到了晚上，各路消息陆续反馈回来。有好有坏。四名女孩的家长已经陆续赶到S市，市局安排他们和各自的女儿入住一家宾馆，并派有专人看护。预计第二天就可以对她们进行询问。抓捕组已经将陆天长等人控制起来，但他们都有当地村民出具的不在场证明。陆海燕受了一些外伤，性命无碍。至于位于溶洞里的关押处，警方虽已找到，但现场已被人为清扫得干干净净，无可供提取的证据。

郑霖三人的遗骸是最大的问题。尽管他们处在停职期，方木还是决心要给牺牲的战友们一个说法。但是边平不无遗憾地告诉方木，以现有的技术能力，很难证明郑霖三人被铸在钢锭里，因为高达1500℃的高温很可能已经切断了DNA的基因排序，无法进行重组。

没关系，没关系。方木咬着牙安慰自己。

只要提取了四个女孩的证言，一切都不是问题。

第二天一大早，方木和边平、肖望就赶到了S市公安局。奇怪的是，平日里人来人往的市局显得格外冷清，只有少数几个留守的干警。方木耐着性子等到8点半，实在坐不住了，起身去了刑警队。徐桐不在。转去局长办公室，正副两个局长都不在。方木有些毛了，急忙拨打徐桐和王副局长的电话，结果统统关机。

边平觉得不对劲，让方木和肖望马上去那些女孩和家长入住的宾馆，自己在市局等消息。

一路上，方木内心的不祥预感越发强烈，不住地催促肖望再快点。赶到宾馆后，方木径直冲上四楼，刚转入走廊，心里就一沉。原本应该在这里把守的警察已经毫无踪影。

方木暗叫不好，疾步冲到其中一个房间门前，赫然发现门居然是虚掩的。他迅速和肖望交换了一下眼神，肖望拔出手枪，方木用力一推房门，肖望立刻闯了进去。

只听见“妈呀”一声，一个客房服务员扔掉手里的吸尘器，一屁股坐在了地上。

方木愣住了，再看房间里，除了服务员，别无他人。

“这个房间里的客人呢？”

女服务员依旧惊魂未定，方木连问了两遍之后，才战战兢兢地回答道：“已经……已经退房了。”

“什么？”方木瞪大了眼睛。

肖望收起枪，接连报出三个房号：“这些房间的人呢？”

“也都退房了，我刚刚打扫完房间。”女服务员站起身来，“具体情况我也不了解，你问前台吧。”

宾馆前台的答复是：今天早晨6点左右，一直在宾馆里把守的警察匆匆离去。随即，住在那四个房间里的家长和孩子分别办理了退房手续，去向不明。

方木的脑子里一片空白，双手按在柜台上，一句话都说不出来。肖望最先反应过来，立刻打电话给边平，让他询问负责把守的警察为什么撤离。

一个服务员上下打量了方木几眼，开口问道："请问，你是不是姓方？"

方木一怔，急忙点头。

"你是警察？"

"对，怎么？"

那个服务员从柜台里拿出一张纸递给方木："今天早上，有一个女孩交给我的，让我务必转交给一个姓方的警察，应该就是你吧？"

方木接过那张纸，展开。那是一张宾馆里的便笺纸，上面写着几行字，字迹娟秀，却很潦草，一看就知道是匆匆写就的。

方木只看了几眼，浑身就颤抖起来。他弯下腰，头抵在柜台上，喉咙里挤出似吼非吼的声音，好像有什么东西卡在气管里似的。

所有的人都吓呆了，肖望急忙扶住他，连声问道："你怎么了，没事吧？"

方木一把推开他，脸色煞白地往宾馆外走："走，回市局！"

吉普车风驰电掣般冲进S市公安局的院子，不等车停稳，方木就跳下车，冲上三楼，转入走廊，直奔走廊尽头的会议室。

偌大的会议室里只有边平、赵大姐和陆璐。看见方木突然冲进来，三个人都吓了一跳，急忙站起来。方木铁青着脸，一言不发，夺过边平手里的文件夹，然后像拎小鸡一样把陆璐拽起来，不顾她的踢打挣扎，径直把她拖到了询问室。

不明就里的赵大姐急忙阻止他，可是根本拦不住已经接近疯狂的方木。他把赵大姐和边平关在询问室外，把陆璐按坐在一把椅子上，然后从柜子里翻出询问笔录，摔在桌子上。

“谁把你带到C市的，陆天长还是陆大春？”

陆璐吓得浑身发抖，蜷缩在椅子上，惊恐地看着方木。

“谁把你关在百鑫浴宫的？”

方木似乎没有听到赵大姐和边平猛烈的敲门声，他甚至没有注意到陆璐根本没有回答他的问题。他只是在询问笔录上疯狂地写着，像着了魔一样兀自不停发问。

“除了景旭，还有谁强暴过你？”

“和你关在一起的，还有哪些人，知道名字么？”

“他们有没有提过要把你们卖到哪里？”

“你见过的人里面，有没有姓梁的？”

……

突然，方木毫无征兆地把询问笔录扔在墙上，厚厚的询问笔录哗啦一下散了架，七零八落地飘落在地上。他揪住自己的头发，双肘拄在桌子上，从牙缝里挤出几个字，似乎在告诫自己：“别这样……冷静点……别这样……”

可是，这根本没有用。几秒钟后，方木把从边平手里抢来的文件夹拍在桌子上。他的眼神迷乱，手指痉挛般快速翻开文件夹，嘴里含糊不清地念叨着：“好，你不想说是吧？好……”

他举起一张嫌疑人的照片，虽然望向陆璐，眼睛里却一片空洞。

“认得这个人么？”

陆璐的身子尽力向后仰着，几乎要嵌进椅子里，不住地哆嗦着。

“不认得？好。”方木把照片扔在一旁，仿佛无法控制般自言自语着，“没关系，没关系……”他又拿起一张照片，表情狂乱，“这个呢？不认得？好……这个呢？”

每张照片在方木手里停留的时间都没有超过一秒钟，他似乎急于从女孩那里得到自己想要的供词，却根本不给陆璐任何思考的时间。

边平和赵大姐已经打开了询问室的门，目瞪口呆地看着疯魔一般的方木。

很快，所有的照片都“辨认”完了，桌上、地上，到处都是散落的照片和文件。方木死死地盯着面前惊恐万分的女孩，胸口急剧地起伏。

突然，他大吼一声：“你为什么不说话？！”

话音未落，方木就跳起来，伸手去抓女孩的脖子！

还没等他的手碰到女孩，就听见“啪”的一声——赵大姐的手重重地落在方木的脸上。

“你要干什么？”她一把搂住陆璐，愤怒地质问方木。

方木的脸被打得歪向一侧，那声嘶吼的尾音也变成了一声哽咽。

边平觉得难过，伸手去拉他的肩膀：“方木，冷静点……”

方木猛地回身，甩掉了边平的手。

“冷静？我怎么冷静？所有的证人都没了，如果她再不开口……”泪流满面的方木大声质问边平，似乎后者是一切错误的缔造者。

“那你也不能这样对陆璐！”赵大姐大声说道，把陆璐抱得更紧，“这孩子已经够可怜的了……”

“我死了三个兄弟！三个！”方木的眼睛可怕地凸起来，歇斯底里地大吼，“他们连一点骨头渣子都没剩下！”

吼声过后，询问室里一片死寂。赵大姐惊讶地看着方木，再也说不出一句话来。

这吼声似乎用尽了方木所有的力气，他摇晃了几下，颓然跌坐在椅子上。

一个纸团，从他手心里滚落到地上。

边平俯身捡起纸团，展开来，轻声念道：“方叔叔，有人给了爸爸很多钱。我们要搬到很远的地方去住。马上就要走了。谢谢那三个不知名的警察叔叔。”

听到最后一句话，方木再也控制不住自己，放声大哭。

第二十二章

警殇

S市局的解释是：今天凌晨点半，聚源钢厂门口聚集了大约200名工人，抗议关闭钢厂，要求政府发放生活补贴。省里有关领导对此事极为重视，要求S市局出动所有警力维持现场秩序，避免事态进一步扩大。

其中就包括宾馆里负责看护的那些警察。

徐桐说完，就和王副局长交换了一下眼神，不再开口了。

方木和边平、肖望三人坐在沙发上，同样一言不发。事已至此，还有什么好说的。办公室里陷入了令人难堪的沉默。良久，王副局长清清嗓子，开口说道："给你们的工作带来一些麻烦，这是我们不想看到的。不过，服从命令是警察的天职……下次我们一定尽力配合。"

也许是觉得这些不痛不痒的官话难以平复对方的怒气，徐桐想了想，掏出烟来分给大家，只有肖望接了过来，边平铁青着脸，摆手挡了回去，方木直勾勾地看着墙角，压根儿没有理睬他。

徐桐有些尴尬，自己点燃香烟，抽了半支后，开口说道："几位弟兄，这案子的具体情况我虽然不了解，但是你们说的话，我百分百相信。人在江湖，身不由己，省里领导的命令，我们知道有问题，但是也不敢不服从。"

说着，他走到方木面前，半蹲下身子，把手放在方木的肩膀上，诚恳地说："兄弟，别怪哥哥，我们哥几个还得在这行混，都是上有老下有小的人，跟上面对着干，我们废了不要紧，全家就完了。"

话说到这份儿上，已经算掏心窝子了。边平的脸色稍有缓和，拉着方木和肖望起身告辞。走到门口，方木突然转过身来："我有个要求。"

王副局长和徐桐异口同声："你说。"

方木一字一顿地说："我要把我的兄弟带回去。"

四个关键证人"失踪"，最后一个证人陆璐始终不肯开口，整个侦查工作陷入僵局。唯一可做的，就是继续追捕从现场逃走的金永裕等三人。

两天后，被方木用高压水枪喷伤的那个人在某医院被抓获，犯罪嫌疑人的左眼完全失明，右眼视力仅余0.05。该人仍在住院治疗，且一言不发，尚无法取得口供。但根据现有证据，起诉其本人没有问题。至于陆天长等三人，由于有村民的不在场证明，且没有相反的证人证言，羁押期限届满后，只能变更强制措施，改为取保候审或者监视居住。如果再找不到证据，只能任其逍遥法外。

而身为当事人之一的方木，却没有受到任何调查和人身限制。这是最让人费解，同时也是最好解释的问题。对上面的有些人来讲，案件事实再清楚不过。对方木既打压，又安抚，其目的只有一个：让方木就此罢手！

但是事已至此，方木怎么可能装作什么都没发生！

这几天来，郑霖和小海、阿展的吼声始终在方木耳边回响。每当他因为极度疲劳而有所懈怠时，那吼声就会分外清晰，仿佛在提醒自己：一切尚未终结，还得战斗下去。

只是，现在方木真的是孤军奋战了。

对于在聚源钢厂和暗河里发生的事情，有的人心知肚明，有的人一知半解，态度却惊人地一致：回避。对方的能量之强大，方木已经有深刻体会，其他人也暗暗领教了。调查组已经名存实亡，虽然嘴上不说，但是每个人都希望老邢的案子尽快终结，把这一页彻底翻过去，然后，各人都回归各自平静的生活。

世界上的倒霉蛋何止千万，只不过这一次轮到邢至森而已。

更何况，已经搭上了郑霖、小海和阿展。谁都不愿意再旁生错节，引火烧身。

所有的人对罪恶都保持沉默，就像那沉默的溶洞，沉默的暗河。即使知道那平静的水面下有暗流涌动，也视而不见。

方木的调查工作，进行得无比艰难。

在暗河边，陆大春曾提到过所谓“梁老板”。这个人应该就是整个组织的首要分子，金永裕顶多是二号人物。而且，城湾宾馆和聚源钢厂肯定都与他有关系。一般情况下，犯罪组织的头目相关信息都在警方的掌控之下，而对这个人，居然一无所知。其隐藏的深度可想而知。

既然如此，就只能从金永裕和彭忠才的社会关系查起，也许可以从中查到这个人的身份。

方木动用了所有可以利用的社会关系，黑道白道都有。虽然有边平的帮助，但是大多数人都对此事讳莫如深，所以，从官方获取的信息少之又少。

金永裕和彭忠才表面上都是当地的商人，各有自己的业务活动。但是，从警方掌握的情况来看，二人都有涉黑背景，且都为头面人物。聚源钢厂一战后，以金永裕和彭忠才为首要分子的组织基本瓦解。但是，所有的线索到这里都戛然而止，两人背后的老板仍然无从知晓。

老鬼提供的消息虽然未经证实，但是仍然比警方的资料更有价值。根据他的说法，金永裕和彭忠才虽然分别在C市和S市，但是有一个共同的大老板。此人手眼通天，在黑白两道皆有极深的根基。而且，两人在本地的势力，也都是在这个大老板的扶植下建立起来的。但是此人行事与其说低调，不如说神秘，能和其直接联络的不过寥寥数人，大多数组织成员连他姓甚名谁都不知道，更不曾亲眼见过他。不过老鬼的多方打听还是有点效果，据称，这个幕后大老板的确姓梁，自己开了一家公司，具体营业项目不明，只知道和运输有关。

“运输”这两个字提醒了方木。无论是把被害人送到龙尾洞还是转移到境外，都需要大型并且安全的交通工具。他第一次到陆家村的时候，就遇到过陆大春和陆三强驾驶的一辆货车，当时，车厢里装的正是几个被拐卖的女孩。

从拐卖儿童的整个流程来看，大致可分为拐骗、绑架、收买、贩卖、接送、中转几个步骤。其中，运输是最关键，也是最容易发生意外情况的环节。从目前掌握的情况来看，“梁老板”是个极其谨慎小心的人，所以，他一定会对运输最为关注，甚至可能亲力亲为。

省高速公路管理局信息处的魏处长挂断电话，看着面前这个脸红脖子粗的年轻人，心中不免好笑。

“你就是边处长的外甥？”

“嗯。”方木从包里翻出两条软包中华香烟，放在办公桌上。魏处长假意推辞了一下，就塞进抽屉里。

“哎呀不用客气，这也不算什么大事。”

“怎么不算大事？”方木的表情显得羞愤难当，“魏处长，咱们都是爷们儿，什么帽子都能戴，就是绿帽子不能戴！”

“别生气，别生气。”事不关己，魏处长的语气轻描淡写，“说吧，我怎么帮你？”

“我就想知道那贱货是不是开车带着野男人去S市了。”方木咬牙切齿地说，“还跟我撒谎说回娘家了。”

“这好办。”魏处长摁灭烟头，起身带着方木去了监控室。

他一边指示工作人员调取视频监控记录，一边问方木：“你老婆的车号是多少啊？我们帮你查。”

方木面露难色：“魏处长，我自己查行不？”

“也行。”魏处长暗笑，都当活王八了，还挺要面子。

方木找到自己第一次去陆家村那天的监控录像，又推算了一下那辆货车经过收费站的大致时间，就目不转睛地盯着屏幕看起来。

由于当时并没有留意货车的牌照，出山时更是被陆大春用外套蒙住了脑袋，所以方木只能根据货车的外形加以筛选。在前后4个小时的时间段内，共有36台外形相同的货车经过收费站前往S市。方木逐一记下车号，心情稍有好转。虽然排查范围仍然不小，但是最起码有了一些线索。

就在他即将关闭监控录像时，忽然觉得一台从S市折返的货车看上去很眼熟。方木急忙记下这台车的车号，再去翻看手里的车号记录，果真是不久前经过收费站的一辆货车。

方木皱皱眉头，从时间上推断，这辆货车不可能抵达S市后折返。那么，最大的可能就是中途转入国道，而那条国道，就是通往龙尾山的必经之路。如果这辆货车就是方木当时乘坐那辆，仍然让人疑虑的是：货车上了国道，开进龙尾山直至陆家村，再把被拐卖的女孩送往龙尾洞——这一过程所需的时间远远超过视频监控所记录的时间。

也许，这是两辆牌照完全相同的车，在中途的某一地点换车？只有如此，才能解释为什么它会在这么短的时间里就能折返。

方木在那个号码上重重地画了一个圈。

这段日子里，梁四海仿佛老了10岁。不仅身心备感疲惫，似乎思维能力也差了很多。彭忠才在他面前激动地说着什么，梁四海却时不时地走神。

这半年究竟是怎么了？各种麻烦一股脑地找上门来。先是被警方安插进一个卧底，幸亏有内应，但是费了好大的劲儿才摆平他；原以为废掉那个姓邢的老警察易如反掌，可是花了一大笔银子，至今仍没有彻底了断；百鑫浴宫不能再用了，城湾宾馆也不能再用了，现在，就连最隐秘的龙尾洞也暴露了……

想到这里，梁四海瞄了自己的手机一眼。就在刚才，陆天长气急败坏地打电话过来：他儿子的手已经完全残废了，罪魁祸首就是梁四海送来的枪。梁四海自己也不得不承认，对这件事的确考虑欠妥。他原本以为陆天长他们根本用不上枪支，也不想冒风险去买走私入境的军用手枪，于是，就在黑市上买了几支隆化制造的黑枪。没想到，就是这支枪在关键时刻炸了膛，既彻底毁掉了他和陆天长之间的信任与合作，也让那个一直搅局的人侥幸逃生。

对，就是那个叫方木的警察。他的出现，不仅让梁四海蒙受了巨大的经济损失，而且损兵折将。尤其是聚源钢厂一战，死伤数人姑且不论，梁四海不得不拿出一大笔钱来上下疏通，方才令自己脱身。这一下让梁四海元气大伤。然而，这还不是最让梁四海恼火的事情。钱可以再赚，人也可以再找。发财的路一旦被阻断，可就不能轻易再打通了。梁四海和陆天长之间的裂痕已经无法修补，必须再找一个可以当做“笼子”的地方；境外的买家对这次事故也极为不满，大有在境内重新寻找代理人的趋势。

现实就是这样。平安无事，大家发财。一旦出事，境外的买家抛弃自己，自己抛弃陆天长。

这一切，都是因为那个该死的警察！

梁四海的表情骤然阴冷起来。一直在旁边默不作声的金永裕急忙起身阻止仍旧喋喋不休的彭忠才。他自认为很了解梁四海，在这个当口儿，还是别惹怒老板为好。

其实对于彭忠才的抱怨，梁四海压根儿就没听进去。不过即使不听，他也知道对方纠缠的主题是什么。

一个是钱，另一个是对将来的许诺。

梁四海拉开抽屉，拿出早就准备好的两个信封，扔在桌面上。

“这里有两张卡，每张卡里有50万，过几天我安排你们出去躲躲，等风声过去了，再回来。”

彭忠才看了看金永裕，瘸着一条腿抢上前来，抓起一个信封揣进衣袋里。

金永裕犹豫了一下，也跟着拿了一个信封。小小的一张银行卡，却重似千斤一般。

等风声过去，也许是一年两年，也许是十年八年。到时，即使能回来，曾经风光无限的大哥，也只能看着别人的脸色混饭吃。

彭忠才没想那么多，开口问道："老板，我这一走，我的儿子，还有我那几个老婆——怎么办？"

"这你放心。"梁四海笑笑，"我负责照顾他们。"

说是照顾，其实是人质。如果二人做出任何不利于梁四海的事，都会祸及自己的家人。

金永裕和彭忠才也清楚这一点，人在江湖，身不由己，既然入了这一行，该忍的就得忍，该放手的就得放手。可是金永裕还是有点不甘心，想了想，低声问道："老板，将来如果能回来，我们哥俩……怎么安排？"

"将来的事情，将来再说。"梁四海立刻回答道，"只要人在，别的你不用担心——我不会亏待你们。"

这是一句空话，但是话说到这个份儿上，金永裕也不好再要求梁四海作什么许诺，只好起身告辞。

其实梁四海不是没考虑过这件事。最得力的两员干将都不得不跑路，组织却不能散，必须再扶植起一个人。

梁四海心中轻叹一声，那个人其实最合适，但是让他留在现有的位置上，作用更大。自己的儿子虽然不争气，但是现在也只能对家人委以重任了。

主意已定，梁四海却不急着安排。因为，有一件事，必须现在就做。

方木把收集来的36个车号拿到交管部门去排查。很快，这36辆货车的车主和所属单位都查清了。让方木感到兴奋的是，其中有一家货运公司的法人代表姓梁，而这家公司所有的车辆之一，就是那辆疑似套牌的货车。

梁四海，男，49岁，C市人，捷发货运公司的法人代表。捷发货运公司规模不大，只有六辆货车，员工若干，注册资本也不过区区几十万元。从工商行政管理部门的记录来看，公司手续齐全，按时照章纳税，无违法违纪行为。

尽管从表面上来看，这家公司毫无瑕疵，方木还是决定要去探探虚实。

捷发货运公司位于旧城区，门脸不大，只有一栋二层办公楼和后院的一片停车场，湮没在周围的杂货店和汽车修配厂之中。方木假装在对面的熟食店买东西，悄悄地瞟了一眼紧闭的公司大门。一个保安模样的人坐在玻璃门后，看似闲散，实则高度戒备。方木想了想，起身绕到停车场后面。那里有一栋五层的居民楼。方木爬到楼顶，把缓台上的窗户打开，摸出望远镜观察公司的办公楼和停车场。

办公楼里人不多，偶尔能看到走廊里出现零星的人影。每扇窗户上都挂了百叶窗，且都拉得严严实实。方木看了一会儿，一无所获，就把视线投向停车场。

停车场上停放着几辆货车，那辆套牌货车赫然在列。此外，还停着一台很旧的面包车。车牌照很脏，布满灰尘和油垢。方木调整望远镜的倍数，正打算仔细看看车辆号码，这时，办公楼的后门忽然开了，一个保安模样的人走出来，观察了一下四周的情况后，向门里招招手，随即，几个人鱼贯而出。

方木立刻屏住了呼吸。

尽管那个人戴着棒球帽和墨镜，方木还是肯定他就是金永裕。再看旁边那个人，虽然也像金永裕那样捂得严严实实，但是从他拖着一条腿走路的姿势来看，正是被自己打伤的彭忠才。

转眼间，几个人就钻进了面包车。那个保安员则跑到停车场的入口处，为他们拉开铁门。

方木感到全身的血液都冲到了头顶，他把望远镜往包里一塞，三步并作两步地往楼下跑。等他冲到马路上，面包车已经无影无踪。方木刚向前冲了两步，突然意识到停车场门前的保安员正诧异地看着自己。他狠狠地咬着牙，跑向不远处的一个公共汽车站，假装去追赶一辆刚刚启动的公共汽车。

车上的人惊讶地看着这个气喘吁吁的年轻人，不是因为他的匆忙，而是因为他脸上的泪水。方木对周围的窃窃私语毫无察觉，他的耳边依旧回荡着那骤然响起的吼声。

方木几乎整整一晚没睡。他把这段日子收集起来的情报汇总在一起，并写了一份详细的报告。虽然现在全市的各个出口高度戒备，暂时不用担心金永裕和彭忠才逃往外地，但是时间一久，难免会有疏漏。因此，必须尽快针对梁四海展开侦查活动，只要集中精力，不愁找不到突破口。

第二天一早，方木就赶到了市局。推开局长办公室的门，边平正在和局长说着什么。

方木无心搭讪，冲边平点点头后，就把背包放在办公桌上，伸手去掏材料："局长，我有事向你汇报……"

他没有注意到，边平和局长都是一脸阴霾。

"老邢的案子和一个跨境拐卖儿童的组织有关，这个组织……"

"方木，"边平突然开口了，他盯着方木的眼睛，一字一顿地说道，"老邢死了。"

方木全身一震，手上的动作也停住了。几秒钟后，他低着头把文件一份份拿出来，摆在桌面上。

"这个组织的幕后老板是一个叫梁四海的人，他注册了一家货运公司，地址就在……"

"方木，老邢死了。"边平脸上的肌肉颤抖着，也在极力平复自己的情绪。

方木没有抬头看他，手里摆弄着文件，对他的话充耳不闻，声调却越来越高，似乎想盖过边平的声音。

"地址就在珠江路184号，捷发货运公司……"

“方木，别这样。”边平按住方木的手，“你别这样。”

方木一把甩开边平的手，几乎是在叫喊：“梁四海从境内诱拐未成年少女，然后……”

是不是盖过你的声音，是不是假装没听到，你所说的一切，就不曾发生过？

“够了！”局长霍地站起身来，“现在说这些已经没有意义了，考虑一下老邢的后事吧。”

方木安静了，怔怔地看着局长，又看看边平，挤出一个似笑非笑的表情：“别开玩笑……现在……不是开玩笑的时候……”

他的目光在边平和局长脸上来回扫着，充满祈求，似乎期待对方在下一秒展开笑颜，拍拍自己的肩膀说：“傻小子，闹着玩的，看给你吓的。”

终于，他的目光彻底黯淡下来，垂着头，茫然无措地摆弄着桌上的文件，嘴里仿佛自言自语般念叨着：“怎么可能……他还等着我……就快要有结果了……”

突然，方木抬起头，求证般看着边平，颤颤巍巍地问道：“对吧？”

边平扭过头去，不忍再与他目光相接。

“这件事到此为止吧。”局长把散落一桌的文件叠起来，“老邢死了，一切都结束了。再查下去已经毫无意义。我已经死了三个手下，我输不起了——你你你没事吧？”

最后一句话是对方木说的，因为局长看到他的脸色刹那间变得惨白，整个人也摇晃起来。

话音未落，方木一头栽倒在地上。

今日凌晨，D市看守所发生一起恶性案件。五名在押人员因口角引发互殴，最终导致一人死亡，两人轻伤。

死者是原C市公安局副局长邢至森。

据称，几名在押人员目睹了斗殴的整个过程。根据他们的说法，邢至森因同监房的死刑犯康某睡觉时磨牙而对其恶语相向，最后演变为肢体冲突。另三名在押人员上前拉架，却被邢至森不分青红皂白地打伤。在一片混战中，邢至森被康某刺伤倒地，监管人员平息事态后，迅速将邢至森送往医院抢救，但他最终因颈动脉被刺破，大出血导致失血性休克而死亡。

置邢至森于死地的是一把磨尖了握柄的牙刷。康某对自己刺死邢至森的犯罪事实供认不讳。问及动机，康某只回答了四个字："一时冲动。"

因本案事实清楚，证据确凿充分，警方已将案件移送检察院审查起诉。至于城湾宾馆杀人案，因犯罪嫌疑人邢至森已经死亡，案件撤销。经死者家属同意后，邢至森的遗体在案发两天后被送往龙峰殡仪馆火化。

出殡当天场面冷清，前来吊唁者寥寥无几。除了边平和特意从沈阳赶来的韩卫明一直陪伴在杨敏身边之外，其他吊唁者都是鞠几个躬，说几句话后就匆匆离去。如果不是肖望在吊唁后主动留了下来，恐怕杨敏心中的悲痛又要增加几分。

由于邢至森死前的身份仍然是犯罪嫌疑人，因此，有关部门拒绝了邢至森遗体着警服的要求。邢至森只能穿着一套西装，静静地躺在水晶棺里。杨敏不甘心，始终手捧着一套警服，即使老邢不能穿着制服走，也要把它和老邢一起焚化。遗体告别仪式快要结束的时候，局长来了。他站在合作多年的老搭档面前，郑重其事地鞠了三个躬。随后，局长走到杨敏面前，一言不发地握了握她的手，转身快步离去。

杨敏再张开手心时，眼泪刷地流下来。

手里是老邢被捕时交出去的警官证。

从遗体告别仪式开始，边平就一直向外张望着，然而，那个最应该出现的人却始终没来。偶尔转过头去，他会看见杨敏和韩卫明同样疑惑的目光。终于，边平忍不住了，把肖望拉到一边问道：“你看见方木了么？”

“没有。”肖望无奈地咧咧嘴，“我已经好几天都联系不上他了。”

边平皱皱眉头。自从那天昏倒在局长办公室后，方木就不见了踪影，手机也始终处于关机状态。他的悲痛和愤怒可以理解，但是今天是送老邢最后一程，无论如何，方木也该出现。

租用告别厅的时间已经到了，殡仪馆的工作人员也来催促了好几次，杨敏却迟迟不肯点头，不为别的，只想在老邢化作一捧青灰之前能多看他一眼。

然而，告别的时刻总是要来临。

早已不耐烦的工作人员把老邢的遗体移到推车上，准备送往火化间。杨敏急忙把警服和警官证摆在老邢的胸前。刚想最后拉拉他的手，车子就推开了。杨敏突然意识到，这次是真的永别。那个高高大大，不爱笑，说话总皱着眉头的男人，再也看不到了。

恐慌、绝望、不舍、内疚、痛惜……

种种情绪瞬间一起袭上杨敏的心头，又爆裂开来，把每一丝清清楚楚的痛感传递到她身体的每一个角落。这发自心底的剧痛让她试图去抓住老邢的手刚刚伸出去，眼前就一片漆黑。

杨敏一头向前栽倒。

在边平等人的惊呼声中，一个身影迅速闪过。紧接着，一只手稳稳地托住了杨敏，另一只手，则死死地抓住了那辆推车。

边平倒吸了一口凉气。

眼前的人，真的是方木么？

他从未想过，一个人会在两天时间内消瘦得这么厉害，他也从未想过，一个和善，甚至有些腼腆的年轻人，浑身会散发出如此暴戾的气息。

方木一言不发，只是用眼神示意边平和肖望扶住已经昏死过去的杨敏。然后，他转过身来，定定地盯着推车上的老邢。

那个坐在师大保卫处里，用疲惫却锐利的眼神盯着自己的老邢。

那个和自己站在午夜的天台上，俯视脚下这个城市的老邢。

那个倚着一车棉被，掏出钱来硬要自己带给廖亚凡的老邢。

那个戴着手铐，一脸伤痕却依旧对自己微笑着要烟的老邢。

我要为你做一件事，无论付出什么样的代价。

边平和肖望把杨敏扶出告别厅，韩卫明掏出手机拨打急救电话。忽然，身后传来铁车推动的声音。边平下意识地回头望去，刚才还站在推车旁边的方木，已经消失得无影无踪了。

第二十三章

真相

鼎元大酒店的VIP包房里灯火通明，偌大的空间里陈设极少，除了一张餐台外，就是房间北侧的一个小小的舞台。几个年轻女子在狂野迷乱的音乐中夸张地扭动着身体，隐私部位在少得可怜的布片下若隐若现。

这香艳刺激的场景却丝毫也引不起餐台旁边的人的兴趣，他们用刻板得近乎可笑的态度默默注视着台上扭动的女子。不时有人假借喝酒或者点烟，偷偷窥视坐在主宾席上的梁四海。

梁四海用十分放松，甚至是慵懒的姿势坐着，眼睛盯着那些女子，却清清楚楚地知道周围的人都在观察自己。他了解他们的疑惑。前段日子的数桩意外让自己元气大伤，的确不是该庆贺的时候。只是自己的儿子坚称要在一个正式的场合宣布上位，而且，梁四海也希望能有个合适的机会聚一聚，提升一下士气。

更何况，那个带来所有麻烦的老警察，已经被彻底摆平了。

这时，门开了，一个高大壮实的年轻人挽着一个身形窈窕的女子大步走进来，一边走，一边志得意满地向众人挥手示意。

餐台旁边的人纷纷起身招呼，唯有梁四海坐着一动不动。他从心底里反感儿子这种张扬的做法，并将其归咎于儿子身边那个女人。

找个什么女人不好，非找个女明星。这套排场，估计也是跟她学来的。

不过他毕竟是自己的儿子，而且，也正是他策划了在看守所里干掉那个老警察，于情于理，梁四海都必须捧他上位。

梁四海欠欠身子，招呼大家落座，然后挥挥手，示意停止音乐，让舞女出去。

大厅里恢复了安静，几双眼睛都盯在梁四海的脸上。梁四海垂下眼皮，慢条斯理地喝了口茶，扫视了一下周围的人，笑笑。

“前段时间发生的事情，我不说，大家心里也清楚。”梁四海顿了一下，“我们遇到了一点麻烦，损失了几个人。”

大厅里鸦雀无声。梁四海稍稍坐正，继续说道：“不过不要紧。这点事，还不足以扳倒我们。大家该干活还得干活，该发财还要发财。不过，老金和老彭暂时得去外地躲躲。他们的位置，必须得有人接替。”

梁四海抬起头，左右看看，确信所有人的目光都在自己身上之后，指指已经跃跃欲试的年轻人。

“给大家介绍个新人，也是我儿子。”他略略提高了声音，“梁泽昊。”

梁泽昊活了快30年，今天也许是他最荣光的时刻。且不说周围的人都点头哈腰地叫他大哥，就连一向瞧不上自己的父亲也频频投来期许的目光。

从今天起，天下就是我的了。我再也不是那个让人表面敬畏，背地里取笑的废物公子哥儿，我将成为这个城市里的带头大哥，将来，我还要成为全省，不，全国的大哥！

梁泽昊的脑子里全都是这些关于未来的宏伟蓝图，加之别人的刻意奉承，整个人几乎要飘起来。频频举杯中，梁泽昊很快就醉眼蒙眬。

但是，这丝毫不妨碍他留意到那个领舞女孩的暧昧眼神。

尽管裴岚就在身边，音乐一停，梁泽昊还是摇摇晃晃地走过去，掏出一叠百元大钞塞进女孩的胸衣里。女孩咯咯地笑着，报以妩媚的眼神。梁泽昊低声说：“休息室。”女孩心领神会，又朝梁泽昊抛了个飞眼，转身轻盈地离去。

梁泽昊回到桌前，又喝了两杯酒，忽然瞥见裴岚幽怨的眼神。他佯装不见，无奈对方却始终盯着自己，只得做出些回应。

“怎么了？”梁泽昊把手放在裴岚的腿上，“心情不好？”

裴岚把他的手拿开，低声说道：“泽昊，平时你胡来我不管，今天你多少得给我留点面子。”

“我又怎么了？”梁泽昊一脸委屈，“你别小肚鸡肠的，像个大嫂的样子行不行？”

裴岚气得扭过头去，梁泽昊也不再理她，招呼大家继续喝酒。

酒过三巡，梁泽昊觉得有些头重脚轻，胃里的东西也不停地上涌。他惦记着休息室里的“美餐”，心想得先精神一下，否则一会儿在床上力不从心，岂不大煞风景。

他摇摇晃晃地起身，强忍住不停翻涌上来的酒意，对大家示意要去方便一下。为了不至于第一天当大哥就丢了面子，他没有用包房里的卫生间，也拒绝了手下的跟随，一个人出了包房。

梁泽昊踉踉跄跄地晃到卫生间，推开门，一头扑倒在马桶边，大呕起来。胃里的鼓胀感减轻了一些，却眩晕得更加厉害。他不得不半跪在地上，闭着眼睛，大口地喘着粗气。

梁泽昊没有意识到，刚刚被他推开的门，此刻正慢慢合拢。

一个身影从门后缓缓浮现出来。

方木头戴棒球帽，大半张脸都被隐藏在阴影中，但突突跳动的脸部肌肉仍然清晰可见。他盯着瘫软在马桶旁的梁泽昊，一边缓步上前，一边徐徐展开手里的钢丝。

突然，他听到身后传来“咔嚓”一声，尽管轻微，方木还是立刻分辨出那是扳动手枪击锤的声音。

他回过头去，看见一支92式手枪直直地指向自己的额头。

方木的眼睛一下子瞪大了——

握着这支枪的，是肖望。

方木死死地盯着肖望，感到全身上下都被冻结了。颅腔似乎完全被掏空，只剩下几个字在里面疯狂地撞来撞去。

是你？

为什么会是你？

肖望把一根手指竖在唇边，同时摆摆手里的枪，示意方木跟自己出来。方木已经彻底失去思考的能力，只能跟着他一步步走出门外。

肖望倒退着来到走廊里，反手打开卫生间对面的一间包房，示意方木进去。在这十几秒钟内，他手里的枪须臾也没离开方木的额头。

方木也一直盯着肖望，目光茫然。他的双手还紧紧地攥着那条钢丝，似乎那是唯一可以确信的东西。肖望坐在他对面，眉头紧锁。

“把它丢掉！”

这句话似乎叫醒了方木，他的眼神活泛了一些。低头瞧瞧手里的钢丝，又抬头看看面前的枪口，方木把钢丝扔在桌子上，忽然笑了笑：“你是不是该对我说点什么？”

肖望没做声，上下打量着方木。

方木知道他的想法，伸手从衣袋里掏出手机，拔下电池，又把外套甩在桌上。

“我没带任何录音设备。”方木冷冷地说，“我没想到会在这里遇到你。”

肖望的脸色稍有缓和。他合上枪机，把手枪插回枪套，想了想，又起身关上门，熄掉电灯。

包房里陷入彻底的黑暗。两个人坐在餐桌的两侧，倾听着对方的呼吸和心跳，既无从揣摩，也无法信任。

良久，方木打破了沉默：“多久了？”

“一直是。”

“这么说，从丁树成去卧底的时候，你就已经是梁四海的人了？”

“对。”也许是因为隐藏在黑暗中，肖望的回答很干脆，“他自以为做得很巧妙，可是丁树成一出现，我就知道他是卧底，连他和邢至森通信的方式我都了如指掌。”

“你怎么会知道？”

“因为我就曾经做过卧底！”肖望的声音陡然升高，“这也是我痛恨邢至森的原因！”

即使在黑暗中，方木仍然能感受到肖望身上散发出的仇恨气息，宛若一条缠绕在他身上的巨蛇，随时打算吞噬周围的一切。

“你别以为邢至森是什么好人。”肖望已经完全不打算再掩饰自己的情绪，“为了他的目的，他可以牺牲别人，甚至是同僚的生命——郑霖他们就是活生生的例子！”

“郑霖他们不是为了老邢而死，而是为了救那几个孩子！”

“那就只能算他们找死。”肖望哼了一声，“我也没想到他们会出现在钢厂。”

方木一怔，紧接着，就感到全身都紧绷起来。

“有人捡到那个漂流瓶了，对么？”

“嗯。当天一早，就有个溶洞的清洁工给我打电话。”肖望轻轻地笑了一声，“我立刻就想到是你了。”

“是你通知梁四海来追杀我们的？”

“不是你们，而是那四个女孩。”肖望坐正了身子，“我不想杀你。否则我也不会在百鑫浴宫把你救出来。”

“嗯？”方木扬起眉毛，“那天拉开护栏，又把他们吓走的，是你？”

“对。”

“你怎么知道我在那里？”

“很简单，手机定位。你当时都去了哪里，我全都知道。”肖望的语气稍稍平缓，“方木，我曾经对你说过，你是个人才。我也曾想拉你入伙，好好地做一番大事。既然是人才，就要体现出你的价值。什么正义，什么忠诚，都只是忽悠你去慷慨赴死的托词。这个社会很现实，它的游戏规则绝不是你想象的那样。你已经置身其中，就根本没有全身而退的机会。你想生存下去，并且想活得好，就得遵守这个规则，否则……”

“否则就杀了我？”

“不，那会有很多麻烦。我们可以让你消失得无影无踪，成为永远的失踪人口。”肖望的声音渐渐阴冷，“比如，把你熔在一块钢锭里，再沉入海底。”

方木默默地看着眼前这个模糊不清的轮廓，忽然开口说道：“胡英博在城湾宾馆里杀死的那个女人，就是这么处理的吧？”

肖望轻轻地笑了笑：“你很聪明。这是最彻底的处理方法——连DNA都验不出来。”

“她是谁？”

“你不会想知道的，真的，相信我。”肖望站起身来，“事已至此，我想，你我已经不可能再成为朋友了。该死的，不该死的，现在都死了。你心里也清楚，没有证据，你拿我们一点办法都没有。回公安厅，老老实实地做个文职吧。我也是警察，你的一举一动都会在我的掌控中，如果你再找麻烦，我会亲手干掉你。”

说罢，肖望就拉开房门，走了。

在黑暗中。周围，是无边无际的黑暗。

方木一动不动地坐着，静静地感受那有质感的黑暗，将自己层层包裹。

输了。嗯。一败涂地。

梁泽昊是否还在对面的卫生间里，方木一点兴趣都没有。他只想躲在这黑暗中，一分一秒也好，一生一世也好。

除了黑暗，这世界上还有别的么？

可是，门忽然开了。

走廊里的灯光倾泻在方木的身上，像一把利剑一般劈开那厚厚的、黑色的茧。方木下意识地向门口望去，在炫目的灯光映衬下，只看到一个长发飘飘的女子的身影。

对方显然没有意识到这黑暗的包房里居然还有人，惊吓之余，刚要抽身离去，却愣在了门口："是你？"

不等方木做出反应，她不由分说地拉起他，向外跑去。

穿过走廊，冲进电梯。直到电梯门缓缓合拢，方木才认出这女子是裴岚。很明显，她刚刚哭过，而且喝了很多酒。尽管今晚已经遭遇了很多意外，裴岚的举动还是让方木感到迷惑。

"你这是……干什么？"

裴岚没有回答。她背对着方木，专心致志地看着不断变化的楼层数字，死死地攥住方木的手腕不松开。

电梯门一开，她就拉着方木冲进走廊，快步走到一间客房门前，开门，拽方木进门，然后把方木推靠在门上。

房门被方木撞得砰的一声，锁死了。紧接着，裴岚的身体如同蛇一般缠绕上来。

方木感到裴岚的嘴唇雨点般落在自己的脸颊、脖子和耳朵上，呛人的酒气和丝丝发香不停地钻入鼻孔。对于连遭打击的方木而言，这突如其来的柔软与温暖，犹如让人暂时忘却一切的幻境。他情不自禁地搂住了裴岚的腰。纠缠了几秒钟后，方木感觉一双手正伸向自己的腰间，试图拽开他的皮带。方木一下子清醒过来，用力推开了裴岚。

裴岚被推到几米开外。她的头发散乱，脸色潮红，双眼中流露出的不是情欲，而是深深的绝望。

"你要我么？我给你……"裴岚伸手去解扣子，黑色的衬衫很快就敞开了大半，雪白的肌肤显得更加炫目。

方木闭上眼睛，转身开门。

"别走……"裴岚抢上一步，伸手去拽方木。刚碰到他的衣角，整个人就瘫软下去。

方木急忙拉她起来，裴岚却像被抽掉筋骨一般，全身无力。方木无奈，只得把她抱到床上。裴岚紧闭双眼，呼吸急促，浑身的毛孔像开了闸的水库一样，不停地冒出汗来。方木起身要去卫生间拿毛巾，却被她一把拉住手腕。

“不要走……”她喃喃地说道，“别把我丢在这里……别走……”

方木无奈，只能任由她拉着自己，默默地看着她喘息、流泪。

良久，裴岚的呼吸平复了下来，接着，她长出一口气，慢慢地坐起身子，曲起腿，把头顶在膝盖上。

“好些了？”方木低声问道。

“嗯。”裴岚的脸色由潮红变得惨白，长发粘在汗湿的脸颊上，看起来虚弱无比。她艰难地挪到床边，又解开了衬衫上余下的两个扣子。

方木皱皱眉头，转身走到沙发旁坐下。

“你别怕。”也许是注意到方木的尴尬，裴岚疲惫地笑笑，“我不会再冒犯你了——衣服被汗水湿透了，穿着难受。”

说着话，她又脱掉了牛仔裤，只穿着内衣走到冰箱前，拿出一瓶水，咕嘟嘟地喝起来。

“你病了？”方木看着她白皙的身体上依旧亮晶晶的汗水，开口问道。

裴岚苦笑了一下：“不是病了，梁泽昊给我下了药，想再找个女人玩三人行。我不干，就跑出来了，没想到会遇见你——刚才把你吓坏了吧？”

方木默默地注视着她。裴岚的呼吸又变得急促起来，转过身子，毫不掩饰地展示自己的身体。

其实，她从心底是希望这个警察有所动作的。

方木的视线从上到下，最后停在裴岚的小腹左侧，那里文着一朵花。

裴岚捕捉到他的目光，低头看看自己的小腹，神情却黯淡下来。

“欧洲浦菊，象征友情。”裴岚轻轻地抚摸着那朵淡紫色的花，“在电影学院读书的时候，我和小美是最要好的朋友。大二那年，我们俩一起去文了身，在同样的位置，同样的花。我们发誓，要做一辈子的好朋友。可是，后来……”

“等等！”

裴岚吓了一跳，她抬起头，吃惊地发现方木双目圆睁，整个人似乎要扑上来。

“你刚才说什么？”方木真的冲了过来，一把抓住裴岚的胳膊，“汤小美的小腹上也文了一朵花？”

裴岚不知所措地点点头。

“淡紫色的？”

“对。”裴岚反问道，“怎么了？”

方木没有回答她，慢慢摇着头，倒退几步，颓然跌坐在床边。

老邢在接受测谎的时候，曾提及被胡英博杀死的女人小腹上文了一朵花。

那个女人是汤小美。

肖望说得没错，这的确是方木不想知道的事实：他在抓住汤小美的同时，就把她推上了死路。

不明就里的裴岚小心翼翼地看着方木的脸色：“那件事之后，你见过小美么？不知道她被判了几年，关在哪里，我想去看看她。”

方木摇摇头：“你看不到她了。”

梁四海敢这么做，说明肖望在侦办此案的时候，压根儿就没有履行任何立案程序，更不用说批捕、起诉和审判了。从时间上来看，汤小美被抓当晚就被送往C市了，同行的也许还有她的男友孙伟。然后——正如肖望所说——就成为永远的失踪人口。

裴岚有些莫名其妙，想了想，开口问道：“我不明白你的意思，小美不是在监狱里么？”

“她没那么幸运。”方木决定告诉裴岚实情，“汤小美被梁泽昊的人杀了，死后被浇铸在钢锭里，沉入大海。”

裴岚“啊”了一声，随即抬手捂住了嘴，双眼中尽是惊惧和难以置信的神情，身体也颤抖起来。足有半分钟后，她才喃喃说道：“我……我没让他这么干……他怎么可以……”

“他杀汤小美不是为了你。”方木咬咬牙，“而是为了陷害别人。”

他转向裴岚，语气更加冷酷无情：“你现在知道，你是和什么样的人在一起了吧？”

这句话击垮了裴岚，她瘫倒在地毯上，双手捂脸，无声地痛哭起来。

方木静静地看着裴岚不住抽动的肩膀，不知道该为自己感到愤怒，还是该为她感到悲伤。

整整一夜，方木和裴岚就待在房间里，彼此没有交谈。一个默默地吸烟，一个哭泣着睡着，又哭泣着醒来。天快亮的时候，裴岚终于暂时恢复平静，摇晃着走进浴室，不一会儿，就传来了哗哗的水声。

方木站起身，走到巨大的落地玻璃窗前，凝望着即将从睡梦中醒来的城市。这其实是黎明前最黑暗的时刻。月亮西落，星光暗淡。应该升起的太阳，却迟迟不来。

方木向东方望去，那里是更加密集的一片楼群，冷漠地耸立着。它们遮挡住地平线，即使太阳升起，也要挣扎一番，才能从那些棱角后面露出温暖灿烂的本相。它们如此高大沉默，若无零星的灯光点缀，几乎会让人以为是又一座龙尾山。

只是不知道，在那下面是不是也有一条暗流汹涌的河。

方木突然意识到，自己始终没有走出那条暗河。

时时被它包裹，时时被它吞没。

浴室里的水声渐渐稀落下来，最后完全停止了。过了一会儿，裴岚围着浴巾走出卫生间。她看看站在窗边的方木，缓步走过去。

“给我一支烟。”因为哭了一整夜，裴岚的声音低沉嘶哑。方木抽出一支烟递给她，又帮她点燃。

裴岚站在方木身边，凝望着脚下的城市，默默地吸着烟。烟头的明暗之间，被湿漉漉的长发遮挡的脸庞若隐若现。

一支烟吸完，裴岚低声问道：“你说，人死了之后，会不会有灵魂？”

“我不知道。”方木也点燃一支烟，深吸一口，然后看着淡蓝色的烟雾在眼前袅袅上升，“但是我希望有。”

裴岚咧嘴笑了一下：“我也是。”

她伸出手，动作轻柔地抚摸着玻璃窗上自己的身影。

“小美死的时候……是什么样？”

“在一家酒店里。”方木顿了一下，“一丝不挂。”

裴岚“哦”了一声，抬起头，在夜空中四处张望着，似乎在寻找什么。

“希望小美的灵魂还在。”裴岚的声音低沉轻柔，宛若梦呓，“希望她现在正看着我。”

裴岚伸手在胸前拉了一下，浴巾无声地滑落在脚边。

她闭上眼睛，双臂展开。

“小美，把我的身体偿还给你吧，连同那朵欧洲浦菊。一切，都偿还给你……”

她的表情安详虔诚，似乎一心想让那个游荡在阴阳之间的孤魂把自己的身体占据。

昏暗的灯光下，裴岚赤裸的身体宛若雕塑，她一动不动地等待着那个时刻的降临，希望从此摆脱烦恼，消解仇恨。

窗外的城市，正一点点亮起来。

良久，裴岚轻轻地呼出一口气，睁开眼睛。看着玻璃窗上依旧属于自己的躯体，眼泪又掉下来。

“方木，我想为小美做点什么。”

没有回应。裴岚转过头去，那个警察已经消失得无影无踪。

方木睡到下午，在极度口干和头疼中醒来。他发了一会儿呆，起身查看手机。有十几个来自边平的未接电话。方木关掉手机，拔掉手机卡，然后开始收拾东西。

一个小小的背囊，却收拾了足有几个小时。很多东西拿出来又放进去，再拿出来，周而复始。最后方木彻底没了耐心，除了必需品，统统从背囊里扔了出去。

他想离开这个城市，去一个无人相识的地方，重新生活。

没有回忆，没有罪恶，没有牺牲，没有背叛。

没有遮天蔽日的猖狂，没有无能为力的绝望。

我认输。以最耻辱的方式认输。

只为了逃离那条暗河。

东西收拾完毕，方木开始写辞职报告。连开了几遍头，却无论如何也写不下去，最后索性几把扯碎了稿纸。反正连续旷工超过15天，就应该被辞退。

辞职和辞退，又有什么分别？

做完这一切，巨大的空虚感席卷而来。方木忽然觉得饿得厉害。他看看手表，街角那家馄饨店应该还没有打烊。

也许是意识到这将是自己在C市所吃的最后一顿饭，方木吃得专心致志。似乎咀嚼的是悲伤，咽下去的是回忆。

他没有注意到那个刚刚坐在桌前的女人。

女人点了一碗虾肉馄饨，等餐的间隙，无聊地四下张望，目光就此难以从方木身上移开。犹豫了一下之后，女人鼓足勇气叫道："方木。"

方木下意识地回过头去，立刻惊讶得说不出话来。

是邓琳玥。

邓琳玥是迄今为止唯一一个与方木正式相处过的女友。在J大的时候，方木曾从一个杀人狂的铁锤下救出了邓琳玥，也由此展开了一段莫名其妙的恋情。然而，当那个杀人狂如鬼魅般再次出现的时候，邓琳玥在恐惧中离开了方木。从J大毕业以后，二人再没有见过面。

方木没有想到，自己在离开C市之前，遇到的最后一个熟人居然是她。

看到方木虽然惊讶，却没有敌意，邓琳玥稍稍放松了一点。

"好久不见了。"

"是啊。"方木讷讷地说，"你……你还好么？"

"挺好的。我在旅游局工作。"邓琳玥歪歪头，"听说你还是做警察了，神探？"

眉眼之间，又是当年那个开朗、活泼的女孩。

"嗯。"方木点点头，目光扫过她的手指，无名指那里有淡淡的戒痕，"怎么？"

"哦？"邓琳玥有些莫名其妙，她循着方木的目光看看自己的手指，很快明白了，咯咯地笑起来。

"眼睛还是那么毒啊，呵呵。"邓琳玥揉揉手指，"别误会，不是婚变。这几天手指有些肿，就把戒指拿下来了。"

她侧过身子，微微隆起的腹部从桌子后面展示出来。

"我快要当妈妈了。"邓琳玥半是羞涩半是幸福地说道。

"哦，恭喜你了。"方木的眉头舒展开来，旋即又蹙紧，"这么晚了，怎么还一个人出来？"

"也不知怎么了，怀孕后，我的嘴特别刁。"邓琳玥不好意思地笑笑，“今晚非常馋虾肉馄饨，就偷着跑出来了。”

方木看看窗外空无一人的街道，起身说道：“我送你回去。”

走在夜晚清冷的空气中，重逢时的兴奋似乎在慢慢降温。两个人各怀心事，却不约而同地保持沉默。

在岁月的磨砺下，有些东西已经像那碗馄饨散发出的热气一般，慢慢消散了。

走到一个小区门口，邓琳玥停下脚步，转过身：“我到了，谢谢你。”

方木笑笑：“下次别这么晚出来了，外面不安全。”

“没事。有你这样的神探保护我们，还有什么可怕的？”她低下头，轻抚自己的腹部，“你说对不对呀，宝宝？”

说罢，她冲方木摆摆手，转身走进了小区。

方木目送她进了楼才转身离开。走了几步，他又站住，回头看看这片住宅。那些尚未入睡的人家还亮着灯，错落有致地点缀着那些黑糊糊的楼房，模糊却温暖。

不知道那些窗户里究竟在发生些什么。但是亮着灯，就意味着生活，意味着希望。

老邢也好，丁树成也好，郑霖也好，小海和阿展也好……

所有的牺牲，不都是为了能在黑暗中点亮这一盏灯么？

而我，却要放弃么？

时至午夜，方木在空无一人的街道上做出最后一个决定。

这个决定，是为了所有的母亲。

为了所有的孩子。

为了所有点亮的灯。

为了所有宁静祥和的夜晚。

第二十四章

设局

鉴于近期局势比较紧张，梁四海决定暂时停止一切活动，等风声不那么紧了再说。梁泽昊有点郁闷，干掉那个老警察之后，原以为可以大展拳脚，没想到父亲交代下来的第一件事，是给陆天长送钱。

50万，对梁四海来讲只是九牛一毛，但梁泽昊还是觉得太多。他觉得陆天长已经惹出那么多麻烦，不找他算账已经不错了，何必还对他那么客气。梁四海则想得比较长远。现在最重要的是稳定事态，虽然已经绝无可能和陆天长继续合作，但是一旦翻脸，恐怕陆天长会破釜沉舟。先给他一点钱，一来安抚，二来也算是对陆大春那只废掉的手有所补偿。

梁泽昊还是有点不服气，拿着那张写着账号的纸翻来覆去地看，最后半开玩笑半认真地说："给那老头子，还不如给我。"梁四海不说话，而是一直盯着他。梁泽昊不敢再多嘴，乖乖地出了门，拉着一直等在外面的裴岚，驱车离去。

邢至森已经死了，调查组也就没有必要继续存在。市政法委主持召开了一个总结会。会上气氛沉闷，相关领导说了一些不痛不痒的话，发言者寥寥。有的外地调查组成员甚至把收拾好的个人物品都带到了会场，似乎每个人都急于逃离这里。方木也是与会者之一，始终吸烟，发呆，不和任何人说话，连目光交集都没有。肖望一直在默默地看着他，心情复杂。

会后，从各地抽调的干警陆续返回各自单位。肖望调至C市市局的手续已经基本落实，直接留了下来。不过，还没等他和同事们完全熟悉，就接到了任务。

任务内容不明，只是要求全体待命。晚上10点多的时候，肖望和同事们按照命令领取了枪支和防弹衣。肖望觉得不对劲儿，悄悄打探了一下，却没有得到任何消息。凌晨1点15分，全体上缴手机，上车。在车上透露了行动的集合地点：市郊万宝街。

肖望彻底明白了行动的目标：抓捕金永裕和彭忠才。

不能再耽搁了。他假装闭目养神，右手在衣服的暗兜里按动另一部手机。无声无息间，三个字的短信已经发了出去：

金彭逃。

老邢的案子结束了，聚源钢厂的案子不能结束。局长和边平心里都憋着一股火。所以当方木把金永裕和彭忠才的藏身处告知他们的时候，局长当即就做出决定：实施抓捕。

让边平略感惊奇的是，方木并没有摩拳擦掌，跃跃欲试，甚至都没有主动要求参加行动。他看着方木明显凹陷下去的双颊，低声问道："从哪里得到的情报？"

"自己找的。"方木淡淡地说，"我跟了捷发货运的人四天，他们隔一天就给金永裕和彭忠才送生活用品。"

万宝街地处市郊，属于城乡接合部。三层以上的建筑很少，大多是待拆的棚户区，地形复杂。金永裕和彭忠才藏身的万宝街117号更是处在那蛛网般的街道最细密的地方。根据方木提供的情报，对方大概有三到四个人，可能持有武器。因此，抓捕人员分成几组，分别在指定地点集结，然后同时从四个方向向万宝街117号合围，务求将对方一网打尽。

可是，还没等抓捕人员赶到集结地点，监视组就传来消息：万宝街117号的人已经开始有所异动，似乎有脱控的趋势。经请示指挥中心后，亲自布置抓捕行动的局长下令不再集结，直接展开抓捕，同时抽调出三个组对万宝街117号周边进行封锁。

命令刚刚传达下去，万宝街上就传来了枪声。

金永裕沿着黑暗曲折的街道没命地跑着，身后还跟着一个手下。两个人早已辨不清方向，只知道向前猛跑，不时朝身后放几枪。在他们后面，几个警察紧追不舍。

就在刚才，拖着一条伤腿的彭忠才再也跑不动了，狂呼乱喊着朝警察连开数枪，结果被打成了筛子。金永裕不想当筛子，可是，四周都是警笛的呼啸和手电的光芒，该往哪里逃?

很快，两个人的枪都打空了。身后的警察立刻意识到了这一点，追赶的速度加快。金永裕用力把空仓挂机的枪朝他们扔过去，却只能稍稍拖住他们的脚步。又狂奔出几百米，金永裕感到双腿越来越沉，嗓子眼发甜，眼前直冒金星。

投降，还是索性拼了?

还没等他考虑清楚，前方几米处忽然闪出一个人影，昏暗的月光下，那人头戴兜帽，两腿跨立，双手平端……

金永裕看清了他手里的枪，却来不及停下脚步，只觉得心底一片冰凉——这下完了。

“砰”“砰”两声枪响过后，金永裕惊讶地发现，并没有子弹贯穿自己的身体。相反，身后的警察则紧张地各自寻找隐蔽处。

“怎么才来?这边。”黑暗中，那个人指向一条小巷，被白纱布包裹严实的右手分外刺眼。

老板派人来了。金永裕的心一宽，扭身跑进巷子里。

那个手下也要跟着逃命，却被白纱布手里的枪顶住了脑门。他正在大感疑惑，对方已经一脚把他踹倒在地上。身后那些警察立刻如狼似虎地扑上来，他爬起来，踉踉跄跄地刚跑出几步，就被几双手按倒在地上。挣扎间，他扭头望向那条小巷，白纱布和金永裕已经彻底消失在了黑暗中。

天降救兵，金永裕仿佛又增添了几分力气。然而沿着小巷一路狂奔到底，金永裕脸上的表情却由狂喜变为愕然。

眼前是一面光秃秃的墙壁。死路。

正在疑惑间，白纱布从身后不声不响地跑过来，拉开旁边的一扇木门，摆头示意他进去。金永裕来不及多想，急忙闪身躲了进去。

这是一间废弃的平房，到处是杂乱的破旧家具。白纱布挪开墙角的一个破衣柜，地面赫然出现了一个大洞。

白纱布指指那个大洞。金永裕咬咬牙，跳了进去。

一跳进洞里，金永裕立刻明白了，这是建国初期分布于城市地下的防空洞。虽然狭窄，一个人通过还是绰绰有余。跟着跳下来的白纱布打开一把手电筒，推推他的背，示意他向前走。金永裕已经没有选择的余地，只能依此行事。

向前走了十几分钟，白纱布忽然拽住金永裕的衣角，同时把手电筒向上方照了照。金永裕抬起头，看见一架铁梯通往头顶上方的地面，隐约还有月光倾泻下来。

金永裕想看看对方的长相，转头的瞬间，却立刻感到眼前一片漆黑。白纱布关掉了电筒。

他只得说声谢谢，抬脚上了铁梯，刚爬到顶端，头顶的铸铁井盖就咣当一声打开了。

几束光柱同时投射到他脸上，金永裕立刻感到头晕目眩。

随即，几只手把他拽出洞口，他还没醒过神来，眼前的强光就消失了。

金永裕被从头到脚罩进一条麻袋里。

陆大江西装笔挺，皮鞋锃亮，却依旧掩饰不住满脸的粗俗与无知。他抬头看看C市商业银行一尘不染的玻璃门，清清嗓子，捋捋头发，动作僵硬地走了进去。

营业厅里人头攒动。今天是发退休金的日子，每个窗口前都排满了一脸安详的老头和老太太。陆大江捏着银行卡，挤在人群里无所适从。

银行的保安员疑惑地打量着他，上前问道："先生，请问你要办什么业务？"

陆大江咽了口唾沫，结结巴巴地说：“取……取钱。”

“取多少？”

“50万。”这个数字让陆大江有了些许自信，腰板也挺直了。

“请问您预约了么？”

“嗯？”陆大江想了想，“哦，约了。”

保安员把陆大江径直带到VIP窗口。陆大江把银行卡递进去，脑子里已经开始盘算接下来该干点什么。

VIP窗口的出纳员却打断了他的幻想：“对不起先生，您这张卡里只有10元钱。”

“你说什么？”陆大江脸上的痴笑仍在，眼睛却瞪大了，“不可能——你再看看！”

出纳员又试了一次，答复的声音礼貌却冷漠，结果也一样，卡里只有10元钱。

陆大江彻底蒙了，晕头转向地走出银行。他站在街头愣了半天，直到被一个行人撞了一下，才醒悟过来，急忙钻进一个电话亭给陆天长打电话。

陆天长同样吃惊不小，气急败坏地挂断陆大江的电话后，转头就想找梁四海兴师问罪。按下几个数字后，手却停下来。

梁四海这么做，摆明了是翻脸加羞辱。他敢这么猖狂，想必是有猖狂的理由。

在搞清楚这个理由之前，还不能轻举妄动。

被弄糊涂的，不止他一个。

C市公安局在当晚的行动之后，立刻封锁消息，开始内部彻查。虽然行动有所斩获，抓捕两人，击毙一人，但金永裕成功脱逃。警方怀疑有人事先将行动部署泄露给对方，导致彭忠才等人闻风出逃，金永裕还被半路截走。

也就是说，警方出了内鬼。

正在高层绞尽脑汁想查出内鬼的身份时，真正的内鬼却更加疑惑。

肖望最初也以为是梁四海的人截走了金永裕。他和梁四海秘密接触后，才知道对方只通知金永裕等人出逃，根本没来得及派人去接应。梁四海大为吃惊之余，感到极度紧张。这个半路杀出的人显然不是出于什么善意。他一边要求肖望尽快查清那个人的身份，一边静观其变。

肖望亲自参与了对那两个喽啰的讯问。根据其中一人的口供，半路截走金永裕的人是个男性，中等身材，头戴兜帽，看不清脸，最明显的特征是用左手开枪，右手完全被白纱布包裹住。

而且，他似乎和金永裕事先有约——因为他只带走了金永裕。

肖望把上述信息反馈给梁四海。梁四海不动声色地“唔”了一声，让肖望继续留意事态的发展。

他的心里已经翻江倒海。

因为把金永裕截走的人，是陆大春。

毫无疑问，是陆天长策划了这件事。无论他是出于什么目的，肯定都对自己不利。

50万都不能满足他们，还在警察眼皮底下截走了金永裕，看来，当初真小瞧了这些乡下人。

知道金永裕藏身处的不过寥寥几人，陆天长能找到他，答案只有一个：金永裕已经和陆天长结成了联盟。那么，金永裕对陆天长而言，有什么价值呢？

梁四海忽然发现，所有尚存的手下中，金永裕跟自己最久，也对自己的情况掌握最多。

他感到极度的恐慌。

比之前任何一次都要恐慌。

门又响了。

陆天长已经懒得动弹，挥手示意一直在喂陆大春喝粥的陆海燕去开门。陆海燕一言不发地放下碗，走到院子里。

随即就听到一阵心不在焉的寒暄，无外乎是“在家呢？”“海燕好点没有”“脸上的伤一点儿也看不出来”之类的话。

来者是村西头的陆聚宝家媳妇，按照辈分，陆天长还得叫她一声二嫂。所以当这个二嫂满脸堆笑地走进来时，陆天长从椅子上站了起来，招呼她坐下。

二嫂先是感慨一下“今年冬天咋这么冷”，然后又说“屋里挺暖和啊”，最后说“来看看大春大侄子”。

陆天长垂着眼皮，随口敷衍几句。二嫂的目的和前几个探视者一样，他唯一的儿子那只完全残废的手，只是个幌子而已。

果真，东拉西扯一阵之后，二嫂把话头引向正题。

“村长，昨天是发东西的日子，咋还没动静呢？”二嫂尽量说得轻描淡写，“你也知道，你二哥每天都得喝点，现在还非好酒不喝了，这一断，天天在家闹人呢。”

陆天长已经有点不耐烦，板着脸说道：“这段日子生意不好，让二哥忍几天吧，没准以后又得靠种地过日子呢，别养那么多富贵毛病。”

“那可不行！”二嫂一下子急了，“都自在这么多年了，哪个还拿得起锄头啊？再说，你当初让咱们待在山里过好日子，咱们也听你话了。不能说断就断啊——谁也不能答应！”

“这不是我一个人就能说了算的事儿！”陆天长忍住气，“人家不干了，我有什么办法？”

“谁断咱的活路，咱就跟他干啊！”二嫂一拍大腿，“反正，你当村长的，必须得给咱们一个交代。好日子过惯了，让俺再去地里刨食吃，俺可不干。”

“行行行。”陆天长彻底失去了耐心，下了逐客令，“我想想办法。”

“嗯。”二嫂也不客气，“发东西的时候，就别让我大侄子挨家送了，让他好好养伤，我自己来取就行——别忘了你二哥要的酒。”

说罢，二嫂就拍拍屁股走了。陆天长听着院子里的铁门咣当一声关闭，长长地呼出一口气。

他扭头看看一直躺着的陆大春，心里的烦躁感再起。

自从陆大春的手废掉以后，他就一直是这副模样。除了要求陆天长不要难为陆海燕之外，几乎不跟父亲说话。偶尔起床活动，也是用左手捏捏筷子，握握菜刀，大多数结果是：砸烂所有他能用左手拿起的东西。

那个健壮、充满活力，甚至有些粗野的儿子，现在成了这副样子。

这一切，都是那个梁老板造成的。

而他，不仅用一张只有10元钱的银行卡羞辱了自己，还要让全村人回到过去的苦日子里。

梁四海，你到底凭什么这么做?

般若寺。

梁四海用了比平时多一倍的时间虔诚跪拜。似乎每多跪伏在地一次，佛祖就会多庇佑他一分。他把自己想象得无限地小，小到可以逃避一切惩罚；他把面前的佛像想象得无限地大，大到可以遮挡一切罪恶。

拜完，梁四海合掌起身，心中的烦恼却丝毫没有消除。执钟僧人不识趣地又重重敲了一下，那嗡嗡的钟声听起来不再像是嘉许，反而像无数根细密的钢针一样，嗖嗖地钻入他的脑袋。

后堂传来一阵布鞋底与青砖地面摩擦的沙沙声，静能住持捻着一串佛珠，缓步走了出来。

梁四海急忙躬身合十：“大师。”

静能住持微笑着还礼：“梁施主，好久不见了。”

“是啊，俗务缠身。”梁四海朝站在一旁的手下努努嘴，手下立刻把手里一直拎着的黑色皮箱递给静能住持：“50万，算是对佛祖的一点心意。”

静能住持合十施礼，口念阿弥陀佛，随即唤来一名弟子，把皮箱拿进后堂。然后，他转头端详着梁四海，微笑着说：“梁施主面色倦怠，心神不宁，似乎有烦恼？”

“大师明鉴。”梁四海苦笑一下，“最近在生意上遇到点麻烦，跟合作伙伴有一些龃龉。不知大师可否为我指点迷津？”

静能住持呵呵地笑起来：“贫僧不会相面解签，但是有几句话，倒想说与梁施主听听。”

梁四海再次躬身合十，急切地说：“大师请讲。”

“《法华经》上说，三界统苦。也就是说，在六道轮回里，并没有真正的快乐。人生在世，就是报恩、报怨、讨债、还债这四种缘分，生生世世，无休无止。此一世，彼一世，缘分会越结越深，而且恩情会变成怨恨，怨恨却不会变成恩情；乐的事会变成苦，苦事永远不会变乐。所以，不要跟人结冤仇，也不必刻意结善缘。因为，善缘好过头，就会变成恶缘。能媚我者必能害我。所以，凡事要顺其自然，随缘不攀缘。佛法中所称‘广结法缘’就是这个道理。”

静能住持的语气和缓，梁四海却听得越发心凉，尤其是那句“能媚我者必能害我”。踌躇再三，梁四海又低声问道：“大师，那我该怎么办呢？”

静能住持把捻着佛珠的手举回胸前，笑道：“随缘不变，不变随缘。”

梁四海若有所思地走出般若寺，跨出山门的时候险些绊了一跤，仿佛失魂落魄一般。

善缘。恶缘。

随缘不变，不变随缘。

能媚我者必能害我……

陆天长让陆大江尽快回来，陆大江却不着急。好不容易进城一次，一定要好好玩个够。再说，陆大春答应带他进城尝尝城里女人的味道。这小子现在成了废人，自己可不能放过这个机会。

只是，他一大早就坐车过来，现在已经快到中午了，肚子饿得咕咕叫。原打算拿到钱就大吃一顿，可是事情没办成，吃大餐就得自己掏腰包，不划算。陆大江看看马路对面的一家酱骨头馆，吞吞口水，快步走了过去。

一盆酱脊骨，一盆酱棒骨，一份炒面，四两白酒。陆大江风卷残云般一扫而空。酒足饭饱后，陆大江一边感慨城里的饭就是好吃，一边招呼服务员结账。

服务员很快拿来账单，78元整。陆大江叼着牙签，伸手去掏钱包，脸色一变。随即，他又把全身的口袋都摸了个遍，冷汗就冒了出来。

钱包不见了。

“我……我的钱丢了。”陆大江一脸惶恐地看着服务员，似乎指望他能帮自己把钱包找回来。

服务员一撇嘴，上下打量着陆大江，满脸鄙夷。

“真丢了。”陆大江急忙把西装口袋翻出来，“不信你看……”

“少废话！快点拿钱！”服务员不耐烦地打断他的话，“你这种人我见得多了，想吃白食……”

忽然，一张百元大钞被人拍在桌子上。陆大江下意识地抬起头，一个中年男子站在桌前，挥手示意服务员赶快拿钱走人。

服务员瞪了陆大江一眼，拿起钱走了。

陆大江稍松口气，看着中年男子却疑惑起来：“大哥，你是……”

中年男子一屁股坐在陆大江对面，把一个黑色皮包和手机随手放在桌子上。

“你是陆先生吧——陆大江？”

“是啊。”陆大江更惊讶了，“你认识我？”

“嗯。”男子点点头，压低了声音，“我是梁老板的人。”

“哦。”陆大江看看四周，疑惑不减，“你怎么知道我在这里？”

“我刚才去了银行。”男子指指马路对面的商业银行，“保安告诉我，你来这里吃饭了。”

“银行？”陆大江马上喊起来，“对了，那50万怎么回事？”

“你小点声！”男子皱起眉头，“我就是为这事儿来的。公司里出了点意外，那笔钱没及时打到你的卡上。老板特意嘱咐我把钱给你送过来。”

“原来是这么回事啊。”陆大江心一松，心想这下可以找几个妞玩玩了，“钱呢？给我吧。”

“我没带在身上，你跟我去取一趟吧。”

“走，走！”陆大江急不可待地站起来，面前的男子也站起身，可是刚把腰直起来，就“哎哟”一声。

陆大江吓了一跳：“你这是咋了？”

“突然肚子疼。”男子一脸苦相，“你先坐会儿，我去趟卫生间。”说罢，就急匆匆地离开了。

陆大江悻悻地坐下，倒了杯茶水慢慢喝。等了几分钟，男子还不回来。这时，男子放在桌面上的手机突然响了起来。

陆大江起初没有理会，可是手机一直响个不停，引得周围的食客不停地向这边看。

陆大江不堪其扰，拿过手机，胡乱按了几下，没想到一下子接通了。

“喂？”一阵模糊的声音从手机里传了出来，“事情办好没有？”

陆大江把手机小心翼翼地贴在耳朵上："喂？"

"你还磨蹭什么呢？"对方似乎很不耐烦，"见到那个姓陆的没有？赶快找机会干掉他！老板催了好几次了！"

陆大江的头发一下子竖了起来。

"你听到没有？老板交代了，一定要除掉他……"

陆大江慌忙把手机扔在桌面上，似乎那是一颗随时可能爆炸的炸弹。

干掉……姓陆的？！

他惊恐地四处看看，感觉身边的每一个人都可能抽出砍刀向自己扑来。

快跑，趁那男子还没回来，快跑！

陆大江站起身来，感觉腿软得像面条。刚迈出一步，他又返回来抄起那男子放在桌子上的黑色皮包。

必须得拿上它，否则身无分文的自己无法从C市逃走。

陆大江慌慌张张地夹着皮包，飞也似的跑了。

梁四海靠坐在皮椅上，面前的烟灰缸里插满了长长短短的烟头。他盯着面前那杯早已冷透的绿茶，又深深地吸了口烟。

静能住持的话让他思量了好几天。梁四海并非一个完全相信命运的人，但是一直对善恶有报这四个字颇为忌惮。这些年的生意做得顺风顺水，即使有些小波澜，也是有惊无险，不由他不信真的有神在保佑他。只是，这善缘真的到头了么？

陆天长和梁四海结交的那些高官不一样。他们有身份，有地位，除非到了生死攸关的时候，轻易不会撕破脸皮。特别是，大家心里都清楚，彼此都有把柄在对方手里，算是互相上了个保险。即使不再往来，也是好聚好散。陆天长则不同，他是个贪婪的小人。贪婪之人的优点是只认钱，缺点也是只认钱。

如果这个贪婪之人颇有头脑，再有几分狠辣的手腕，就危险了。

他一直在等待陆天长主动联系他。一来金永裕在陆天长手里，二来他也不想让对方看出自己心里没底。50万肯定满足不了陆天长的胃口，但是他究竟要什么，以及凭什么要，却不得而知。所以，梁四海只能等。

等待的滋味是最难受的，尤其当你知道前方是不可知的命运时。

梁四海把烟头狠狠地摁熄在烟灰缸里。能彻底了断自然最好，如果不能……

桌子上的手机突然响了。

打电话的是个女人，用的却是梁泽昊的手机。梁四海只听到几声“呜呜”的闷叫，好像对方的嘴被堵住了一样。随即，电话就挂断了。

梁四海再拨回去，就无人接听了。他急忙拨通梁泽昊的保镖的电话。

“你大哥呢？”梁四海劈头就问。

“哦，老板，”保镖听出是梁四海的声音，“大哥他……和嫂子在……在放松呢。”

“在哪里？”

“丽晶酒店……1408号房。”

“你们快上去看看！”

梁四海赶到1408号房的时候，梁泽昊已经被保镖送到医院去了。据说，梁泽昊伤得很重，尤其是右手。梁四海脸色铁青，看着大床上的斑斑血迹，半天也没说话。

房间里并非只有裴岚，还有另一个年轻女子。两个人都战战兢兢地缩在屋角，大气也不敢出。

梁四海看看那女子，又看看裴岚，低声问道：“怎么回事？”

裴岚看上去受惊不小，满眼都是挥之不去的恐惧。

“泽昊约我到这里……还有她……玩三人行。”裴岚低下头，脸一阵红一阵白，“泽昊让我们两个去洗澡。在浴室里，听到有人进来了……然后就听到打架的声音。我们两个没穿衣服，也不敢出去看……然后……”

“行了。”梁四海打断了裴岚的话，挥手叫过一个手下，又指指那个一直筛糠的年轻女子，“给她点钱，让她走。”

女子哆哆嗦嗦地接过钱，转身刚要走，又被梁四海叫住了：“今天的事，跟谁都不要说，听明白了么？”

女子忙不迭地点头，逃也似的离开了。

梁四海重新面对裴岚：“你接着说。”

“我和她在浴室里吓得不行，突然，有个人冲了进来，揪住我的头发就往外拽。然后，然后……”

“快说！”

“他……就在泽昊旁边，侮辱了我。”裴岚以手掩面，呜呜地哭了起来。

梁四海骂了一句，又开口问道：“那个人长什么样？”

“没看清，他戴着帽子和口罩。但是，手粗糙得要命，身上很臭，好像很长时间都没洗过澡。”裴岚边说边哭，忽然，她像想起什么似的补充道，“对了，他还要我带给你一样东西。”

“嗯？”梁四海瞪大了眼睛，“是什么？”

裴岚怯怯地展开一直紧握的右手，掌心里是一团揉皱的纸。

梁四海把它展开，只看了一眼，整个人就僵住了。

良久，他挥挥手，示意裴岚先走。接着，他又把所有人都赶出房间，自己坐在沙发上，盯着大床上的血迹出神。

一个卫生习惯很差的人，单单打残了梁泽昊的右手。始作俑者是谁已经不言而喻。

能媚我者必能害我。

他也终于明白对于陆天长而言，金永裕的价值何在了。

在那张纸上，是一幅城湾宾馆监控录像的画面。几个人抱着用地毯包裹的汤小美的尸体，正从624号房里出来。

当时梁四海曾下令让金永裕关掉监控设备，看来他并没有这么做。如果他有当天的录像，那么就可能有以前那些录像。

那些录像，足可以让梁四海万劫不复。

这就是陆天长和金永裕合作的目的。

梁四海意识到，自己已经陷入了有生以来最大的一次危机之中。

第二十五章

以你之名

陆天长看着依旧筛糠不止的陆大江，脸色铁青。陆大江被吓得不轻，从他连滚带爬地冲进屋子开始，他的手就一直在抖。捧在手里的一杯热水，有一半都洒在了身上。

“叔啊，”陆大江结结巴巴地把事情经过说完，哭丧着脸加了一句，“我差点就把命丢在城里了。”

陆天长咬着牙没说话。大春已经废了，梁四海还要干掉大江——斩断你陆天长的左膀右臂！

看来，现在已经不是钱的问题了。

陆天长看看放在炕桌上的黑色皮包，那是陆大江带回来的。他打开皮包，把包里的东西一股脑地倒在炕上。

东西不多，一个黑色牛皮钱包、一个咖色牛皮钥匙包、一把弹簧刀、两支圆珠笔、几张发票，还有一个灰黄相间的塑料小玩意儿。

“这是个啥东西？”陆天长拈起它，陆大江也凑过来看，同样不明就里。

“哦，这玩意儿我见过。我给海燕买电脑时，商场里也卖这东西。”陆大春阴沉着脸走过来，从父亲手里拿过那个塑料玩意儿，“好像叫什么盘。”

这个“什么盘”两寸多长，一端还盖着塑料帽，拔下来，露出一截扁扁的长方形铁头。陆天长翻来覆去地端详着，转头问陆大春：“这东西是干啥用的？”

“好像是录东西的吧，就跟磁带似的。”陆大春兴趣不大，懒懒地回答道。

“哦。”陆天长想了想，这东西是从梁四海那里拿来的，也许里面会有一些有价值的东西。

“那……咋能知道这里面存了啥？”陆天长看看“什么盘”，似乎想找个螺丝刀拆开它。

“甭费劲了。”陆大春看出父亲的意图，冷笑一声，“得用电脑看。”

话音未落，他就和陆天长对视了一眼。电脑？

十几分钟后，陆天长和陆大春、陆大江齐齐地围坐在陆海燕房间里的书桌旁，紧紧地盯着亮起来的笔记本电脑屏幕。

电脑是找到了，可是这玩意儿该放在哪里呢？陆天长看看那个扁扁的长方形铁头，又看看电脑侧面的若干接口，挨个试了起来。终于，在一个画着三尖叉子的接口里插了进去。

电脑发出咚的一声，随后，屏幕上出现了一个框框。

陆天长把脸凑过去，鼻尖几乎都要碰到了屏幕上。眼前是一个奇怪的小玩意儿，似乎是三本被皮带捆在一起的书。

“录像。”他低声念着那三本书下面的文字，想了想，转头问一直沉默不语的陆海燕，“啥意思？”

“意思是这里面有录像。”陆海燕手握鼠标，垂着眼皮。

“那打开看看。”陆天长紧张起来。录像，什么录像？

陆海燕在电脑上敲了几下，一个对话框弹了出来。

“请输入密码。”陆海燕低声念道，“看不了——需要输入密码。”

陆天长“哦”了一声，眉头紧锁，他直起腰来，看看陆海燕，又看看陆大春。

加了密码的东西，一定是不可告人的东西。只是，不知道这录像究竟会要了梁四海的命，还是陆天长的命。

不管它会要谁的命，现在这东西在我陆天长手里。

陆天长把塑料玩意儿拔下来，小心翼翼地放在贴身衣袋里，感觉腰板硬了许多。他挥手示意陆大春和陆大江离开，想了想，转头对陆海燕说道：“熬点鸡汤拿过来，给大春补补。”

陆海燕低着头，嗯了一声。

陆天长三人一同离去。陆海燕看着他们消失在门外，转身坐回电脑前，一手按住狂跳的心口，另一只手在电脑桌面上点击了几下。

那个压缩文件又出现在屏幕上。

陆海燕盯着那个要求输入密码的对话框，笨拙地按动着键盘。

梁泽昊的右手已经彻底保不住了，医院在和梁四海反复沟通之后，最终决定实施截肢手术。

梁泽昊在手术前大闹了一场，连打了几个医生和护士，最后跪在梁四海面前，泪流满面地苦苦哀求："爸，爸，想想办法，我不想当废人，爸，求求你……"

梁四海硬起心肠，让保镖把梁泽昊拖进手术室。一阵乒乒乓乓的打砸声音，夹杂着梁泽昊绝望的嘶吼在走廊里回荡。渐渐地，那声响越来越轻微，最后，手术室里恢复了平静。

手术进行得很快，看来切掉一只手，远比修复一只手要容易得多。还在麻醉中的梁泽昊被送入特护病房。主刀医生拿来一个医用托盘，上面是被切下来的那只手。梁四海看看那几乎被砸扁的手指，破碎不堪的手掌，浑身颤抖起来。

那是儿子的手，用自己的骨血凝聚而成的手。现在，这只手要被当做医疗废物，扔进焚烧炉里。

他挥手示意医生把那只手拿走，转身对保镖问道："带家伙没有？"

保镖愣了一下，梁四海脸上出现如此凶狠的表情，他还是第一次看到。

"带了。"他想了想，"车里还有一把。"

"嗯。"梁四海伸手从保镖腰间拔出枪，插进自己后腰，然后拿出手机，拨通了一个号码。

对方没有接听，而是直接挂掉。

梁四海没有等待，连续按下重拨键。对方挂断四次后，终于接听了。

"我在局里。"听筒里传来肖望压低的声音，"有事？"

"跟我去一趟陆家村。"

肖望沉默了几秒钟，低声说道："你的心情我可以理解，但是……"

"你去不去？"梁四海语调平静，却不容辩驳。

足有半分钟后，肖望说道："半小时后，高速公路入口集合。"

"好！"梁四海挂断电话，走到特护病房前，隔着房门看着依旧昏睡的儿子。

睡吧。等你醒来，爸爸一定会给你一个交代。

陆海燕蹲在灶坑前，面前的大铁锅里咕嘟咕嘟地炖着鸡肉。她不时看看腕上的手表，一边心不在焉地向灶坑里添着柴火。

鸡肉炖好后，她盛出两碗，伺候陆天长父子吃完。默默地刷洗完毕后，她又盛出一碗鸡肉，拿了一瓶酒，放在一个提篮里。

陆天长看着她披好棉袄，戴上头巾，开口问道："你要干吗去？"

陆海燕把提篮捏在手里，低着头说道："去拜拜海涛。"

陆天长嗯了一声，想了想，又加了一句："给他烧点纸。"

陆海燕没有答话，抬脚出了门。

两辆车停在陆家村村口。肖望关好车门，几步追上一直在前面大步行走的梁四海："老板，你到底想干什么？"

"了断这件事呗。"梁四海轻描淡写，脸上的肌肉却一直在突突跳动。肖望看看他后腰处时隐时现的枪柄，拉住了他的胳膊。

"你想了断这件事，我没意见。"肖望四处看看，"但是先干哪样，后干哪样，怎么干——总得计划一下。"

"是啊。"保镖在一旁随声附和，"贸然行事，恐怕不妥。"

梁四海的脚步慢下来，最后停住了。他看看肖望，又看看保镖。肖望抽出一支烟递过去，又替他点燃。梁四海默不作声地抽着烟，叹了口气。

“陆大春的手残废了，我承认，这是我的责任。但这是个意外。泽昊的手可是被他们活活打残的。”梁四海声音喑哑，“就算他们想报复，行，我认了。但是联合老金整我，这无论如何不能忍……”

“他怎么联合老金整你？”肖望打断了梁四海的话。梁泽昊的手是否残废，肖望并不关心。他在乎的是这个。陆天长和金永裕联合整倒梁四海，自己也许会受到牵连。

“老金那里……”梁四海斟酌着词句，“有一些他不该有的东西。”

“什么东西？”肖望立刻追问道。梁四海撇撇嘴，扭过脸，不再说话了。

肖望默默地盯着他，眉头越皱越紧。老金手里的东西，是针对梁四海的，还是针对自己的？

三个人站在雪地里，全都一言不发。最后，肖望扔掉烟头，笑了笑，很快又板起面孔。

“先找找老金吧。”说罢，他就自顾自地向村里走去。

金永裕应该就躲在村里。陆家村虽然只有十几户人家，但是也不可能挨家挨户去搜，一来会打草惊蛇，二来如果这些村民撒起野来，他们手里的三支枪也应付不了。最好先确定金永裕的确切位置，直接按住他。

梁四海和肖望都认为，金永裕藏在陆天长家里的可能性很大。他们三个人之中，只有梁四海去过陆天长家，于是就由他来带路。

村子里静悄悄的，虽然天还没黑，路上却一个行人都看不见。梁四海只去过陆天长家一次，而且是几年前的事了。面对那些外观相似的瓦房，梁四海有些拿不准。走到一个岔路口，三个人彻底迷路了。正在东张西望时，远远地看见一个穿着碎花棉袄，戴着头巾的女人走过来。

梁四海三人迎上去，保镖上前问道：“大嫂，去村长家怎么走？”

女人一直低头走路，突然有人问话，似乎被吓了一跳。她扯扯头巾，大半张脸都藏在头巾里：“你们……是干什么的？”

“我们找村长有点事……”保镖的话还没说完，肖望挥手拦住了他。

“大嫂，你这是干什么去？”肖望看看女人手里的提篮，目光灼灼地盯着女人问道。

“送饭。”女人脱口而出。

“送饭？”肖望伸手去掀提篮上的盖布，“给谁送饭？”

盖布被掀掉一半，一碗鸡肉和一瓶白酒露了出来。女人吓得向后一躲，再不敢和他们说话，急匆匆地走了。

肖望等她走出一段距离，才快步跟上。女人似乎意识到他们在身后跟踪，脚步越发急促，又拐了一个弯之后，女人忽然不见了。

肖望看看女人刚才前往的方向，那应该是村子的东北角，不远处，有一座高约6米的建筑，看起来像是个祠堂。

肖望和梁四海对视了一眼。

金永裕就在那里。

陆大江刚坐到桌旁，就听见院外的铁门哗啦一声响了。陆天长挥挥手，示意陆大江出去看看。陆大江刚拉开堂屋的门，就和冲进来的陆海燕撞了个满怀。陆海燕手里的提篮落在地上，白酒瓶碎裂开来，溅出一屋酒香。

“海燕你干吗？”陆天长皱起眉头，“撞到鬼了？”

“叔！”陆海燕气喘吁吁，“村子里来生人了。”

“嗯？”陆天长立刻站起身来，“几个人，什么样？”

“三个男的，都像城里人。”陆海燕顿了一下，“他们……要找你和大江。”

陆天长和陆大江对视了一下，陆大江的脸色已经变得惨白。

“他们现在在哪里？”陆天长沉吟了一下，又问道。

“我把他们引到祠堂了。”

陆海燕的话音未落，一直在床上躺着的陆大春翻身而起，直奔墙角处摆放的一排瓦罐而去。

他似乎等不及揭开封泥，直接把瓦罐砸碎，从里面掏出两个油纸包，紧接着，又从墙上摘下一把土铳。

他把两个油纸包塞进父亲和陆大江手里，自己用左手拎起土铳，深吸一口气，说道："走吧。"

梁四海三人小心翼翼地向祠堂靠拢。保镖蹲在墙根下，伸手去推木窗，纹丝不动。肖望弯着腰挪到门前，透过门缝向祠堂里张望了一下，又试着伸手推了推，门开了。

他向梁四海和保镖挥挥手："这边。"说罢，他拔出手枪，率先走了进去。

三个人站在祠堂空旷的大厅里，四下打量着这残破陈旧的地方。祠堂里光线很暗，视线所及之处虽然模糊，却也一览无余。三个人在门口停留了一会儿，慢慢地向祠堂深处走去。

整个祠堂里似乎没有可以藏人的地方。肖望把视线投向大厅北侧那个木台子，用手向那里指了指，同时示意梁四海和保镖拔枪。

三个人蹑手蹑脚地走到距离戏台10米左右的地方，屏气凝神，仔细观察着周围的动静。

然而，大厅里一片死寂。

梁四海忽然喊了一声："老金。"

空旷的祠堂把梁四海的喊声放大，在墙壁间撞来弹去。一阵寒风不合时宜地从窗缝间灌进大厅，墙上的族谱和字画哗啦啦地抖动起来，大团的灰尘扑簌簌落下，又随着寒风卷动，弥漫在三人身前。

没有人回应。

梁四海又要开口，就听到身后的木门被人哗啦一声推开了。

梁四海三人急忙回身，只见三个模糊的身影站在门口。

是陆天长、陆大春和陆大江。

他们并不急于走过来，而是站在门口默默地盯着梁四海三人看了十几秒钟，然后才缓步走近，最后停在梁四海身前三米左右的地方。

梁四海注意到陆天长和陆大江的手始终揣在衣袋里，陆大春的左手则一直背在身后。

六个人，十二双眼睛，彼此上下打量着。没有言语，却各自握紧了手里的枪。

陆天长打破了沉默："你来这里干什么？"

梁四海盯着陆天长看了足有五秒钟，一字一顿地说道："你心里清楚。"

陆天长哼了一声："我不清楚。"

梁四海的眼睛几乎要凸出眼眶，刚要脱口而出的话却生生地憋了回去。

不能再小看他们了，这乡巴佬在引我说出不该说的话，他的衣袋里不是枪就是录音机。

梁四海欲言又止的表情让陆天长骤生警惕：难道对方又要录音或者录像？

沉默在双方之间竖起一道屏障，彼此隔着这道屏障小心翼翼地窥视着，试图从对方脸上捕捉到最危险的信号。

梁四海的目光落在陆大春的手腕上，本该长着一只健壮的手的地方空空如也。他盯着那里看了很久，脑子里是依旧躺在床上昏睡的儿子。

陆大春意识到梁四海的目光所在，呼吸急促起来。

你看什么？很得意是么？

他上前一步，左手要从身后抽出。陆天长一把拉住儿子，视线始终不离梁四海的脸。

梁四海沉着脸，低声说道："老陆，谈谈？"

"谈吧。"陆天长同样压低声音，"你到底想怎么样？"

"把人交给我。"梁四海斟酌着词句，"还有，把我的东西还给我。"

陆大江听到这句话，浑身抖了一下，整个人向陆天长身后缩了缩。陆天长咬咬牙，不由得心头火起。

上门来要人——欺负到家了。

"想赶尽杀绝？"陆天长的嘴角紧抿，"把他交出去？你别做梦了。"

梁四海的脸扭曲起来，正要开口，肖望拽住了他的胳膊。

"老陆，人我们可以不要，你自己留着好了。"肖望盯着陆天长一直不肯拿出来的手，"但是，我们的东西必须交出来。"

"你们的东西？"陆天长想起那个"什么盘"，冷笑一声，"在我手里，就是我的东西。"

你当我是傻子么？无论那录像对你还是对我不利，我都不会随便交给你。

"好，痛快点。"梁四海的忍耐已经到了极限，"你要多少钱？"

"钱？"提到钱，陆天长几乎失控，"10块钱吧。"

梁四海和肖望面面相觑，都愣住了。足有半分钟后，肖望才勉强笑笑："老陆，别开玩笑。"

陆天长一点开玩笑的意思都没有，他的脸色已经变成可怕的灰黑色。

"10块钱。少么？已经不少了。"陆天长咆哮起来，"一只手，也就值10块钱！"

梁四海的脑子里"轰"的一声炸开了。

床单上的斑斑血迹，梁泽昊跪在地上的苦苦哀求，托盘里那只毫无血色的手……

他一把推开肖望，举起手里的枪指向陆天长。

“交出来！把我的东西交出来！”梁四海从胸腔里发出狂吼，“把录像带交出来！”

刹那间，大厅里响起一阵铁器撞击的声音。每个人都亮出了武器，直指对方。

除了肖望。

他正在发愣。

录像带？

突然，肖望意识到了什么。他的眼睛一下子瞪大了，举起双手高声喊道：“大家别动手，有误会……”

话音未落，祠堂里就爆出一声枪响。

梁四海心想坏了，自己中了埋伏。

陆天长心想坏了，对方不止三人。

于是，子弹横飞。

陆家村宁静的傍晚被这一阵密集的枪声打破。随后，受惊的犬吠就在村子的各个角落里响了起来。每个村民都在疑惑，不过年，不过节，为什么要在祠堂里放鞭炮呢？只有陆海燕死死地盯着祠堂的方向，泪流满面地念叨着一个人的名字。

枪声只持续了几秒钟，随即就再次陷入一片死寂。祠堂里硝烟弥漫，空旷的大厅里再没有任何一个站立着的人。

那么，那沙沙的脚步声，又是从何而来的呢？

木台子尽头的夹墙处，一支还在冒烟的枪管轻轻地掀起脏兮兮的棉布门帘。

方木把警官证仔细地别在胸前，慢慢地走了出来。

站在戏台中央，方木看着台下横躺竖卧的几个人，忽然觉得自己正在上演一场即将落幕的戏。

是的，这是一场好戏。

银行里。梁泽昊不耐烦地填写着汇款单，裴岚站在一旁，不动声色地默记着账号。

万宝街。方木摘下口罩和兜帽，一边从右手上解下白纱布，一边看着在麻袋里不住扭动的金永裕。邰伟冷冷地注视着方木的动作，突然开口问道："枪是从哪里来的？"

"一个朋友留给我的。"方木看看夜空，月光如洗。同样的一个夜晚，丁树成的尸体卡在百鑫浴宫的窗户里默默燃烧。

"你真敢开枪？"邰伟眯起眼睛，"你就不怕伤到自己人？"

"呵呵，空包弹。"方木卸下弹夹给邰伟看。

邰伟的目光始终集中在方木的脸上，几秒钟后，苦笑着摇了摇头。

"我觉得我越来越搞不懂你了。"

"这不是坏事。"方木垂下眼睛，抽出一支烟递给邰伟。

邰伟没有接，依旧皱着眉头看着方木："你……你真的知道你在做什么吗？"

方木低下头，把那支烟塞进嘴里点燃，长长地吐出一口烟雾后，转头面向邰伟，笑笑："你相信我么？"

邰伟盯着他看了几秒钟，轻轻地点了点头。

"那就辛苦你和你的兄弟了。"方木拍拍邰伟的肩膀，"找个地方关他几天，时机到了，我会给你打电话。"

邰伟没做声，转身示意手下把金永裕抬上车。想了想，他向已经走进黑暗深处的方木说道："自己保重。"

方木没有回头，举起手来挥了挥，手中的烟头在夜色中摇曳出一串光点。

"喂？"手机里传来杜宇的声音，"那个账号有人预约提款了。明天，南京街支行。”

“好的。”方木在笔记本上快速记录着：“多谢。”

“老兄，你可得快点。”杜宇压低了声音，“擅自把客户账户里的资金转走，我要丢饭碗的。”

“你放心，明天对方查询账户后，就把钱再存回去。如果出了问题，就推到我身上。”

“靠，那多没义气。”杜宇笑骂道，“我尽力而为。”

般若寺。

心事重重的梁四海躬身告别静能住持。静能住持还礼，然后目送梁四海出了大殿，微叹口气，转身去了内堂。

内堂的茶桌旁，方木静静地坐着，盯着那个黑色皮箱出神。静能住持把方木面前的茶碗倒满，又在他对面坐下：“方施主久等了。”

“大师不必客气。我只是在想，我对您说了梁四海的事情之后——”方木把目光从黑色皮箱转移到静能住持的脸上，“——你为什么还要接受这些不义之财呢？”

静能住持含笑不语，示意方木喝茶。看他呷了一口之后，静能住持问道：“茶还不错吧？”

“哦，还不错。”方木有些莫名其妙。

“你知道这茶是由何人采摘的么？”

方木皱起眉头：“大师，我不明白你的意思。”

“我们谁也不会在意这茶究竟是由好人还是坏人采摘的，因为茶就是茶。”静能住持缓缓说道，“钱财也是一样。贫僧以前不知道梁施主的取财之道，现在虽然知道了，可是又有什么分别呢？所谓不义之财，乃是俗世的说法。梁施主把钱财捐于本寺，本寺又把这些钱财拿去给那些需要的人。几番流转之中，谁又能辨清它是善财还是恶财呢？”

方木默默地想了一会儿，起身鞠了个躬。

“我不是佛家弟子，但是大师的话，我也听懂了几分。”方木一脸诚恳地说道，“刚才我在后堂听了大师和梁四海的对话。无论如何，我要感谢大师帮了我的忙，还害大师为我犯了不妄语戒，打了诳语。”

“梁施主是什么样的人，是你们的看法。在我看来，如果他一心皈依我佛，原本是善是恶，没有分别。贫僧对他讲的那番话，是希望他明辨是非，早日洗心革面，给他一个向善的机会。”静能住持笑道，“而且，贫僧并没有打诳语。”

方木一怔。

陆大江晕头转向地走出银行，望着街道上熙熙攘攘的人流发愣。老鬼竖起衣领，不动声色地走过去。

一撞之后，陆大江的钱包已经到了老鬼手里。

转弯处，方木坐在吉普车里，一边吸烟，一边看着陆大江慌慌张张地打电话。老鬼拉开车门钻上来，把钱包甩到方木身边，然后爬到后座去换衣服。

方木打开钱包检查了一下，又甩到后座上：“给你了。”

老鬼也不客气，拿出现钞揣进衣袋里。换好衣服后，他拿着那个黑色皮包爬到前座，盯着正走进那家酱骨头馆的陆大江。

“什么时候行动？”

“再等会儿。”方木发动汽车，开到饭馆的窗户附近。透过车窗，能清晰地看到陆大江在大吃大喝。

半小时后，陆大江一脸惊慌地摸着身上的衣袋。

“干活吧。然后等我电话。”方木拍拍老鬼。

方木捏着手机，眯起眼睛看着老鬼和陆大江交谈，然后起身去卫生间。他不时瞄瞄手腕上的表，随即，拨通了一个电话号码。

窗户里，陆大江四处看看，犹豫再三，终于拿起了桌面上的手机。

丽晶酒店14楼。

方木静静地站在楼梯间里，眼睛半闭，面色安详。这时，老鬼拉开楼梯间的铁门走进来，递给方木一张门卡："在楼层服务员那里拿来的。"

"你先走吧。"方木掏出钱包，却被老鬼按住了手。

"那次，我带我儿子去买了双鞋，很暖和。"老鬼说罢，冲方木挤挤眼睛，转身下楼了。

方木愣了一会儿，冲着空无一人的楼梯间笑笑。

1408号房里。方木喘着粗气，把沾满鲜血的铁锤塞进背包里，转身向卫生间走去。一阵女人的尖叫声后，一丝不挂的裴岚被拖了出来。

一关上卫生间的门，方木就松开了揪住裴岚头发的手，同时扭过脸去。裴岚倒丝毫不在意自己正赤身裸体，看到昏迷在床上的梁泽昊，表情复杂。

方木掏出一张打印纸递给裴岚，想了想，又问道："你自己可以么？"

"没问题，你要相信我的演技。"裴岚把目光转到方木的脸上，前所未有的坚毅表情取代了之前的柔弱无力，"我说过，我要为小美做点事。"

陆海燕看着电脑屏幕上那个压缩文件，心口仍在剧烈跳动。

他又回来了。

昨天晚上，当方木的脸从黑暗中慢慢浮现，轻声呼唤她的名字的时候，陆海燕几乎不敢相信自己的眼睛。

他真的回来了，带着生的希望。

陆海燕定定神，在对话框里笨拙地键入陆海涛三个字。

弟弟，你的名字，就是密码。

名为“录像”的文件夹，里面却只有一个word文档。陆海燕默默地读着，心里先是恐惧，又从恐惧里慢慢地滋生出无限的勇气。

硝烟混合着灰尘，在祠堂里暗暗浮动。方木拎着54手枪，慢慢地走下戏台，走向那些躺卧的人体。

保镖胸口中弹，已经悄无声息。

陆大春身中四枪，其中一枪打断了颈动脉，人断了气，鲜血仍在不断喷涌。

陆天长眉心中弹，整个头部已经像碎裂的西瓜。

陆大江身中两枪，腿中两枪，最重的伤在右胸，靠坐在一根柱子上不住呻吟着，看到方木走过来，惊恐地大叫起来。

方木踢走陆大江旁边的枪，不再理会他，转身蹲在梁四海身边。

梁四海仰躺在地上，左半张脸已经被轰飞——想必是陆大春手里的土铳所为。

除了头部的重伤，梁四海的左胸和右腹部都有弹孔，身下是一摊越来越大的血泊。他的呼吸急剧而短促，嘴里不时有泛着气泡的血沫涌出。

方木盯着那张筋肉骨骼毕现的脸，直到梁四海仅存的一只眼球缓缓地转向自己。

“你……”梁四海被血堵住的咽喉艰难地发出一个音节。

“不是我，是他们。”方木用丁树成的枪指指自己胸口的警官证，持证人的照片上，邢至森的脸栩栩如生。

“哦，哦哦……”梁四海明白了，浑浊的眼球中爆出一道光芒。他似乎心有不甘，挣扎着抬起一只手去抓方木胸前的警官证。可是，这个动作只做了一半，那只手就无力地垂了下去。

梁四海唯一的眼球定住不动了，那道光也彻底消失。

方木的心底一片平静，缓缓站起身来。

突然，余光中却有异动。

一个人从地上翻滚而起，几乎是同时，两颗弹头从方木身边呼啸而过。方木转身还击，那个人却已经滚到一根柱子后面了。

方木急忙躲到陆大江靠着的那根柱子后面，心里已经知道那是谁了。

两人相距不过5米左右，彼此的心跳和呼吸都清晰可辨。

“心理战，对吧？”肖望大声说道，紧接着，就剧烈地咳嗽起来，“聪明，让他们自相残杀。”

方木没有做声，绕着柱子寻找射击角度，可是肖望全身都躲在柱子后面，毫无破绽。

陆大江意识到自己处在两个对射的人中间，却无法动弹，大为惊骇之余，哭喊起来。

“闭嘴！”肖望歇斯底里地喊起来，“让他闭嘴！”

吼声似乎消耗了肖望的大部分体力，他大口喘息着，过了半分钟才重新开口。

“我不该与你为敌——我应该一早就杀了你。”肖望每说一句话，都要喘上好一阵，“梁四海提到录像带，我就知道是你在搞鬼——那一枪也是你开的，对吧？”

方木笑笑，伸手去拽陆大江，想把他转移到一个安全点儿的位置。方木的动作牵动了陆大江的伤口，他又鬼哭狼嚎起来。

“让他闭嘴！”肖望吼道，“我要和你安安静静地说话！”

肖望一字一顿地吼完，随即又是一阵剧烈的喘息。

“你为什么不说话？”肖望的声音越发古怪，似乎在拼命提升行将耗尽的底气，“你手里的所谓录像带不可能是真的——是郑霖做的那些假带子，对吧？”

方木突然笑了：“对。”

郑霖和小海、阿展的工作没有白做，方木从那些假录像带里截取了一张图片，让裴岚交给了梁四海。

肖望也呵呵地笑起来，似乎很得意："知道我怎么猜到的么？因为景旭的录像带在我手里。"

方木的笑容凝固在脸上，失声叫道："你说什么？"

"哈哈。"肖望更加得意，"还记得那天我陪你去买手机么？你去交款的时候，我在你手机里装了一个很管用的小玩意儿——你和景旭在他家里的对话，我听得清清楚楚。可惜你的手机进水后，又换了部新的，否则……"

方木打断了他的话："你杀了景旭，然后拿走了录像带？"

"对。"肖望干脆利落地承认，"还要感谢你事后帮我打扫现场呢，哈哈。"

方木的牙齿几乎要咬碎，他狠狠地闭了一下眼睛，开口问道："你为什么要告诉我这些？"

出乎意料的是，肖望沉默了。

方木耐心地等了几分钟，肖望还是毫无声息。

难道他逃走了？方木小心地挪动脚步，刚探出半个身子，就听见"砰""砰"两声枪响。

方木急忙缩回身子，却突然意识到脚下的陆大江已经瘫软下去。

两颗子弹分别打中陆大江的左侧太阳穴和脸颊，脑浆和鲜血喷洒在柱子上，还在冒着热气。

这时，又是哗啦一声响。方木循声望去，一支92式手枪被扔在大厅中央。

"现在只有你和我了。"肖望的声音微弱，"你过来——我没有武器了。"

方木想了想，举着枪走了过去。

肖望伸着两条腿，靠坐在柱子旁，上身所穿的黑色皮衣上有两个弹孔，里面的咖色毛衣已经完全被血染红。

“你那么紧张干吗？”肖望歪着头，看着方木手里指向自己的枪，有气无力地笑笑，“有烟么？”

方木想了想，从衣袋里拿出烟盒，扔在他身上。

肖望勉强抬起一只手，抽出一支烟叼在毫无血色的双唇间，连打了几次火才点燃。只吸了两口，肖望就剧烈地咳嗽起来，鲜血伴随着咳嗽声喷射到柱子上，缓缓流淌下来。

在那一瞬间，方木几乎要上前扶他起来，可是，他只是晃了晃身子，没有动。

肖望看出了方木的意图，苍白的脸上浮现出一丝笑意。

“我真他妈喜欢你，可惜……可惜没法一起共事。”肖望竭力坐正身子，又喘了几口气，“好歹相识一场，我是要死的人了，帮我个忙好么？”

方木默默地盯着他，点了点头。

“我把那些录像带交给你。本来我打算将来万一和梁四海翻脸，留作后手的，现在没用了。”肖望苦笑了一下，“但是你要答应我一个条件。”

方木点点头：“你说。”

肖望艰难地从衣袋里掏出一把钥匙递给方木。

“北凯健身俱乐部，663号更衣箱。”肖望的脸色越来越白，他看看一片狼藉的祠堂，转头对方木说，“帮我想个理由，随便什么都行。只要把我的死解释成殉职，让我以一个警察的身份进火葬场就行。”

方木看看手里的钥匙，又看看肖望，缓慢却坚决地摇了摇头。

“不。”

肖望半垂的眼睛一下子瞪大了，整个人似乎要扑上来。

“为什么？”

“老邢、丁树成、郑霖、小海和阿展，”方木的眼中渐渐盈满泪水，“他们都是为拯救他人而死——而你不是。”

方木缓缓站直身子，居高临下地看着肖望。

“你不配像他们那样，以一个警察的名义死去。”

说罢，方木就把钥匙捏在手里，转身离去。

“不，方木，求求你……方木……求求你！”

肖望用尽最后一丝力气，在方木身后歇斯底里地喊着。

方木没有回头，甚至没有停下脚步，一步步向门外走去。

那呼喊声渐渐微弱，当他推开祠堂大门的瞬间，身后的呼喊声完全消失了。

祠堂门口站满了村民，看到方木走出来的时候，不约而同地发出一声惊呼。

方木看着他们，这些曾经凶狠如群狼的人，此刻却像一群惊恐万状的绵羊。

是原谅，还是惩罚？方木的心中没有答案。

他只知道，十几个小时后，重升的太阳会再次照亮这片土地。

他只希望，那阳光会照进远山中的龙尾洞，让盲鱼睁开双眼，让那条暗河平静如初，再无波澜。

方木疲惫地笑笑。

尾声

且听风吟

12月28日，S市龙尾坳乡陆家村发生命案。现场共发现六具尸体，均有多处枪弹伤。经查，六名死者的身份被一一核实。让警方感到意外的是，死者之一是C市公安局刑警肖望。而且，经鉴定，其中三名死者身上的枪伤是肖望所持的92式手枪所发射的枪弹造成。现场共提取弹头若干，经弹道测试，除一枚弹头外，均与现场发现的枪支匹配。通过对现场附近居民的走访调查，警方获得重要信息：一方姓男子曾在案发现场出现。根据村民的描述，警方针对方姓男子做了模拟画像，拟申请通缉。

12月29日凌晨约4点，一辆无牌照的面包车在驶经C市公安局门前时，突然从车上抛下一条麻袋，随即，面包车迅速离开。C市公安局的值班武警上前查验时，赫然发现麻袋里是一名昏迷不醒的中年男子。核对身份后，确认该男子正是在逃多日的A级通缉犯金永裕。金永裕归案后，多次提及自己在万宝街被一伙不明身份的人绑走并拘禁。但警方问及他们的相貌及拘禁地点时，金永裕称自己始终被蒙住双眼，无法提供有价值的线索。

12月30日，C市人民检察院和纪委都收到了一个U盘。据知情者称，里面的内容触目惊心，涉及多位省市高官，但举报者身份不详。

12月31日，机场。

身材高挑的裴岚在机场大厅里甚是抢眼，但是在假发和墨镜的遮掩下，没有人能认出她。她拎着一只小巧的拉杆箱，不时焦急地看看手表，向入口处如潮的人流中张望着。

当机场的广播再次催促一架前往日本的航班的旅客尽快登机时，裴岚终于放弃了等候。她低着头，拎着拉杆箱慢慢地走向安检口，刚迈出几步，突然感觉拉杆箱被一只手接了过去。

她吃了一惊，下意识地扭过头去，一瞥之下，笑容立刻浮现在嘴边。

“还以为你不来了。”

“路上遇到点小麻烦。”方木笑笑，“还好来得及。”

说完这句话，两个人竟再也找不到合适的语言，只是面对面站着，目光交接，似乎想把对方的一切都深深铭记。

嘈杂的机场大厅里，一首熟悉的英文歌曲依稀可辨。

“Happy new year, happy new year, happy new year to you all……”

方木忽然想到了什么，笑着说道：“新年快乐。”

裴岚的表情生动起来：“新年快乐。”

短暂的祝福后，又是彼此无声的凝望。

良久，方木打破了沉默：“有什么打算？”

“先去日本。”裴岚低声说道，“过段日子去美国学习表演。然后，开始新的生活。”

“还会回来么？”

“不知道。”裴岚有些黯然，但是，语气很快就活泼起来，“将来的事情，谁能说得清楚呢？”

方木点点头，想了想，忽然笑起来：“你再给我签个名吧，将来你成了大明星，这签名就值钱了。”

说罢，他真的在身上拿出了记事本和笔，再抬起头来的时候，裴岚已经是泪流满面。

还没等方木反应过来，裴岚已经紧紧地抱住了他。方木犹豫了一下，手中的记事本和笔悄然坠地。

他张开双臂，抱住了裴岚不住抖动的肩膀。

安检口前穿梭往来的人群并没有为这对紧紧相拥的男女感到惊讶。这样的场景，每天都会无数次上演。只是他们不知道，这一抱，无关爱情，甚至无关友情。

只是为了从此两不相忘。

良久，裴岚在方木耳边轻轻地说道：“你要保重，一定要保重。”

说罢，裴岚松开双臂，拎起拉杆箱，头也不回地向安检口走去。

方木一动不动地站着，目送她消失在安检台的另一侧，回味着那骤然消散的体温，然后，转身，慢慢向机场大厅外走去。

穿过自动门，方木的眼前是蓝红闪烁的海洋。十几辆警车围堵在门前，边平站在一辆警车打开的车门后面，表情复杂地看着他。

方木举起双手，慢慢地向他们走去，表情安宁，步履坚定。

对于自己会出现在陆家村祠堂的原因，方木解释成去查案。警方问及那颗7.62毫米口径的弹头，方木坚称自己不知情。鉴于无法验证方木供述内容的真实性，警方决定对方木进行测谎。

这次测谎的主测官，仍然是韩卫明。

测前谈话被安排在市局第三会议室。方木想起几个月前，也是在这里，邢至森曾和韩卫明谈笑风生，不由得有些黯然。随之而来的，就是深深的不安。

对韩卫明而言，戳穿自己的谎言，简直是易如反掌。

门开了，韩卫明大步走了进来，依旧是一副轻松淡然的模样。他坐在方木对面，看了方木几秒钟，笑了笑："咱俩还真有缘分。"

方木报以一笑，没有回答。

"你小子也算半个测谎专家了。"韩卫明点燃一支烟，然后把烟盒推向方木，"怎么样？还用我说一遍测试原理么？"

"不用了。"方木摇摇头。

韩卫明细细打量着方木，目光在那些尚未痊愈的伤疤上停留良久，表情渐渐凝重。

随即，就是长时间的沉默。韩卫明移开视线，似乎在专心致志地吸烟。然后，他在烟灰缸里摁熄烟头，轻轻地呼出一口气，转头面向方木。

“谈点正事吧。”韩卫明把手肘拄在桌面上，双眼又变得炯炯有神，“你觉得你现在适合接受心理测试么？”

方木轻轻地点了点头：“没问题。”

该来的，早晚要来，拖延是没有意义的。

韩卫明忽然笑了笑，似乎很欣慰：“你小子，够能折腾的。”

他的目光又投向方木额角处的伤疤。“千锤百炼啊。”韩卫明的语速突然变得很慢，几乎是一字一顿，“你都可以去当克格勃了。”

方木苦笑了一下，伸手去弹烟灰。这个动作做了一半，心里却一动。

第二次见面。拥挤的车流。吉普车。驾驶室里各怀心事，彼此试探的两个人。

他抬起头，恰好遇到韩卫明意味深长的目光。韩卫明与方木对视了几秒钟，慢慢站起身来。

“下午2点开始测试。”韩卫明看看手表，“哦，还有几个小时。”

说罢，他看也不看方木一眼，拉开门走了。

当天下午，被测人方木的测试结论为真阴性，即与案件无关的人通过测试。

这个冬天，发生了很多事情。

不明身份者的举报，让C市乃至全省官场发生地震。多名省市级高官因包庇、纵容黑社会性质犯罪以及受贿被查处，其中一些锒铛入狱。

举报材料中，有一段视频重现了当日在城湾宾馆发生的一切。金永裕的供述也证实了邢至森所言非虚以及丁树成的卧底身份。鉴于对老邢的测谎结果不能作为定案依据，邢至森曾欲杀人一事不了了之。省里很快做出决定，为邢至森和丁树成恢复名誉及身份。但市局提出的追授二人一等功及追认为烈士的请求，未获批准。

金永裕被指控犯有拐卖儿童罪、故意杀人罪、领导黑社会性质组织罪，一审判处死刑立即执行。绝望中的金永裕提出上诉，并咬出了肖望，称其是梁四海安插在警方内部的内鬼，试图以立功换取死缓。经调查，肖望的个人存款达百万之巨，疑点颇多，在此次风暴中落马的数位S市公安局警务人员的供述也显示肖望早已变节。但是由于肖望已在陆家村枪战中身亡，省高级人民法院没有认定金永裕的立功表现，在二审中维持了原判。

梁四海的死让C市黑道的格局重组，梁泽昊接手的组织元气大伤，日渐式微。梁泽昊本人在一次帮派火拼中身中数刀，横死街头。整个组织也随之土崩瓦解。正是由于这样的结果，曾逃往外省的四个被害女孩及她们的家人在警方的规劝下，证实了当日在聚源钢厂发生的一切。长眠于钢锭内的郑霖、小海和阿展三人，终得瞑目。

陆家村永远失去了往日富足、悠闲的生活。村里的大多数人都外流谋生，且都流连于山外的多彩世界，重返故土者寥寥。陆海燕和她的母亲也在外流谋生者之列，现供职于C市郊区某福利院。

邢娜得以入土为安。而后，邢至森的遗孀杨敏收养了陆璐，女孩现就读于C市第二中学。根据她和其他受害人提供的线索以及警方掌握的大量证据，在国际刑警组织的协助下，被卖往境外的受害人陆续得到解救，当地中国使领馆将安排她们分批返回国内。

最后一件事是：C市在初冬的寒潮过后，反常地出现了回暖的天气。气象专家对此无法做出合理的解释，只是预测明年的春天会比往年来得早些。

今日多云，东南风四到五级。

即使坐在吉普车里，方木也能感到外面暖暖的春意。他打开车窗，夹杂着泥土芬芳的潮湿气息一下子灌进车里，让人顿时萌生出阵阵微醺般的惬意。

方木的心情很放松，甚至对这早来的春日怀有小小的感激。他一只手握着方向盘，另一只手伸出窗外，感受那微凉带暖的风穿过指缝。

该感谢谁呢？

吉普车驶近市中心广场，方木把手收回来，表情渐渐凝重，整个人也端正地坐在驾驶室里，似乎要赶赴一个庄严的仪式。

市中心广场最近新立起一座塑像，正面向全市市民征集塑像的名字，据称，市中心广场将更名为英雄广场。

这些，都不是方木关心的。

他把车停在广场外，徒步穿过川流不息的外环车道，沿着中间的水泥路进入广场。今天虽然不是休息日，广场上却很热闹，迫不及待地换上春装的男女随处可见。一些孩子在父母的陪伴下，举着五颜六色的风筝，迎着春风嬉笑着奔跑。

他们在那里。

广场正中有一处方形的水泥台，周围被四季常青的松柏环绕。同样是方形的大理石基座上，一个直径3米、高5米的巨大圆柱形钢锭巍然肃立。钢锭顶端呈半圆形，未经打磨的表面粗粝黝黑，看上去既厚重，又凌厉。宛若一颗待发的子弹，随时可能撕破乌云，直击苍穹。

方木围着塑像转了一圈，然后站在钢锭前方，俯身默念着大理石基座上镌刻的三个熟悉的名字。

郑霖。冯若海。展鸿。

视线渐渐模糊。突如其来的巨大悲伤让方木摇晃起来，他转过身，背靠着钢锭慢慢坐下。

身后的钢锭粗糙、厚实，一如他们撑在自己身下的双手。

一阵风吹来，周围的松柏无声地摆动，巨大的钢锭却奇迹般地发出隐隐轰鸣。

眼泪终于滴落下来，方木微侧过身，把耳朵贴在钢锭上。没有想象中

的冰冷，相反，却有灼人的温度。

听，他们在呼喊。

“警察，把枪放下！”

“子弹穿过去了，死不了。”

“小海，开枪！”

“1——2——啊——”

方木靠坐在钢锭旁边，在如泣的风吟与隐隐的呼喊声中，慢慢地闭上了眼睛。

第二天，方木一大早就来到公安厅。算起来，自己已经有几个月没来厅里了，可是办公桌上一丝灰尘也没有。被擦得干干净净的桌面上，摆着一张纸条。

是边平的字迹。今日凌晨3点40分，金永裕被执行死刑。

寥寥数字，方木却看了好半天，最后，他把纸条撕碎，扔进了纸篓里。

刚回到桌前坐定，人事处长推门走了进来。

“小方，你回来得正好。”他的手里捏着几个档案袋，“出来一下。”

方木跟着他来到走廊里，一个年轻同事拎着开水壶，兴冲冲地从身边跑过。

“有任务？”方木看着那个洒了一路热水的同事，“好像还很紧急？”

“有个屁任务！”人事处长不满地看着地上的水渍，“分来一批新警，今天来厅里搞座谈。新警里有几个美女，你看给这帮臭小子兴奋的！”

“哦。”方木停下脚步，“我不去了——还有活儿要干呢。”

“去吧去吧。”人事处长在方木后背推了几下，“厅长让你们这些年轻同志出席——有共同语言。”

方木无奈，推门进了会议室。长条会议桌旁，十几个穿着簇新警服的年轻人局促不安地坐着。

方木冲他们点了点头，算是打过招呼。刚想找个不起眼的地方坐下，整个人就僵住了。

他重新抬起头，在那排新警中间，一双熟悉的眼睛正回望着自己。

方木愣了半晌，忽然笑了。

“是你？”